grafit

Chemnitzer Str. 31, 44139 Dortmund
Internet: http://www.grafit.de
E-Mail: info@grafit.de

Umschlaggestaltung: Nele Schütz Design
Druck und Bindearbeiten: CPI – Clausen & Bosse, Leck
ISBN 978-3-89425-619-7
1. 2. 3. 4. 5. / 2017 2016 2015

Jan Zweyer

Das Haus der grauen Mönche

Das Mündel

Historischer Roman

grafit

Der Autor

Jan Zweyer wurde 1953 in Frankfurt am Main geboren. Mitte der Siebzigerjahre zog er ins Ruhrgebiet, studierte erst Architektur, dann Sozialwissenschaften und schrieb als ständiger freier Mitarbeiter für die *Westdeutsche Allgemeine Zeitung.* Er war viele Jahre für verschiedene Industrieunternehmen tätig. Heute arbeitet Zweyer als freier Schriftsteller in Herne.

Nach zahlreichen zeitgenössischen Kriminalromanen hat er sich mit der Goldstein-Trilogie *Franzosenliebchen*, *Goldfasan* und *Persilschein* das erste Mal historischen Themen zugewandt. Es folgte zuletzt *Die brillante Masche.*

www.jan-zweyer.de

Für Barbara

Danke!

Dramatis Personae

(Die mit einem * gekennzeichneten Figuren sind historisch belegt. In einigen Fällen wurde bei ihnen der Vorname Johann geändert, um eine Verwechslungsgefahr mit anderen Figuren zu vermeiden.)

Dominikaner im Haus der grauen Mönche, Hattingen
Jacob – Ältester
Albertus
Bernardo
Christoph
Matthias
Thomas
Ulrich

Dominikaner im Kloster Soest
Vinzenz, Prior
Gregor, Subprior

Benediktiner im Kloster Deutz
Maximilian, bis zu seinem Tod im Jahr 1500 Abt
Paschalis, bis 1500 Prior, danach Abt
Gallus, Sekretär des Abts
Bartholomäus, genannt ›der Römer‹

Familie von Linden
Linhardt, freier Bauer
Ursell, seine Frau
Jorge, ihr Sohn

Bauern in Alte Schee
Caspar, Pflegevater Jorges
Martha, seine Frau
Brid, ihre Tochter

Familie van Enghusen, Hattingen
Hinrick , Patrizier, Kaufmann (Viehhändler),
ab 1501 Bürgermeister *
Ella, seine Frau
Lucas, sein Sohn
Marlein, seine Tochter

Familie von Krekenbeck, Hattingen
Reinhard, Erbhofschultheiß des Hofs Hattingen und
Herr von Haus Cliff
Agnes, seine Tochter aus erster Ehe
Wendel, sein Sohn aus erster Ehe

Burg Blankenstein, Hattingen
Johann II., von 1481 bis 1521 Herzog von Kleve und
Graf von der Mark *
Hanle Stecke, Graf zu Dortmund und
Amtmann zu Blankenstein
Philip von der Schadeburg, Freiherr,
Hauptmann der Garde des Herzogs
Kracht von Mylendonk, nach Hanle Stecke 1494 bis 1503
Droste und Amtmann Burg Blankenstein *

Hattinger Bürger

Lucius, Pfarrer in St. Georg, Hattingen

Zacharias, Jude

Aron ben Zacharias, sein Sohn

Ditz Huyser, Bürgermeister *

Erhardt Bungener, Richter am Gericht in Hattingen zwischen 1486 und 1503 *

Sonstige

Hermann von Hessen, Erzbischof von Köln, genannt ›der Friedsame‹ *

Alhayt, Dirne und zeitweilige Zuträgerin der Spitzel des Erzbischofs

Hattingen im Spätmittelalter
(vereinfachte Darstellung)

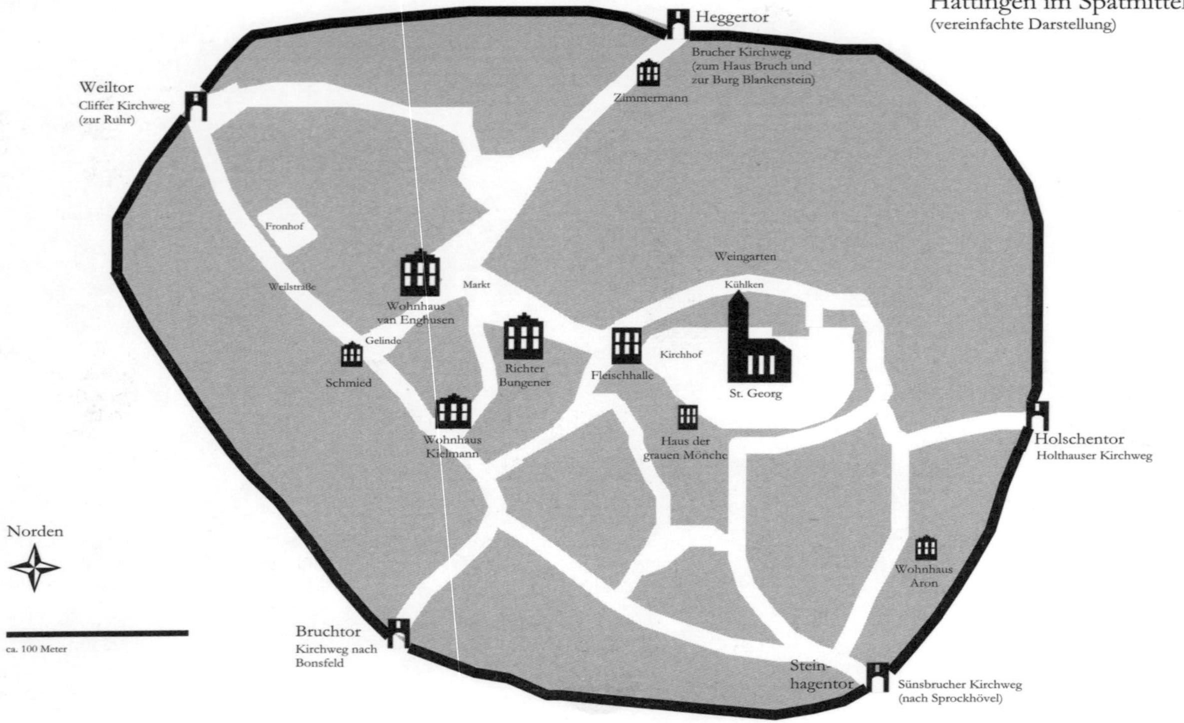

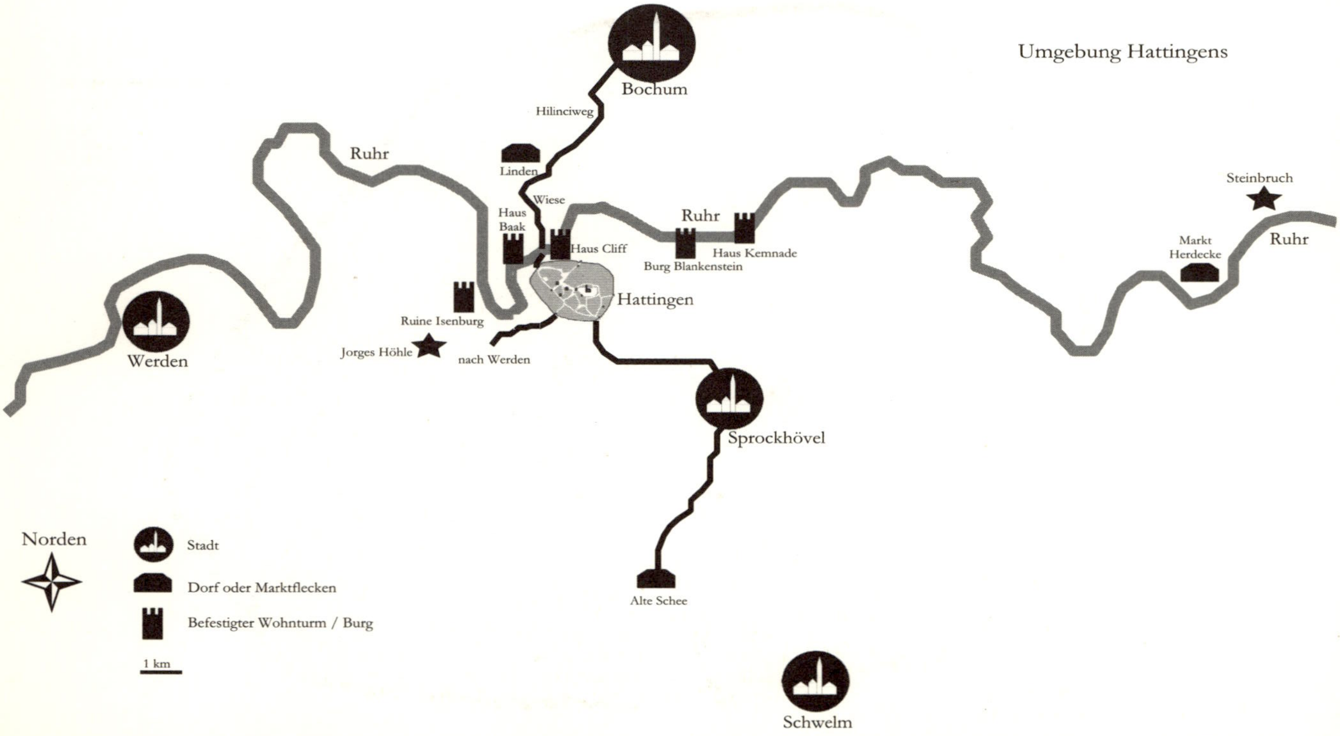
Umgebung Hattingens
Bochum
Hilinciweg
Linden
Wiese
Ruhr
Haus
Baak
Haus Cliff
Ruhr
Burg Blankenstein
Haus Kemnade
Steinbruch
Markt
Herdecke
Ruhr
Hattingen
Ruine Isenburg
Jorges Höhle
nach Werden
Werden
Sprockhövel
Alte Schee
Schwelm
Norden
Stadt
Dorf oder Marktflecken
Befestigter Wohnturm / Burg
1 km

Das Urteil

Mai bis Oktober 1488

1

Burg Blankenstein, 12. Mai 1488

Das Feuer in dem großen Kamin, der die Westmauer des Saals beherrschte, drohte zu erlöschen. Ein Bediensteter verließ seine Stellung neben der Eingangstür an der Stirnseite des Raumes und eilte auf einen Wink seiner Herrschaft herbei, um frisches Holz nachzulegen. Er schichtete die Scheite auf dem Feuerbock übereinander und blies danach mit einem Balg Luft in die Glut. Schnell loderten die Flammen empor. Da das Holz jedoch nicht ausreichend getrocknet war, entstanden beißende Qualmwolken, die durch die Halle der Burg Blankenstein oberhalb der Ruhr bei Hattingen zogen.

Herzog Johann der Zweite von Kleve und Mark, der die Anstrengungen des Dieners mit zunehmender Missbilligung verfolgt hatte, wandte sich um und schritt zu einem der Butzenfenster, um es zu öffnen. Die hereinströmende Luft war kühl und drohte die Bemühungen des Mannes am Kamin, den Saal zu erwärmen, zunichtezumachen.

Nach mehreren tiefen Atemzügen schloss der Herzog das Fenster, blickte aber immer wieder ungeduldig hinaus auf das gegenüberliegende Burgtor. Nach einigen Minuten erfolglosen Wartens kehrte er zurück zum Tisch in der Raummitte. »Wann wollte der Abt hier sein?«, fragte er den dritten Mann im Raum, den Drosten der Burg, Hanle Stecke, Graf zu Dortmund und Amtmann zu Blankenstein.

Der Graf lächelte nachsichtig. Sein Landesherr hatte ihm diese Frage in der letzten Stunde schon mehrfach gestellt. Er konnte dessen Unruhe nur zu gut nachvollziehen, deshalb antwortete er gelassen: »Um die Mittagszeit. Die Gäste Euer Durchlaucht müssten in Kürze eintreffen.«

Wie zur Bestätigung drang wenig später das Geklapper von Pferdehufen vom Burghof herauf.

»Sieh nach, wer das ist«, herrschte der Herzog den Diener an, der immer noch mit dem Balg in der Hand das Feuer zu entfachen suchte, um die Rauchentwicklung zu bekämpfen. Der Mann ließ sein Arbeitsgerät fallen und eilte zum Fenster. »Drei Mönche auf Pferden, Euer Hoheit.«

»Benediktiner?«

»Ja, Euer Hoheit.«

Herzog Johann vollführte eine Handbewegung, als ob er eine Fliege verscheuchen wollte. Der Diener gehorchte sofort und nahm seinen Platz neben der Tür wieder ein.

»Endlich.« Der Herzog griff sein rotes, edelsteinverbrämtes Barett und setzte es auf.

»Soll ich den Abt im Hof empfangen?«, erkundigte sich der Droste.

Der Herzog nickte. »Tun Sie das, Graf. Aber führen Sie ihn auf dem schnellsten Wege zu mir.«

Stecke deutete eine Verbeugung an. »Selbstverständlich.« Dann machte er sich auf, diesen Wunsch zu erfüllen.

Einige Minuten später waren gedämpfte Stimmen aus der Vorhalle zu vernehmen. Der Herzog stand auf und stellte sich in die Mitte des Saals. Nachdem sich sein Herr in Position gebracht hatte, zog der Diener die grobe Holztür auf und verbeugte sich ehrfurchtsvoll, als Abt Maximilian vom Benediktinerkloster Deutz mit seinem Gefolge den Raum betrat. Die Mönche waren in schwarze, weite Kapuzenmäntel gehüllt. Unter der Kukulle trug jeder eine ebenfalls schwarze, bodenlange Kutte. Zwei der Geistlichen hatten ihre Hände tief in den Taschen der Mäntel versenkt. Nur der Abt nicht. Seine herausragende Stellung an der Spitze der kleinen Delegation war an zwei Insignien zu erkennen: ein schweres, mit Edelsteinen besetztes Goldkreuz, welches um seinen Hals hing, und ein goldener Ring an seiner rechten Hand. Wie seine Glaubensbrüder war er bartlos und auch sein Haupthaar zur Tonsur geschoren.

Der Herzog näherte sich den Geistlichen und blieb kurz vor dem Abt stehen. »Ehrwürdiger Vater«, begrüßte er seinen Gast, wobei er leicht den Kopf neigte.

Der Abt lächelte huldvoll. »Durchlaucht«, erwiderte er und streckte dem Adeligen seinen Handrücken entgegen.

Es war eindeutig. Der Abt verlangte eine Unterwerfungsgeste. Johann zögerte. Lehnte er sie demonstrativ ab, wäre die Gesprächsatmosphäre bereits im Vorfeld vergiftet. Es würde schwierig, wenn nicht sogar unmöglich, sein Ziel zu erreichen, sagte ihm sein Verstand. Also überwand er seinen Stolz und fügte sich. Er machte einen weiteren Schritt nach vorne, ergriff die dargebotene Rechte, beugte sich darüber und deutete einen Kuss auf den Ring an.

»Hattet Ihr eine angenehme Reise?«, erkundigte er sich dann mit säuerlicher Miene, nachdem die Begrüßungszeremonie vollzogen war.

»Es ist ja nicht weit von Hattingen hierherauf. Der Ritt nahm weniger als eine Stunde in Anspruch.«

»Ich meinte eher den Weg, den Ihr von Eurem Kloster in Deutz zurücklegen musstet. Ihr seid gestern angekommen, wie ich hörte.« Der Herzog wies auf den Tisch in der Mitte des Raums. »Wenn Ihr Euch setzen wollt …«

Der Abt kannte den Saal von früheren Besuchen. Nur wenig hatte sich verändert: Ein geknüpfter Wandbehang, der religiöse Motive zeigte, war zu denen mit Jagdszenen hinzugekommen und schmückte die obere Hälfte der südlich gelegenen Wand. Darunter stand die lange, mit dicken Kissen ausgelegte Bank. Auch am Tisch dienten zwei Bänke als Sitzgelegenheit, die aber frei im Raum standen. »Ihr seid wie immer gut informiert.«

Die beiden Männer schritten zur Tafel. Die Mönche und der Droste folgten schweigend.

»Ja, unsere Reise verlief ohne Komplikationen. Ein Trupp Bewaffneter des Erzbischofs sicherte unseren Weg.«

Sein Gastgeber verzog das Gesicht. Mit Hermann von Hessen saß der Vierte dieses Namens seit nunmehr zehn Jahren auf dem Bischofsstuhl. Hermann war ein Onkel seiner Frau Mathilde und er hatte die Jahrzehnte während Fehde des Kölner Bistums mit den Herzögen von der Mark und Kleve beendet.

Aber Johann traute dem Bischof nicht über den Weg. Denn der Streit, der sich am Status der Stadt Soest entzündet hatte, schwelte weiter. Der Erzbischof hatte noch immer ein Auge auf die Stadt geworfen, um seine Macht im Westfälischen weiter auszubauen. Die Soester jedoch hatten sich dem Herzogtum unterworfen und die Herzöge von Kleve dachten gar nicht daran, dem Erzbischof die Stadt zu überlassen und ihren Einfluss auf die Region aufzugeben. Johann war davon überzeugt, dass es nur eine Frage der Zeit war, bis es zu einem neuen Waffengang um die Vorherrschaft in der Börde kam.

Und so, wie er den Frieden beargwöhnte, misstraute er auch dem Gesprächspartner, der ihm jetzt gegenübersaß. Er gab dem Diener ein Zeichen. Der sprang herbei und servierte gewürzten Wein in Trinkbechern aus Zinn, deren Rand vergoldet war.

»Sicher seid Ihr hungrig.« Der Herzog hob den Becher zum Gruß.

»Nein, danke. Wir haben bereits gespeist.«

»Wie Ihr wünscht.« Eine kaum wahrnehmbare Kopfbewegung seines Herrn verwies den Diener in seine Warteposition, bereit, jeden Wunsch seiner Herrschaft zu erfüllen. Erst nachdem der Abt und der Herzog am Kelch genippt hatten, tranken ihre Begleiter.

»Gestattet, dass ich Euch meine Gefolgschaft vorstelle.« Abt Maximilian deutete auf den Mönch an seiner rechten Seite. »Prior Paschalis kennt Ihr ja schon von früheren Zusammentreffen. Zu meiner Linken sitzt Bruder Bartholomäus. Er hat ein Schweigegelübde abgelegt und wird sich daher nicht an unserer Unterhaltung beteiligen.«

Johann glaubte kein Wort von dem, was der Abt sagte. Dieser Mönch hatte die alleinige Aufgabe, genau zuzuhören und zu beobachten. Reden war da nur hinderlich. Um den Grund für seine Anwesenheit zu verschleiern, benutzte der Abt diese Notlüge. Johann musterte den Mönch ungeniert. Bartholomäus war im Gegensatz zu seinen Mitbrüdern, die zur Fülle neigten, hager, aber nicht sehr groß. Sein spitzes Gesicht und der stechende Blick seiner Augen weckten im Herzog Erinnerungen an eine Ratte.

»Und Euch ist der Graf zu Dortmund, Hanle Stecke, bekannt«, erwiderte er, »mein Amtmann hier auf Blankenstein.«

Die Männer nickten sich freudlos zu. Dann tranken sie und setzten den Austausch von belanglosen Höflichkeiten fort.

Schließlich verstummte ihr Geplauder und es trat jene Stille ein, die schon nach kurzer Zeit unangenehm berührt. Dann brach der Herzog das Schweigen. »Ich hörte, die Ernte war gut im letzten Jahr?«

»Nicht besser als in den Jahren zuvor«, entgegnete der Abt.

»Aber Eure Ländereien sind ertragreich?«

Mit einem Ruck stellte der Abt den Trinkbecher ab. Er fixierte den Herzog kalt. Jede Emotion war aus seinem Gesicht gewichen. »Durchlaucht, Ihr müsst nicht um den heißen Brei herumreden. Ihr braucht Geld, nehme ich an?«

Empört sprang Johann auf. »Wie könnt Ihr es wagen …«

Der Abt hob beschwichtigend die Hände. »Durchlaucht, ich wollte Euch keineswegs beleidigen. Aber Eure finanzielle Situation ist kein Geheimnis. Haben sich nicht einige Städte in Eurem Herzogtum sogar zu einem Bündnis gegen Euch zusammengeschlossen? Und weigert sich nicht auch der Landadel, seine Steuerpflicht zu erfüllen? Wir Benediktiner dagegen sind unseren Pflichten als Grundherren gegenüber Euch als Landesherrn immer nachgekommen. Also setzt Euch wieder und sagt, weshalb Ihr um dieses Gespräch gebeten habt.« Der Abt machte eine einladende Geste.

Herzog Johann wusste, dass der Mönch recht hatte. Also nahm er seinen Platz wieder ein. »Ihr vermutet richtig. Ich wollte mit Euch über ein Darlehn verhandeln.«

»Das dachte ich mir. Wie viel?«

»Eintausend Goldgulden würden für den Anfang reichen.«

»Für den Anfang?« Ein spöttisches Lächeln umspielte die Züge des Abts. »Durchlaucht, wir sind ein Kloster, keine Geldverleiher.«

»Na gut. Sagen wir als ein einmaliges Darlehn.«

Der Abt dachte nach. Dann wandte er sich an den Prior. »Bruder Paschalis, was sagst du dazu? Sind unsere Truhen voll genug, um dem Wunsch des Herzogs nachzukommen?«

»Wenn wir sparsam leben, könnten wir den Betrag aufbringen. Welche Sicherheiten haben Euer Durchlaucht anzubieten?«

Der Herzog bewahrte nur mühsam die Fassung. Was erlaubte sich dieser Mönch seinem Landesherrn gegenüber? »Ihr wollt Sicherheiten? Reichen Euch etwa mein Name und Rang nicht aus?«, erwiderte er wütend.

Paschalis wollte antworten, aber der Abt legte ihm besänftigend die Hand auf die Schulter und richtete sein Wort an den Herzog: »Eine Geste des guten Willens, Durchlaucht. Keine Sicherheiten.«

»Was verlangt Ihr also?«

»Etwas Boden aus Eurem Besitz, mehr nicht.«

Johann kalkulierte überschlägig die Preise. Ein durchschnittliches Stadthaus kostete rund zweihundert Gulden, also war diese Sicherheit durchaus annehmbar. »Dachtet Ihr an ein bestimmtes Grundstück?«

»Wenn Ihr dem Hilinciweg über die Brücke der Ruhr nach Norden in Richtung Linden folgt, erreicht Ihr kurz nach dem Beginn der Anhöhe ein Flachstück. Das öffnet sich nach Osten, ist kaum bewaldet und etwa zehn Morgen groß.«

Amtmann Stecke beugte sich zur Seite und flüsterte dem Herzog ins Ohr: »Ich kenne das Gelände. Es ist nicht Euer, sondern wurde einem Bauern aus Linden überlassen.«

Unwirsch schüttelte der Herzog den Kopf und ignorierte den Einwand des Drosten. »Was wollt Ihr mit einem so großen Grundstück?«, fragte er den Abt.

»Wie Ihr wisst, führt die Ruhr im Frühjahr und Herbst häufig Hochwasser. Unsere Weiden werden überflutet. Wenn wir unser Vieh weiter oben grasen ließen, bliebe uns Ungemach erspart.«

Johann wusste, dass auf den Uferwiesen tatsächlich häufig Wasser stand. Aber bisher hatte dies nie ein Problem dargestellt. Woher also sonst rührte das Interesse der Mönche an dieser Brache? Erschließung neuer Ackerflächen? Wohl kaum. Dem Deutzer Kloster gehörten in dieser Gegend mehr Ländereien als ihm, vermutete er. Plötzlich drängte sich dem Herzog ein Verdacht auf: Vielleicht war es der Kölner Erzbischof, der die Benediktiner leitete. Zehn Morgen Land reichten aus, um darauf eine befestigte Anlage, wenn nicht sogar eine Burg zu bauen. Nachdem die Isenburg zerstört und die Ruhrfurt, die von dort kontrolliert wurde, durch die weiter östlich liegende Brücke ersetzt worden war, blieben nur Burg Blankenstein und das Haus Cliff, um den wichtigen Handelsweg über den Fluss zu beherrschen. Denn wer trockenen Fußes über die Ruhr wollte, musste den Weg über die Brücke nehmen und Brückengeld und Steuern bezahlen. Wollte ihm der Erzbischof diese Einnahmequelle streitig machen? Die Mönche hatten anscheinend bereits vor der Unterredung gewusst, dass er sie um ein Darlehn bitten wollte. Gab es einen Zuträger in seinem Umfeld? Er ging in Gedanken die Namen seiner Getreuen durch, die von seinem Vorhaben wussten. War einer von ihnen der Spitzel? Er konnte es sich nicht vorstellen. Trotzdem musste er zukünftig noch wachsamer sein. Hermann von Hessen, der Kölner Erzbischof, den sie den Friedsamen nannten, war möglicherweise doch eher ein Wolf im Schafspelz. Wollte der Bischof auf dem Gelände eine Festung errichten und ihm das Ruhrtal militärisch streitig machen?

Der Abt riss den Herzog aus seinen finsteren Gedanken. »Was sagt Ihr zu unserem Vorschlag?«

Johann atmete tief ein. Was blieb ihm übrig? Er brauchte das Geld. Sollte er seine Zahlungsfähigkeit nicht wiederherstellen können, drohte seinem Geschlecht der Sturz in die Bedeutungslosigkeit. Dagegen wog ein möglicher Burgenbau auf der anderen Seite der Ruhr, der Jahre in Anspruch nehmen dürfte und möglicherweise nie fertig wurde, wenig. »Einverstanden«, sagte er deshalb.

»Aber Durchlaucht«, wagte der Graf einen Einwand. »Das Grundstück …«

Johann hob drohend die Hand. »Schweigt!«, gebot er.

Der Abt griff zum Kelch und trank ihn in einem Zug aus. »Der Wein ist wirklich exzellent«, sagte er und erhob sich. »Sobald wir die von Euch unterschriebene und besiegelte Urkunde in den Händen halten, geht Euch das Geld zu.«

Als die Mönche den Saal verließen, glaubte der Herzog, die Mimik des Grafen drücke Missfallen aus. »Ihr haltet meine Entscheidung für falsch?«, fragte er deshalb.

Hanle Stecke war knapp dreißig Jahre alt und seit mehr als zwei Jahren Droste auf Blankenstein. Sein Vater hatte das Amt als Pfand für ein Darlehn erhalten, das er Herzog Johann dem Ersten vor fast drei Jahrzehnten eingeräumt hatte. Weder der Vater noch dessen Sohn hatten diese Schuld bis heute beglichen. Und so hatte Hanle Stecke nicht nur den Grafentitel, sondern auch das Drostenamt geerbt.

»Durchlaucht, es steht mir nicht an, Eure Wahl zu kritisieren. Nur …«

»Nun redet schon.«

»Das Verfügungsrecht über dieses Grundstück liegt nicht bei Euch.«

»Das sagtet Ihr bereits. Wer ist der Nutzer?«

Die Saaltür wurde durch den Diener aufgedrückt. Ein etwa zwanzigjähriger Edelmann betrat den Raum. Er verbeugte sich und sprach unaufgefordert: »Die Mönche haben Blankenstein soeben verlassen. Ich habe ihnen zwei Mann als Geleit mitgegeben. An den Toren Hattingens lassen sie die Geistlichen allein. Und kehren zur Burg zurück, so wie Ihr befohlen habt.« Philip von der Schadeburg machte Anstalten, sich zurückzuziehen.

»Bleibt!«, ordnete der Herzog an. »Und lasst Euch den Wein schmecken.« Er zeigte zum Tisch, auf dem die immer noch vollen Krüge standen. »Und nun zu Euch, Graf. Also, wem obliegt das Nutzungsrecht an dem Gelände, das die Mönche so interessiert?«

»Einem Bauern aus Linden.«

»Nehmen wir es ihm weg.«

»Er ist ein freier Bauer. Ihr könnt nicht über seinen Besitz verfügen.«

Der Herzog machte eine abwehrende Handbewegung. »Ach was. Frei oder unfrei. Er ist ein Bauer.«

»Durchlaucht, bestimmt erinnert Ihr Euch. Als Euer Vater gegen die Kölner zog, kam es vor Soest bei der Belagerung der Stadt durch die Truppen des Erzbischofs zu einem Scharmützel. Das Pferd des Herzogs strauchelte, er stürzte und fiel so unglücklich, dass er unter dem Pferdeleib eingeklemmt war. Wäre ihm nicht ein Bauer, der auf Eurer Seite gekämpft hatte, zu Hilfe geeilt, hätten ihn die heranstürmenden Kölner gestellt. Als Dank für die Rettung aus höchster Not hat Ihr Vater dem Bauern ein Geschenk angeboten. Dieser wählte die Wiese, um dort einige Weinstöcke anzubauen. Ihr Vater hat ihm das Privileg gewährt. Und nun ist dessen Sohn der Nutzer des Grundstücks.«

»Wein? An der Ruhr?« Der Herzog lachte auf. »Hatte er mit dem Anbau Erfolg? Dann können wir von ihm lernen.«

»Das weiß ich nicht.«

»Gut. Machen wir die Schenkung rückgängig. Das dürfte doch kein Problem darstellen.«

»Durchlaucht, die Schenkung wurde hier in diesem Saal feierlich begangen, die Urkunde vom Abt des Klosters in

Werden beurkundet. Euer Vater hat vor Zeugen erklärt, dass der Grund für ewig dem Bauern und seinen Erben überlassen werde. Solltet Ihr die Schenkung für ungültig erklären, würdet Ihr gegen den Willen Eures Vaters verstoßen und Euer Ansehen schmälern.«

»Zahlt er Pacht?«

»Natürlich nicht. So hat es Euer Vater verfügt.«

Johann dachte nach.

»Dürfte ich einen Vorschlag machen?«, schaltete sich der junge Freiherr von der Schadeburg in das Gespräch ein. Es konnte für ihn nur von Vorteil sein, wenn er seinem Landesherrn zu Gefallen war.

»Nur zu.« Der Herzog nickte gnädig. »Wenn Ihr einen klugen Gedanken habt, lasst ihn hören.«

»Warum kauft Ihr diesem Bauern das Recht an der Wiese nicht einfach ab? Zahlt einen guten Preis, beurkundet den Kauf hier in diesem Saal wie damals die Schenkung, und Euer Ruf bleibt so makellos wie bisher.«

Die Miene des Herzogs hellte sich auf. »Ein guter Vorschlag, Freiherr. Graf, kümmert Euch darum. Ach, wer ist dieser Bauer?«

»Der Vater trug den Namen Jorge. Sein Sohn heißt Linhardt, genannt von Linden.«

»Linhardt von Linden also. Er wird seinem Landesherrn doch wohl keine Schwierigkeiten bereiten wollen, oder?«

2

Linden, 13. Mai 1488

Der Hof Linhardts und seiner Frau Ursell lag einige Hundert Schritte von der Kapelle entfernt, die dem heiligen Antonius geweiht war. Dass Linhardts Vater Jorge vor mehreren Jahrzehnten die Entscheidung für diesen Siedlungsplatz getroffen hatte, war bei den übrigen Bewohnern des Dorfes Linden auf Unverständnis gestoßen, hatten sie doch alle ihre Häuser in unmittelbarer Nähe des Gotteshauses errichtet. Jorge jedoch sah mehr Nutzen darin, wenn sein neuer Hof näher bei den Feldern lag, die er bewirtschaftete. So seien die Wege, die er zurücklegen müsse, nicht so weit und die Ernte schneller ein- und in Sicherheit gebracht, erklärte er seinen Nachbarn, die ihm beim Bau zur Hand gingen. Trotzdem wurde er einige Jahre lang misstrauisch beäugt, denn bisher hatte niemand so mit der Tradition gebrochen wie er. Irgendwann folgten weitere Bauern seinem Beispiel, sodass Linden zwar immer noch einen Ortskern besaß, aber an den Rändern ausfranste.

Linhardts Haus duckte sich in eine Senke und war so vor dem Wind geschützt. Das Einfahrtstor, groß genug, um das Ochsengespann aufzunehmen, öffnete sich gen Norden. So schien die Sonne, wenn sie am höchsten am Himmel stand, direkt in die Stube und wärmte diese im Winter. Das war dringend nötig, denn die einzige Feuerstelle befand sich im Flett am Ende der Diele neben dem Seitentor. Auch die Ställe lagen zu weit von der Stube entfernt, als dass die Abwärme der Tiere bis dorthin gelangen konnte. Die Außenwände aus Flechtwerk, mit Lehm verschmiert, boten nur unzulänglichen Schutz vor der Kälte. So drängten sich an kalten Tagen Bauern und Gesinde vor dem Feuer im Flett, um ihre Mahlzeiten einzunehmen, und betraten die Stube eigentlich nur, um darin zu schlafen. Da es für Mai noch recht kühl war, brannte auch in diesen Tagen das Feuer ununterbrochen. Ursell sorgte dafür, dass es nicht erlosch. Trotz des feuchtkalten Wetters schwitzten Linhardt und sein einziger Knecht Mathes beim Ausbessern einer schadhaften Stelle im Dach, die der Sturm der vergangenen Nacht verursacht hatte.

»Hast du schon gehört?«, fragte Mathes seinen Herrn, als sie eine kurze Pause einlegten und sich auf den Strohbündeln, die für die Dacheindeckung vorgesehen waren, ausruhten. »Im Ort erzählt man sich, der Herzog halte Hof auf Burg Blankenstein.«

»Hm«, brummte Linhardt und griff zur Holzkelle, um Trinkwasser aus dem bereitstehenden Eimer zu schöpfen. »Hat er sich also aus seinem Klever Schloss zu uns begeben.«

»Ja. Der ehrwürdige Abt soll ihn auf der Burg aufgesucht haben.«

»Der Deutzer?« Linhardts Interesse war geweckt. Zwei so hochgestellte Herren gemeinsam auf Blankenstein? Das war in der Tat ungewöhnlich. »Was sagen die Leute über den Zweck der Zusammenkunft?«

Der alte Mathes zuckte mit den Schultern. »Nichts. Es weiß doch keiner etwas. Einige erzählen, der Abt habe den Lebenswandel des Herzogs gerügt und ihn zu mehr Sittsamkeit angehalten. Er solle sich auf seine christliche Erziehung besinnen.«

Linhardt wusste, worauf Mathes anspielte, hielt diese Vermutung aber für Unsinn.

»Der Herzog soll ja hinter den Weibern her sein wie ein geiler Bock. Man sagt, er habe schon mehr Kinder gezeugt, als er Lebensjahre auf dem Buckel hat. Also pass nur gut auf deine Ursell auf. Gefallen täte sie ihm bestimmt. Nachher will er die Kraft, die in seinen Lenden steckt, auch noch an ihr ausprobieren.«

Der Bauer machte eine abweisende Handbewegung. »Du solltest nicht so viel auf das Geschwätz der Leute geben. Der Herzog ist von adeligem Blut und …«

»Aber er bleibt ein Mann, oder? Außerdem wird er doch nicht umsonst ›Kindermacher‹ genannt«, unterbrach ihn Mathes. »Und was da bei ihm zwischen den Beinen baumelt, sieht sicher nicht anders aus als bei uns.« Er griff sich mit der linken Hand in den Schritt und schob seinen Unterleib ruckartig vor und zurück. »Oder glaubst du etwa, das herzogliche Gemächt …« Mathes biss sich auf die Lippen, denn Ursell war um die Hausecke getreten und näherte sich den beiden Männern.

»Mir blieb nicht verborgen, was du sagtest, Mathes. Nur mach dir um mich keine Sorgen. Herzog hin oder her, in einem hast du recht: Er ist ein Mann. Und mit Männern kenne ich mich aus. So schnell zerrt mich keiner ins Bett, nicht wahr, Linhardt?« Der Schalk blitzte aus ihren Augen.

Ihr Mann verzog das Gesicht. Es gefiel ihm nicht, dass seine Frau ihn vor ihrem Knecht bloßstellte. Auch wenn es sich nur um einen Scherz handelte. »Schweig, Weib!«, befahl er deshalb barscher als beabsichtigt.

»Welche Laus ist dir denn über die Leber gelaufen?«, fragte Mathes.

»Das geht dich nichts an«, fauchte der Bauer.

»Schon gut, schon gut.« Mathes hob beschwichtigend die Hände. »Aber du solltest deine schlechte Laune nicht an ihr auslassen. Seit einigen Tagen bist du unausstehlich und aufbrausend. Wenn du mit mir nicht zufrieden bist, sag es und …«

»Es liegt nicht an dir.« Linhardt ließ die Kelle wieder in den Eimer fallen. Dann griff er Ursell am Arm. »Komm. Ich wollte ohnehin mit dir sprechen.« Und zum Knecht gewandt meinte er knapp: »Arbeite weiter. Ich bin gleich zurück.«

Das Paar ging ins Haus und durchquerte die Diele. Linhardt ließ sich auf der Bank nieder, die bei der Feuerstelle stand. Er stützte den Kopf in beide Hände und schwieg. Ursell blieb vor ihm stehen und sah ihn verwirrt an.

Eigentlich hatten sie keine Geheimnisse vor Mathes. Der Knecht lebte seit seiner Geburt auf dem Hof. Er hatte schon Linhardts Vater Jorge treu gedient und Linhardt kannte ihn von Kind auf. Mathes war, obwohl ein Höriger in dritter Generation, Familienmitglied. Er teilte Freud und Leid mit dem jungen Paar, hatte dem Bauern nach dem Tod Jorges zur Seite gestanden und war mit den Jahren in die Rolle eines Ersatzvaters hineingewachsen. Warum also diese Heimlichkeit?

»Es steht nicht gut um den Hof«, begann Linhardt schließlich. »Die Ernten werden immer schlechter. Und der Zins drückt.« Er stand auf und zog seine Frau an sich. »Es war ein Fehler, dass wir uns das Geld für das Ochsengespann geliehen haben.«

»Aber wir hätten doch sonst das Feld hinten am Hang nicht bestellen können«, warf Ursell ein. »Wolltest du dich mit Mathes ins Geschirr legen?«

Ihr Mann ignorierte die Bemerkung. »Und dann der Dienst für den Landesherrn. Drei Tage müssen Mathes und ich auf den Feldern des Herzogs arbeiten. Zur Aussaat und Ernte. Jedes Jahr immer wieder aufs Neue. Warum? Unsere eigene Saat bleibt liegen. Da wären wir als hörige Bauern fast besser dran.« Seine Stimme klang verzweifelt. »Und jetzt auch noch das Kind, das du unter dem Herzen trägst.«

Ursell schob ihren Mann ein wenig zurück. »Sag so etwas nicht. Auch dein Vater hatte schwierige Jahre, nachdem er das Haus gebaut hat. Er hat sich damals Geld geliehen und seine Schulden zurückbezahlt. Bist du ein schlechterer Bauer als dein Vater?«

»Vielleicht.«

»Rede keinen Unsinn. Wenn die Felder nicht mehr hergeben, müssen wir an anderer Stelle das Geld auftreiben.«

Linhardt lachte bitter. »Wenn es doch nur so einfach wäre.«

»Was ist mit dem Weinanbau auf der Wiese oberhalb der Ruhr?«

»Das hat schon mein Vater versucht. Die Stöcke wachsen nicht richtig und die Reben bleiben zu klein. Außerdem ist der Wein sauer und nicht zu verkaufen.«

»Woran liegt das?«

Linhardt zuckte unsicher mit den Schultern. »Im Rheinischen, hat mir mein Vater erzählt, wächst der Wein auf steilen Hängen, die der Sonne zugewandt sind.«

»Das ist die Wiese auch«, wagte Ursell einen Widerspruch.

»Schon. Aber möglicherweise ist sie nicht hoch genug.«

»Du meinst, je höher ein Hang ist, desto näher ist er am Himmel und damit an der Sonne?«

Linhardt nickte. »Daran mag es liegen.«

Sie schüttelte energisch den Kopf. »Das kann nicht sein. Ich habe gehört, dass auf den Bergen bis weit in das Frühjahr hinein Schnee liegt. Dann kann es dort nicht wärmer sein.«

»Was weiß ich. Frag die Pfaffen. Der Himmel ist ihr Geschäft.« Sein Tonfall war gereizt. Frauen hatten Männern nicht zu widersprechen.

»Willst du es nicht noch einmal versuchen?«

Er schüttelte heftig den Kopf. »Das geht nicht. Die Weinstöcke sind längst verfault. Für neue fehlt uns das Geld. Selbst wenn wir uns etwas leihen würden – was ist, wenn es wieder nichts wird mit dem Wein?«

Ursell dachte nach. Nach einer Weile meinte sie: »Die Wiese liegt doch am kleinen Hellweg. Dort kommen ständig Reisende vorbei, die nach Hattingen, Bochum oder gar Dortmund wollen. Warum verkaufen wir ihnen nicht ein wenig Wegzehrung? Wenn wir unsere Waren preiswerter anbieten als die Händler in den Städten, könnte es gehen.« Sie spann den Gedanken weiter. »Später können wir vielleicht sogar eine Schenke errichten und …«

Ihr Mann unterbrach sie. »Ach was. Das werden die Hattinger und die Mönche niemals billigen.«

»Was können sie denn dagegen tun? Es ist unser Grund. Wir halten ja keinen Markt ab, sondern bieten nur das an, was wir selbst erzeugt haben.«

»Und wer soll die Waren zum Kauf anbieten? Mathes und ich müssen auf den Feldern …«

»Ich. Wer sonst?«

»Und das Kind?«

Ursell straffte sich. »Andere Frauen unterstützen ihre Männer auf den Feldern bis zur Geburt und nehmen ihre Arbeit am nächsten Tag wieder auf. Manche kommen sogar in den Furchen nieder. Da werde ich mich ja wohl mit einem Kind auf dem Arm an einen Wegrand stellen können.«

»Aber wenn es regnet?«

»Das tut es auf dem Acker auch. Außerdem kannst du mir einen Unterstand bauen. Bäume gibt es am Rand der Wiese schließlich genug. Und wir werden mit der Enndlin sprechen.«

»Was willst du von der Alten?«

»Ihr fällt das Gehen immer schwerer. Sie hat mich gefragt, ob sie nicht an den Markttagen auf unserem Ochsenkarren mit nach Hattingen fahren darf. Ich denke, ich biete ihr an, nicht sie, sondern lediglich ihre gebrannten Tontöpfe und -schüsseln mitzunehmen und selbst auf dem Markt zu verkaufen. Sie gibt uns dafür einen Anteil am Erlös.« Und dann sprudelte es nur so aus ihr heraus: »Ihr Kotten fällt beim nächsten Sturm in sich zusammen. Wir könnten ihr anbieten, in der Kammer neben Mathes zu schlafen. Für Speis und Trank muss sie natürlich zahlen. Die Unterkunft ist für Enndlin umsonst, als Gegenleistung bringt sie mir das Töpfern bei. Enndlin ist alt. Noch zwei oder drei Jahre, dann ist es mit ihr vorbei. Ihr Mann ist seit Langem tot und auch ihre beiden Söhne haben im Dienst des Herzogs ihr Leben gelassen. Wenn sie nicht mehr ist, betreibe ich das Geschäft allein.«

»Du?«

»Ich meine natürlich wir«, korrigierte sie sich sofort.

»Du scheinst das ja alles genau geplant zu haben.«

Ein Lächeln erhellte ihr Gesicht. »Also, was meinst du?« Sie schaute Linhardt prüfend an.

Dessen Miene zeigte Zuversicht. »Na gut«, sagte er endlich. »Versuchen wir es.«

»Danke.«

Linhardt kramte in seiner Tasche. »Eigentlich wollte ich es dir erst geben, wenn das Kind da ist.« Er zog ein Holzkreuz hervor. »Aber vielleicht ist heute der richtige Zeitpunkt. Es soll das Kind beschützen. Aber du kannst jetzt schon göttlichen Beistand gebrauchen. Eigentlich wir beide«, setzte er hinzu und reichte seiner Frau ein kleines, fast schwarzes Kreuz, welches an einem Band aus weichem Leder befestigt war.

Liebevoll strich sie mit den Fingern über das Geschenk. »Das fühlt sich so glatt an. Es ist wunderschön.«

»Ich habe es aus Nussbaum geschnitzt und mit einer Raspel bearbeitet.« Der Stolz über Ursells Lob war ihm anzumerken. »Den Ast, aus dem es gemacht wurde, hat mir der Böttcher im letzten Winter überlassen.«

»Was hast du ihm dafür gegeben?«

»Keine Angst, kein Geld. Zwei Kohlköpfe.«

Sie küsste das Kreuz, murmelte ein kurzes Gebet und legte es sich um den Hals. »Es wird seinen Zweck erfüllen«, meinte sie. »Ich spüre es.«

Schritte näherten sich und Mathes betrat die Flett. »Es kommen Reiter. Zwei.«

Droste Hanle Stecke und Freiherr von der Schadeburg galoppierten auf den Hof und sprangen von ihren Pferden.

»He du!«, herrschte der Freiherr Mathes an. »Binde unsere Tiere an und gib ihnen zu saufen.« Er drückte ihm die Zügel in die Hand. »Aber ich will meinen Gaul im Auge behalten.«

»Herr«, antwortete Linhardt, der mit seiner Frau die Ankunft der Reiter verfolgt hatte, »unsere Tränke liegt auf der anderen Seite des Hauses.«

»Dann schafft das Wasser hierher.« Philip von der Schadeburg stolzierte auf Linhardt zu. »Und besorg für uns eine Sitzgelegenheit. Ich werde nicht vor einem Bauer stehen.« Mathes band die Pferde an einen Pfosten und verschwand, um Wasser aus dem Brunnen zu holen.

Linhardt nickte Ursell zu. Die lief ins Innere des Gebäudes und kehrte kurz darauf mit zwei dreibeinigen Schemeln zurück, die sie sonst zum Melken benutzten. Mit gesenktem Kopf stellte sie den Adeligen die Sitzgelegenheiten hin.

Sichtbar unzufrieden nahm der Freiherr Platz, während der Droste keine Anstalten machte, es ihm gleichzutun.

»Sei gegrüßt, Linhardt«, sagte er stattdessen. »Und auch du, Ursell.«

»Seid ebenfalls gegrüßt, hohe Herren«, erwiderte Linhardt. »Möchtet Ihr etwas trinken? Die Sonne hat die Wolken aufgerissen und Euch muss vom Ritt warm geworden sein.«

»Wein«, orderte von der Schadeburg.

»Tut mir leid, Herr. Wir haben nur Wasser.«

»Ein Schluck Wasser wird uns erfrischen«, antwortete der Droste. »Hab Dank.«

Ursell füllte die Kelle im Eimer und reichte sie, ohne nachzudenken, zuerst dem Freiherrn, da dieser ihr am nächsten war. Der sah empört zu der Bäuerin auf und schlug ihr die Schöpfkelle aus der Hand. Klappernd fiel sie zu Boden. »Was soll das? Ich trinke doch nicht aus demselben Gefäß wie ihr!«

»Ihr könnt ja auch aus dem Eimer saufen wie Euer Gaul.« Kaum hatte Ursell diese Ungeheuerlichkeit ausgesprochen, schlug sie erschrocken die Hand auf den Mund und wich einen Schritt zurück.

Philip sprang auf und ballte die Faust zum Schlag. »Was erlaubst du dir?«, rief er, die Zornesröte im Gesicht.

»Herr, verzeiht. Mein Weib erwartet ein Kind. Da sind Frauen immer launisch und wissen nicht, was sie reden. Nicht wahr, Euer Durchlaucht?« Linhardt wandte sich Hilfe suchend an den Grafen.

»Da könntest du recht haben«, unterstützte ihn der Droste. »Ich würde auch gern einen Schluck trinken. Aber sei so gut und wasche vorher den Sand von der Kelle. Vielleicht habt ihr ja auch zwei Becher für uns.«

Ursell nickte dankbar und eilte davon, um das Gewünschte aus dem Haus zu holen.

Philip von der Schadeburg sah der jungen Frau nach. Ihre Bewegungen wirkten fließend und ihre langen, braunen Haare wehten im Wind.

Philip fragte sich, wie die Bäuerin unter ihrem grauen Kleid aus grobem Linnen aussehen mochte. Und er stellte sich vor, wie es wäre, Ursells augenscheinlich wohlgeformten Körper in seiner Schlafstatt mit den Händen zu berühren, ihn zu küssen und schließlich zu besitzen. Linhardts Stimme riss ihn aus diesen angenehmen Gedanken. »Nun, was führt Euch zu mir?«

»Es geht um die Wiese am Hang der Ruhr, die Herzog Johann der Erste deinem Vater überlassen hat.« Der Droste setzte sich nun ebenfalls.

»Was ist damit?«

»Der Herzog möchte das Nutzungsrecht von dir kaufen.«

Linhardt kratzte sich am Kopf. »Der Sohn fordert also das Geschenk seines Vaters zurück?«

»Er fordert nicht, er bittet und zahlt einen angemessenen Preis.«

»Und was ist in seinen Augen angemessen?«

»Er bietet einen Gulden. Keinesfalls mehr.«

Linhardt lachte auf. »Selbst für zehn würde ich das Land nicht verkaufen.«

Der Freiherr blickte den Bauern aus finsteren Augen an. »Du wirst das Angebot annehmen, Bursche. Sonst ...«

»Was sonst?«, wollte Linhardt wissen.

»Der Herzog ist dein Landesherr!«

»Ich weiß. Ich schulde ihm drei Tage Arbeitsleistung im Frühjahr und Herbst. Weiter nichts. Meine sonstigen Abgaben bekommt der Grundherr. Und ich bin beiden noch nie etwas schuldig geblieben. Ich bin ein freier Bauer, der auf seinem seit alters her verbrieften Besitz lebt. Kein Herzog, Fürst oder Freiherr kann mich zwingen, mein Recht an der Wiese zu verkaufen, solange ich meine Verpflichtungen erfülle.« Bei diesen Worten hielt Linhardt dem Blick Philips stand. »Sagt seiner Durchlaucht, ich werde seiner Bitte nicht nachkommen.«

Philip sprang auf und für einen Moment sah es so aus, als ob er zur Waffe greifen würde. Dann hatte der Adelige sich wieder in der Gewalt. »Du tust es. Oder du wirst deine Entscheidung bitter bereuen.«

»Wollt Ihr mir drohen? Ihr steht auf meinem Boden. Eure Pferde saufen mein Wasser, mein Knecht reibt Eure Gäule trocken.« Er zeigte auf den Hauseingang, aus dem Ursell trat, mit zwei Bechern in der Hand. »Dort kommt mein Weib. Sie bringt Trinkgefäße, um Euch die Euch gebührende Gastfreundschaft zu erweisen. Ich habe eine, wie sagtet Ihr gerade, Bitte meines Landesherrn abgelehnt, ich habe ihm nicht die Treue oder Gefolgschaft verweigert. Darüber mag er ungehalten sein. Aber es ist mein Recht, so zu verfahren. Und dieses Recht werdet Ihr mir nicht streitig machen.«

Ursell war hinzugetreten und reichte dem Freiherrn demütig einen Krug. Sie wusste, dass sie vorhin zu weit gegangen war. Es stand einer Frau nicht an, Gäste ihres Mannes zu beleidigen. Vor allem dann nicht, wenn diese von Adel waren.

»Scheiß auf dein Wasser.« Die Adern auf Philips Stirn traten vor Wut hervor. »Du machst einen großen Fehler, Bauer.«

Mit diesen Worten ging er zu Mathes, riss diesem den Zügel aus der Hand, schwang sich auf sein Pferd und gab ihm die Sporen. Erschrocken machte der Warmblüter einen Satz nach vorne, stieß mit einem Hinterhuf den Wassereimer um und jagte mit seinem Reiter davon.

»Du hast dir soeben einen Feind gemacht, Linhardt«, meinte der Droste. »Ich weiß nicht, ob du klug gehandelt hast.« Er ließ sich von Ursell den Becher reichen und trank das kühle Wasser in einem Zug aus. »Danke.«

»Klug oder nicht, Herr, ich weiß das Recht auf meiner Seite.«

Hanle Stecke ging zu seinem Hengst. Bevor er aufstieg, wandte er sich Linhardt noch einmal zu. »Recht hat am Ende immer der, der die Macht hat. Und das bist nicht du. Wenn du es dir also noch überlegen solltest, lass es mich wissen. Eine Bedenkzeit von drei Tagen kann ich dir zubilligen. Und überlege wohl. Es ist nie gut, einen Herzog zum Feind zu haben.« Sprachs und folgte Philip.

3

Burg Blankenstein, 13. Mai 1488

»Er hat *was* gesagt?« Herzog Johann war außer sich. Er marschierte im Burgsaal auf und ab und machte Anstalten, das filigrane Hohlglas, welches er in der Hand hielt, auf dem Boden zu zerschmettern.

»Er lehnt es ab zu verkaufen, Durchlaucht.« Graf Stecke saß auf der Bank am Fenster und trank einen großen Schluck Wein. »Er ließ sich nicht überzeugen. Er meinte, Ihr hättet kein Recht, ein solches Geschäft zu verlangen. Als freier Mann sei er seinen Pflichten Euch gegenüber nachgekommen. Mehr könntet Ihr nicht von ihm fordern.«

»Und was sagt Ihr dazu, Graf?«

»Dass Linhardt von Linden recht hat.«

Johann brüllte los: »Ihr seid der Droste von Blankenstein. Dieser Bauer untersteht Eurer Gerichtsbarkeit! Ich will nicht wissen, ob er im Recht ist oder nicht, sondern ich will das verfluchte Grundstück, weil mir sonst dieser Mistkerl von einem Abt das Geld verweigert. Und Ihr, Graf, seid dazu da, meine Interessen zu vertreten.«

Stecke blieb trotz der Vorwürfe ruhig. »Genau das tue ich, Durchlaucht. Ihr könnt den Bauern in der Tat nicht zwingen, Euch das Nutzungsrecht zu überlassen. Ihr müsst Euch an das Gesetz Eurer Vorfahren halten, das wisst Ihr so gut wie ich. Und der Bauer hat Euch keinen Anlass gegeben, aufgrund dessen Ihr anderweitig an seine Wiese kommen könnt. Er ist seinen Verpflichtungen ...«

»Haltet endlich das Maul!«, tobte der Herzog. »Wenn ich das schon höre: Recht. Gesetze. Ich bin das Gesetz in diesem Land. Ich bin der Herzog von Kleve und Mark!« Er lief zum Fenster, zeigte hinaus und machte dann mit der Hand eine kreisende Bewegung. »Das gehört alles mir.« Er klopfte sich theatralisch auf die Brust und schrie noch lauter als zuvor: »Mir, versteht Ihr!«

Stecke zog es vor, den Wutausbruch seines Landesherrn schweigend zur Kenntnis zu nehmen.

»Und Ihr, Freiherr, was habt Ihr getan? Euch ebenfalls nur angehört, wie mir dieser unverschämte Bauer verweigert, was mir zusteht?«

Philip von der Schadeburg hatte es dem Drosten überlassen, die schlechte Nachricht zu überbringen und zu gestehen, dass sie erfolglos geblieben waren. Sollte Johann seinen Missmut doch an dem Grafen abreagieren. Nun aber geriet auch er in die Schusslinie. Das musste er unter allen Umständen vermeiden, schließlich hatte er nicht vor, ewig nur

Hauptmann zu bleiben. »Ich habe ihm gedroht, Herr«, erwiderte er in der Hoffnung, auf diese Weise Eindruck zu schinden.

»Und ihn damit in seiner Weigerung nur noch bestärkt«, warf der Graf ein. »Außerdem wolltet Ihr seine Frau schlagen.«

»Sie hat mich beleidigt«, verteidigte sich Philip empört.

»Das stimmt. Trotzdem wäre es klüger gewesen, zu schweigen.«

Der Herzog ließ sich auf eine Bank fallen. »Mir scheint, Ihr habt Euch beide nicht besonders geschickt benommen. Der eine unterstützt anscheinend diesen Linhardt in seiner Halsstarrigkeit, der andere bedroht dessen Frau. Freiherr, habt Ihr jemals etwas von Diplomatie gehört? Oder löst Ihr Eure Konflikte immer nur mit Schwert und Fäusten?«

Als Philip sich verteidigen wollte, hob der Herzog die Hand. »Kein Wort mehr. Von keinem von Euch. Lasst mich allein. Ich muss nachdenken.«

Philip von der Schadeburg war nach dieser Unterredung nach Hattingen geritten, um in einer der Herbergen in der Nähe des Marktplatzes seinen Ärger mit Bier zu lindern.

Der Freiherr entschied sich für das Weinhaus, aus dem lautes Stimmengewirr drang. Er näherte sich dem Gebäude und versuchte, durch die geschlossenen hölzernen Fensterläden einen Blick ins Innere zu werfen. Vergeblich. Es war zu dunkel. Der Lärm, den er hörte, ließ jedoch auf zahlreiche Gäste schließen. Das kam ihm entgegen. Um sich abzulenken, war ein volles Haus der geeignete Ort.

Philip ging zur Tür, drückte sie auf und betrat die Gaststube. Es dauerte ein wenig, bis sich seine Augen an das schummerige Licht gewöhnt hatten. Die meisten Plätze in der Schenke waren besetzt. Heute war Markttag. Reisende

Krämer, Kleinhändler, ortsansässige Handwerker und die Bauern der Umgebung begossen ihre guten Geschäftsabschlüsse oder ertränkten ihren Kummer über leere Geldbeutel mit Wein oder Bier. Letzteres wurde in Hattingen selbst gebraut und war daher preiswerter zu haben als der Wein, der von weit her angeliefert wurde. Der Weinanbau auf den Ländereien der Stadt war aufgrund der schlechten Witterung in den vergangenen Jahrzehnten vollständig zum Erliegen gekommen. Und nicht nur Jorge und Linhardt von Linden mussten die Erfahrung machen, dass sich nicht jede Gegend für die süßen Trauben eignete.

Der Freiherr setzte sich an den letzten leeren Tisch an der linken Seite des Raumes und sah sich um. Um ihn herum hockten, ihrer Kleidung nach zu urteilen, Hattinger Bürger und Kaufleute auf Schemeln oder Bänken eng beieinander. Die Tranlampen erhellten die Szenerie nur unzureichend und sonderten obendrein Qualm ab, der stinkend im Raum hing. Noch mehr dieser Lampen und das Atmen wäre unmöglich geworden. Deshalb diente als zusätzliche Beleuchtung ein metallisches Feuerbecken, das in der Mitte der Stube an Ketten von der Decke hing. Darunter saß niemand, zu hoch war die Gefahr, durch herunterfallende, glimmende Holzstücke verletzt zu werden.

Im hinteren Bereich des Gasthauses befand sich die Küche. Über dem offenen Herdfeuer hingen zwei Töpfe, in denen vermutlich Suppe kochte. Die Wirtin, eine Frau von vielleicht dreißig Jahren mit prallem Busen und ausladenden Hüften, deren wallendes Haar nur mühsam von einer Haube in Schach gehalten wurde, fragte nach seinen Wünschen. Philip bestellte Bier und Brot.

Die Wirtin zeigte auf Philips Schwert. »Das brauchst du hier nicht.«

Philip ärgerte sich über die unziemliche Ansprache, beschloss aber, sie zu ignorieren. Er wollte sich unterhalten, nicht aufregen.

»Das Tragen von Waffen aller Art ist in den Schenken der Stadt durch den Rat untersagt worden«, insistierte die Wirtin erneut.

Mürrisch gürtete Philip ab und lehnte das Schwert samt Scheide griffbereit neben sich an den Tisch. Als die Wirtin danach greifen wollte, um die Waffe anderenorts aufzubewahren, schlug der Freiherr ihr auf die Finger. »Behalte deine Hände bei dir, Weib«, drohte er. »Sonst könnte es sein, dass du bald keine mehr hast.«

Erschrocken suchte die Wirtin das Weite. Kurz darauf stand der erste Krug Bier vor Philip, den er in einem Zug austrank. Dann orderte er einen zweiten.

Philip von der Schadeburg war vor vier Jahren als Siebzehnjähriger in die Dienste des Herzogs getreten. Er war der Spross einer Familie niederen Adels. Diese stammte aus einem kleinen Dorf namens Börnig. Sie besaß kaum Ländereien, eigentlich nur den Adelstitel. Ihr Familiensitz, von ihnen großspurig als Burg bezeichnet, war nicht viel mehr als ein nur unzureichend befestigtes Herrenhaus. Und der wenige Grund und Boden, den sie ihr Eigen nannten, lag im Emscherbruch. Dieses Gebiet wurde regelmäßig von Hochwasser heimgesucht und ähnelte einem Sumpf. Fast ihr gesamtes Einkommen erzielten die von Schadeburg, von einigen Kleinpächtern abgesehen, durch die Wildpferde, die sie im morastigen Gelände fingen, abrichteten und auf dem Markt des nahen Crange verkauften. Zu allem Übel lagen ihre Ländereien genau zwischen zwei Burgen, den Schlössern Strünkede und Bladenhorst, die wechselseitig entweder von den

Herren zur Mark oder dem Kölner Erzbischof belagert wurden und mehrmals den Besitzer gewechselt hatten. Anfangs hatte die Familie von der Schadeburg noch versucht, in diesem Konflikt der beiden Mächte neutral zu bleiben. Aber dann drohte es ihnen zu ergehen wie dem Getreidekorn zwischen zwei Mühlsteinen: Sie mussten befürchten, zermahlen zu werden. Also entschieden sie sich für die Seite des Herzogs von der Mark und Kleve. Zum Beweis ihrer Treue trat der jeweils zweitälteste Sohn der Familie für den Rest seines Lebens in dessen Dienste. Er war der Zweite seiner Familie, dem dieses Schicksal widerfahren war, und wusste, dass er nur durch die Gnade seines Herrn von diesem heiligen Eid befreit werden konnte. Ein Bruch dieses Versprechens hätte das Ende derer von der Schadeburg bedeutet.

Zwei bunt gekleidete Spielleute bauten sich mit Fiedel und Flöte auf der Fläche unter dem Feuerbecken auf. Nach einer Eröffnungsmelodie setzte der Flötist sein Instrument ab und sang, während der Fiedler ihn begleitete.

Das Lied handelte von einem Burgfräulein, welches am Fenster ihrer Kemenate auf ihren Ritter wartete, der in der Fremde Heldentaten beging, im Kampf verletzt wurde und schließlich starb. Das edle Fräulein aber harrte den Rest seines Lebens auf ihrem Platz aus, hoffte auf die Rückkehr ihres Liebsten, aß und trank nicht mehr, bis auch sie das Zeitliche segnete.

Philip hatte solche Weisen schon häufig gehört. Nur waren sie sonst besser interpretiert worden als von den beiden Musikanten hier. Aber er versagte ihnen nicht den zustehenden Lohn, als sie nach dem Ende des Auftritts mit einer Kappe durch die Reihen der Zecher gingen.

Am Nachbartisch spielten drei Männer mit Würfeln. Philip

sah hinüber. Als sie das Interesse des Adeligen bemerkten, fragte einer von ihnen: »Möchtet Ihr Euch anschließen, Herr?«

Philip, den sein mittlerweile drittes Bier milde gestimmt hatte, ließ sich dazu herab, zu antworten. »Wie hoch ist der Einsatz? Und was spielt ihr?«

Der Mann, der ihn angesprochen hatte, erklärte: »Wir spielen mit einem Mindesteinsatz von einem Pfennig. Und das Spiel nennen wir Kalter Schlag.«

Ein Pfennig. Das war etwa ein Zehntel eines Albus. Der Gegenwert des Brückenzolls für einen Berittenen. »Nicht viel. Und wie sind die Regeln?«

»Einfach, Herr. Wir benutzen drei Würfel. Der Vorleger, so bezeichnen wir den, der das Spiel eröffnet, schüttelt den Würfelbecher und stellt das Gefäß mit dem Boden nach oben auf dem Tisch ab. Er lupft ihn vorsichtig an und rechnet zusammen, welche Augenzahl sich aus den drei Würfeln ergibt. Natürlich achtet er darauf, dass seine Mitspieler nicht erkennen können, was er geworfen hat. Dann setzt er auf den Wurf. Wie gesagt, mindestens einen Pfennig. Die anderen versuchen, anhand des Einsatzes die Höhe des Wurfs zu erraten und entscheiden, ob sie das Spiel annehmen oder passen. Wenn sie sich beteiligen, müssen sie den Einsatz des Vorlegers mitgehen und denselben Betrag auf den Tisch legen. Haben sich alle entschieden, wird der Würfelbecher angehoben. Jetzt kann jeder Mitspieler den Wurf sehen. Der Vorleger reicht den Becher an den links von ihm Sitzenden weiter, der diesen Wurf übertreffen muss. Gelingt es ihm, erhält er den Einsatz. Verliert er, bekommt der Vorleger das Geld. Nach jeweils fünf Würfen übernimmt der nächste Spieler die Rolle des Vorlegers. Eigentlich ganz einfach.«

»Und gibt es eine Obergrenze beim Einsatz?«

»Ja. Einen Albus.«

Philip griff zu seinem Bierkrug. »Gut. Ich steige ein.«

Nach fünf Runden hielten sich Gewinn und Verlust die Waage. Philip bestellte ein Bier nach dem anderen. Langsam konnte er sich kaum noch auf den Beinen halten. So schenkte er einem vierten Mann, der sich bisher an einem der anderen Tische aufgehalten hatte, keine Beachtung, als dieser neben ihm Platz nahm. Immer dann, wenn Philip unter seinen Becher lugte, beugte sich auch sein neuer Sitznachbar hinüber und versuchte, ebenfalls einen Blick auf die Würfel zu erhaschen. Gelang ihm dies, gab er seinen Kumpanen verdeckte Zeichen. So kam es, dass Philip, wenn er einen hohen Wurf vorfand, keine Gegenspieler hatte, da diese alle passten, egal, wie zurückhaltend er setzte. Fiel sein Wurf jedoch auffällig niedrig aus, würfelten auch die anderen und er musste in der Regel an alle seinen Obolus leisten. Nach weiteren zehn Runden hatte Philip schon mehr als zwanzig Albus verloren, etwa den Wochenlohn eines Pfarrers. Er versuchte, den Verlust dadurch wettzumachen, dass er mit immer höheren Einsätzen immer waghalsiger spielte. Doch je mehr er riskierte, desto mehr verlor er.

In einem hellen Moment fielen ihm plötzlich die Handbewegungen auf, mit denen der Mann neben ihm Signale an seine Kumpane gab. »Ihr betrügt«, rief Philip empört, sprang auf, stolperte aber und stürzte. Da er sich nicht mehr aus eigener Kraft aufrappeln konnte, kroch er langsam über den Lehmboden, um zu seiner Waffe zu gelangen. »Ich werde euch erschlagen«, stieß er mit schwerer Zunge hervor, als er den Knauf seines Schwertes in der Hand spürte. Bevor er sich aufrichten konnte, packten ihn jedoch zwei kräftige Hände und zogen ihn hoch. »Lasst es bleiben«, raunte eine tiefe Männerstimme in sein Ohr. »In Eurem Zustand seid Ihr leichte Beute für diese Kerle.«

Der Alkoholnebel verhinderte, dass Philip genau verstand, was ihm da geraten wurde. Er versuchte, sich loszureißen. Seine Hände tasteten erneut nach der Waffe. Aber sein Schwertarm wurde nach hinten gerissen und festgehalten. »Es ist zu Eurem Besten«, meldete sich wieder die Stimme. »Und jetzt kommt.«

Philip wurde durch die Tischreihen hindurch nach draußen gezerrt. Seine Gegenwehr erlahmte. Aus den Augenwinkeln nahm er wahr, dass die Wirtin ihnen folgte und ihm seine Waffe nachtrug.

Erst auf dem Marktplatz erkannte Philip, dass der Mann, der ihn aus dem Wirtshaus geschleppt hatte, ein Mönch war. Die schwarz-weiße Ordenstracht wies ihn als Dominikaner aus. Er war bartlos, sein Haupthaar geschoren. Er überragte Philip um Haupteslänge. Seine Hände waren rau wie die eines Bauern, der Griff eisern. Er schien über Bärenkräfte zu verfügen.

»Lasst mich los«, herrschte der Adelige den Geistlichen an. »Ich nehme es mit den Gaunern gerne auf.«

»Dann lasst ihn doch in sein Unglück rennen, Vater«, meinte die Wirtin. »Vorher zahlt Ihr jedoch die Zeche. Danach könnt Ihr Euch meinetwegen von den vier Halsabschneidern massakrieren lassen.«

»Kennst du diese Kerle?«, erkundigte sich der Mönch, ohne jedoch den Griff, der Philip umfasste, zu lockern.

»Nein. Sie sind zum ersten Mal hier.« Und zu dem Freiherrn gewandt forderte sie: »Fünf Albus.«

»Ich würde ja, kann aber nicht«, stöhnte Philip.

»Wenn Ihr mir versprecht, vernünftig zu sein, kommt Ihr frei. Nur das Schwert bleibt in der Obhut der Wirtin, bis Ihr Eure Schuld beglichen habt.« Der Mönch sah Philip fragend an.

Der nickte. Kurz darauf griff er zu seinem Geldbeutel und händigte der Wirtin den gewünschten Betrag aus. Die drückte dem Mönch Schwert und Scheide in die Hand und kehrte an ihren Arbeitsplatz zurück.

»Jetzt hört mir zu«, bat der Mönch, »bevor Ihr unüberlegt handelt. Die vier Männer in der Schenke sind mit Sicherheit bewaffnet. Solche Scharlatane tragen ihre Kurzschwerter oder Dolche normalerweise unter ihren Gewändern. Wenn Ihr sie angreift, stechen sie Euch ab, ohne das geringste Zögern. Einen von ihnen werdet Ihr vielleicht niedermachen können, obwohl ich angesichts Eures Zustands daran zweifele. Aber einer gegen vier – das ist schon unter normalen Bedingungen keine einfache Sache.«

»Ich bin Soldat«, stellte Philip klar. »Ich habe schon so manchen Strauß ausgefochten.«

»Das glaube ich Euch gerne. Aber nicht so trunken, wie Ihr jetzt seid. Ich kenne Euch. Ihr steht im Dienst des Herzogs?«

»Ja.«

»Was habt Ihr an einem solchen Ort verloren?«

»Was geht Euch das an? Außerdem könnte ich dasselbe fragen.«

»Da habt Ihr recht. Nun, ich bin dort, wo meine Schäflein sind. Und Ihr braucht nicht zu antworten. Es geht mich wirklich nichts an.« Er reichte Philip die Waffe. »Da, nehmt. Nur denkt daran: Manchmal ist es klüger, nicht zu kämpfen, sondern auszuweichen.«

So etwas Ähnliches hatte Philip heute schon einmal gehört. »Dann lauft und holt Hilfe. Ich bewache den Ausgang und stelle die Vier, sollten sie sich herauswagen.«

Der Mönch lachte leise auf. »Ihr seid in der Tat noch sehr jung. Glaubt Ihr wirklich, die Männer, die Euch ausgenommen haben, sitzen noch in der Schenke und warten darauf, dass Ihr mit der Stadtwache zurückkehrt? Die sind hinten heraus und vermutlich schon vor einem der Stadttore. Lernt aus dem Vorfall. Euer Geld ist weg – besser als Euer Leben. Versucht in Zukunft, Euren Hitzkopf zu kontrollieren.« Mit diesen Worten wandte er sich zum Gehen.

»Bleibt noch einen Moment.« Philip wurde der Mund trocken. Er war es nicht gewohnt, auf die Unterstützung anderer angewiesen zu sein. »Danke für Euren Beistand«, presste er widerwillig hervor. »Wie werdet Ihr gerufen?«

»Man nennt mich Bruder Bernardo.«

4

Hattingen, 20. Mai 1488

Eine Woche nach dem Besuch der beiden Adeligen waren Linhardt und Ursell unterwegs zum Wochenmarkt in Hattingen. Der nächtliche Regen hatte die Wege aufgeweicht und der Ochse zog schwer an dem hölzernen Karren. Obwohl es leicht bergab ging, mussten Linhardt und Ursell mehrmals absteigen, weil sich ein Rad im tiefen Schlamm festgefahren hatte. Linhardt schob dann den Karren von hinten, während sein Weib den Ochsen am Nasenring zog. An einer Stelle musste Linhardt mit der Axt, die er vorausschauend noch kurz vor ihrer Abfahrt auf den Bock gelegt hatte, einige Äste schlagen und damit den Boden befestigen, sodass die Räder besseren Halt fanden. Gemeinsam war es ihnen jedoch immer wieder gelungen, ihr Fuhrwerk in Bewegung zu setzen. Es war voll beladen. Tönerne Töpfe und Trinkbecher in verschiedenen Größen lagerten in mit Stroh ausgepolsterten Holzkisten. Hinzu kamen Lebensmittel wie Käse und Eier, die Ursell feilbieten wollte.

Die alte Enndlin hatte den Vorschlag des Ehepaares freudig angenommen, ihre wenigen Habseligkeiten zusammengepackt und war auf den Hof umgezogen. Der Knecht hatte später das schon fertige Steinzeug und natürlich die Töpferscheibe abgeholt. Der Brennofen blieb zunächst an Ort und Stelle. Linhardt hatte vor, ihn später auf seinem Hof neu zu errichten. Bis dahin musste Enndlin eben einen etwas längeren Weg zurücklegen, wollte sie ihre Erzeugnisse brennen.

Sie näherten sich der Ruhrbrücke. Die Silhouette des Herrenhauses Cliff tauchte hinter den Bäumen auf.

»Gut, dass wir so früh aufgebrochen sind«, meinte Linhardt. »Wir dürften zu den Ersten gehören, die die Brücke überqueren. In knapp einer Stunde sind wir auf dem Markt.«

Ursell nickte. Sie freute sich auf die Abwechslung und beabsichtigte, bei einem der Tuchhändler Stoff zu kaufen. Das Kind unter ihrem Herzen brauchte nach der Geburt wärmende und weiche Kleidung.

Ursell hatte das Bessere ihrer zwei Oberkleider angezogen. Es war von dunkelblauer Farbe, bodenlang und hatte weite Ärmel. Darüber trug sie noch eine graue Schürze. Die neue Haube lag neben ihr auf dem Bock, sie würde sie erst aufsetzen, wenn sie den Markt erreicht hatten. Zu groß war Ursells Angst, dass ihr das Kleidungsstück beim ständigen Auf- und Absteigen vom Kopf rutschte und in den Schmutz fiel.

Das Paar vernahm das Wiehern eines Pferdes. Kurz darauf preschten vier Reiter auf sie zu, an ihrer Spitze Philip von der Schadeburg. Der Freiherr gab seinen Leuten ein Zeichen. Einer von ihnen führte sein Reittier so, dass es den ohnehin nicht sehr breiten Weg versperrte. Die anderen beiden platzierten sich links und rechts einige Schritte vom Karren entfernt. Philip hingegen brachte seinen Hengst unmittelbar neben dem Bock zum Stehen. »Sieh einer an«, meinte er zur Begrüßung. »Der widerspenstige Bauer und sein schönes Weib. Was für eine Überraschung.«

Linhardt senkte schweigend das Haupt.

»Hat es dir die Sprache verschlagen?«, blaffte der Freiherr. »Antworte!«

»Ich vermag nicht zu erkennen, dass Ihr eine Frage an mich gerichtet habt. Und«, fügte er mit Trotz in der Stimme hinzu, »gegrüßt habt Ihr ebenfalls nicht.«

Philip von der Schadeburg hob drohend die Gerte. »Wer bist du, mir Vorhaltungen zu machen?«

»Nur ein einfacher Bauer, der auf dem Weg zum Markt in Hattingen ist. Verzeiht, wenn ich Euch gekränkt habe«, entschuldigte sich Linhardt. Doch das Feuer in seinen Augen strafte seine Worte lügen. Für den Moment schien der Adelige besänftigt. Er trieb sein Pferd an und ritt zur anderen Seite des Karrens. Dort beugte er sich im Sattel weit vor, sodass er mit seiner Linken das braune Haar der Bäuerin erreichen konnte. Langsam zog er Ursells Kopf zu sich herüber, bis ihr Gesicht nur noch wenige Zentimeter von seinem entfernt war. »Wirst du mir den Gruß gewähren, der mir gebührt?«, fragte er leise. Dann griff er mit der rechten Hand an ihre Brust.

Ursell riss ihren Kopf so heftig zurück, dass ein Büschel Haare in der Faust des Edelmanns verblieb. »Ja, das werde ich«, fauchte sie. »Fahrt zur Hölle, Philip von der Schadeburg!«

Dieses Mal zögerte der Freiherr nicht. Blitzschnell schoss seine Faust vor und traf Ursells Gesicht. Ihre Augenbraue platzte auf, Blut lief über ihre Wange. »Ich werde dich lehren, einen Edelmann zu beleidigen, Bäuerin«, brüllte Philip. »Du wirst gleich meine Peitsche spüren und zukünftig jedem meines Standes mit Ehrerbietung begegnen. Das verspreche ich dir, Weib.«

»Ihr werdet nichts dergleichen tun.« Linhardt hatte sich erhoben und seine Frau nach hinten auf den Karren geschoben. Nun stand er Philip Auge in Auge gegenüber. »Herr, Ihr habt sie unsittlich berührt. Keine Frau mit Anstand, egal ob von hoher Geburt oder nicht, würde eine solche Tat unwidersprochen lassen. Nicht sie, sondern Ihr habt unrecht gehandelt. Lassen wir es dabei bewenden. Ich bitte Euch untertänigst: Gebt uns den Weg frei. Wir sind nicht auf Streit aus. Schon gar nicht mit Euch. Ihr steht im Dienst des Herzogs, so wie mein Vater früher. Würde er noch leben, wäret ihr Waffenbrüder an des Herzogs Seite.«

Philip lachte boshaft auf. »Ein Bauer, der mein Waffenbruder sein will. Welche Anmaßung! Ja, ich werde dein Weib und dich ziehen lassen. Nachdem sie ihre Strafe erhalten hat.« Er zeigte auf Ursell. »Packt sie!«, befahl er seinen Männern. »Bindet sie an den Baum dort.« Er warf einen lüsternen Blick auf Ursell. »Ihren Rücken werde ich eigenhändig entblößen. Vielleicht macht mir aber auch etwas ganz anderes mit deinem Weib Freude. Vielleicht binden wir dich ebenfalls an, Bauer, und du kannst dabei zusehen, wie wir uns mit ihr vergnügen. Wäre das nicht in eurem Sinne?«, rief er lachend den drei Soldaten zu.

Mit einem heiseren Schrei griff Linhardt die Axt, die neben dem Bock stand, machte einen schnellen Schritt nach vorne, stieß sich ab und warf sich auf Philip von der Schadeburg.

Der Angriff erfolgte so überraschend, dass der Freiherr nicht mehr in der Lage war, seinerseits zur Waffe zu greifen.

Die Männer stürzten zu Boden. Der Hengst, der Kontrolle seines Reiters beraubt, tänzelte nervös um die Kämpfenden herum.

Linhardt hatte, dank des Überraschungsmoments, einen Vorteil errungen. Er lag auf dem Adeligen, der verzweifelt versuchte, sich zu befreien. Linhardts Hand tastete nach der Axt, die ihm beim Sturz aus den Fingern geglitten war. Erst als sich seine Faust um den Stiel ballte, erwachten die anderen Soldaten aus ihrer Erstarrung. Einer griff zu seiner Armbrust, legte hastig einen Bolzen ein, zielte, drückte schließlich ab.

Für einen Moment sah es so aus, als ob der Schuss Linhardt verfehlt hatte. Dann aber schoss ein Blutschwall aus seinem Mund und ergoss sich über Philip von der Schadeburg. Langsam senkte sich der Oberkörper des Bauern. Sein Blick wurde glasig, die Axt rutschte aus seinen Fingern. Schließlich fiel er zur Seite und blieb regungslos liegen.

Philip rappelte sich auf. Er stolzierte zu Linhardt und trat mit dem Fuß in dessen Brust. »Tot.« Und zu dem Schützen gewandt sagte er: »Das Fässchen Wein heute Abend hast du dir redlich verdient.«

Ursell hatte die kurze Auseinandersetzung und das Sterben ihres Mannes starr und mit weit aufgerissenen Augen verfolgt. Aber unvermittelt löste sich diese Lähmung. »Nein!«, stöhnte sie und griff zu dem Messer, mit dem sie sonst den Käse auf dem Markt zerteilte. Mit einer schnellen Bewegung schleuderte sie es auf Philip, der gerade dabei war, wieder sein Pferd zu besteigen.

Die Waffe traf den Adeligen am Hals und riss eine breite, aber nicht tiefe Wunde. Philip schrie auf. Er presste die Hand auf den Schnitt und sah dann zu Ursell hinüber, die breitbeinig auf dem Bock stand.

»Ergreift sie!«, befahl er zum zweiten Mal den Soldaten seines Trupps. »Aber lasst sie ungeschoren. Sie hat einen Hauptmann des Herzogs angegriffen – darauf steht der Tod.«

Ursell erkannte, dass sie keine weitere Möglichkeit bekommen würde, ihren Mann zu rächen. Auch an Flucht war nicht zu denken. Deshalb ergab sie sich in ihr Schicksal. Als sie an eines der Pferde gebunden wurde, stieß sie hervor: »Ich verfluche dich, Philip von der Schadeburg. Dich und deine Nachkommen. Wie du sollen sie für ewig in der Hölle brennen!«

Der Freiherr wandte sich ab und ritt davon, Hattingen entgegen. Seine Männer folgten ihm langsam, Ursell hinter sich herziehend. Schnell war der Freiherr außer Sichtweite. Der Ruf der Bäuerin jedoch gellte noch lange in seinen Ohren. »Brennen sollst du, Philip. Brennen.«

5

Burg Blankenstein, 20. Mai 1488

Herzog Johann hatte seinen Aufenthalt auf Burg Blankenstein immer wieder verlängert. Daran war eine hübsche Freifrau aus dem benachbarten Bochum nicht ganz unschuldig, welcher der Herzog den Hof machte. Bislang erfolglos, anscheinend war der adeligen Dame der Ruf Johanns als Schwerenöter nicht gänzlich unbekannt, und obwohl sie sich geschmeichelt fühlte, wies sie die Avancen ihres Landesherrn immer wieder zurück.

So verschob der Herzog seine Abreise Tag um Tag und wurde, da sein Werben nicht erhört wurde, immer ungehaltener. Insgeheim hofften nicht wenige der Bediensteten auf Burg Blankenstein, dass der Herzog endlich ans Ziel seiner Wünsche käme, damit er seine Untertanen nicht weiter mit seiner Übellaunigkeit traktierte.

»Das Essen ist kalt.« Mit einer schwungvollen Armbewegung fegte der Herzog wutentbrannt den Zinnteller mit dem gesottenen Rindfleisch vom Tisch. »Bringt gefälligst warmes Fleisch!«

»Durchlaucht«, wagte einer der Diener einen Einwand. »Die Küche liegt zu weit vom Speisesaal entfernt. Auf dem Weg von dort kühlt das Essen leider etwas ab.«

»Hör mir auf mit langen Erklärungen. Sage dem Koch lieber, dann soll er etwas herstellen, das länger warm bleibt.«

Unter Verbeugungen verließ der Mann die Halle, um den Anweisungen seines Herrn zu folgen.

Missmutig trank der Herzog den Kelch mit dem gewürzten Wein aus. Dann hielt er das Gefäß demonstrativ zur Seite, was einen weiteren Diener sofort herbeieilen ließ, um es erneut zu füllen.

Die Tür wurde geöffnet. Philip von der Schadeburg und der Droste, Graf Hanle Stecke, betraten den Raum.

»Verzeiht, wenn wir Euch beim Essen stören, Durchlaucht.« Der Droste näherte sich dem Tisch. Philip wartete an der Tür.

»Wie Ihr seht, esse ich nicht, sondern trinke«, unterbrach ihn Johann. »Was gibt es, dass Ihr mich unangemeldet aufsucht?« Und zu Philip gewandt befahl er: »Steht da nicht wie angewurzelt. Kommt näher, damit ich Euch besser sehen kann.« Philip gehorchte. Als er ins Blickfeld des Herzogs trat, bemerkte dieser den blutigen Verband, den der Freiherr am Hals trug. »Habt Ihr bei den Waffenübungen Euren Meister gefunden?«, spottete Johann.

»Nein. Es war …«

»Unweit der Brücke über die Ruhr hat es einen Zwischenfall gegeben«, fiel ihm der Droste ins Wort. »Der Hauptmann war darin verwickelt.«

»Sprecht!«

»Der Freiherr und drei Berittene unternahmen auf der anderen Ruhrseite einen Kontrollritt, als sie auf den Bauern Linhardt mit seiner Frau Ursell gestoßen sind. Die beiden waren mit einem Ochsenkarren unterwegs zum Markt.«

»Linhardt? Ist das nicht dieser freche Kerl, der sich weigert, mir das Grundstück zu überlassen?«

»Genau der, Durchlaucht.«

»Aha. Weiter.«

»Es gab eine Auseinandersetzung, bei der Linhardt getötet und der Freiherr verletzt wurde.«

Der Herzog griff zu seinem Weinbecher. »Der Störenfried ist also tot? Ich glaube nicht, dass mich diese Nachricht um den Schlaf bringt. Ein Bauer weniger.« Er sprach den Freiherrn direkt an. »Habt Ihr ihn getötet?«

Philip von der Schadeburg war anzusehen, dass ihm die Antwort auf diese Frage mehr als unangenehm war. »Nein, Herr. Einer meiner Leute. Der Bauer hat mich angegriffen. Ich bin vom Pferd gestürzt …«

Johann sah überrascht hoch. »Ein Bauer wirft Euch von Eurem Reittier? Wer hat ihm geholfen?«

»Niemand, Herr. Er hatte eine Axt.«

»Tatsächlich? Und Ihr wart unbewaffnet?« Der ätzende Spott in seiner Stimme war nicht zu überhören.

»Nein, Herr. Er hat mich überrascht.«

Johann lachte schallend. »Darüber werden sich die Hattinger noch Jahrzehnte das Maul zerreißen. Ein Bauer mit einer Axt wirft einen meiner Hauptleute vom Pferd in den

Staub. Was für eine Heldentat!« Er gab dem Diener zu verstehen, seinen Becher erneut zu füllen. »Und der Bauer? Wie starb er?«

»Der Bolzen einer Armbrust traf seinen Nacken.«

Der Herzog nahm einen kräftigen Schluck. »Einer Eurer Soldaten kam Euch demnach zur Hilfe, weil Ihr mit diesem Schwerbewaffneten nicht allein fertiggeworden seid?«

»Ja, Herr«, antwortete Philip von der Schadeburg kleinlaut.

Sein Landesherr zeigte auf den Verband. »Diese Verletzung hat Euch der Bauer zugefügt?«

»Nein.«

»Wer dann?«

»Seine Frau.«

Johann lachte wieder laut auf. »Eine amüsante Geschichte. Erst wirft ihn der Bauer vom Pferd und dann verletzt ihn ein Weib. Vielleicht sollte ich bei der Auswahl meiner Hauptleute sorgfältiger vorgehen. Was meint Ihr, Graf?«

»Das Weib wurde in Gewahrsam genommen. Jetzt stellt sich die Frage, wie mit ihr verfahren werden soll.«

»Stellt sie vor Gericht.«

Der Graf warf dem Freiherrn einen schnellen Blick zu. »Ich weiß nicht, ob das klug ist, Durchlaucht. Ich habe eben mit der Frau gesprochen. Sie sagt, ihr Mann habe nicht mehr unternommen, als ihre Ehre zu verteidigen. Der Freiherr habe ihr angedroht, sie seinen Männern zu überlassen.«

»Tatet Ihr das?«

»Sie lügt.«

Der Droste ergriff wieder das Wort. »Sie wurde geschlagen. Ihre Braue ist aufgeplatzt und das Auge geschwollen. Sie behauptet, Ihr wärt es gewesen, Freiherr.«

»Sie hat mich beleidigt. So wie sie es schon bei unserem Besuch auf ihrem Hof getan hat.«

»Was hat sie gesagt?«, fragte der Herzog.

»Mich zum Teufel gewünscht.«

»Nachdem Ihr sie unsittlich berührt habt«, warf der Droste ein.

»Was regt Ihr euch auf? Sie ist doch nur eine Bäuerin.«

»Das gibt Euch noch lange nicht das Recht …«

»Schweigt!« Der Herzog unterbrach die beiden Kontrahenten. »Was soll ich Eurer Meinung nach tun, Graf?«

»Sie unterliegt dem Urteil des Gerichts von Hattingen. Der Richter ist Johan Bungener. Er wurde von Euch eingesetzt, Durchlaucht.«

»Ich erinnere mich an den Mann.«

»Das Gericht verhandelt, wie Ihr wisst, den Fall nur, wenn der Geschädigte, also Philip von der Schadeburg, ihn zur Anzeige bringt. In dem Prozess würden allerdings auch die Umstände zur Sprache kommen, die zur Tat geführt haben. Wollt Ihr das, Freiherr?«

Philip schwieg.

»Ich würde deshalb empfehlen, die Angelegenheit auf sich beruhen zu lassen, Durchlaucht. Der Mann hat schließlich nur seine Frau verteidigt.«

Der Herzog lehnte sich zurück. »Graf, welche Strafe droht ihr, wenn es zu einer Verurteilung kommt?«

»Das hängt davon ab, wie das Gericht den Vorfall wertet. Wenn es zu der Auffassung kommt, dass es sich um ein leichteres Vergehen gehandelt hat – schließlich wurde der Freiherr nicht ernsthaft verletzt und die Frau war wegen des Todes ihres Mannes verständlicherweise in großer Erregung –, kommt sie mit einer Geldbuße davon.«

»Und wenn das Gericht die Tat anders wertet?«

»Droht ihr der Tod am Galgen.«

»Kann sie eine solche Geldstrafe bezahlen?«

»Vermutlich nicht.«

»Und dann?«

»Wird ihr gesamter Besitz eingezogen, um die Schuld zu begleichen.«

Der Herzog nahm einen großen Schluck Wein. »Wer erhält die Geldbuße beziehungsweise ihren Besitz?«

»Alles würde an den Geschädigten fallen, Euer Durchlaucht.«

Der Herzog überlegte und meinte dann: »Freiherr, würdet Ihr mir die Wiese verkaufen, sollte sie an Euch fallen?«

»Selbstverständlich, Herr.«

»Das dachte ich mir.« Johann stellte den Becher ab. »Wir verfahren wie folgt, Graf: Klagt sie an, verurteilt sie zu einer hohen Geldbuße und …«, er unterbrach seinen Gedanken, »… was ist, wenn sie die Strafe entgegen Eurer Vermutung begleichen kann? Oder ein anderer es für sie tut?« Er kratzte sich am Kopf. »Möglicherweise handeln die Benediktiner doch im Auftrag des Erzbischofs, kaufen ihr das Nutzungsrecht ab und verweigern mir das Darlehn. Was dann, Graf?«

»Ich glaube nicht, dass es dazu kommt, Durchlaucht.«

»Euren Glauben in allen Ehren, aber mir ist das lieber, was ich mit Händen greifen kann. Was geschieht, wenn sie zum Tode verurteilt wird?«

»Dann fällt das Nutzungsrecht zurück an das Herzogtum, sofern sie keine Erben hat.«

»Und? Hat sie Kinder?«

»Soweit ich weiß, nein.«

»Gut. Dann soll sie sterben.«

»Durchlaucht, Ihr könnt doch nicht …«

»Wer liegt mir denn immer wieder in den Ohren, Blankenstein verfiele, weil ich nicht genug Mittel für die Unterhaltung der Burg bereitstellen würde? Das seid Ihr, Droste.«

»Ja, aber …«

»Nichts aber. Hat diese Bäuerin versucht, einen meiner Hauptleute zu töten?«

»Schon. Nur …«

Der Herzog wischte den aufkommenden Widerspruch mit einer Handbewegung beiseite. »Sprecht mit dem Richter. Er soll den Prozess gut vorbereiten. Und sorgt dafür, dass nur Gerichtsleute berufen werden, die dem Herzogtum treu ergeben sind. Ich kann es mir nicht leisten, dass die Benediktiner diese verfluchte Wiese auf anderem Wege als durch mich erhalten. Dafür muss dieses Weibsbild hängen. Ihr dürft gehen.«

Als der Graf Hanle Stecke, Amtmann und Droste zu Blankenstein, gemeinsam mit Philip von der Schadeburg den Burgsaal verließ, sah Letzterer sehr zufrieden aus.

6

Burg Blankenstein, 23. Mai 1488

Seit Jahrzehnten schon hatte es in Hattingen keine Bestrafung an Hals oder Hand wegen eines Kapitalverbrechens gegeben. Allein das Gerücht, ein solches Verfahren stünde nun bevor, verbreitete sich in der Stadt wie ein Lauffeuer. Es war zwar in der Vergangenheit vor dem peinlichen Gericht zu einigen Anklagen gekommen, die Beschuldigten hatten sich aber entweder mit einem Reinigungseid von der Klage frei geschworen oder eine hohe Geldbuße bezahlt. Hingerichtet worden war seit Menschengedenken niemand mehr. Aus diesem Grund verfügte das Hattinger Gericht auch nicht über ein eigenes Gefängnis.

Ursell von Linden war daher in das Verlies der Burg Blankenstein gebracht worden, um dort auf ihren Prozess zu warten.

Der Kerker befand sich im Keller des Rundturms im Südwesten der Burganlage und maß etwa fünf Schritte in jede Richtung. Die massiven Steinwände waren feucht und trotz des beginnenden Frühsommers blieb das Verlies empfindlich kalt. Ursells Lager bestand aus einer grob gezimmerten Pritsche, auf der ein Leinensack mit immerhin frischem Stroh lag. Ein wackeliger Holzschemel diente gleichzeitig als Sitzgelegenheit und Tisch. Glücklicherweise erhielt sie nicht nur Wasser und Brot, sondern auch einen Becher Wein und ein trockenes Stück Fleisch am Tag.

Eine vergitterte Maueröffnung, die so schmal war, dass bestenfalls ein kleines Kind hätte hindurchkriechen können, ließ einen Lichtstrahl in das Gemäuer. Wenn Ursell sich auf den Schemel stellte und an den Stäben hochzog, konnte sie einen Blick auf das Treiben im Burghof erhaschen, zumindest auf die Beine der Vorübergehenden. Nur wenn diese unmittelbar vor der Turmmauer stehen blieben, konnte sie einige Gesprächsfetzen aufschnappen. Die Unterhaltungen drehten sich meistens um Belangloses: die täglichen Besorgungen, Klatsch und Tratsch unter den Bediensteten, das zu kühle Wetter.

Ursell machte sich keine Illusionen über ihre Lage. Sie hatte einen Hauptmann des Herzogs mit dem Messer angegriffen und verletzt. Sie hatte Philip von der Schadeburg töten wollen. Und sie würde es wieder versuchen, wenn sie die Gelegenheit dazu fände.

In dem Verfahren, welches ihr bevorstand, ging es um ihren Kopf, das war ihr klar. Sie musste den Richter und die Gerichtsleute, wie die Geschworenen bezeichnet wurden, davon überzeugen, in Notwehr gehandelt zu haben. Dann blieb ihr vielleicht der Galgen erspart.

Durch den Gang vor ihrer Zelle hallten Schritte. Ursell sprang vom Schemel und drehte sich zur Tür. Das helle Sonnenlicht hatte sie geblendet. Nun gewöhnten sich ihre Augen nur langsam an das Dunkel ihres Kerkers. Sie hörte, wie ein Schlüssel im Türschloss gedreht wurde. Die schwere Holztür öffnete sich ein wenig und einer der Wachleute, ein junger Mann von höchstens zwanzig Jahren, steckte seinen Kopf durch den Spalt. »Du hast Besuch.« Dann drückte er gegen das Türblatt, das knarrend aufschwang.

Eine groß gewachsene Gestalt betrat das Verlies und nickte dem Wächter zu, der sodann die Tür schloss. Ursell blieb mit dem Unbekannten allein. Dieser machte einige Schritte und trat in den Lichtkegel der Maueröffnung. Ihr Besucher war ein Mönch, erkannte Ursell an der schwarz-weißen Ordenstracht der Dominikaner.

»Ich bin Bruder Bernardo, mein Kind. Ich bin gekommen, um dir die Beichte abzunehmen und mit dir zu beten. Willst du dein Gewissen erleichtern?«

Ursell verzog das Gesicht. »Mein Gewissen, Vater, ist rein. Das Einzige, was ich von Herzen bereue, ist, dass ich mit dem Messer nicht besser gezielt habe.«

»Versündige dich nicht.« Bruder Bernardo hob mahnend die rechte Hand. »Es ist nicht recht, einen Menschen töten zu wollen.«

»Das hättet Ihr besser dem Hauptmann des Herzogs predigen sollen. Schließlich hat er meinen Mann ermordet.«

»Nachdem er den Freiherrn angegriffen hat, erzählen die Leute.«

Ursell setzte sich auf die Pritsche und zeigte auf den Schemel. »Nehmt Platz. Sitzend redet es sich leichter.«

Der Dominikaner zog den Hocker zu sich heran. Die Beine der Sitzgelegenheit wackelten bedenklich, als sich der große Geistliche darauf niederließ.

»Ich würde Euch ja gerne etwas anbieten, nur stößt meine Gastfreundschaft in diesem Loch an ihre Grenzen.« Ursells Tonfall klang bitter. »Ja, Linhardt hat den Freiherrn vom Pferd gestoßen. Jedoch erst, als dieser mich geschlagen hat und drohte, mich seinen Männern zu überlassen. Und Linhardt sollte dabei zusehen. Sein Verbrechen bestand darin, die Ehre seines Weibes verteidigt zu haben. Dafür musste er sterben. Ich habe versucht, seinen Tod zu rächen. Leider ist mir das nicht gelungen. Mein Mann ist tot und dieser junge Hauptmann stolziert bestimmt herum wie ein Pfau. Brüstet er sich gar, einen Bauern ermordet und eine Frau besiegt zu haben?«

Der Mönch dachte daran, wie er Philip von der Schadeburg in der Marktschenke geholfen hatte. Da hatte der Freiherr wie ein Heißsporn, nicht aber wie ein Prahlhans gewirkt. Deswegen antwortete er: »Nein, ich glaube nicht.«

»Wenigstens etwas. Nun, Vater, ich bin bereit zu beichten. Danke, dass Ihr gekommen seid.«

»Warte.« Bernardo griff zu dem Kreuz, das er um den Hals trug, und hielt es Ursell entgegen. »Erzähl mir die ganze Geschichte. Nur bleib bei der Wahrheit. Ich möchte, dass du anschließend bei der Heiligen Jungfrau Maria auf dieses Kreuz schwörst, dass sich alles so zugetragen hat, wie du berichtet hast.«

Ursell ihrerseits zog das Holzkreuz, das ihr Linhardt geschenkt hatte, hervor. »Nein, nicht auf Euer Kreuz, Vater. Ich schwöre auf dieses einfache Holzkreuz. Mein Mann hat es mir einige Tage vor seinem Tod gegeben. Es sollte mich und mein ungeborenes Kind beschützen.« Tränen standen in ihren Augen. »Nun, vielleicht ist ein selbst geschnitztes Kreuz Gottes nicht würdig. Möglicherweise muss es eines wie das Eure sein, um Gottes Hilfe und Schutz zu erlangen. In feines Silber eingefasst, bestimmt geweiht mit heiligem Wasser.«

Der Mönch hatte die Bemerkung über das Ungeborene wohl bemerkt, schwieg aber dennoch. Stattdessen stellte er ohne Zögern fest: »Dein Kreuz findet ebenso Gnade vor den Augen des Herrn wie meins.«

»Und warum hat es dann nicht geholfen, Vater? Warum musste mein Mann sterben und warum muss ich in diesem Keller auf mein Urteil warten? Warum?«

Bruder Bernardo senkte den Kopf. »Ich weiß es nicht, mein Kind. Die Wege des Herrn erschließen sich uns Sterblichen nicht immer. Willst du mir jetzt erzählen, was sich ereignet hat?«

Eine halbe Stunde später beendete Ursell ihren Bericht. Sie küsste ihr Kreuz und schwor, dass jedes Wort der Wahrheit entsprach.

Bruder Bernardo stand auf. »Ich glaube dir. Deswegen werde ich mit dem Richter sprechen und dich dann wieder aufsuchen.«

»Und was ist mit der Beichte?«

»Die kann ich dir immer noch abnehmen. Aber jetzt brauchst du keinen Beichtvater, sondern einen Fürsprecher.« Er ging zu Tür und schlug mit der Faust auf das Holz.

Kurz darauf war Ursell wieder allein.

7

Hattingen, 26. Mai 1488

Erst drei Tage später wurde Bruder Bernardo zu Richter Bungener vorgelassen. Der Richter wohnte, sofern er sich nicht auf seinem Gut in der Nähe Bochums aufhielt, in einem Haus neben der Fleischhalle am Markt.

Der Dominikaner betrat das Gebäude durch das Tor, welches sich zur Straße hin öffnete. In der Mitte der eher kleinen Diele befand sich ein Brunnen, links davon die Treppe, die in das Obergeschoss führte. Hinter den Türen am hinteren Ende schienen die Gesindekammern zu liegen. Die Magd, die geöffnet hatte, bedeutete ihm, dass ihn der Richter in seiner Stube empfangen würde.

Bruder Bernardo schritt die hölzernen Stufen hinauf, die unter seinem Gewicht knarrten. Oben wartete bereits der Richter und begrüßte den Dominikaner zu dessen Verwunderung wie einen alten Bekannten, obwohl die beiden Männer noch nie mehr als Grußworte miteinander ausgetauscht hatten.

»Kommt herein. Seid willkommen.« Erhardt Bungener wies mit dem ausgestreckten Arm in die große Stube. Der Richter war ein kleiner, zur Fülligkeit neigender Mann von etwa fünfzig Lebensjahren. Auffallend war seine kräftige, schon fast laute Stimme, die seine ansonsten eher unscheinbare Gestalt vergessen ließ. An seiner Kleidung stachen das enge Wams, welches den enormen Bauchumfang des Richters betonte, und eine übergroße Schamkapsel über den röhrenartigen Beinkleidern hervor.

Als Bruder Bernardo den Raum betrat, fiel ihm sofort der prachtvolle Ofen auf, der mit grün glasierten Reliefkacheln verkleidet war. Bernardo hatte von solchen Öfen gehört, aber noch nie einen gesehen. Bungener bemerkte das Interesse seines Gastes. »Den Ofen habe ich erst kürzlich einbauen lassen. Italienischer Stil. Er erwärmt nicht nur diesen, sondern ebenso die restlichen Räume hier oben. Beachtet die Kacheln. Sie heizen sich auf und geben ihre Temperatur langsam ab, auch wenn das Feuer im Inneren des Ofens schon längst erloschen ist.« Der Stolz über seine neue Errungenschaft sprach aus seiner Beschreibung.

Neben dem Ofen schmückte ein mit religiösen Motiven bestickter Teppich die ansonsten kahle Wand. Vier fest mit dem Mauerwerk verbundene Bänke mit kunstvoll gedrechselten Lehnen boten, nur unterbrochen durch die Türöffnung und den Ofen, an allen Seiten des Raumes auch größeren Gesellschaften genug Sitzplätze. Ein kleiner Holztisch, der vor der Bank an einer Wandseite stand, rundete die Möblierung des Zimmers ab. Bruder Bernardo vermutete anhand der geringen Größe des Tisches, dass der Richter hier nicht oft mit seiner Familie speiste. »Setzt Euch doch. Möchtet Ihr etwas trinken? Ein Glas Wein vielleicht?«

Der Dominikaner nickte und Bungener gab der Magd, die im Hintergrund wartete, ein Zeichen. Diese verschwand, um das Gewünschte zu holen.

»Was also führt Euch zu mir? Wie ich hörte, sorgt Ihr Euch um das Schicksal dieser Bäuerin aus Linden?«

»Das tue ich in der Tat. Wie sie mir versicherte, trägt sie an dem Vorfall keine Schuld.«

»Das hat sie auch mir gesagt.«

»Ihr habt mit ihr gesprochen?«

»Natürlich. Der Prozess findet bereits am morgigen Dienstag statt. Seine Vorbereitung umfasst Gespräche mit dem Kläger, der Angeklagten und natürlich den Zeugen. Das war auch der Grund, warum ich Euch nicht sofort empfangen konnte. Zunächst musste ich mir selbst ein Bild von dem Fall machen. Ich hoffe, Ihr habt dafür Verständnis.«

»Selbstverständlich. Teilt Ihr mir Euren Eindruck mit?«

»Ihre Geschichte klingt glaubwürdig.« Die Magd servierte den Wein. Der Richter prostete seinem Besucher zu, nippte am Glas und setzte dann fort: »Dummerweise aber erscheint das, was mir dieser Hauptmann des Herzogs erzählt hat, ebenfalls sehr wahrheitsgetreu. Und seine Darstellung wird von den Soldaten, die ihn begleitet haben, bestätigt.«

»Das bedeutet …«

»… dass ich die Angeklagte und den Kläger, notfalls auch die Zeugen, ihre Aussage beeiden lassen werde. Sofern Philip von der Schadeburg seine Klage nicht zurückzieht.«

»Könnte das passieren?«

Der Richter erhob sich und ging einige Schritte auf und ab, wie um seine Gedanken zu ordnen. Dann blieb er vor Bruder Bernardo stehen. »Nein. Im Vertrauen: Der Herzog hat ein Interesse daran, dass Recht gesprochen wird.«

Bruder Bernardo war verwundert. »Der Herzog? Wieso kümmert sich unser Landesherr um einen solchen Fall?«

Erhardt Bungener zuckte mit den Schultern. »Unser durchlauchtiger Herr hat mich nicht in seine Überlegungen einbezogen. Und …«, er nahm erneut einen Schluck, »… bevor Ihr auf dumme Gedanken kommt: Ich glaube nicht daran, dass er das bei anderen tun wird.«

»Ihr werdet die Frau also verurteilen?«

»Wenn alle Beteiligten ihre Aussagen so beeiden wie erwartet – ja. Natürlich kann ich der Meinung der gewählten Gerichtsleute nicht vorgreifen«, relativierte er das eben Gesagte.

»Und das Strafmaß? Wird die Frau zu einem Bußgeld verurteilt werden?« Der Tonfall des Mönchs zeigte, welche Antwort er erhoffte.

Der Richter schüttelte den Kopf. »Es handelt sich um einen Angriff auf einen Vertreter unseres Landesherrn. Da ist eine harte Strafe vonnöten. Zudem wird sie ein solches Bußgeld nicht bezahlen können.«

»Also droht ihr der Tod?« Auch der Dominikaner trank nun. Aber selbst der Wein konnte den üblen Geschmack in seinem Mund nicht vertreiben.

»So ist es.«

Für lange Sekunden hingen die beiden Männer ihren Gedanken nach. Als Erster fand Bruder Bernardo seine Stimme wieder. »Ihr dürft sie nicht hinrichten.«

»Und warum nicht?«

»Sie erwartet ein Kind.«

»Oh, das wusste ich nicht.« Der Richter setzte sich wieder. »Woher wisst Ihr das?«

»Von ihr.«

Bungener dachte nach. »Das reicht mir nicht. Ich werde sie untersuchen lassen. Noch heute. Wenn das stimmt, was Ihr mir berichtet, dürfen wir sie tatsächlich nicht dem Henker übergeben.«

Für einen Moment schöpfte der Mönch Hoffnung. Aber Richter Bungener machte diese mit seinen nächsten Sätzen sofort wieder zunichte. »Jedenfalls nicht gleich. Sie bleibt im Kerker, bis sie ihr Kind geboren hat und es getauft wurde. Einige Tage später wird das Urteil dann vollstreckt.«

Bernardo schluckte. »Und das Neugeborene?«

Der Richter zuckte mit den Schultern. »Es ist dann mit den Taufsakramenten versehen. Alles andere ist Gottes Wille.« Er musterte sein Gegenüber mit prüfendem Blick. »Oder wollt Ihr mir da widersprechen?«

Bruder Bernardo schüttelte resigniert den Kopf. Er wusste, was diese Aussage für das Neugeborene bedeutete: Es würde seinem Schicksal überlassen.

8

Hattingen und Blankenstein, 27. Mai 1488

Das Gericht tagte im Freien im Fronhof, westlich des Marktes. Das Gelände lag an der Straße, die zur Ruhrbrücke führte. Nur sieben Tage nach dem Tod ihres Mannes musste sich Ursell von Linden dort vor ihren weltlichen Richtern verantworten. Man hatte sie am Vorabend von Blankenstein in die Stadt gebracht und musste die Nacht, bewacht von einem Soldaten der Stadtwache, in einem Kellerraum eines der Bürgerhäuser verbringen. Nun stand sie auf der von einer wärmenden Sonne beschienenen Wiese und blickte auf Richter Bungener, der vor ihr auf einem hölzernen Stuhl thronte. Als Zeichen seiner Autorität trug der Richter seinen Dienststab bei sich, der ihm vom Landesherrn verliehen worden war. Gekleidet war er in einen schwarzen Umhang, einer Mönchskutte gleich, und einen Hut derselben Farbe. Der Tisch vor ihm war mit einem bestickten Seidentuch bedeckt, die Lilien symbolisierten den Gerichtsfrieden.

Auf dem Tisch selbst lag ein Reliquienkästchen. Links und rechts des Richters saßen je zwei seiner Gerichtsleute, auch sie dunkel gekleidet. Dahinter wartete geduldig ein Gerichtsdiener. An einem weiteren Tisch etwas abseits saß der Gerichtsschreiber, ein Bakkalaureus von der Artistenfakultät der Universität zu Köln.

Auf einer Bank ihm gegenüber, nur wenige Schritte entfernt, war der Platz des Klägers, Philip von der Schadeburg. Hinter ihm positionierten sich seine Männer. In Ursells Rücken drängten sich Zuhörer, nur zurückgehalten durch drei Soldaten der Stadtwache.

Der Gerichtsdiener hob die Hand, bis Ruhe auf der Dingstätte einkehrte.

Dann erhob sich der Richter und streckte seinen Stab in die Höhe: »Vor mir als Stätte und Stuhl des offenen, gehegten Gerichts zu Hattingen, handelnd im Auftrag des hochgeborenen, durchlauchtigen Fürsten und Herrn, Johann Herzog von Kleve und Graf zur Mark, steht heute als Beklagte das Weib Ursell, genannt von Linden, beschuldigt des Angriffs auf das Leben eines der Hauptleute des Herzogs, des ehrenwerten Freiherrn Philip von der Schadeburg. Die Verhandlung des Gerichts ist eröffnet.« Er nahm wieder Platz. »Nun, Freiherr Philip von der Schadeburg, ich frage Euch, soll das Gericht richten, wie es des Gerichtes Recht ist, oder verzichtet Ihr auf Eure Klage?«

Philip stand auf und sprach mit fester Stimme: »Nein, ich verzichte nicht.«

Richter Bungener nickte. »So sei es. Tragt Eure Klage vor.«

Philip zeigte mit dem ausgestreckten Finger auf Ursell: »Ich bezichtige das Weib dort, mit einem Messer auf mich geworfen zu haben, um mich zu töten.«

»Stimmt das, Weib?«, fragte der Richter.

»Ja, ich habe das mit dem Messer getan.«

Bungener hielt ein Messer, welches vor ihm auf den Tisch lag, für alle gut sichtbar hoch. »Ist dies das Messer, welches du geworfen hast?«

»Ja«, antwortete Ursell kleinlaut.

»Sprich deutlich, damit dich alle hören können.«

»Ja«, wiederholte sie.

»Und welchen Zweck hast du mit dem Wurf verfolgt?«

Ursell schwieg.

»Antworte. Du wirst das Messer ja nicht aus einer Laune heraus auf den Freiherrn geschleudert haben.« Die Zuhörer lachten. »Warum hast du es also benutzt?«

»Um mich zu verteidigen. Und um meinen Mann zu rächen«, gestand Ursell nach kurzem Zögern.

»Wie das?«

Ursell schilderte ausführlich, was sich an diesem schicksalsschweren Tag zugetragen hatte. Sie verschwieg auch nicht den Disput, den sie eine Woche vorher auf ihrem Hof mit dem Freiherrn ausgetragen hatte. Als sie geendet hatte, wollte Richter Bungener von Philip wissen: »Hat sich der Vorfall so ereignet?«

»Nein«, antwortete dieser.

»Wie dann?«

»Meine Männer und ich waren auf einem Patrouillenritt jenseits der Ruhr in der Nähe der Brücke, als uns der Bauer mit seiner Frau begegnete. Die beiden wollten zum Markt. Ich fragte Linhardt, ob er seine Meinung bezüglich der Wiese, die unser Durchlaucht der Herzog benötigt, geändert habe. Er verneinte. Als ich mich von seiner Frau verabschieden wollte, griff er zur Axt und fiel über mich her. Der Angriff kam so überraschend, dass ich vom Pferd stürzte und meine Waffe verlor.«

Ein Raunen ging durch die Zuhörerreihen.

»Ich bitte euch zu bedenken«, wandte sich Philip nun direkt an die Bürger der Stadt, »dass ich von dem Angriff überrascht wurde. Wäre ich ihm in feindlicher Absicht gegenübergetreten, wäre ich doch auf einen Konflikt vorbereitet gewesen. Dann hätte mir dieses Ungeschick nie und nimmer widerfahren können.«

Die Mienen der Gerichtsleute zeigten, dass sie diesen Einlassungen Glauben schenkten. Und auch aus dem Kreis der Zuschauer erklang vereinzelt zustimmendes Gemurmel. »Als ich auf dem Boden lag, hob der Bauer seine Axt, um sie mir …«

»Das ist nicht wahr«, rief Ursell empört. »Ihr wolltet mich seinen Männern ausliefern!«

»Schweig, Weib!«, donnerte die Stimme des Richters über die Dingstätte. »Du hast gesagt, was aus deiner Sicht zu sagen war. Jetzt hören wir ihn. Sprecht weiter, Freiherr.«

»Es gibt nicht mehr viel hinzuzufügen. Einer meiner Männer musste den Bauern, um mein Leben zu retten, erschießen. Als ich mich wieder aufgerichtet hatte, war es seine Frau, die das Messer auf mich schleuderte, welches mich am Hals verletzte. Nur einer glücklichen göttlichen Fügung ist es zu verdanken, dass ich heute vor euch stehe.« Er löste sein Halstuch, sodass eine hellrote, verschorfte Wunde sichtbar wurde. »Seht. Die Spuren ihres Angriffs sind noch nicht verheilt. Etwas weiter links und die Schneide hätte die Ader getroffen. Ich wäre noch vor Ort verblutet.«

Der Richter schaute zu seinen Gerichtsleuten hin. Diese gaben mit einer Geste zu erkennen, keine Fragen zu haben. Danach warf Richter Bungener einen Blick zum Gerichtsschreiber. Der nickte zum Zeichen, dass er den bisherigen Verhandlungsverlauf wortgetreu protokolliert hatte. »Nun, wenn es keine Fragen mehr gibt, werden wir euch beide zum

Schwur bitten. Ursell von Linden, bist du bereit, den Reinigungseid zu leisten?«

»Ich bin es.«

»Hast du Eideshelfer?«

Sie schüttelte den Kopf.

»Nun, dann muss dein Eid genügen. Tritt vor und schwöre bei diesem Holzspan von dem Kreuz, an dem unser Herr Jesus Christus gestorben ist, dass deine Darstellung der Wahrheit entspricht.«

Ursell ging zum Richtertisch. Richter Bungener hielt seinen Stab über das Reliquienkästchen und Ursell berührte den Stab mit den Fingern der linken Hand. Ihre Rechte erhob sie zum Schwur.

»Sprich mir nach: Ich, Ursell von Linden, schwöre hiermit bei den Heiligen, bei der Heiligen Jungfrau Maria und Gott, unserem Herrn ...«

Ursell Stimme zitterte. »Ich, Ursell von Linden, schwöre hiermit bei der Heiligen Jungfrau Maria, bei den Heiligen und Gott, unserem Herrn ...«

Der Richter warf einen schnellen Blick auf die Gerichtsleute. Auch ihnen war der Versprecher der Angeklagten aufgefallen.

»Dass ich die reine Wahrheit gesprochen habe.«

»Dass ich ...« Sie machte eine Pause, meinte sich dann aber wieder an die Eidesformel erinnern zu können und setzte unsicher fort: »... die volle Wahrheit gesprochen habe.«

Einige der Zuhörer schlugen entsetzt die Hand vor den Mund.

Richter Bungener sah die Angeklagte ernst an. »Du hast dich zweimal versprochen. Ein Meineid wird dadurch sichtbar, dass Gott einen falschen Schwur in seinem Namen nicht zulässt und sich der Schwörende durch Stottern oder Versprechen verrät.« Er erhob sich. »Dein Eid ist falsch, Weib. Dadurch ist bewiesen, dass du gelogen hast, der Freiherr hingegen die Wahrheit gesagt hat.«

Ein gequälter Laut drang aus Ursells Kehle und sie taumelte einen Schritt zurück.

Bungener wandte sich an die Gerichtsleute. »Wie lautet Euer Urteil?«

Einer der vier Männer stand ohne Zögern auf und sagte mit lauter Stimme: »Schuldig!«

Ursell schrie auf. Nur dem Eingreifen des neben ihr stehenden Soldaten war es zu verdanken, dass sie nicht niedersank.

Richter Bungener erhob sich und griff zu seinem Stab. »Ich, Erhardt Bungener, Richter zu Hattingen, bekenne und bezeuge öffentlich, dass von mir am gehegten, sitzenden Gericht zu Hattingen mit der gespannten und bekleideten Bank im Auftrag des hochgeborenen, durchlauchtigen Fürsten, meines gnädigen, lieben Herrn Johann Herzog von Kleve und Graf zur Mark, am heutigen Tage Recht gesprochen wurde. Ursell von Linden wird wegen des Angriffs auf den Freiherrn Philip von der Schadeburg verurteilt, so lange am Hals aufgehängt zu werden, bis der Tod eintritt. Das Eigentum der Angeklagten fällt an unseren gnädigen Landesherrn. Der Kläger erhält daraus eine Sühneschuld von einem Goldgulden.«

Es war grabesstill auf der Dingstätte. Nur das Kratzen der Feder des Gerichtsschreibers, die über das Pergament flitzte, war zu vernehmen.

»Das Todesurteil wird vollstreckt, wenn das ungeborene Kind, welches die Sünderin unter dem Herzen trägt, geboren ist, damit das unschuldige Leben getauft werden und so der Gemeinschaft der Christen beitreten kann.« Er senkte den Stab. »Die Verhandlung des peinlichen Gerichts zu Hattingen ist beendet.«

Am Abend besuchte Bruder Bernardo Ursell erneut in ihrer Zelle. Sein Gesicht war von Trauer erfüllt. Er breitete die Arme aus, als ob er Ursell an seine Brust drücken wollte, ließ sie dann aber wieder fallen. »Was soll ich sagen?«, presste er hervor.

Ursell schüttelte den Kopf. »Ihr müsst nichts erklären. Danke, dass Ihr gekommen seid. Hat es Sinn, wenn ich um Gnade nachsuche?« Tränen standen in ihren Augen.

»Ich befürchte, das wird nichts nutzen. Sie werden dir keine Gnade gewähren. Du hast in ihren Augen ein falsches Zeugnis vor Gott abgelegt.«

»Aber ich habe mich doch nur versprochen«, schluchzte sie auf. »Ein einfacher Versprecher reicht, um einen Menschen an den Galgen zu bringen?«

»So ist der Glaube des Gerichts.«

»Und Ihr? Glaubt Ihr auch, dass ich gelogen habe?«

Bruder Bernardo sah in Ursells verweinte Augen. »Nein«, sagt er mit Bestimmtheit. »Das denke ich nicht. Ich bin mir sicher, dass dieses Urteil so oder so gefällt worden wäre. Selbst wenn deine Eidesformel fehlerfrei geblieben wäre, hättest du dem Schuldspruch nicht entrinnen können. Philip von der Schadeburg hätte ebenfalls einen Eid geleistet. Und natürlich seine Männer. Wem gilt wohl das Vertrauen des Gerichts: einem Adeligen und seinen Soldaten oder einer Bäuerin?« Er wartete ihre Antwort nicht ab, sondern zog aus seinem Habit umständlich eine Bibel hervor. »Wenn du beichten möchtest ...«

»Nein. Ich habe nichts zu beichten.«

»Versündige dich nicht, mein Kind.« Bruder Bernardos

Tonfall klang müde. »Ein jeder hat etwas vor Gott zu bekennen.«

»Ich wollte damit nur sagen, dass mir jetzt nicht der Sinn nach der Absolution steht. Aber ich möchte Euch um einen Gefallen bitten, Vater.«

»Welchen?«

»Kümmert Euch um meinen Sohn.«

Ein Lächeln huschte über das Gesicht des Mönches. »Woher weißt du, dass du einen Sohn gebären wirst?«

»Ich spüre es. Erfüllt Ihr meinen Wunsch?«

»Ich werde tun, was ich vermag.«

»Das reicht mir nicht. Schwört es auf Eure Bibel. Schwört es im Namen des Herrn. Und von mir aus versprecht Euch dabei, sooft Ihr wollt. Schwört es!«, forderte sie eindringlich.

Bruder Bernardo dachte lange nach. »Du verlangst viel von mir, mein Kind«, meinte er endlich.

»Mein Sohn wird sterben, wenn sich niemand seiner annimmt. Er ist dann zwar getauft – nur wie soll das arme Würmchen ohne Hilfe überleben?«

Der Geistliche seufzte. Er wusste, dass die Verurteilte recht hatte, quälten ihn doch seit gestern ähnliche Gedanken. »Im Namen des Herrn erfülle ich deine Bitte.« Er legte seine rechte Hand auf die Bibel und leistete den gewünschten Eid.

»Danke.« Ursell sank auf die Knie und küsste die Hand des Mönchs. »Von ganzem Herzen habt Dank.«

Sie griff zu ihrem Holzkreuz und sah zu Bruder Bernardo hoch. »Er soll Jorge heißen. Wie sein Großvater. Und wenn er alt genug ist, gebt ihm mein Kreuz. Erzählt ihm von uns, seinen Eltern und unserem Schicksal. Erzieht ihn zu einem guten Menschen und gläubigen Christen.« Sie machte eine

Pause und fragte dann: »Was wird aus der alten Enndlin und vor allem Matthes?«

»Ich weiß es nicht genau. Matthes als Höriger dürfte mit eurem Haus an einen neuen Pächter übergehen. Enndlin wird den Hof wohl verlassen müssen.«

»Und ihre Gerätschaften? Das ganze Steingut?«

»Es ist verloren. Schließlich befindet es sich auf eurem Hof.«

»Aber es gehört doch ihr!«

»Jetzt nicht mehr.«

Ursell schlug die Hände vors Gesicht. »Dann gehen mit mir auch die letzten Menschen, die mir lieb und teuer sind, unter.« Ihr Schluchzen war herzzerreißend.

Bernardo schwieg.

Endlich schaute die junge Frau ihn traurig an und senkte kurz darauf den Kopf. »Jetzt könnt Ihr mir die Beichte abnehmen, Vater.«

9

Hattingen, 28. Mai 1488

Die Bewohner des Hauses der grauen Mönche, sieben an der Zahl, hatten sich im einzigen beheizbaren Raum ihres Domizils eingefunden: in der hohen Diele, die als Refektorium diente. Er war Speisesaal und – in Ermangelung eines geeigneten Kapitels – Versammlungsraum zugleich.

Die Stimmung unter den Mönchen gärte. Bruder Bernardo hatte sie vor einer halben Stunde über seinen Eid und das Versprechen, das er Ursell gegeben hatte, in Kenntnis gesetzt. Seitdem stritten sich die Ordensbrüder wie die Besenbinder.

»Du hättest das nicht tun dürfen.«

»Aber das nützt uns jetzt auch nichts!«

»Ein Kind? Was sollen wir mit einem Kind anfangen? Und wie durchbringen – wir haben ja selbst kaum genug zu essen.«

»Ich habe auf die Bibel geschworen!«

»Er konnte der Todgeweihten den Wunsch ja nicht abschlagen.«

»Ist ein solcher Eid überhaupt bindend?«

Nachdem einige Zeit mehr gegen- als miteinander geredet wurde, schritt schließlich der Älteste der Mönche ein. Bruder Jacob hatte in ihrem Stammkloster in Soest das Amt des Subpriors bekleidet, bis er aufgebrochen war, seinen Glaubensbrüdern in der Stadt Hattingen zur Seite zu stehen. Zwar fällten sie alle ihre Entscheidungen wie im Kloster gemeinsam, aber sein Alter und seine vorherige Stellung verliehen Bruder Jacob eine Art natürliche Autorität.

»Nun plappert nicht durcheinander wie ein Hühnerhaufen«, erhob er seine Stimme. »Und rennt nicht so herum. Setzt euch und wir beraten, wie wir mit Bruder Bernardos Eigenmächtigkeit umgehen werden. Sofort!« Er nahm Platz. Die anderen folgten seinem Beispiel.

Bruder Jacob räusperte sich und wartete, bis endgültig Ruhe eingekehrt war. Der Dominikaner war fast sechzig Jahre alt. Seine graue Gesichtshaut war durchfurcht und braune Altersflecken bedeckten seine Unterarme und runzligen Hände. Sein Augenlicht war nicht mehr das Beste. Nur mühsam konnte er die Heilige Schrift studieren. Das Gehen und Stehen fiel ihm so schwer, dass er immer häufiger auf die Unterstützung einer seiner Brüder angewiesen war, wenn er das Haus verlassen wollte. Kein Zweifel, er stand am Ende seines Lebens.

Aber sein Verstand war hellwach. Und deshalb wurde Jacob auch ohne formelles Amt von der Gemeinschaft als eine Art Oberhaupt anerkannt. »Wir haben zur Kenntnis genommen, Bruder Bernardo, dass du dieser Bäuerin geschworen hast, dich um ihren Sohn zu kümmern. Hast du auch erklärt, wie genau du dieser Verpflichtung nachkommen willst?«

»Nein.« Bernardo stand auf. »Ich habe zugesagt, dafür Sorge zu tragen, dass er ein guter Mensch und Christ wird.«

»Nun, das haben wir ja alle geschworen, nicht wahr? Es gehört zu unseren Aufgaben als Dominikaner, das Wort des Herrn in die Welt zu tragen. Es steht dir also frei, wie du deinen Eid erfüllst?«

»Ja.«

»Gut. Bruder Albertus, ist sein Eid bindend?«

Albertus war, obwohl noch jung an Jahren, außergewöhnlich belesen. Er kannte sich auch in kniffligen theologischen Fragen aus wie kein anderer der Mönche und wurde deshalb häufig um Rat gefragt. Er war groß gewachsen und so hager, dass sein weißer Habit um seinen Körper schlotterte. »Selbstverständlich«, antwortete dieser mit einer piepsigen, fast kindlichen Stimme, die nicht so recht zu seinem ernsten Gesicht passen wollte. »Er hat auf die Bibel geschworen. Das ist, als ob er Gott selbst dieses Versprechen gegeben hat.«

Ein anderer Mönch riss das Wort an sich. »Ich bezweifele nicht Bruder Albertus' Sachverstand. Aber hat es nicht Fälle gegeben, in denen selbst Päpste zurückgetreten sind? Auch sie haben vorher geschworen, unermüdlich die Rechte des Heiligen Stuhls zu verteidigen.«

»Wenn du auf Gregor den Siebten anspielst, Bruder

Matthias«, erwiderte Albertus, »dessen Rücktritt wurde erzwungen.«

»Dieser schon«, ereiferte sich Matthias und sprang auf. »Aber was war mit Papst Cölestin dem Fünften? Dessen Rücktritt erfolgte freiwillig. Und wenn ein Papst seinen Eid …«

»Du solltest Vorsicht bei deinen Aussagen walten lassen, Bruder Matthias. Denn du irrst. Die Kardinäle versprechen vor dem Beginn des Konklaves lediglich, dass sie sich bemühen werden, ihr Amt für den Fall ihrer Wahl in Treue auszuüben. Bemühen, verstehst du? Deshalb können sie als Päpste zurücktreten, ohne ihren Eid zu brechen.«

Doch Bruder Matthias gab sich noch nicht geschlagen. »Die Kardinäle verpflichten sich zur Geheimhaltung im Konklave. Wir aber wissen in einigen Fällen, wie die Papstwahl abgelaufen ist. Also muss sich zumindest einer der Kardinäle nicht an seinen Eid gehalten haben. Aber sind jemals Kardinäle dafür gemaßregelt worden? Nein. Also muss nicht jeder Eid bindend sein.« Er setzte sich wieder.

»Und du unterliegst einem weiteren Irrtum«, antwortete Albertus ruhig. »Möglicherweise wurde der Eidesbruch von der Heiligen Kirche nur deshalb nicht geahndet, weil nicht bekannt wurde, welcher der Kardinäle ihn begangen hat. Aber willst du dir anmaßen zu entscheiden, wie Gott der Herr auf diesen Frevel reagierte?«

Matthias schwieg.

Bruder Jacob schaltete sich wieder in den Disput ein. »Damit dürfte dieses Problem entschieden sein. Der Eid ist bindend und Bruder Bernardo muss sich daran halten. Eine andere Frage ist, ob wir uns seinen Schwur ebenfalls zu eigen machen.«

Eine böse Ahnung beschlich Bernardo. »Wie soll ich das verstehen?«, wollte er deshalb wissen.

»Nun, es wäre denkbar, dass du, um deinen Eid zu erfüllen, den Orden verlassen müsstest.«

Bernardo wurde bei diesen Worten bleich.

Für einen Moment schwiegen die Mönche. Dann aber war lautstarker Protest vernehmbar. Erneut redeten alle durcheinander. Und wieder war es Albertus, der das Wort ergriff. »Dann müsste Bruder Bernardo einen anderen Eid brechen. Nämlich sein Treugelübde gegenüber unserem Orden. Wer von uns will in einem solchen Fall entscheiden, welcher Eid schwerer wiegt? Oder in welche Gewissensnöte würden wir gar Bruder Bernardo stürzen, sollten wir ihm eine solche Wahl aufzwingen? Nein, es gibt nur einen Weg: Wir alle akzeptieren das heilige Versprechen, das er dem armen Weib gegeben hat, als unseres. Danach mögen wir beschließen, wie genau wir es erfüllen.«

Ein kleiner Mönch von runder Gestalt, der bisher auch im lautesten Tumult meist geschwiegen hatte, erhob sich. »Bruder Albertus hat recht. Aber es gibt ein Problem: Wir können kein kleines Kind in unsere Gemeinschaft aufnehmen. Dazu hätte ich einen Vorschlag zu machen. Aber zunächst einmal sollten wir uns entscheiden, wie wir generell verfahren.«

Bruder Jacob schaute in die Runde. Niemand mehr verlangte das Wort. »Wer dafür ist, dass wir das Kind als Mündel annehmen und damit Bruder Bernardos Eid erfüllen, hebe die Hand. Bruder Bernardo, du kannst selbstverständlich mit abstimmen«, erläuterte er.

»Ich werde mich enthalten.«

»Wie du meinst. Eure Handzeichen.«

Langsam hob sich ein Arm nach dem nächsten. Auch Jacob stimmte dafür. »Ich zähle fünf Ja-Stimmen. Ist jemand dagegen?«

Bruder Matthias unterdrückte nur mühsam seine Wut, als er gegen den Vorschlag votierte.

»Mit Bruder Bernardos Enthaltung haben sich alle entschieden. Wie lautet nun dein Vorschlag, Bruder Thomas?«

»Wir sollten das Kind bis zu seinem zehnten Lebensjahr der Obhut einer Amme übergeben. Danach mag es an unserem Leben teilnehmen.«

»Eine Amme kostet Geld«, gab Jacob zu bedenken.

»Sicherlich. Aber wir können einen Teil dessen, was die Gläubigen uns zukommen lassen, dafür verwenden.«

»Dann müssen ja wir den Gürtel enger schnallen«, klagte einer der Dominikaner, dessen Bauch noch runder als der des Redners war.

»Du dürftest darunter ebenso wenig leiden wie ich, Bruder Christoph«, erwiderte Thomas unter dem Gelächter seiner Mitbrüder.

»Gibt es noch Widerspruch?« Zufrieden blickte Jacob in die Gesichter der anderen. »Dann soll es so sein. Gelobt sei der Herr.«

»Amen«, antworteten die restlichen Sechs.

10

Burg Blankenstein, 5. Oktober 1488

Seit Wochen schon spürte sie das Leben in ihrem Bauch. Ihr Ungeborenes strampelte so heftig, dass sie schon mehrmals angenommen hatte, nun sei es so weit und das Kind wolle ans Licht. Sie fürchtete, der kleine Wurm könne Schaden nehmen, wenn sie ihn ohne Unterstützung, nur mithilfe ihrer Gebete zur Welt bringen müsste. Erst die Erklärungen der heilkundigen Mechthild, die sie bereits drei Mal untersucht hatte, ließen sie ein wenig die Furcht verlieren, dass sie bei der Geburt allein gelassen würde. Zunächst werde Wasser ihre Beine hinablaufen, erläuterte die alte Mechthild. Das sei das Zeichen, dass die Zeit gekommen sei. Wenn sie das spüre, solle sie sofort den Wächter rufen und nach ihr schicken. Dann dauere es nicht mehr lange und das Kind komme. Da sie in Burgnähe wohne, müsse Ursell nicht lange auf sie warten. Sie beschrieb auch, welche Schmerzen Ursell erwarteten. Diese Bürde empfand die Gefangene nicht als Bedrohung. Was wogen sie im Vergleich zu dem Galgen, der auf sie wartete? Nein, die Angst um ihr Kind war es, die sie umtrieb. Um den erhofften Sohn, das Einzige, was von ihr auf dieser Erde zurückbleiben würde. Und das Kind sollte, es musste leben! Darauf setzte sie ihre ganze Hoffnung.

Anfang Oktober, an einem frühen Sonntagmorgen, war es schließlich so weit. Schon in der Nacht hatten krampfartige Schmerzen in Bauch und Rücken sie keine Ruhe finden lassen. Sie kamen in Schüben und die schmerzfreien Abschnitte dazwischen wurden immer kürzer. Schließlich spürte sie die Feuchtigkeit in ihrem Schritt.

Ursell raffte sich auf und schleppte sich, den schweren Bauch mit beiden Händen stützend, zur Kerkertür, schlug mit letzter Kraft dagegen und stöhnte, nachdem der Wächter müde und, wie ihr schien, unendlich langsam herbeigeschlurft kam, nach Mechthild.

Zu ihrem Glück dauerte es nur Minuten, bis die Alte erschien. Minuten, die Ursell wie Stunden vorkamen.

»Steh da nicht herum und halte Maulaffen feil«, herrschte sie den Wächter an, der etwas unbeholfen in der offenen Tür wartete. »Ich habe einen Eimer Wasser auf die Feuerstelle eurer Wachstube gestellt. Sieh nach, ob es schon heiß ist. Und dann bring ihn mir.«

»Aber ich habe Order, die Gefangene zu bewachen.«

Mechthild lachte auf. »Sieh sie dir an. Meinst du, sie denkt in diesem Moment an Flucht?«

»Ich weiß nicht ...«

»Nun mach, was ich dir gesagt habe.«

Der Soldat schaute unschlüssig zwischen Ursell, die schwer atmend auf ihrer Bettstatt lag, und Mechthild hin und her.

»Versündige dich nicht an dem Kind«, herrschte Mechthild ihn an. »Was meinst du, warum sie noch unter den Lebenden weilt? Es ist das Kind, das gerettet werden soll, und nicht sie. Gott wird es nicht gefallen, wenn das Ungeborene wegen dir Schaden nimmt. Er wird dich deswegen nach deinem Tod mit der Hölle strafen, glaub mir.«

Der Hinweis auf das Fegefeuer verlieh dem Soldaten Beine.

Mechthild rief ihm nach: »Und lass Bruder Bernardo aus dem Haus der grauen Mönche in Hattingen holen, damit er das Kind taufen kann.«

Als sie mit der Alten allein war, fragte Ursell ängstlich: »Wird der Mönch rechtzeitig eintreffen? Es ist weit von der Stadt hier herauf.«

Mechthild wischte der Schwangeren mit einem sauberen Tuch den Schweiß von der Stirn. »Mach dir keine Sorgen. Dein Beichtvater wird möglicherweise eher hier sein als dein Kind.«

Sie sollte Recht behalten. Als der Dominikaner zwei Stunden später abgekämpft in Ursells Zelle an ihr Lager trat, lächelte sie ihn an. »Danke«, hauchte sie noch, bevor sie die nächste Wehe packte.

»Es ist bald so weit. Macht, dass Ihr herauskommt, Vater.

Eine Geburt ist nichts für Männer. Auch dann nicht, wenn sie eine Mönchskutte tragen. Ich rufe Euch, wenn das Kind da ist.« Und mit einem Blick auf den Soldaten, der wieder seinen Posten an der Tür eingenommen hatte, befahl sie barsch: »Das gilt auch für dich, Kerl. Du kannst ja sicherheitshalber die Tür abschließen, damit das arme Vögelchen nicht davonfliegt.«

Ursell schrie und bäumte sich vor Schmerzen auf.

»Raus. Und zwar sofort«, blaffte Mechthild erneut.

Es dauerte noch drei Stunden, bis Mechthild von innen gegen die Kerkertür schlug und Bruder Bernardo das Gemäuer betreten durfte.

Ursell lag trotz der kühlen Temperaturen nass geschwitzt auf ihrer Pritsche. Die langen Haare klebten an ihrer Stirn. In ihren Armen hielt sie ihr in saubere Tücher gewickeltes Kind.

»Es ist ein Junge«, flüsterte sie. »Wie ich es vorausgesagt habe. Und nun schenkt ihm die Taufsakramente, Vater Bernardo. Nehmt ihn in die Mitte der heiligen Kirche auf.«

Bruder Bernardo griff zur mitgebrachten Stola. Er legte sich den weißen Schal über die linke Schulter, griff zur Bibel und fragte Ursell, ob sie dem rechten Glauben angehöre und ob der neue Erdenbürger zum Christen erzogen werden solle. Als diese bejahte, begann er mit dem Ritus und fragte zunächst nach dem Namen des Neugeborenen, so wie es die Regeln vorschrieben.

»Er soll Jorge heißen«, antwortete Ursell mit wieder gefestigter Stimme.

Bruder Bernardo nickte. Mechthild hob den Säugling von der Brust seiner Mutter und hielt ihn dem Dominikaner hin. Der erteilte das Taufsakrament mit den Worten: »Jorge, ich taufe dich im Namen des Vaters und des Sohnes und des Heiligen Geistes.« Dabei übergoss er den Kopf des Kleinen dreimal mit Wasser aus dem Eimer. Am Ende der kurzen Zeremonie segnete er Mutter und Kind. Danach legte Mechthild das neue Christenkind in die Arme seiner Mutter.

Der Mönch sagte zu der Gefangenen: »Ich werde Jorge, wie mit dem Richter besprochen, in zwei Tagen abholen. So lange bleibt das Kind bei dir.«

»Wird er es gut bei der Amme haben?«, wollte Ursell mit Tränen in den Augen wissen.

»Ja.«

»Und Ihr begleitet mich auf meinem letzten Weg? Spendet mir Trost, wenn sie mich dem Henker übergeben?«

»Das verspreche ich im Namen Christi«, erwiderte Bernardo mit belegter Stimme.

11

Burg Blankenstein, 9. Oktober 1488

Unregelmäßiger Hammerschlag beendete ihren viel zu kurzen und von Albträumen geplagten Schlaf. Stöhnend schälte sie ihren Körper aus den verwanzten Lumpen, die ihr als Decke dienten. Raureif schmückte die sonst feuchten Felssteinwände des Kerkers. In dieser Nacht hatte es zum ersten Mal in diesem Herbst gefroren. Ihr warmer Atem kondensierte in der kalten Luft zu weißen Schwaden. Sie drehte sich auf ihrem Lager aus mittlerweile halb verfaultem Stroh, das sie mit Heerscharen von Kakerlaken teilte, und versuchte, ihre steifen Glieder zu strecken. Langsam richtete sie sich auf und stapfte mit kleinen, vorsichtigen Schritten zu dem Loch in der Mauerwand. Die Morgensonne schickte einige wärmende Strahlen in ihre in fahles Dämmerlicht getauchte Zelle. Sie rieb ihre kalten Hände in dem Licht, als ob sie diese waschen wollte. Waschen! Bei diesem Gedanken wurde ihr bewusst, dass seit der Geburt ihres Sohnes kein Wasser mehr an ihren Körper gekommen war. Den strengen Geruch, der von ihr ausging, nahm sie nicht mehr wahr. Zu schaffen machten ihr nur die Flöhe und Wanzen.

Ursell von Linden umfasste mit beiden Händen zwei Gitterstäbe und zog sich mit äußerster Anstrengung hoch. Vor ihrer Inhaftierung hätte sie diese Bewegung mit Leichtigkeit bewältigt, aber die Geburt ihres Sohnes und die unzureichende Ernährung der letzten Wochen, die im Gegensatz zu früher nur aus Wasser und trockenem, häufig verschimmeltem Brot und manchmal einem Napf warmer Gerstenkleie bestand, hatten ihre Kräfte rapide schwinden lassen. Es schien, als ob ihr Leben nur bis zur Geburt Jorges einen gewissen Wert besessen hätte. Seitdem war sie nicht mehr als eine lebende Leiche.

Mühsam richtete sie ihren Blick durch die kleine Maueröffnung auf den Burghof. Neben dem üblichen, geschäftigen Treiben der Bediensteten der Burg erregten einige Soldaten in den Farben des Drosten von Blankenstein ihre Aufmerksamkeit. Die mit Musketen und Hellebarden bewaffneten Männer standen im Gespräch vertieft direkt am unteren Ende der Treppe aus Sandstein, die zur Eingangstür des Haupthauses führte. Am oberen Ende, eine Hand auf das gusseiserne Treppengeländer gelegt, stand Philip von der Schadeburg. Ein schmerzhafter Stich durchzog ihre Brust, als sie den Offizier wahrnahm. Links von der Treppe, schon fast ihrem Gesichtsfeld entzogen, arbeiteten einige Schreiner und Tischler und errichteten ein hölzernes, stabiles Podest, das sich etwa drei Schritt über den Boden erhob. Darauf würde der Galgen stehen.

Bruder Bernardo hatte ihr berichtet, dass der Richter nach Beratungen mit dem Amtmann entschieden habe, die Hinrichtung nicht auf dem Richtplatz der Stadt jenseits der Ruhr durchzuführen, sondern im Burghof der Feste Blankenstein. In der Bevölkerung wurde gemunkelt, so Bruder Bernardo, dass die hohen Herren verhindern wollten, dass es zu Unmutsäußerungen der Bürger gegen die Urteilsvollstreckung kam. Viele Einwohner seien mit der Verurteilung Ursells nicht einverstanden gewesen. Sie meinten, dass dieser – wenn überhaupt – nur eine niedrig bemessene Geldbuße hätte auferlegt werden dürfen. Deshalb werde die Hinrichtung nur vor ausgewählten Honoratioren der Stadt durchgeführt.

Eine schwere Wolke schob sich vor die Sonne und verdunkelte sie. Es würde Schnee fallen, da war sie sich sicher, heute oder morgen. Erschöpft ließ sich die Gefangene auf den harten Lehmboden ihres Kerkers fallen. Die Turmuhr der nahe gelegenen Kirche schlug acht Mal. Um genau zwölf Uhr würde sie dort auf dem Holzpodest stehen, den Trommelwirbel hören und schließlich dem Richter gegenüberstehen, der das Urteil des Gerichtes verlas. Wenig später würde der Scharfrichter seine Aufgabe erfüllen.

Sie dachte an ihr Kind Jorge, ihren Mann Linhardt und weinte.

Vier Stunden später stand Richter Bungener auf der hölzernen Plattform, eine Urkundenrolle in der Hand, und begann, mit monotoner Stimme das Urteil zu verlesen. Während der Richter sprach, blickte Ursell zum Bergfried dem Haupthaus hinauf. Sah hinter einem der Fenster der Herzog zu?

Als der Richter geendet hatte, schaute sie ihm in die Augen. Er konnte ihrem vorwurfsvollen Blick nicht standhalten und sah zu Boden. Schließlich nickte sie dem Scharfrichter zu, schüttelte die Männer, die sie flankierten, trotz ihrer gefesselten Hände mit einer Körperbewegung ab und ging allein die wenigen Schritte bis zum Galgen. Sie schritt kerzengerade die wenigen Stufen empor. Auf dem Podest wartete Bruder Bernardo.

Sie blieb vor ihm stehen, senkte den Kopf und nahm seinen Segen entgegen. Als er geendet hatte, flüsterte sie: »Lasst mich ein letztes Mal mein Kreuz küssen, Vater. Danach nehmt es mir ab und übergebt es meinem Sohn, wenn er alt genug ist, zu verstehen. Erzählt ihm von mir. Sagt ihm, dass sein Vater und seine Mutter nichts Falsches getan haben. Und dass wir unschuldig sterben mussten.«

Unmittelbar darauf stieg sie gefasst auf den Schemel und ließ sich vom Scharfrichter die Schlinge um den Hals legen. Wind kam auf und trieb die Wolken auseinander. Ein letztes Mal sah sie die Sonne und den tiefblauen Himmel. Noch einmal murmelte sie ein hastiges Gebet. Dann schloss sie die Augen. »Jorge«, flüsterte sie, als der Henker den Hocker beiseitestieß.

Im Haus der grauen Mönche

Oktober 1498 bis März 1501

1

Alte Schee, 5. Oktober 1498

In den kleinen Dörfern und Weilern in der Umgebung der Stadt Hattingen kannten nur wenige das genaue Datum ihrer Geburt. Und selbst wenn die Menschen es wussten, interessierte es sie nicht besonders. Der mühsame Alltag, die Arbeit auf den Feldern bei Wind und Wetter und der Frondienst für ihre Herren nahmen die unfreien Bauern viel zu sehr in Anspruch, als dass sie auf die Idee gekommen wären, Geburtstage zu feiern. Sie konnten weder lesen noch schreiben und so kontrollierte keiner die Eintragungen, die der Pastor im Kirchenbuch vornahm. Auch die Geistlichen beherrschten die Schrift nicht immer fehlerfrei und so wurden Namen und Geburtsdaten von Neugeborenen manchmal nach Gutdünken notiert.

Anders bei Jorge. Bruder Bernardo hatte, als er den Säugling an sich genommen und später der Amme übergeben hatte, den Tag von Jorges Geburt mit Bistertinte in gut lesbaren Zahlen auf der Rückseite eines Ablassbriefes vermerkt und diesen zusammengefaltet in seine Bibel gesteckt, genau zwischen den ersten und den zweiten Brief des Paulus an die Korinther. Wann immer sich Jorges Geburtstag am zehnten Oktober jährte, zog Bruder Bernardo einen dicken Strich hinter das Datum. Und am heutigen Freitag war ein zehnter Strich hinzugekommen.

Der Mönch griff zu dem Beutel aus grobem Linnen, in dem sich seine Wegzehrung befand, und fühlte, ob seine lederne Geldbörse noch an ihrem Platz unter der Capa steckte. Denn darin befand sich der noch ausstehende Lohn für die Bauersleute, bei denen Jorge die letzten zehn Jahre verbracht hatte. Bernardo bezahlte die Familie in jedem Jahr zur Winter- und Sommerwende, jeweils drei Monate im Voraus und drei Monate rückwirkend. So stand ihnen jetzt noch eine Abschlusszahlung für knapp einen Monat zu. Die Ordensbrüder aber hatten beschlossen, der Pflegefamilie den Betrag für ein volles Quartal zu überlassen.

Es war noch dunkel, als Bruder Bernardo in Hattingen das Haus der grauen Mönche nahe der Kirche verließ und sich Richtung Wall wandte. Nach einem kurzen Fußweg erreichte er das Steinhagentor, welches um diese Zeit noch verschlossen war. Der Torwächter, der ihn als Dominikanermönch erkannte, öffnete die schmale Türöffnung im großen Holztor und ließ ihn nach einem kurzen Gruß hindurchschlüpfen. Bernardo überquerte den Graben, um über den Sünsbrucher Kirchweg zunächst Sprockhövel zu erreichen. Dort wollte er rasten, später dann weiter gen Süden laufen, um kurz vor der Wasserscheide zwischen Wupper und Ruhr auf den Ort Alte Schee zu stoßen, in dem Jorge lebte. Wenn er stramm ausschritt, würde er in sechs oder sieben Stunden sein Ziel erreicht haben.

Etwa eine halbe Stunde später hatte er die letzten Felder hinter sich gelassen, die von den Hattinger Bauern bewirtschaftet wurden. Der Waldrand reichte mittlerweile bis an beide Seiten der Straße heran. Nur an wenigen Stellen rissen kleine Lichtungen eine Bresche in die undurchdringlich erscheinende Wand aus Bäumen und Gestrüpp. Dort lag Raureif auf den Büschen und Gräsern, ein Zeichen, dass die Nacht kalt gewesen war. Der Winter war nicht mehr fern.

Bruder Bernardo war froh, dass der Morgen graute. Bald würde es hell sein und das Unterholz rechts und links nicht so bedrohlich wirken. Bestimmt stieß er dann auch auf andere Wanderer, konnte möglicherweise mit ihnen gemeinsam ein Stück seines Weges laufen. Zwar erzählten sich die Menschen schon seit Längerem nicht mehr von Räubern in diesem Teil der Grafschaft Mark, aber das bedeutete ja nicht, dass sich hier keine Gauner aufhielten. Schließlich waren die Zeiten hart geworden.

Feuchte Sommer und lange Winter ließen die Ernten, die die hörigen Bauern einbringen konnten, schwinden. Trotzdem verlangten die Grundherren den ihnen zustehenden Anteil. Der Druck, der vom Adel auf seine Pächter ausgeübt wurde, hatte in den letzten Jahren spürbar zugenommen. Bernardo hatte von vereinzeltem Aufruhr gehört. Im Elsass und im Friesischen, so hieß es in den Berichten, die unter den Städtern die Runde machten, seien Aufstände der Landbevölkerung niedergeschlagen worden. Und es häuften sich Geschichten, wonach in diesen Landstrichen hungernde Bauern aus Sorge um ihre Familien einsame Reisende überfielen. Zu solchen Verzweiflungstaten, dachte Bernardo, könnte es im Westfälischen ebenso kommen. Deshalb sehnte er sich nach Begleitung. Eine Gruppe von Wanderern bot zumindest das Gefühl von Sicherheit, sei es auch nur ein trügerisches.

Die Straße stieg an, aber der Mönch verlangsamte seinen Schritt nicht. Er spürte zu deutlich, dass seine Capa nicht gerade aus dickem Stoff gewebt war. Und Bewegung wärmte. Außerdem wollte er möglichst schnell sein Ziel erreichen.

Er freute sich darauf, den Jungen wiederzusehen. Sein letzter Besuch lag einige Monate zurück. Jorge war ein aufgewecktes Kind, das einen wachen Verstand zu haben schien. Und er war kräftig und gesund. Augenscheinlich hatte er in den vergangenen zehn Jahren keinen großen Mangel gelitten. Bruder Bernardo musste sich selbst loben, dass er mit der Auswahl der Pflegefamilie eine gute Wahl getroffen hatte. Der Mönch lächelte bei diesem Gedanken.

So groß waren seine Möglichkeiten damals ja gar nicht gewesen, rief er sich in Erinnerung. Eine ältere Magd hatte sich bereit erklärt, den Säugling in ihre Obhut zu nehmen. Und schließlich noch das junge Ding, welches im Haushalt des Metzgers gearbeitet hatte, vom Sohn eines Kleinbauern und Köhlers geschwängert wurde, nach der Geburt des Kindes ihre Arbeitsstelle verloren hatte und vor dem Nichts stand. Sie war zu dem Mönch gekommen, als sie davon gehört hatte, dass dieser eine Amme für das Kind Ursells suchte. Mit Tränen in den Augen hatte sie ihn gebeten, ihr diese Aufgabe anzuvertrauen. Und Bernardo hatte ihrem Drängen nachgegeben, allerdings nur unter der Auflage, dass der Köhlersohn sie ehelichte. Die Familie kaufte auf Kredit nach der Heirat einen armseligen Kotten bei Sprockhövel, den außer ihnen niemand wollte. Zu jämmerlich war dessen Zustand, zu steinig die Ackerflächen. Ohne die finanziellen Zuwendungen der Dominikaner wäre die Familie vermutlich in den ersten Jahren verhungert. Wider Erwarten jedoch hatte sich der junge Familienvater als tüchtiger Bauer entpuppt, der nach einigen Anfangsschwierigkeiten die Existenz seiner Angehörigen sicherstellen konnte und auch Zins und Tilgung immer pünktlich beglich. Schon nach fünf Jahren hatte das Paar seine Schuld abgezahlt.

Jorge wurde von ihnen wie ihr eigenes Kind behandelt. Brid, die wie Jorge ebenfalls im Oktober, vier Jahre früher geborene Tochter der Familie, und Bernardos Mündel wuchsen wie Geschwister auf. Jetzt, zehn Jahre später, gehörten, Jorge eingeschlossen, zum Haushalt sechs Mitglieder. Bald würde eines fehlen.

Die Sonne stand hoch am Himmel, als der Mönch endlich Sprockhövel erreichte. Zunächst kühlte er seine Füße in einem Bach, der am Ortsrand plätscherte. Dann suchte er, wie geplant, ein Gasthaus am Marktplatz auf, um seine mitgebrachten Speisen zu verzehren und den Durst zu löschen.

Den ersten Humpen Bier trank Bruder Bernardo in einem Zug aus. Danach bestellte er einen zweiten und biss herzhaft in sein Brot. Genüsslich kauend hörte er, wie am Nachbartisch ein Mann mittleren Alters lautstark sein Pech beklagte.

»Heute müsste ich in Hattingen sein. Heute! Und nun das. Verliert der blöde Gaul ein Eisen. Der Hufschmied, dieser nichtsnutzige Tropf, verlangt ein Vermögen, um das Pferd neu zu beschlagen. Alle Hufeisen müssten erneuert werden, behauptet der Kerl. Was das kostet! Und meine Waren lagern in Hattingen. Heute hätte ich sie holen müssen. Wie soll ich es sonst schaffen, sie rechtzeitig in Dortmund auf dem Markt anzubieten?«

Sein Trinkkumpan erweckte nicht den Eindruck, als ob ihn die Litanei sonderlich beeindruckte. Manchmal nickte er zustimmend oder schüttelte den Kopf. Ansonsten beschäftigte er sich mit seinem Bier. Zu mehr Reaktionen schien er nicht fähig zu sein.

»Jetzt sagt der Schmied sogar, dass das Neubeschlagen bis morgen dauern würde. Ich kann mich so erst am späten Vormittag auf den Weg machen. Stell dir das vor! Und dann noch die Kosten«, jammerte der Händler weiter.

Bernardo beschloss, die sich bietende Gelegenheit beim Schopfe zu packen. »Ihr fahrt morgen nach Hattingen?«, begann er das Gespräch.

Der Mann sah überrascht zu ihm hinüber. »Ja. Warum fragt Ihr?«

»Würdet Ihr mich und einen Jungen auf Eurem Wagen

mitfahren lassen? Es soll Euer Schaden nicht sein«, setzte er schnell hinzu, als er den misstrauischen Gesichtsausdruck seines Gegenübers bemerkte. »Ich bezahle natürlich dafür.«

Die Mimik des Mannes änderte sich schlagartig. »Das kommt darauf an, wie viel Ihr entrichtet«, meinte er lauernd. »Und an den steilsten Hängen heißt es laufen. Ich will den Gaul nicht über Gebühr belasten.«

»Selbstverständlich.«

Sie einigten sich schnell über den Preis. Die Hälfte zahlte Bernardo sofort, den Rest sollte der Händler bei der Ankunft in Hattingen erhalten.

»Wenn Ihr morgen nicht spätestens bis Mittag hier vor dem Gasthaus steht, müsst Ihr laufen. Ich warte nämlich nicht. Und die Anzahlung behalte ich in diesem Fall trotzdem.«

Bernardo schlug ein. »Einverstanden.«

Zwar verboten die Ordensregeln der Dominikaner, sich anders als auf den eigenen Füßen fortzubewegen, aber Bernardo glaubte, dass Gott ihm die kleine Sünde nachsehen würde. Denn auch wenn Jorge einen kräftigen Eindruck machte, wusste der Dominikaner nicht, ob dieser den weiten Weg zu Fuß bis nach Hattingen ohne längere Pausen durchstehen würde. Selbst wenn sie sich am nächsten Tag zeitig auf den Weg machten – zu dieser Jahreszeit dunkelte es früh. Und Bernardo wollte unter keinen Umständen allein im Wald mit einem Zehnjährigen übernachten. Daher sah er den kleinen Geldbetrag, den der Händler verlangte, gut angelegt. Und zwei, drei Ave-Maria als Buße für den Verstoß würden auch Gott sicher besänftigen.

Drei Stunden später stand er am Waldrand auf einem Hügel nahe des Ortes Alte Schee und sah in die Senke unter ihm. Dort lag der Kotten, in dem Jorge lebte. Viel hatte sich hier in den letzten Jahren verändert: Das Dach des Hauses war mit neuen Schindeln gedeckt, neue Türen und Fensterläden ersetzten die klapprigen Vorgänger. Die Löcher in den Holzwänden des kleinen Stalles waren geflickt und der Brunnen vor dem Haus verfügte nun über eine Kurbel, mit der das Wasser aus der Tiefe hochgezogen werden konnte.

Am auffälligsten jedoch waren die hohen Mauern, die die Felder rund um den Kotten begrenzten. Die Steine hatte die Familie in jahrelanger Arbeit aus den Feldern geklaubt und aufgeschichtet. Jeder hatte dabei mitgeholfen, wusste Bernardo. Auch die Kinder, sobald sie laufen konnten. So waren einerseits aus Steinwüsten fruchtbare Äcker geworden, andererseits boten die festen Mauern den jungen Pflanzen Schutz vor kalten Winden.

Jorge erblickte den Mönch als Erster und lief auf ihn zu. Das braune Haar, das er von seiner Mutter geerbt hatte, flatterte um seine Schultern. Der Junge war recht groß für sein Alter. Er reichte dem Mönch, der nicht gerade klein war, bereits bis zur Brust.

»Pater Bernardo«, begrüßte er den Dominikaner etwas außer Atem vom schnellen Lauf. »Vater hat mir erzählt, dass du irgendwann in diesen Tagen kommen wirst.« Jorge bezeichnete seine Pflegeeltern als Vater und Mutter, obwohl sie ihm gesagt hatten, dass er nicht ihr leibliches Kind war. »Wie lange bleibst du?«

Der Mönch seufzte leicht. Anscheinend hatte es niemand über das Herz gebracht, dem Kind zu sagen, dass er gekommen war, Jorge aus der Sicherheit seiner Familie zu entführen und in die Obhut der Mönche zu nehmen. »Bis morgen früh.«

»Erzählst du uns heute Abend wieder etwas?«

Es war zur Tradition geworden, dass Bernardo der Familie

bei seinen Besuchen religiöse Geschichten vortrug, biblische Gleichnisse zumeist, und sich mit der Familie über deren Bedeutung unterhielt. »Ja, das tue ich. Aber zunächst muss ich mit deinem Vater sprechen.«

Jorge sprang vor ihm her den Feldweg zum Kotten hinunter. Wie fast alle Bauernkinder lief er barfuß – bei Wind und Wetter. Nur wenn hoher Schnee lag oder Frost herrschte, zog er Sandalen an, die mit zwei Riemen gehalten wurden, ähnlich jenen, in denen Bernardos Füße steckten. Selbst spitze Steine und kleinere Dornen machten dem Jungen nichts aus. Eine dicke Hornhaut verhinderte, dass er sich beim Laufen verletzte.

Sie waren fast unten am Hügel angekommen, als auch Jorges Pflegevater, der auf dem Acker arbeitete, auf den Mönch aufmerksam wurde. Er legte die Axt, mit der er Holz zerkleinerte, beiseite und kam ihnen auf den letzten Metern entgegen. Als er vor Bernardo stand, senkte er den Kopf und wollte nach der rechten Hand des Geistlichen greifen, um sie zu küssen. Bernardo jedoch zog den Mann zu sich heran und umarmte ihn. »Gottes Segen mit dir, Caspar. Und mit deiner Familie.«

»Danke, Vater.«

Bernardo warf einen schnellen Blick auf den Jungen, der neben ihnen stand. »Ihr habt es ihm nicht gesagt«, stellte er fest.

»Nein, noch nicht.« Caspar machte ein zerknirschtes Gesicht. »Ich werde es später tun.«

Bernardo schüttelte den Kopf. »Nicht später, Caspar. Jetzt!«, befahl er. »Ich begrüße derweil deine Frau.« Mit diesen Worten ließ er ihn stehen. Nach einigen Metern warf der Mönch einen Blick zurück und sah, wie Caspar vor seinem Pflegekind kniete und es an sich drückte. Bernardo kamen Zweifel. War es wirklich das, was Jorges Mutter von ihm verlangt hatte, als sie darum bat, ihr Kind zu einem gottesfürchtigen Menschen zu erziehen? Musste er den Jungen aus dem Kreis seiner Liebsten herausreißen, um sein Versprechen zu erfüllen? Konnte er nicht weiter bei der ihm vertrauten Familie aufwachsen? Bernardos Unsicherheit wuchs mit jedem Schritt, den er sich von den beiden entfernte. Handelte er richtig?

Kurz darauf saßen Caspars Familie und Bruder Bernardo in dem Kotten am Feuer. Hier war alles so geblieben, wie der Mönch es seit seinem letzten Besuch in Erinnerung hatte: zwei lange Bänke aus grob behauenem Holz, ein Tisch davor, ein weiterer Tisch, auf dem Küchengeschirr aufbewahrt wurde und eine Truhe an der Wand gegenüber der Eingangstür sowie die gemauerte Feuerstelle, über der an einem eisernen Haken ein Topf hing, in dem heißer Grießbrei blubberte. Martha, Caspars Frau, servierte schweigend einen Aufguss aus Kräutern, die sie an der Decke zu trocknen pflegte.

Bernardo richtete das Wort an Jorge: »Nun, du weißt, warum ich gekommen bin?«

»Ja, Vater«, antwortete dieser ungewohnt ernst.

»Ich möchte vorher jedoch deine Meinung hören. Dann werde ich entscheide, ob du mit mir kommst. Nun, was denkst du?«

»Kann ich noch etwas überlegen?«, wollte Jorge wissen.

»Natürlich.« Bernardo hatte den ganzen Nachmittag mit sich gerungen und dann beschlossen, den Jungen nach seinen Wünschen zu fragen. Würde er sich für seine Pflegeeltern entscheiden, so wollte er ihn dort lassen – vorausgesetzt, Caspar und seine Frau würden den Knaben auch ohne finanzielle Zuwendungen der Mönche weiter bei sich aufnehmen.

Denn Geld würden die Dominikaner keines mehr zahlen – seine Mitbrüder wären niemals dazu bereit. Aber auch in seiner Pflegefamilie würde Jorge geborgen zu einem guten Menschen aufwachsen. Dessen war er sich sicher. Und sein Gelöbnis gegenüber der toten Ursell von Linden wäre damit ebenso erfüllt, glaubte er. »Was dich hier erwartet, weißt du. Kommst du mit mir, wirst du lesen und schreiben lernen. Arbeiten musst du selbstverständlich auch. Schlafen kannst du in unserem Speisesaal.« Er dachte an den heimlichen Widerstand, den Bruder Matthias immer noch gegen die Unterstützung des Jungen leistete. Sein Groll würde nicht geringer werden, wenn Jorge mit ihm unter einem Dach wohnte. Deshalb setzte er hinzu: »Dir wird nicht nur Wohlwollen entgegengebracht werden. Also bedenke das Für und Wider. Und nenne mir deinen Wunsch im Laufe des Abends.«

Nach dem Nachtmahl sah die Runde den Mönch erwartungsvoll an. Und er tat ihnen den Gefallen. Das kleinste Mädchen kroch auf den Schoß der Mutter, der jüngste Sohn kuschelte sich an sie. Brid und Jorge hockten Seite an Seite neben Caspar. Bernardo lehnte sich zurück und erzählte Lukas' Gleichnis vom verlorenen Schaf.

Als er geendet hatte, kämpfte Martha mit den Tränen. Jorge stand auf, ging zu ihr, legte seine Arme um ihren Hals und küsste sie. Dann sagte er mit weinerlicher Stimme: »Ich kann mich nicht entscheiden, Vater.«

»Gut. Dann werde ich das für dich tun. Du kommst mit mir nach Hattingen.«

Jorge nickte mit tränenüberströmtem Gesicht. »Aber hier wird für immer mein Zuhause sein.« Mit kindlicher Entschiedenheit fügte er hinzu: »Solange ich lebe.«

Bruder Bernardo nickte. »Dann soll es so sein. Jetzt lasst

uns schlafen. Jorge und ich haben morgen ein gutes Stück Weg vor uns. Den sollten wir ausgeruht antreten.«

Jorges Bündel war am nächsten Tag schnell geschnürt. Auf eine ausgebreitete, speckige Leinendecke wurden Unterkleid, Hemd und Hose gelegt, dann wurde die Decke sorgsam zusammengeschlagen und mit einem dünnen Seil so gebunden, dass nichts herausfallen konnte. Ein zweites, fingerdickes Seil wurde am Bündel befestigt und diente als Tragegurt. So konnte sich Jorge das Gepäck über die Schultern legen, ohne seine Beweglichkeit über Gebühr zu beeinträchtigen. Zuletzt knotete Martha noch die Sandalen mit einem kurzen Strick außen an das Bündel. Die Besitztümer des Jungen wurden vervollständigt durch einen Beutel, ähnlich dem, den Bernardo sein Eigen nannte, und in dem Jorge sein kleines Messer, Trinkbecher und Teller aus Holz sowie den Proviant aufbewahrte. Gegen Regen und Kälte schützte den Jungen ein Überwurf aus grober Schafswolle. Besonders stolz war der Knabe auf eine Filzkappe, die sein Pflegevater getragen und ihm zum Abschied geschenkt hatte. Die Kappe war etwas zu groß und nur Jorges leicht abstehende Ohren verhinderten, dass sie ihm über die Augen bis zur Nase rutschte. Damit sie nicht von einer Windbö vom Kopf geblasen wurde, hatte Jorges Pflegemutter ein Bändchen daran genäht, sodass das Kind die Kappe unter dem Kinn festzurren konnte.

Bernardo hatte sich mit Caspar darauf verständigt, keine lange Abschiedszeremonie zu veranstalten. Ein kurzer Gruß und eine Umarmung sollten genügen, um dem Jungen die Trennung zu erleichtern. Vielleicht flossen gerade deshalb die Tränen in Strömen, als Bernardo zum Aufbruch drängte. Jorge zögerte sogar, dem Mönch ins Freie zu folgen. Für einen kurzen Moment schien es, als würde der Junge es sich noch einmal anders überlegen. Aber dann wagte er doch den entscheidenden Schritt in sein neues Leben.

Bernardos Befürchtungen des Vortags waren unbegründet gewesen, denn Jorge stellte sich als ein ausdauernder Wanderer heraus. Scheinbar mühelos hielt er mit dem Mönch Schritt und forderte auch dann keine Pause, als ihr Weg steiler anstieg und die Anstrengung ihnen Schweißperlen auf die Stirn trieb.

Bernardo merkte jedoch, dass der Junge bedrückt war. Von seiner sonst so unbekümmerten Fröhlichkeit war nichts zu spüren. Ernst und schweigend lief er neben dem Mönch her, in traurige Gedanken versunken. Auch Bernardo blieb stumm. Er wusste, dass es falsch gewesen wäre, den Jungen zu drängen.

Pünktlich trafen sie am vereinbarten Treffpunkt vor dem Sprockhöveler Gasthaus ein. Jorge, der erst ein Mal in seinem Leben die Sicherheit seines Kottens verlassen hatte und mit der Familie in den Nachbarort gelaufen war, um dort an einer Hochzeitsfeier teilzunehmen, schaute sich mit großen Augen um.

Für den Moment schien der Trennungsschmerz vergessen, bei allem, was es um ihn herum zu bestaunen gab. Es war Markttag und auf den Straßen der Stadt herrschte geschäftiges Treiben. Händler schoben Karren voll Waren aller Art zum Marktplatz und priesen sie mit lautem Geschrei an. Gaukler und Spielleute buhlten um die Gunst der Zuschauer und natürlich deren prall gefüllte Geldbeutel. Und die honorigen Bürger der Stadt standen in kleinen Gruppen zusammen und kommentierten das Geschehen. So viele Menschen hatte Jorge noch nie auf einem Haufen gesehen. Aufgeregt machte er Bruder Bernardo auf alles Mögliche aufmerksam. Schließlich bog der Händler, der sie mitnehmen wollte, mit grimmigem Gesicht um die Ecke und blieb mit seinem Karren vor ihnen stehen. »Halsabschneider, das sage ich Euch, Vater. Diese ganze verdammte Stadt besteht nur aus Beutelziehern. Allen voran der Hufschmied. In der Hölle soll er schmoren, der Gauner! Nun steigt schon auf, damit ich endlich aus diesem Sündenpfuhl fortkomme.«

Bernardo kletterte neben den Krämer auf den Bock, Jorge suchte sich einen Platz auf der Ladefläche zwischen dem dort gelagerten Stroh, das – wie der Händler erklärte – zur Verpackung und Sicherung der Waren diente, die er in Hattingen laden wollte. Als sie das geschäftige Treiben hinter sich gelassen hatten und Richtung Norden aus Sprockhövel rumpelten, warf Bernardo einen Blick nach hinten. Jorge hatte sich wie ein junger Hund zusammengerollt und unter seinem Überwurf verkrochen. Seine Augen waren geschlossen. Aber der Glanz auf seinen Wangen zeigte, dass er weinte.

2

Hattingen, 11. Oktober 1498

Die Schmerzensschreie der Gebärenden gellten durch das Haus am Marktplatz. Hinrick van Enghusen, Ehemann der in den Wehen liegenden Ella, lief nervös in der Diele auf und ab. Marlein und Lucas, seine Kinder, beobachteten von ihrem Versteck hinter einer Holztruhe aufmerksam das Geschehen.

Eine Tür schlug. Eilige Schritte waren aus der oberen Etage zu hören. Eine der Mägde stürmte die Treppe hinunter, einen Holzeimer unter dem Arm.

»Ist das Kind schon da?«, erkundigte sich Enghusen und wischte sich mit dem Ärmel den Schweiß von der Stirn. »Diese Warterei hält ja kein Mensch aus.«

»Die gnädige Frau ist schlimmer dran als Ihr«, erwiderte die Magd ungerührt und durchquerte die Diele, um aus dem Hofbrunnen frisches Wasser zu schöpfen.

»Was geht da oben vor?«, rief ihr der Hausherr hinterher und machte einige Schritte auf die Tür zu, die die Diele von der Küche trennte. Aber die Magd war schon verschwunden. Van Enghusens Blick fiel auf seine Kinder. »Was macht ihr denn hier?«

»Oben durften wir nicht bleiben. Die Hebamme hat uns fortgeschickt«, antwortete der zwölfjährige Lucas. »Und dann hat uns die Magd aus der Küche verjagt. Also sind wir in die Diele.«

Van Enghusen wollte sie gerade anweisen, draußen im Hof zu warten, als die Magd mit dem nun vollen Wassereimer zurückkehrte. Fast gleichzeitig war von oben ein lang anhaltendes Stöhnen zu vernehmen, das sich nicht menschlich anhörte. Van Enghusen vergaß, dass er die Kinder schelten wollte, und richtete seinen Blick besorgt nach oben. Die Magd drängte sich wieder an ihm vorbei und stürmte die Treppe hoch, wobei ein wenig Wasser auf die Stufen schwappte.

»Lauf in die Küche und hol einen Lappen«, herrschte van Enghusen Marlein an, »nicht dass noch jemand ausrutscht.«

Die Siebenjährige, die sich bisher verschreckt an das Wams ihres Bruders geklammert hatte, ließ diesen zögernd los. »Stirbt Mama?«, fragte sie ihren Vater ängstlich.

»Ach was«, erwiderte der ungehalten. »So schnell stirbt man nicht.«

»Aber warum schreit sie dann?«

»Was weiß ich«, fuhr er sie an. »Das ist bei Frauen eben so. Und jetzt sieh zu, dass du den Lappen holst und das Wasser aufwischst.«

Marlein gehorchte.

Als seine Tochter verschwunden war, befahl van Enghusen seinem Sohn: »Und du besorgst mir einen großen Krug Wein. Und wenn ich dich dabei erwische, dass du daran nippst, ziehe ich dir den Hosenboden so stramm, dass sich gegen dein Geplärre das Geschrei deiner Mutter wie Engelsgesang anhören wird. Hast du verstanden?«

Der Junge nickte und folgte seiner Schwester. Er kannte seinen Vater und ahnte, dass dieser seine Drohungen heute nicht in die Tat umsetzen würde. Sicher war er sich allerdings nicht. Zwar fing er sich hin und wieder eine Backpfeife und ein oder zwei Mal hatte er auch Bekanntschaft mit der Weidenrute machen müssen. Aber im Großen und Ganzen waren Prügelstrafen im Haus der van Enghusens nicht die Regel. Allerdings war heute kein Tag wie jeder andere, deswegen erschien es Lucas vernünftiger, sich den Anweisungen nicht zu widersetzen. Denn möglicherweise führten ebendiese Umstände dazu, dass sein Vater einen Sündenbock benötigte, um sich abzureagieren. Und diese Rolle wollte Lucas nicht spielen.

Eine halbe Stunde später – Hinrick van Enghusen kippte gerade den dritten Becher Würzwein – wurde im Obergeschoss die Tür aufgerissen und die Hebamme rief zum Hausherrn hinunter: »Ihr solltet den Pastor holen. Schnell!«

Für einen Moment war van Enghusen wie erstarrt. Dann brüllte er Lucas an: »Du hast gehört, was die Frau gesagt hat. Lauf!«

Da die Kirche des heiligen Georg nur einen Steinwurf entfernt war, traf der Pastor kurz darauf im Haus der Familie ein. Lucas hatte Pastor Lucius in der Sakristei angetroffen, wo dieser den Bestand an Kerzen kontrollierte. Nachdem der Junge aufgeregt von den Ereignissen in seinem Elternhaus berichtet hatte, war der Geistliche ihm mitsamt dem heiligen Krankenöl, geweihtem Wasser und der Chorkleidung gefolgt.

Jetzt stand er in der Diele dem sichtlich angetrunkenen Familienoberhaupt gegenüber, der sich mit schwerer Zunge für sein Kommen bedankte. »Die Hebamme meinte, ich solle nach Euch schicken.« Er zeigte mit der Linken nach oben. »Den Aufgang hoch und geradeaus. Immer den Schreien …« Er stutzte. Als sei ihm die Stille, die seit einigen Minuten im Haus herrschte, erst jetzt bewusst geworden, setzte er verwundert hinzu: »Die Frau jammert ja nicht mehr. Ist das Kind etwa schon da? Warum gibt mir denn keiner Nachricht?« Entgeistert starrte er erst den Pastor, dann seinen Spross an, hob den Becher und trank ihn in einem Zug aus. Danach wischte er sich den Mund mit dem Ärmel seines Hemdes ab. »Bring mir noch einen.« Lucas das Trinkgefäß in die Hand drückend, schwankte er an dem Geistlichen vorbei zur Treppe, die er schwer atmend hinaufpolterte.

Vor der Tür, die zum Schlafgemach der Eheleute führte, blieben die beiden Männer stehen. »Was meint Ihr, können wir eintreten?«, fragte van Enghusen den Pastor in unangemessener Lautstärke. »Oder sollen wir warten …«

Die Hebamme nahm ihnen die Entscheidung ab. Sie hatte die Tritte der Männer und van Enghusens Stimme gehört und öffnete. »Eure Frau ist ziemlich gekleidet und schläft jetzt nach der Anstrengung. Aber das Kind …«

Van Enghusen drängte sich an ihr vorbei in den Raum. »Wo ist mein Kind?«

»Es ist tot«, antwortete die Geburtshelferin mit leiser Stimme. »Es war ganz blau und wollte nicht atmen.«

Van Enghusen erbleichte. »Ich will es sehen. Ich bin mir sicher, es lebt.«

»In der Wiege neben dem Bett. Aber Ihr irrt euch. Es ist …«

»Schweig!«, fuhr van Enghusen die Frau an. »Keines meiner Kinder stirbt, ohne die Sakramente empfangen zu haben.«

Die Hebamme wagte einen Einspruch. »Aber es kam schon tot aus dem Bauch seiner Mutter. Ich bin mir sicher …«

Van Enghusen holte aus und schlug der Frau mit dem Handrücken so heftig ins Gesicht, dass diese stolperte und zu Boden stürzte. Blut floss aus ihrer Nase.

»Lügnerin. Das Kind lebt.« Er stürmte zur Wiege, nahm den toten Säugling und hielt ihn dem Pastor entgegen. »Seht. Es atmet.« Er legte den Körper auf das Bett zu Füßen seiner schlafenden Frau, kramte einen Goldgulden aus seiner Geldbörse und deponierte ihn neben der Leiche. »Schaut selbst. Und nun erteilt dem Kind die heiligen Sakramente.« Pfarrer Lucius warf einen skeptischen Blick auf den leblosen Körper, dann einen begehrlichen auf das Goldstück. Schließlich siegte die Gier. »Tatsächlich! Der Herr hat ein Wunder geschehen lassen. Das Kindchen lebt.« Der Pastor begann mit dem Taufritual. »Wie soll das Kind heißen?«, erkundigte er sich bei van Enghusen.

Der schaute hilflos zur Hebamme. Die verstand. »Ein Mädchen«, meinte sie mit belegter Stimme.

Der Hausherr dachte einen Moment nach, aber es wollte ihm kein Name einfallen. »Eva«, meinte er nach einer langen Minute erleichtert. »Wie die Frau von Stammvater Adam. Eva soll sie heißen.«

Der Geistliche nickte und taufte den Leichnam. Dann streifte er sich das Rochett über und griff zum Öl, das er auf die Stirn und die Hände des toten Kindes strich. Dazu erteilte er den apostolischen Segen. Da sein Latein nicht ganz sattelfest war, beschränkte er sich auf ein deutliches »Dominus vobiscum«, während er die restliche Segensformel vor sich hinmurmelte. Erst das »Benedicat vos omnipotens Deus, Pater, et Filius, et Spiritus Sanctus« kam deutlicher über seine Lippen.

Hinrick van Enghusen antwortete mit einem kräftigen »Amen« und auch die Hebamme, die jetzt, nachdem der Pastor die Wiedererweckung des Kindes mit seiner geistlichen Autorität festgestellt hatte, keinen Widerspruch mehr wagte, stimmte ein.

Am Ende der Zeremonie versprengte Lucius noch ein wenig Weihwasser. »Das Kind ist gerade friedlich entschlafen. Gott der Herr wird es nun in seine Herde aufnehmen.« Mit diesen Worten griff er zum Goldgulden und ließ ihn in einer seiner Taschen verschwinden.

3

Hattingen, 12. Oktober 1498

Nachdem der Kaufmann am Steinhagentor den fälligen Zoll entrichtet hatte, konnte er passieren. Der Karren rumpelte weiter Richtung Hallenplatz. Kurz hinter dem Wall ließ der Händler Bernardo und Jorge aussteigen und kassierte die zweite Hälfte des vereinbarten Fahrpreises. Der Junge sah sich neugierig um und sog tief die Luft ein. Schon in Sprockhövel war ihm der unangenehme Geruch aufgefallen, aber hier in Hattingen roch es noch stärker – zumindest war das sein Eindruck. Der Gestank menschlicher und tierischer Exkremente mischte sich mit dem von Rauch, faulenden Lebensmitteln und den Ausdünstungen der Tiere. Gewiss, auch im Stall zu Hause in Alte Schee muffelte es, dachte er, aber nicht so intensiv. Der Junge sprach Bernardo auf seine Entdeckung an.

Der lachte auf. »Daran wirst du dich schnell gewöhnen. Pass nur auf, wohin du gehst. Manche der Häuser stehen im Obergeschoss leicht über. Auskragen nennt man das. Dort befindet sich manchmal auch der Abtritt. Also sei vorsichtig und drücke dich nicht zu eng an die Wand solcher Bauten. Auch nicht, wenn es regnet. Es könnte sein, dass du Bekanntschaft mit den Hinterlassenschaften der Bewohner machst. Und dann sind es nicht die Gassen, die stinken, sondern du bist es. Und nun komm. Es sind nur noch ein paar Schritte bis zu unserem Domizil. Da lernst du meine Mitbrüder kennen, wir essen und danach kannst du dich schlafen legen.«

Bernardo schritt zügig aus, sodass sie nach kurzer Zeit das zweigeschossige Haus der grauen Mönche erreichten. Im Gegensatz zu den anderen Häusern in der Nähe war es nicht in Fachwerkbauweise, sondern aus massivem Stein errichtet.

Bernardo umrundete das Gebäude zur Nordseite hin, wo sich die schwere Eingangstür befand. Er zog sie mit einem an der Außenseite angebrachten Eisenring auf und schob Jorge vor sich her ins Halbdunkel.

Erstaunt blieb der Junge stehen. Die Diele war höher, als er erwartet hatte. An der Westseite führte eine schmale Treppe ins Obergeschoss. An der Südwand, gegenüber des Zugangs, brannte im Kamin ein Feuer, über dem zwei Töpfe hingen. Es duftete verführerisch nach Essen. Erst jetzt bemerkte Jorge, wie hungrig er war. Er hatte seit dem Morgen, von einem Apfel abgesehen, nichts mehr zu sich genommen. Rechts neben der Feuerstelle gab es eine weitere Tür, die in den Hof führen musste.

Die Diele schien das gesamte Erdgeschoss auszufüllen. Inmitten des Raumes wartete ein Holztisch, an dessen Längsseiten zwei Bänke Platz boten, auf Gäste. Bruder Bernardo machte eine ausholende Bewegung mit seinem rechten Arm. »Unser Refektorium. Oben befindet sich das Dormitorium sowie einige Studier- und Vorratszimmer.«

Jorge sah seinen Gönner mit großen Augen an.

Bernardo deutete den Blick richtig. »Natürlich. Du sprichst ja kein Latein.«

Jorge schüttelte den Kopf.

»Na gut. Dein Unterricht kann auch gleich jetzt beginnen. Mit Refektorium wird der gemeinsame Speisesaal der Mönche bezeichnet. Und das Dormitorium …«

»… ist der Schlafsaal«, unterbrach ihn eine piepsige Stimme. Unbemerkt war ein anderer Mönch die Treppe heruntergestiegen und stand nun hinter den beiden Ankömmlingen.

»Albertus«, freute sich Bernardo und umarmte seinen Ordensbruder. Dann zeigte er auf den Kleinen an seiner Seite. »Das ist Jorge.«

Scheu reichte der Junge dem hageren Mönch die Hand. Albertus schüttelte sie kräftig. »Herzlich willkommen. Gott sei mit dir. Wir haben schon viel von dir gehört.«

»Wo sind die anderen Brüder?«, erkundigte sich Bernardo.

»Bruder Jacob ist heute Morgen für einige Tage nach Soest abgereist. Hat er dir das nicht gesagt?«

»Nein.«

»Bestimmt hat er es vergessen. Sein Alter fordert mehr und mehr seinen Tribut.«

»Ich weiß. Was will er im dortigen Kloster?«

In Soest befand sich das Stammhaus der Dominikaner. Von dort zogen die Mönche durch das Westfälische, um Gottes Wort zu predigen. Wenn sie länger an einem Ort blieben, bezogen sie Häuser, um dort unter ihresgleichen nach den Regeln ihres Ordens zu leben – so wie eben in Hattingen. Diese Häuser gehörten dem Orden, waren aber keine Klöster.

»Er hat uns nicht vom Zweck seiner Reise in Kenntnis gesetzt. Ich habe allerdings von unseren Soester Brüdern gehört, dass es am Heiligen Stuhl Auseinandersetzungen zwischen einigen Orden geben soll. Wie es heißt, opponieren die Benediktiner in Rom offen dagegen, dass wir Dominikaner für unsere Missionstätigkeit nur den Segen des Heiligen Vaters und keine Zustimmung des regionalen Klerus benötigen.«

Während der deutlich ältere Orden der Benediktiner dem Grundsatz *Bete und arbeite und lies* folgte und sich seine Mitglieder hinter dicken Klostermauern – bevorzugt auf dem Land – versteckten, gingen die Bettelmönche der Dominikaner unter die Menschen und missionierten bevorzugt in den Städten. Sie gründeten Schulen und Siechenhäuser und schrittweise verloren die Benediktiner ihren beherrschenden Einfluss auf die Gläubigen. Der daraus entstandene Disput war alles andere als nur eine theologische Auseinandersetzung. Jahrhundertelang flossen die Spenden der Christen überwiegend den Benediktinern zu. Mit dem Erstarken der Bettelorden war jedoch eine mächtige Konkurrenz entstanden, und da Geld immer auch Macht bedeutete, ging es um viel mehr als nur um die Frage der richtigen Auslegung der Heiligen Schrift.

»Der alte Streit also.«

»Ja. Und angeblich soll dieses Thema Gegenstand einer Zusammenkunft in Soest sein.«

»Nun, sollen sie ihren Streit in Rom austragen. Die Heilige Stadt ist weit entfernt. Wir werden von solchen theologischen Disputen unbehelligt bleiben«, meinte Bernardo.

»Ich hoffe, du behältst recht.«

»Da bin ich mir ganz sicher. Wer in Rom interessiert sich schon für ein Mönchshaus im Westfälischen mit gerade sieben Bewohnern? Was machen die anderen?«, wollte Bernardo wissen. »Unser junger Freund hier hat bestimmt Hunger. Und auch ich muss gestehen, dass mich die Töpfe da über dem Feuer wie magisch anziehen.«

Albertus lachte auf. »Was dich so lockt, ist Bohnensuppe mit etwas Fleisch. Es sind nur Matthias und Ulrich im Hause. Die anderen beiden kommen erst spät. Sie sind nach Bochum aufgebrochen, um dort auf dem Markt den Bauern zu predigen.«

Eine halbe Stunde später saßen auch Matthias und Ulrich, die im Garten gearbeitet hatten, am Tisch. Vor Jorge stand der dampfende Topf köstlich duftender Suppe. Ihm schien, dass das Tischgebet, das Bruder Albertus vortrug, kein Ende nehmen wollte. Und als ihm Bruder Bernardo endlich mit einer Kelle den Teller füllte, glaubte er, das Knurren seines Magens müsse bis zu seinen Eltern zu hören sein.

Zehn Minuten später fühlte sich sein Bauch an, als würde er platzen. Und gleichzeitig legte sich eine bleierne Müdigkeit über ihn, die ihn gähnen ließ.

»Habt ihr entschieden, wo Jorge schläft?«, erkundigte sich Bernardo. »Diese Frage war vor meiner Abreise noch nicht beantwortet.«

»Ja, das haben wir.« Bruder Matthias schob seinen Teller beiseite. »Er wird sein Lager in der Scheune bereiten.«

»Aber da wird es im Winter empfindlich kalt«, widersprach Bernardo sofort. »Er wird frieren.«

»Es reicht, dass wir ihn durchfüttern müssen«, erwiderte Matthias ungerührt. »Im Dormitorium ist kein Platz.«

»Dann kann er doch hier schlafen«, warf Bernardo ein.

»Du erinnerst dich sicher an das Missgeschick, das uns im letzten Sommer getroffen hat?«, erinnerte Albertus. »Das Zicklein, das unter dem Leib seiner Mutter erstickt ist. Matthias hat darauf hingewiesen, dass es nicht so weit gekommen wäre, wenn einer von uns im Stall geschlafen hätte. Nun, diese Rolle kann Jorge erfüllen und so einen Teil seiner Schuld tilgen.«

»Ihr hättet mit der Abstimmung bis zu meiner Rückkehr warten können.« Bernardo war sichtbar verärgert.

»Die Entscheidung erfolgte einmütig. Deine Stimme hätte am Ergebnis nichts geändert.«

»Und auch Bruder Jacob hat diesen Beschluss mitgetragen?«, fragte Bernardo entgeistert.

Jetzt war es an Matthias, zu antworten. »Albertus sagte: einmütig. Hast du das nicht vernommen?« Die Schärfe in seiner Stimme ließ Jorge zusammenzucken.

»Doch, sehr gut.« Bernardo erhob sich. »Komm, Jorge. Ich zeige dir, welchen Platz dir meine Brüder in Christi in ihrer Selbstlosigkeit zugedacht haben.«

4

Godesburg, 12. Oktober 1498

Der Benediktinermönch Bartholomäus wartete nun schon seit zwei Stunden auf die Audienz bei seiner Eminenz. Hermann, der vierte Erzbischof dieses Namens, benutzte auch die südlich der Stadt Köln gelegene Godesburg als Residenz. Hoch über dem Rhein gelegen, ließ es sich dort leichter atmen als in den engen und stinkenden Gassen rund um den Dom.

Unmittelbar nach seiner Ankunft auf der Burg war der Benediktiner, ohne sich einen Moment ausruhen zu können, von einem Diener durch verwinkelte Gänge und über lange Treppen zu einem Korridor geführt worden, von dem die Privatgemächer des Bischofs abgingen. Hier solle er warten, bis er gerufen würde, hieß es.

Der Flur, in dem er sich befand, war schmucklos und völlig leer. Durch ein Fenster an der Stirnseite blies ein feuchter Wind. Bartholomäus warf einen Blick hinaus. Tief unter ihm zog majestätisch der Rhein seine Bahn. Aber der Mönch hatte keinen Sinn für die Schönheit der Landschaft, die sich vor ihm ausbreitete. Ihn plagten andere Gedanken. Außerdem ließ ihn der Wind frösteln.

Mangels einer Sitzgelegenheit lehnte sich der Benediktiner zunächst an eine der Wände, begann dann aber, ungeduldig auf und ab zu laufen, misstrauisch beäugt von zwei kräftigen Soldaten, die die Eingangstür zu den Privaträumen des Bischofs bewachten.

Bruder Bartholomäus hieß vor seinem Eintritt ins Kloster Kasper Bardowick und war 1465 als Sohn eines reichen Hamburger Patriziers geboren worden. Die ersten zehn Jahre seines Lebens wuchs er als einziges Kind in behüteter Umgebung auf. Ihm fehlte es an nichts, bewies sein Vater doch eine ausgesprochen glückliche Hand bei seinen Geschäften. Die Familie bewohnte ein dreigeschossiges, repräsentatives Haus im Kaufmannsviertel, dessen Erdgeschoss dem Hausherrn als Kontor diente. Drei Bedienstete unterstützten Kaspers Mutter Maria beim Führen des Haushalts. Der Junge konnte eine glänzende Zukunft erwarten.

Dann jedoch, kurz nach Kaspers zehntem Geburtstag, erkrankte die Mutter schwer und verstarb wenig später. Zunächst verfiel der Vater dem Trübsinn, tröstete sich dann bald in den Armen einer jüngeren Frau und heiratete diese. Kasper, der sich vernachlässigt fühlte, suchte und fand Beistand beim Pfarrer der nahe gelegenen Kirche. Als seine Stiefmutter schwanger wurde, setzte sie bei ihrem Mann durch, dass nur ihr leibliches Kind zukünftig im Haushalt leben dürfe. Kasper, so ihr Vorschlag, solle doch als Novize in ein Kloster wechseln. Der Junge hocke doch ohnehin lieber in der Kirche als in ihrem Haus. Bestimmt habe er im Glauben seine Berufung gefunden. Da sei es geradezu in seinem Interesse, Mönch zu werden.

Kasper jedoch wollte sein Elternhaus keinesfalls verlassen, doch es blieb ihm keine Wahl. Mit einer generösen Spende ausgestattet, trat er kurz vor seinem zwölften Lebensjahr in das Kloster ein.

Völlig überraschend verstarb der Vater bald darauf. In seinem Testament vermachte er dem Jungen eine jährliche Apanage in nicht unerheblicher Höhe, damit Kasper auch als Mönch einen angemessenen Lebensstandard halten konnte.

Der Sohn vermutete damals nicht zu Unrecht, dass es das schlechte Gewissen war, welches seinen Vater dazu veranlasst hatte.

Der Vater hatte dem Abt kurz vor seinem Tod das heilige Versprechen abgerungen, dass sein Sohn über die Geldmittel frei verfügen konnte und diese nicht der Klostergemeinschaft anheimfielen. Der Abt gab seine Einwilligung vermutlich deshalb ohne Bedenken, weil das Kloster testamentarisch ebenfalls mit einem ordentlichen Batzen bedacht worden war. Da Kasper seine Ausgaben streng reglementierte, verfügte er nach einigen Jahren über ein stattliches Vermögen, das es ihm auch bei einem Verlassen des Benediktinerordens jederzeit ermöglicht hätte, ein bequemes Leben ohne Sorgen zu führen. Aber Bartholomäus, wie er nun hieß, dachte nicht im Geringsten daran, die Sicherheit der Klostermauern und der Ordenstracht aufzugeben, ganz im Gegenteil. Er beabsichtigte, in der kirchlichen Hierarchie weiter aufzusteigen. In seinen Träumen sah er sich im Ornat eines Erzbischofs, mit etwas Glück auch in dem eines Kardinals. Und irgendwann könnte er vielleicht noch höhere Positionen erlangen … Er berauschte sich an diesen Gedanken, die ihn von Tag zu Tag immer mehr gefangen nahmen.

Vor einigen Jahren war es ihm mit Chuzpe und Bestechung gelungen, einen Ruf an den Heiligen Stuhl in Rom zu erhalten. Entgegen seinen Erwartungen aber setzte die Kirche ihn nicht im Umfeld des Heiligen Vaters ein, sondern er musste dem stellvertretenden Leiter einer unwichtigen Bibliothek im Vatikan zur Hand gehen. Doch der Zufall kam ihm zur Hilfe. Eines Tages beobachtete er einen Bischof, der sich mit einem jungen Novizen vergnügte. Bartholomäus stellte den Würdenträger zur Rede, der, um Bartholomäus' Schweigen zu sichern, seinen Einfluss spielen ließ. So stieg

Bartholomäus in der Hierarchie auf. Trotzdem war er immer noch weit von seinem Ziel entfernt, ein Berater des Heiligen Vaters zu sein. Nur zu gern ließ er, wenn er in sein Heimatkloster zurückkehrte, eine Bemerkung hier und eine Andeutung da fallen, sodass seine Mitbrüder den Eindruck haben mussten, er sei bereits weit in der inoffiziellen kirchlichen Rangfolge emporgeklettert. Irgendwann wurde ihm zugetragen, dass sie ihn ›den Römer‹ nannten. Er sei ein Mönch, hieß es, der das Ohr des Papstes habe. Natürlich unternahm Bartholomäus nichts, um diesen Irrtum aufzuklären, im Gegenteil: Wann immer sich die Gelegenheit dazu ergab, bestärkte er seine Mitbrüder in ihrer Auffassung.

Trotz der kühlen Witterung wurden die Hände des Mönches vor Aufregung feucht. Weshalb hatte Hermann ihn hierherbestellt? Bartholomäus war erst vor einigen Tagen aus Rom zurückgekehrt und gestern zum Abt des Deutzer Klosters gerufen worden, der ihm vom Wunsch des Erzbischofs berichtete. Natürlich hatte die Einladung auf die Godesburg ausgesprochen freundlich geklungen. Zwar bekleidete Bartholomäus keinen offiziellen Rang in der Hierarchie des Klerus, aber einem Mann gegenüber, der das Ohr des Papstes hatte, wahrte auch ein Erzbischof die Etikette. So höflich die Worte auch gewählt waren, sie blieben dennoch ein Befehl, dem Bartholomäus Folge leisten musste. Nur warum wollte der Erzbischof ihn sprechen?

Endlich öffnete sich die schwere Holzpforte und der Sekretär des Bischofs, ein kleiner dicklicher Mönch von vielleicht vierzig Jahren, trat in den Flur. »Ihr könnt jetzt eintreten«, verkündete Pater Antonino und gab den Weg frei. Bartholomäus registrierte verwundert, dass der Sekretär nicht mit hereinkam, sondern die Tür von außen schloss. Der Benediktiner versenkte die Hände in den Taschen seiner

Kukulle, trat lediglich einen Schritt nach vorn, senkte den Kopf und wartete. »Bruder Bartholomäus, schön, Euch zu sehen. Tretet doch näher, damit wir uns unterhalten können.« Der Erzbischof hatte auf einem schlichten Stuhl Platz genommen, vor dem im gebührenden Abstand eine niedrige Bank platziert war. An der Wand hinter dem Stuhl hing ein großes Holzkreuz, an den Wänden brannten Kerzen. Der Feuerstelle gegenüber stand ein Pult, welches dem Sekretär augenscheinlich als Schreibplatz diente, wenn es nicht wie jetzt verwaist war.

Bartholomäus näherte sich dem Erzbischof, verbeugte sich und küsste den Ring an der ausgestreckten rechten Hand. »Euer Eminenz.«

Hermann zeigte wohlwollend auf die Bank. »Bitte nehmt doch Platz. Es spricht sich leichter, wenn ich nicht zu Euch aufschauen muss.«

Der Mönch setzte sich und registrierte sofort, dass sich die Positionen nun umgekehrt hatten und er zum Bischof aufblicken musste.

»Ich hörte, Ihr weiltet in der Heiligen Stadt und seid nun wieder in Euer Deutzer Kloster zurückgekehrt. Hattet Ihr eine angenehme Rückreise?«

»Danke für Eure Anteilnahme. Die Überquerung der Alpen ist um diese Jahreszeit ein wenig beschwerlich, wie Ihr wisst, aber mit Gottes Hilfe und der Sachkunde meiner Führer habe ich auch diese Mühen bewältigt.« Sein norddeutscher Akzent war unüberhörbar.

»Sicher fragt Ihr Euch, warum ich Euch habe rufen lassen?«

»Diese Frage habe ich mir in der Tat gestellt, Euer Eminenz.«

»Und, habt Ihr eine Antwort darauf gefunden?« Der Bischof musterte ihn interessiert.

»Leider nein.«

Hermann lachte kurz auf. »Das muss eine neue Erfahrung für jemanden gewesen sein, dem nachgesagt wird, die politischen Fallstricke am Heiligen Stuhl zu erkennen, bevor sie gespannt werden.«

»Ihr übertreibt. Ich halte nur Augen und Ohren offen, das ist alles.«

»Wenn ich übertreibe, dann untertreibt Ihr. Ich kenne Euren Ruf, Bruder Bartholomäus. Man nennt Euch nicht umsonst ›den Römer‹. Ihr seid meines Wissens der einzige Deutsche, dessen Rat der Heilige Vater annimmt, sehr zum Ärger seiner anderen Ratgeber, nehme ich an. Sind es immer noch diese Spanier?«

»Wenn man von der Familie Farnese absieht, Eminenz, ja.«

»Pah! Wie nennt das Volk von Rom Giulia Farnese, über die ihre Familie Einfluss auf den Heiligen Vater ausübt? Sponsa Christi, richtig?«

»Die Braut Christi, ja, Euer Eminenz.«

»Blasphemie.«

Bartholomäus wunderte sich. Wollte sich der Erzbischof mit ihm wirklich über die Mätresse des Papstes und die Intrigen am Heiligen Stuhl unterhalten?

»Ihr wisst sicherlich, dass ich Koadjutor, also Beistand, des Fürstbistums Paderborn bin?«

»Selbstverständlich.«

»An mich wurde die Bitte herangetragen, auch das Amt des Fürstbischofs zu übernehmen.«

Daher wehte der Wind. Bartholomäus wusste, dass auch der Straßburger Dompropst Philip von Kleve, ein Bruder des Herzogs Johann II., diesen Posten anstrebte. Der Herzog unterstützte die Ambitionen seines Bruders, Hermann hingegen erfreute sich der Protektion des römisch-deutschen Königs Maximilian I., dem seinerseits Ambitionen auf die Kaiserkrone nachgesagt wurden. Ein mächtiger Herzog auf der einen, ein König auf der anderen Seite. Wollte sich Hermann durch ihn die Unterstützung des Heiligen Vaters sichern? Er grinste innerlich. Das wäre dann in der Tat eine gravierende Überschätzung seiner Position am Heiligen Stuhl. Aber war es an ihm, den Bischof auf seinen Irrtum hinzuweisen?

»Gibt es in Florenz eigentlich immer noch Anhänger dieses Dominikanermönchs, der Reden gegen Alexander und den Heiligen Stuhl geschwungen hat?«

»Ihr meint Girolamo Savonarola?«

»Genau den.«

»Leider.«

»Hat der Heilige Vater nichts gegen diese Ketzer unternommen? Schließlich ist Savonarola seit einem halben Jahr tot.«

»Das hat er. Aber Savonarolas Anhänger wirken im Verborgenen weiter und halten niederträchtige Reden.«

»Ich erfreue mich guter Beziehungen zum Orden der Franziskaner. Vor einigen Jahren habe ich ihnen ein Kloster in Brühl gestiftet. Soweit ich weiß, hegen die Franziskaner in Florenz ein tiefes Misstrauen gegen diese abtrünnigen Dominikaner.«

»Ich habe davon gehört«, antwortete Bartholomäus vorsichtig.

»Es wäre möglich, dass diese den Widerstand gegen die Ketzer verstärken. Wäre das nicht hilfreich für den Heiligen Vater?«

Und könnte dich deinem Ziel, Fürstbischof in Paderborn zu werden, näherbringen, dachte der Benediktiner.

Bartholomäus glaubte zwar nicht daran, dass der Kölner Erzbischof – Klostergründung hin oder her – auch nur den geringsten Einfluss auf das Handeln der Franziskaner in Florenz hatte und vermutlich wusste dieser das auch selbst. Aber Hermann versicherte dem Papst durch diese Geste seine Unterstützung – und das schadete zumindest nicht im Nachfolgestreit um das Amt des Fürstbischofs.

»Mir ist außerdem zu Ohren gekommen, dass Ihr die Dienste des Heiligen Vaters verlassen möchtet und Euch Hoffnungen macht, Abt Eures Stammklosters in Deutz zu werden? Vielleicht auch noch mehr. Bischof vielleicht?«

Bartholomäus erbleichte. Woher wusste der Erzbischof von diesen Plänen? Er hatte noch nie mit jemandem darüber gesprochen.

»Eurem Gesichtsausdruck sehe ich an, dass Ihr überrascht seid. Ihr fragt Euch, woher ich diese Information habe. Mein lieber Bartholomäus, Ihr solltet das Keuschheitsgebot ernster nehmen und Euch beim Weinverzehr mäßigen. Zu viel Rebensaft lockert die Zunge. Aber tröstet Euch, Ihr seid nicht der Erste, der in den Armen einer schönen Frau seine intimsten Geheimnisse ausplaudert.«

Natürlich! Die Hure aus dem Kölner Bordell, mit der er vor Monaten einige Mal das Lager geteilt hatte. Wie hieß sie gleich? Alhayt, meinte er sich zu erinnern. Dieses Miststück! Wie bloß war der Bischof auf sie gekommen? Seine Gedanken rasten, bis er eine plausible Erklärung fand. Spitzel! In den Freudenhäusern, möglicherweise auch in den Schenken.

Einer dieser Agenten musste ihn trotz seiner Verkleidung erkannt und dieses Wissen an den Bischof weitergeleitet haben. Und die Hure dürfte sein Geheimnis für ein geringes Salär ausgeplaudert haben, wenn sie nicht schon auf eine bloße Drohung hin geredet hatte. Das würde sie büßen! In einem Punkt stimmte er mit dem Bischof überein: Er musste zukünftig vorsichtiger sein.

»Grämt Euch nicht. Bei mir ist Euer Geheimnis in guten Händen. Ja, ich würde Euch in Euren Ambitionen sogar von ganzem Herzen unterstützen. Soweit ich weiß, ist der Plan gescheitert, Wein auf dem Grundstück anzubauen, welches ihr Benediktiner euch als Gegenleistung für einen Kredit des Herzogs habt übereignen lassen?«

Also war auch der Erzbischof diesem Gerücht aufgesessen. Gut. Niemals hatten die Benediktiner daran gedacht, dort Wein anzubauen. Und auch der Erzbischof musste ja nicht wissen, dass vor rund zehn Jahren ein Hattinger Kaufmann und Viehhändler namens van Enghusen, dessen Weideflächen knapp geworden waren, dringend ein zusätzliches Grundstück für seine Tiere gesucht hatte.

Da dieser Kaufmann ein gottesfürchtiger Mann war und noch dazu einer der einflussreichsten Hattinger Patrizierfamilien angehörte, wollte der Abt ihm damals einen Gefallen erweisen. Nicht unbeeindruckt dürfte er auch von der Tatsache gewesen sein, dass der Kaufmann jährlich fünfzehn Goldgulden in Form von drei Scheffeln Korn für den Pastor und zwei für den Schulmeister zugesagt hatte. Solche wichtigen und noch dazu reichen Personen konnten einem schließlich irgendwann einmal nützlich sein.

Eine Hand wäscht die andere. Deshalb log Bartholomäus: »Ja. Eine Eingebung unseres Abtes. Ich habe ihm damals schon abgeraten. Aber er war von dem Gedanken wie besessen.«

»Geht es dem Kloster in Deutz denn so schlecht, dass Ihr solche Ideen verfolgen müsst?«

»Natürlich nicht. Aber seit die Dominikaner in Hattingen

missionieren, ist die Bereitschaft der Bevölkerung, den Klingelbeutel zu füllen, deutlich zurückgegangen. Der Weinanbau wäre eine zusätzliche Einnahmequelle gewesen.«

»War es nicht ein Vorfahr des heutigen Herzogs, der den Dominikanern das Haus in der Stadt Hattingen schenkte?«

»Ihr verfügt wirklich über erstaunlich gute Informationen, Eminenz.«

»Ein solches Lob aus Eurem Munde ehrt mich.« Der Bischof beugte sich vor. »Ich könnte mir vorstellen, dass es Euer Orden in Deutz gerne sehen würde, wenn die Konkurrenz der Dominikaner in Hattingen ein baldiges Ende nimmt, nicht wahr?«

»Sicher. Aber das Haus der grauen Mönche steht unter dem Schutz Johanns. Schließlich muss sich der Herzog an die Zusagen halten, die seine Familie gegeben hat. Alles andere würde seinen Ruf beschädigen.«

Der Bischof lachte auf. »Sicher. Obwohl Johanns Ruf ohnehin nicht der beste ist und er immer größere Schwierigkeiten mit seinen Ständen hat. Ich kann mir deshalb nicht vorstellen, dass ihm an einem weiteren Konflikt mit der heiligen Mutter Kirche gelegen ist. Genauer gesagt mit mir, wenn Ihr meinem Wunsch nachkommt. Johann wird vielleicht etwas Widerstand leisten, aber wegen einer Handvoll Bettelmönche keinen Krieg beginnen. Wenn Ihr also im Sinne Eures Ordens dazu beitragt, dass die Dominikaner aus Hattingen verschwinden, könnte Euch das doch nur nützlich sein, wenn Euer Abt neu gewählt wird, oder?«

Bruder Bartholomäus senkte den Kopf. Dieser Erzbischof beherrschte den Krieg ohne Waffen. Kein Wunder, dass man ihn ›den Friedsamen‹ nannte.

»Ich sehe, wir verstehen uns.« Hermann erhob sich und streckte seine rechte Hand aus, um zum Abschied die Ehrenbezeugung des Mönchs entgegenzunehmen. Damit war die Audienz beendet.

Kaum hatte Bartholomäus den Raum verlassen, betrat der Sekretär wieder das Zimmer.

»Du hast mitgehört?«, fragte Hermann.

»Jedes Wort, Eminenz.«

»Gut. Bitte klärt«, ordnete der Bischof an, »welche Rolle dieser Benediktinermönch genau am Heiligen Stuhl spielt.« In Gedanken fügte er hinzu: Denn ich möchte wissen, ob das Pferd lahmt, welches ich mir ausgesucht habe.

Der Stallbursche brachte Bartholomäus' Wallach. Der Mönch ritt durch das Burgtor und dann den Berghang hinunter, dem Rhein entgegen. Irgendetwas an dem Gespräch, das er eben geführt hatte, beunruhigte ihn. Das Ansinnen des Erzbischofs erschien ihm nachvollziehbar, dennoch hatte der Benediktiner das Gefühl, dass mehr hinter dem Wunsch Hermanns stand, als dieser zugeben wollte. Herzog Johann II. war im französischen Burgund erzogen worden, aufgewachsen und somit im Grunde Franzose. Ein Gedanke drängte sich dem Benediktiner auf seinem Weg auf: Karl VIII., König von Frankreich, hatte erst vor Kurzem im italienischen Krieg gegen die Heilige Liga von Venedig, angeführt von Alexander IV., in der Schlacht bei Fornovo eine empfindliche Niederlage hinnehmen müssen und war geschlagen nach Frankreich zurückgekehrt. Der Heilige Vater wurde in dieser Auseinandersetzung von Maximilian I. unterstützt. Und Johann II. hatte sich vor rund fünfzehn Jahren gegen eben den deutschen König gestellt, als dieser Ansprüche auf das Erbe Burgunds erhoben hatte. Sollten alte Rechnungen beglichen werden? Ging es gar nicht um das Amt des Fürstbischofs von Paderborn, sondern um Herzog Johann II.?

Wollte König Maximilian, möglicherweise mit dem Beistand des Heiligen Vaters, die Herrschaft über das Herzogtum Kleve an sich reißen? Und hatte sich der Erzbischof mit feinem Gespür für die politische Großwetterlage rechtzeitig für eine der beiden Seiten entschieden? Wenn das so war, wollte Bartholomäus ebenfalls ein Stück von diesem Kuchen. Dann war das Amt eines Abts, selbst das des Bischofs nicht das, was er anstreben sollte. Warum nicht gleich Erzbischof? Je mehr er darüber nachdachte, desto besser gefiel ihm dieser Gedanke. Nur musste er dafür mehr tun, als nur den Anschein zu erwecken, er könne Hermanns Bewerbung beim Papst unterstützen. Es musste andere Wege geben, dem Erzbischof so dienlich zu sein, dass dieser auch ihn protegieren musste. Und langsam begann ein Plan zu reifen.

5

Hattingen, 15. Oktober 1498

Die ersten drei Nächte hatte Jorge nicht besonders gut geschlafen. Auch in Alte Schee hatte er sich gemeinsam mit den Tieren in einem Raum aufgehalten – daran lag es nicht. Aber er war dort im Gegensatz zu seinem neuen Heim zur Schlafenszeit niemals allein gewesen. Bei jedem ungewohnten Geräusch im Stall war Jorge hochgeschreckt und hatte in das Dunkel gelauscht. Die Mönche hatten ihm eingeschärft, unter keinen Umständen eine Tran- oder Öllampe zu entzünden. Angesichts des trockenen Strohs und Heus, das hier lagerte, sei die Brandgefahr einfach zu groß. Natürlich hatte Jorge das verstanden und sich daran gehalten – trotzdem hätte ihm etwas Licht, wäre es auch noch so kümmerlich, ein wenig Sicherheit gegeben und Trost gespendet. Denn er fühlte sich mutterseelenallein. Vielleicht hätte er sich doch für den Verbleib bei seinen Pflegeeltern entscheiden sollen. Aber er hatte sich hin- und hergerissen gefühlt: einerseits die vertraute Sicherheit in Alte Schee, andererseits das spannende Neue in der Stadt. Diesen Konflikt spürte er immer noch. Aber jetzt war es ohnehin zu spät für ein Umdenken, glaubte er. Er musste sich in sein neues Leben fügen.

Zu seinen neuen Aufgaben gehörte es, mit dem ersten Hahnenschrei aufzustehen und die von den Hühnern schon am frühen Morgen gelegten Eier einzusammeln. Die Mönche hielten eine kleine Schar Hühner, die ihnen von großzügigen Seelen geschenkt worden waren. Zum Tierbestand gehörten außerdem zwei Schweine, drei Ziegen und eine Kuh, die der Rat der Stadt Hattingen den Mönchen überlassen hatte. Der Junge musste die Tiere melken, sie füttern, darauf achten, dass sie nicht den Gemüsegarten heimsuchten, und die Kuh auf eine kleine Weide am Wall führen. Danach hatte er das Stroh auszutauschen und den Stall zu säubern. Erst nachdem er alle Aufgaben erledigt hatte, durfte er das Refektorium betreten, um zu frühstücken.

Das Mahl, welches Bruder Thomas bereitete, war an allen bisherigen Tagen gleich gewesen: ein Becher Milch, Gerstenbrei und ein Stück Brot. Am späten Vormittag gab es Suppe, Brot und ein winziges Stück Käse und am Abend wieder das Gleiche. Fleisch stand bisher nicht auf dem Speiseplan. Bruder Bernardo hatte ihm erklärt, dass die Dominikaner Bettelmönche seien, die jedes Eigentum ablehnten. Alles, was sie zum Leben benötigten, erhielten sie von Gott, allerdings über den Umweg der Spende ihrer Mitbürger. Bernardo hatte Jorge die Zusammenhänge zwischen Spende,

Paradies und Seelenheil zwar etwas ausführlicher erläutert, aber für den Knaben lief es im Grunde genommen auf diese einfache Erklärung hinaus.

An diesem Tag beeilte sich Jorge mit seiner Arbeit, denn Bruder Bernardo hatte ihm versprochen, dass heute sein erster Unterricht stattfinden würde. Zwar gab es in Hattingen eine Schule, der städtische Schulmeister Rutgerus Layck jedoch, Bakkalaureus der Artistenfakultät Köln, hatte auf Anfragen der Mönche eine Aufnahme ihres Mündels kategorisch abgelehnt. Der Unterricht, hatte er Bruder Bernardo wissen lassen, stünde ausschließlich den Söhnen der Stadt zur Verfügung, nicht aber irgendwelchen Waisen.

Die Ablehnung des Jungen mochte zum Teil darin begründet gewesen sein, dass die Kirche an der Schule beteiligt war, wenn sie auch nichts zur Deckung der Kosten beitrug. Und der Priester, der in St. Georg predigte, unterstand dem Erzbischof in Köln und dem Abt in Deutz. Beide hatten nur wenig Interesse daran, die unliebsame Konkurrenz der Dominikaner in Hattingen in irgendeiner Form zu unterstützen. So war Jorge auf das angewiesen, was ihm die Mönche beibringen konnten. Wie sich aber bald herausstellen sollte, stand das Wissen, das Bernardo und seine Brüder vermitteln konnten, in nichts dem nach, was der Schulmeister häufig mit einem Weidenstock in die Köpfe seiner Schützlinge prügelte.

Die Uhr vom Turm St. Georg schlug zehn Mal, als Jorge neben Bruder Bernardo im Refektorium vor der in Leder gebundenen, handschriftlichen Bibel saß und erstaunt auf die kunstvoll gezeichneten Anfangsbuchstaben schaute, die Initialen hießen, wie ihm sein Lehrer erklärte. Er zeigte mit dem Finger auf die erste Zeile. »In principio creavit Deus caelum et terram, steht hier. Hast du eine Ahnung, was das bedeutet?«

»Nein«, antwortete Jorge.

»Am Anfang schuf Gott Himmel und Erde. Deus heißt Gott. Und der erste Buchstabe in Deus ist das D. Hier, sieh es dir genau an. Dann kommt das E, das U und das S. Das sind Buchstaben. Und aus Buchstaben werden Wörter gebildet. Wenn du die Buchstaben nicht kennst, kannst du nie lesen und schreiben lernen.«

»Aber ich kann doch sprechen.«

»Natürlich. Weil du die Wörter gehört und gelernt hast, was sie aussagen. Irgendwann war das Wort und seine Bedeutung für dich eins. Ein Wort ohne Bedeutung ist nichts. Oder kennst du das Wort Zrruletabs?«

Jorge lachte lauthals auf. »Das ist doch kein Wort.«

»Eigentlich nicht. Es hat ja keine Aussage. Andererseits doch, denn eben habe ich gesagt, Wörter bestehen aus Buchstaben. Zrruletabs ist in diesem Sinn schon ein Wort, nur ohne jeden Sinngehalt. So ist das auch mit Buchstaben. Ein einzelner Buchstabe macht keinen Sinn. Nur wenn mehrere von ihnen zusammenkommen, bilden sie Wörter, die wir verstehen können.« Er zeigte auf die hintere Tür. »Komm. Wir gehen in den Garten. Du wirst jetzt schreiben lernen.«

Jorges Ohren waren heiß vor Aufregung. Schreiben! Das konnte noch nicht einmal sein Pflegevater.

Im Garten strich Bruder Bernardo die Erde auf einem unbepflanzten Beet glatt, nahm einen trockenen Zweig und zog damit feine Furchen in den Boden. »Das ist ein A«, erklärte er. »Kennst du ein Wort, das mit A beginnt?«

»Apfel?«

»Sehr gut. Und nun versuche, das A zu schreiben.« Er wischte die Erde wieder glatt und reichte Jorge den Zweig.

Dieser sah ihn erstaunt an. »Aber du hast doch den Buchstaben weggemacht.«

»Natürlich. Du sollst ja auch nicht abmalen. Also noch einmal das A. Merk es dir.«

In den folgenden Minuten übte Jorge immer wieder dieses eine Schriftzeichen, bis Bernardo zufrieden war. »Gut. Und jetzt die nächsten Zeichen des Alphabets.«

Nach einer Stunde beendet er die Lektion: »Das muss für heute reichen. Übe nun. Morgen werden wir sehen, was du gelernt hast.« Mit diesen Worten ließ er den Knaben im Garten allein.

In den nächsten Wochen fieberte Jorge dem Unterricht regelrecht entgegen. Er lernte schreiben! Fleißig übte er, zeichnete die Lettern ungelenk in die Gartenerde, versuchte sich an der korrekten Aussprache. Als Schnee fiel, konnte er ›Gott‹ fehlerfrei auf Lateinisch und Deutsch aussprechen und vor allem schreiben. Sein erstes Wort! Er krickelte es in großen Lettern in die frische Schneedecke vor den Toren der Kirche. Einige Passanten blieben stehen und schauten ihm mit Unverständnis zu. Der Pastor von St. Georg jedoch, der im Gegensatz zu den anderen Zuschauern sehr wohl lesen konnte, was Jorge da schrieb, beobachtete den Knaben mit gerunzelter Stirn.

Jorges Unterricht beschränkte sich nicht nur auf das Erlernen der Schrift und der lateinischen Sprache. Breiten Raum nahm die Bibelkunde ein. Bruder Bernardo, der den Großteil der Unterweisungen bestritt, erzählte ihm von einem gütigen, barmherzigen Gott. Die Geschichten aus der Bibel jedoch klangen ganz anders. Dieser Gott forderte einen Vater auf, sein Kind zu opfern, erschlug Menschen, verwandelte sie in Salzsäulen und vernichtete ganze Städte mit Feuer und Schwefel. Der Gott, von dem Jorge nachts träumte, war nicht mitleidig, sondern ein grausamer, strafender Gott. Das aber würde er Bruder Bernardo selbstverständlich nicht verraten.

6

Hattingen, 22. Dezember 1498

Der klirrende Frost hielt Hattingen im festen Griff. Das öffentliche Leben auf den Straßen und Plätzen war weitgehend zum Erliegen gekommen. Wer konnte, blieb daheim und suchte sich einen Platz am Kamin oder der Feuerstelle.

Auch im Hause der Familie van Enghusen kroch die beißende Kälte durch alle Ritzen. An diesem Samstagabend waren die beiden Kinder bereits zu Bett gegangen und wärmten sich gegenseitig unter dicken Decken. Ella van Enghusen, die die Totgeburt ihres Kindes mittlerweile verkraftet hatte, saß am Kamin und beschäftigte sich mit Handarbeiten. Ihre Bekleidung bezeugte den Wohlstand ihres Mannes: die fußlange schwarze Schaube besaß einen pelzbesetzten Kragen, den sie hochgeschlagen hatte. Ihr Kleid, in Mieder und Rock getrennt, war aus feinstem Linnen gefertigt, die geschlitzten Ärmel aus Seide.

Ihr Gatte Hinrick saß mit zwei anderen Männern etwas entfernt auf einer Bank, auf dem Tisch vor ihnen stand ein Krug mit Wein. Einer der Gäste, Reinhard von Krekenbeck, war ein Geschäftspartner Hinricks und Besitzer des Hauses Cliff am südlichen Ruhrufer, dem anderen, Heinrich von Galen, gehörte das mittlerweile verlassene Gut Baeckwerth.

»Dann sind wir uns also einig?« Der Hausherr sah in die Runde.

Die Männer nickten. Es war für alle Beteiligten ein gutes Geschäft. Van Enghusen, immer auf der Suche nach Weidegrund für sein Vieh, erwarb gemeinsam mit von Krekenbeck die Wiesen in den Ruhrauen beiderseits der Brücke an der Baaker Furt. Allein konnte er die Kaufsumme nicht aufbringen. Sein Geschäftspartner verpachtete seinen Anteil sofort gegen eine jährliche Leibrente von zweiundeinhalb Gulden an van Enghusen. Das sicherte ihm regelmäßige Einnahmen, ohne dass er seinen Anspruch auf das Grundstück verlor. Und van Enghusen erhielt wertvolles Weideland, dass er ohne von Krekenbecks Unterstützung nicht hätte erwerben können. Gewiss, die jährlichen Pachtzahlungen taten weh. Aber ohne dieses Geschäft konnte er seine Viehbestände nicht aufstocken. Der Dritte im Bunde schließlich wurde den für ihn wertlosen Besitz los und erhielt einen stattlichen Kaufpreis. Entsprechend zufrieden sahen die drei Patrizier aus.

»Dann schlagt ein.« Hinrick hielt seine Rechte in die Tischmitte und schüttelte den anderen beiden die Hand.

»Wir werden unser Geschäft nach Weihnachten beurkunden.« Van Enghusen drehte sich zu seiner Frau. »Ella, bring uns noch Wein. Wir haben einen Vertrag zu begießen.«

Hinrick van Enghusen stammte aus einer alteingesessenen, reichen Hattinger Familie. Sein Vater war einst ein anerkannter Richter gewesen, sein Schwager schon mehrmals Bürgermeister. Die Partnerschaft mit dem Hause Cliff bestand schon seit Jahren. Ella betrat den Wohnraum erneut und brachte das Gewünschte. Der Wein war blutrot, schwer und roch nach Johannisbeeren. Hinrick bezog ihn vom Rhein, allein die Kosten für den Transport, der mit schnellen

Pferden durchgeführt wurde, um den Wein möglichst ohne Qualitätseinbuße nach Hattingen zu bringen, verschlang ein kleines Vermögen.

Die Männer vertrieben die Kälte mit Trinken. Zwei Stunden später, die Turmuhr hatte gerade Neun geschlagen, erhob sich Ella, um zu Bett zu gehen. Das nahmen die Gäste zum Anlass, aufzubrechen. Hinrick verabschiedete Heinrich von Galen und griff den Arm seines Freundes. »Auf ein Wort noch, Reinhard.«

»Komm, setzen wir uns noch auf ein Glas Wein zum Feuer. Ich habe einige Punkte mit dir zu besprechen.«

Reinhard zog seine Schaube wieder aus und die beiden Männer nahmen im Warmen Platz. Hinrick schenkte nach. »Du bist doch gut mit den Freunden des Rats bekannt, oder?«

»Ja, wie du weißt. Warum fragst du? Du bist doch selbst im Rat.«

»Das schon. Hör mir zu. Ich habe mehreres mit dir zu besprechen. Wie du weißt, hat die Gilde der Fleischhauer beim Rat beantragt, den Fleischpreis anzuheben.«

»Ja, natürlich.«

»Nun ist mir zu Ohren gekommen, dass es einige Ratsmitglieder gibt, die diesem Antrag nicht zustimmen wollen. Es soll alles beim Alten bleiben.«

Von Krekenbeck grinste. »Verstehe. Wenn die Fleischhauer nicht mehr verdienen, können sie dir auch keine höheren Preise für dein Vieh zahlen.«

»So ist es. Nun kann ich schlecht selbst für die Sache der Fleischhauer werben.«

»Das wäre in der Tat zu offensichtlich. Aber du kannst dafür stimmen.«

»Das werde ich natürlich auch tun. Nur bin ich mir nicht sicher, wie die Abstimmung ausgehen wird. Diese Bettelmönche predigen auf den Märkten Bescheidenheit. Sie fordern die Unterstützung der Armen und sind deshalb gegen die Preiserhöhungen. Und es gibt nicht wenige in der Stadt, bei denen diese Argumentation fruchtet. Ich brauche Hilfe, Reinhard. Kannst du nicht mit einigen der Ratsmitglieder reden? Es soll dein Schaden nicht sein.« Er hob den Becher.

»Einverstanden. Ich werde sehen, was ich tun kann.«

»Dann mein zweites Anliegen, das mit dem ersten zusammenhängt. Diese grauen Mönche säen Unfrieden in der Stadt. Sie beugen sich nicht dem Erzbischof, sondern nehmen für sich in Anspruch, nur dem Heiligen Vater in Rom zu unterstehen. Der genießt allerdings, wie ich gehört habe, auch nicht gerade den besten Ruf. Papst Alexander VI. soll für einen Geistlichen ein sehr freizügiges Liebesleben pflegen. Ich hoffe nicht, dass er den Dominikanern in dieser Hinsicht ebenfalls zum Vorbild dient.«

»Ich verstehe, was du meinst. Aber ich denke, dass wir in dieser Hinsicht beruhigt sein können.«

»Und dann dieses Gerede von der Besitzlosigkeit. Die pure Heuchelei. Sie halten Schweine, Hühner und ein Rind – nennt man das Armut? Ich würde mich nicht wundern, wenn sie die Tiere entgegen des städtischen Verbots in ihrer Scheune schlachten. Wir müssen etwas unternehmen, sie haben schon zu viele Anhänger in der Stadt. Und zwei Orden, die in Hattingen um Einfluss kämpfen, können wir nicht gebrauchen.«

»Da stimme ich dir zu. Vor allem, wenn einer davon gegen die Erhöhung der Fleischpreise predigt, nicht wahr? Schenkst du mir noch von dem köstlichen Tropfen nach?«

Natürlich folgte Hinrick der Aufforderung. Die Männer hoben ihre Becher. »Was soll ich deiner Meinung nach tun?«, fragte Reinhard.

»Du bist eine wichtige Person in unserer Stadt. Das Wort des Erbhofschultheiß hat Gewicht.«

Wieder lachte von Krekenbeck. »Das mag sein. Deins aber nicht minder.«

»Sprich mit den Leuten. Ich werde das Gleiche tun und im Rat eindeutig Stellung beziehen. Vielleicht gelingt es uns dann ja, diese grauen Mönche wieder in ihr Kloster in Soest zu schicken.« Er goss wieder nach. »Und noch ein Drittes.«

Reinhard von Krekenbeck hob erstaunt die Augenbrauen. »Dir läuft heute wirklich das Herz über. Was denn noch?«

»Ich habe vor, mich demnächst zur Wahl als Bürgermeister zu stellen. Habe ich deine Unterstützung?«

Der Erbhofschultheiß hob zustimmend den Krug. »Sogar mein Ehrenwort.«

7

Hattingen, 27. Dezember 1498

Um die schlimmste Kälte fernzuhalten, hatte Bruder Bernardo für Jorge kurz nach dessen Ankunft mitten in der Scheune einen Verschlag aus alten Holzbrettern gezimmert, der zwei Schritte in der Breite und vier in der Länge maß. Eine Holztür an einer der Stirnseiten führte ins Scheuneninnere. Die Ritzen zwischen den Brettern hatten er und Jorge sorgfältig mit Stroh und Lehm verschmiert. Die so entstandene Kammer bot ausreichend Platz für ein ebenfalls aus Brettern gebautes Bett und eine schmale Bank als Sitzgelegenheit. An einem Nagel in der Tür konnte der Knabe seine Sachen aufhängen. Direkt links an die Unterkunft grenzte der Stall der Kuh, rechts davon waren die Ziegen untergebracht. Die Wärme ihrer Körper, so hoffte Bernardo, würde den nächtlichen Aufenthalt in der Scheune für den Jungen erträglicher gestalten.

Der Dominikaner hatte gerade mit einer zusätzlichen Decke für sein Mündel das Haus verlassen, als ihn jemand von der Seite ansprach: »Bruder Bernardo, hättest du einen Moment Zeit für mich?«

Der Mönch drehte sich um. Vor ihm stand Pater Lucius, Pfarrer in St. Georg. In der Gegenwart des anderen Geistlichen fühlte sich Bernardo immer etwas unwohl. Er führte das auf das rote Feuermal zurück, welches sich über Lucius' rechte Wange zog. Das einfache Volk glaubte, solche Male seien vom Teufel geschickt. Bernardo hielt das für Unsinn. Niemals wäre es Lucius gelungen, zum Priester geweiht zu werden, wenn der Teufel die Hand über ihn gehalten hätte. Trotzdem, so ganz konnte sich auch Bernardo nicht von diesem Aberglauben frei machen, der ihm das Unwohlsein in der Nähe Lucius' bescherte. »Natürlich, Pater. Um was geht es?«

»Mir ist zu Ohren gekommen, dass ihr einen Knaben in eure Obhut genommen habt.«

»Das ist richtig. Ich habe es seiner Mutter auf dem Totenbett auf die Heilige Schrift geschworen.«

»War sie krank?«

»Nein. Sie war zum Tode verurteilt worden.«

»Oh. Ich wusste gar nicht …«

»Das war vor deiner Zeit in Hattingen, Bruder. Genau genommen vor etwas mehr als zehn Jahren. Der Junge lebte bis vor Kurzem bei einer Pflegefamilie.«

»Und diese Familie – hat sie auch geschworen, sich um den Jungen zu kümmern?«

Irgendetwas am Tonfall des Priesters missfiel Bernardo.

Klang er nicht lauernd oder gar unehrlich? Er beschloss, auf der Hut zu sein. »Nein.«

»Sie tat es aus christlicher Nächstenliebe?«

»Auch das nicht. Sie wurde bezahlt.«

»Ach? Von euch?«

»Ja.«

Der Priester schwieg einen Moment, bevor er weiter bohrte. »Und für welche Tat wurde die arme Frau verurteilt?«

»Sie soll versucht haben, einen Hauptmann der herzoglichen Garde zu ermorden.«

»Soll?«

Langsam wurde es Bernardo zu bunt. »Was bezweckst du mit der Fragerei, Bruder?«

»Nichts, absolut nichts. Aber ist die Herkunft des Knaben ein Geheimnis?«

»Keinesfalls. Mich wundert nur dein Interesse. Und außerdem habe ich bis jetzt alle deine Fragen wahrheitsgemäß beantwortet.«

»Nun, als Pfarrer von St. Georg möchte ich natürlich wissen, welche Schafe zu meiner Herde zählen. Und da euer Haus quasi meinem gegenüberliegt, ist meine Anteilnahme am Schicksal eures Mündels doch nur zu verständlich, oder?«

»Sicher.«

»Ihr unterrichtet den Knaben selbst?«

»Ja.«

»Ich sah, wie er das Wort Deus in den Schnee schrieb. Erteilt ihr ihm Lateinunterricht?«

»Natürlich.«

»So natürlich ist das nun nicht.« Die Stimme Lucius' wurde scharf. »Latein ist die Sprache der Kirche. Sie sollte den Knaben vorbehalten bleiben, die später Theologie studieren und Priester wie wir werden.« Er musterte Bruder Bernardo geringschätzig. »Entschuldigt, Priester wie ich, meinte ich natürlich. Soweit ich weiß, ist keiner von deinen Brüdern geweiht, oder?«

»Nein.«

»Trotzdem solltest du aber die Bedeutung des Latein für die heilige Mutter Kirche kennen. Laien brauchen nicht zu wissen, was die Liturgie bedeutet. Sie sollen glauben, das reicht völlig.«

»Vielleicht studiert Jorge ja später Theologie. Ich hoffe es sogar.«

»Und wer bezahlt diese Ausbildung? Will das auch eure Gemeinschaft tun?«

»Warum nicht?«

»Und das Geld dafür nehmt ihr von dem, was euch das Volk spendet.« Das war keine Frage, sondern eine Feststellung. »Ob die Leute wohl wissen, dass die Pfennige, die sie sich vom Mund absparen, für den Unterhalt eines Kindes von Verbrechern gedacht ist? Ach, ich vergaß – und für seine Unterweisung natürlich. Er lernt etwas, was ihnen nie im Leben vergönnt sein wird. Habt ihr ihnen das gesagt, als ihr ihre Spenden in die Tasche gesteckt habt, Bettelmönch?« Das letzte Wort spuckte er fast aus. Sein Mal glühte.

»So lange Kinder wie Jorge nicht auf eure Schule gehen dürfen, ist es christliche Nächstenliebe, sich um sie zu kümmern.«

»Tatsächlich?« Der Spott in der Stimme des Pfarrers war nicht zu überhören. »Was meinst du, wie viele Kinder in Hattingen zur Schule gehen und wie viele nicht?«

Als Bernardo schwieg, beantwortete der Pfarrer seine Frage selbst. »Siehst du. Willst du dich um alle Seelen kümmern, die die Schule nicht besuchen können? Da haben du und deine Brüder aber viel zu tun.« Er wandte sich zum

Gehen, hielt inne und sprach nach kurzer Überlegung weiter: »Ich rate euch, euer Handeln sorgfältig zu bedenken. Wir betreiben die Schule im Auftrage des Abtes des Benediktinerklosters in Deutz. Wir entscheiden, wer Latein lernen wird und wer nicht. Oder muss euch erst der Erzbischof von der Richtigkeit meiner Aussage überzeugen?«

»Wir Dominikaner unterstehen dem Heiligen Vater.«

»Rom ist weit.« Pfarrer Lucius ließ Bernardo einfach stehen.

Der Dominikaner war wütend. Wütend auf die blasierte Herablassung dieses Priesters, wütend auf sich selbst, weil er dem Gespräch entgegen seinem Vorsatz nicht aus dem Weg gegangen war. Was, wenn Lucius seine Drohung wahr machte? Denn er hatte recht: Die heilige Stadt war wirklich weit entfernt. Konnte ihre kleine Gemeinschaft tatsächlich gegen so mächtige Gegner wie den Erzbischof oder auch nur den Benediktinerabt in Deutz bestehen? Nachdenklich setzte er seinen Weg zur Scheune fort und beschloss, später seine Brüder über die Auseinandersetzung zu informieren.

Pfarrer Lucius verlor indes keine Zeit. Kaum war er wieder im Pfarrhaus eingetroffen, griff er zu Tinte und Federkiel und verfasste einen Brief an den Erzbischof. Darin schilderte er weitschweifig die Verfehlungen der Dominikaner und deren katastrophale Auswirkungen auf die Gläubigen der Stadt Hattingen. Diese Bettelmönche, so die Quintessenz seines Schreibens, seien nicht würdig, in seinem Heimatort die Botschaft des Herrn zu verbreiten. Wenn es dem Erzbischof beliebe, möge seine Exzellenz auf diesen Orden einwirken, ihre Niederlassung in Hattingen aufzugeben. Das würde sich positiv auf die Einnahmequellen von St. Georg auswirken, schöpften die Bettelmönche doch ein gut Teil der Spenden ab, die sonst seiner Kirche zufließen würden.

Lange hatte der Pfarrer überlegt, ob er es wagen sollte, dem Erzbischof Ratschläge zu erteilen, sich am Ende jedoch dazu durchgerungen. Was konnte ihm schon passieren? Schließlich gehörte das Kloster in Deutz, welches dem Bischof unmittelbar unterstand, zu den größten Landbesitzern in der Gegend. Und dem neuen Deutzer Abt waren, wie Lucius wusste, die Bettelmönche schon seit Langem ein Dorn im Auge. Glücklicherweise befanden sich gerade zwei Mönche der Abtei Werden zu Gesprächen in Hattingen. Denen übergab Lucius sein Schreiben, damit es von Werden mit dem regelmäßigen Botendienst, der zwischen den Klöstern und dem Bischofssitz unterhalten wurde, nach Köln gelangte.

8

Hattingen, 11. März 1499

Seit Wochen hatte der Knabe in jeder freien Minute verbissen lesen und schreiben geübt. Der Grund dafür war einfach: Er dürfe den Markt am Gregoriustag nur dann besuchen, wenn er einige kurze, einfache Sätze auf Deutsch und Latein fehlerfrei schreiben und übersetzen könne, hatte Bernardo bestimmt. Am vergangenen Sonntag nach der Messe hatte der Junge seinem Lehrer das Gelernte stolz präsentiert, indem er wie üblich die Sätze in die Erde der Beete geschrieben hatte. Mit gerunzelter Stirn hatte Bernardo zunächst Jorges Bemühungen verfolgt, dann aber befriedigt genickt. Jorge war dem Dominikaner vor Freude um den Hals gefallen.

Der Gregoriustag war einer der vier Tage im Jahr, an denen ein Jahrmarkt in Hattingens Mauern abgehalten wurde.

Händler und Handwerker aus der Stadt und der Umgebung boten ihre Waren auf dem Marktplatz feil, Spielleute unterhielten die Besucher mit ihren Liedern und Gaukler führten Kunststücke auf. Der Markt diente nicht nur dem Warenaustausch, sondern bedeutete für die Stadt eine sichere Einnahmequelle. Jeder auswärtige Händler musste das Marktgeld in Höhe von einigen Albus entrichten, erfreute sich im Gegenzug des Schutzes durch seinen Landesherrn, den dieser mit der Verleihung der Marktrechte zugesichert hatte. Das Tragen von Waffen auf dem Handelsplatz war ebenso verboten wie tätliche Auseinandersetzungen, beides wurde mit strengen Strafen geahndet. Über die Einhaltung dieser Gebote wachte die vom Schultheiß eingesetzte Marktaufsicht: stämmige Kerle mit breiten Schultern, die niemand so schnell ins Bockshorn jagen konnte.

Jorge hatte noch nie so viele Händler auf dem Unter- und Obermarkt gesehen wie an diesem Tag. Besonders beeindruckt war er von dem Angebot der Messermacher aus dem nahen Bergischen. Messer aus blitzendem Stahl waren da zu sehen, so scharf, dass ihre Klinge ohne den geringsten Druck das Blatt einer Eiche zerschneiden konnte. Die Schuster, in einer der Hattinger Gilden zusammengeschlossen, stellten ihre Erzeugnisse wie die anderen auch auf großen Holzplatten aus, die auf einfachen Böcken lagen. Diese Stände waren gut besucht, präsentierten sie doch gerade an den Jahrmärkten die neueste Mode, wie sie in Burgund oder auch Florenz getragen wurde. Kaum eine der Damen der Hattinger Oberschicht kehrte von dem Marktbesuch ohne ein Paar Schuhe zurück, nicht immer zum Vergnügen ihrer Ehemänner.

Ähnliches galt für die Tuchmacher. Auch sie boten feinste Tücher an, nicht nur aus eigener Produktion. Und die Nachfrage danach war groß. Seit Hattingen Mitglied der Hanse geworden war, bestanden umfangreiche Handelsbeziehungen zu den anderen Hansestädten, aber auch zu den übrigen Handelszentren an Nord- und Ostsee. Über diese Wege gelangten Waren schneller nach Hattingen als in die Städte, die nicht der Hanse angehörten.

Da, wo der Untermarkt in die Straße, die Gelinde genannt wurde, überging, präsentierte ein Gaukler seine Kunst. Der Mann trug einen weiten, schwarzen Umhang mit augenscheinlich tiefen Taschen. Sein struppiger Bart reichte ihm bis zur Brust. Er war klein gewachsen, fast ein Zwerg. Aber seine Stimme übertönte die Rufe der Händler neben ihm problemlos.

»Meine Herrschaften«, brüllte er. »Schaut, wie groß diese Bälle sind.« Er ließ sich von seinem grimmig dreinblickenden Gehilfen eine Holzkugel reichen. »Und damit sie noch glitschiger werden, streichen wir sie mit Tran ein. Danach werde ich zunächst zwei der Kugeln über meinen Kopf werfen, dann drei und später vier. Immer sind mindestens drei der Kugeln in der Luft. Und keine fällt auf den Boden.« Er nahm eine davon in die rechte Hand, warf sie hoch, fing sie auf, warf sie wieder hoch.

Jorge bemerkte ein Mädchen, welches am Rand der Straße stand und jede Bewegung des Gauklers mit großen Augen verfolgte. Ihr rotes Haar wehte im Wind. Um das Spektakel besser sehen zu können, schob sich Jorge durch die Zuschauerreihen, bis er unmittelbar vor dem Gaukler stand.

»Unser kleiner Freund hier möchte einen besonders guten Blick haben«, rief der Gaukler in die Menge, der Jorges Annäherung bemerkt hatte. »Ich hoffe, er kann für diesen Platz auch bezahlen.« Die Menge lachte. »Tretet näher heran. Die Vorstellung beginnt in ein paar Minuten.«

Jorge schluckte. Daran hatte er nicht gedacht. Der Gaukler würde nach der Darbietung seinen Lohn einfordern. Er jedoch hatte keinen Pfennig in der Tasche. Aber für einen Rückzug war es nun zu spät, zu eng drängten sich die Menschen um Jorge.

Der Gaukler hielt Wort. Er jonglierte nicht nur mit den Kugeln, sondern auch mit Messern und Scheren, die bedrohlich über seinen Kopf flogen. Die Zuschauer quittierten seine Kunst erst mit lauten Zustimmungs- und Anfeuerungsrufen, dann mit Applaus.

Nach etwa zehn Minuten war die Vorstellung beendet. Der Gaukler verbeugte sich und griff seinen Hut. Mit diesem schritt er durch die Zuschauerreihen, um sein Honorar zu erhalten.

Die hinten Stehenden hatten die Vorführung zwar nicht gut beobachten können, waren aber nun besser in der Lage, das Weite zu suchen, ohne zu bezahlen. Nur Einzelne von ihnen stellte der Gehilfe, der mit unmissverständlichem Blick den Obolus forderte. Schlechter hatte es die getroffen, die ganz vorne standen. Sie kamen nicht umhin, ihren Beitrag zu leisten, wollten sie nicht von dem Trickkünstler mit wütenden Flüchen bedroht werden.

Schließlich stand der Gaukler auch vor Jorge. »Na, Junge, du willst doch wohl nicht verschwinden, ohne deine Schuld zu begleichen?«

Jorge suchte nach einem Ausweg. Der Mann vor ihm war zwar kaum größer als er, aber die Flucht anzutreten, schien ihm keine Lösung. Eigentlich war der Gaukler ja im Recht: Er hatte eine Leistung geboten, Jorge sich unterhalten lassen, und nun wollte er auch dafür bezahlt werden. Das war nur recht und billig.

»Äh«, druckste der Junge herum und kramte in seiner Hosentasche. »Ich denke, ich habe …«

»Such nur in Ruhe, Junge«, erwiderte der Gaukler. »Ich komme gleich zurück. Aber denke nicht, du kannst dich einfach aus dem Staub machen. Ich behalte dich im Auge. Darauf kannst du dich verlassen.« Er wandte sich an den nächsten Zuschauer.

Eingeschüchtert blieb Jorge stehen. Was sollte er nun tun? Dann fühlte er in seiner Tasche ein paar Kieselsteine. Ja, das könnte gehen! Wenn er diese in den Hut warf, würden sie vielleicht wie Pfennige klimpern. Vorausgesetzt, der Gaukler sah nicht genauer hin, könnte die List Erfolg haben.

Plötzlich hörte er lautes Fluchen und das Geschrei eines Kindes. Jorge drehte sich um und sah den Gehilfen, der das heftig um sich schlagende rothaarige Mädchen festhielt.

»Sie hat versucht, Geld aus dem Hut zu stehlen«, rief der finstere Mann den Umstehenden zu.

»Das ist nicht wahr«, verteidigte sich die Kleine. »Ich habe Geld hineingeworfen, nicht herausgenommen.«

Jorge machte einige Schritte auf die Kontrahenten zu. Die Rothaarige warf ihm einen flehenden Blick zu. Glaubst wenigstens du mir?, fragte dieser Blick.

Jorge nickte. Und plötzlich sah er sich vor dem Gehilfen stehen und hörte sich sagen: »Ich bezahle für sie. Aber zuerst musst du sie gehen lassen.«

Der Helfer zögerte einen Moment, ließ die Kleine aber dann los. »Dann troll dich«, brummte er.

Mit einem dankbaren Gesichtsausdruck lief das Mädchen über die Straße, um in einem der Hauseingänge schräg gegenüber stehen zu bleiben und von dort das weitere Geschehen zu beobachten.

Jorge stand trotz des kühlen Wetters der Schweiß auf der Stirn. Jetzt galt es. Er steckte seine Hand in die Tasche, ballte die Faust um die Kieselsteine und zog sie wieder hervor. Dann schob er seine Hand so weit wie möglich in den Hut und ließ die Steine fallen. Wie erwartet, hörte es sich so an, als ob er Münzgeld hineingeworfen hätte. »Da habt Ihr Euren Lohn«, stieß Jorge hervor, drehte sich und ging schnellen Schrittes über das Gelände Richtung Obermarkt.

Er hatte die andere Straßenseite fast erreicht und glaubte schon, seine List sei geglückt, als der Gehilfe den Betrug bemerkte. »Du verdammter Lümmel«, schnaubte dieser und machte sich auf, Jorge zu schnappen.

Der rannte los, bog um die erste Hausecke und wäre fast mit dem rothaarigen Mädchen zusammengestoßen, das ihn am Ärmel griff und zum Eingang zerrte. Sie stieß die Tür auf, schob Jorge hinein, folgte ihm auf dem Fuße und verriegelte sie. Draußen eilten ihre Verfolger am Haus vorbei, deren Schritte sich schnell entfernten.

»Er hat uns nicht gesehen«, flüsterte das Mädchen. »Danke, dass du mir geholfen hast.«

»Gern geschehen«, erwiderte Jorge. »Ich hoffe nur, du hast wirklich Geld in den Hut …«

»Natürlich«, unterbrach sie ihn. »Alles, was ich hatte. Und was hast du hineingeworfen?«

»Auch alles, was ich hatte. Steine.«

Sie lachte. »Aber jetzt ist es Zeit, dass du wieder gehst. Ich möchte nicht, dass meine Mutter dich erwischt.«

Jorge nickte und wollte die Tür öffnen.

Die Rothaarige zog seine Hand von der Klinke. »Nicht hier heraus. Nimm den Weg durch den Garten. Komm, ich zeige ihn dir.«

Als beide hinter dem stattlichen Wohnhaus standen, nannte Jorge seinen Namen und fragte nach ihrem.

»Ich heiße Marlein«, antwortete sie. »Marlein van Enghusen.«

9

Alte Schee, 13. März 1499

Caspar vermisste Jorge. Zum einen hatte er ihn wie einen eigenen Sohn in die Familie aufgenommen und zum anderen aber fehlten zwei fleißige Hände bei der Feldarbeit. Brid, seine älteste Tochter, zählte zwar schon vierzehn Jahre, aber sie war selbst für ein Mädchen zart und gebrechlich und für anstrengende Arbeiten nur schlecht zu gebrauchen, auch wenn sie sich noch so mühte. Über ausreichend Geld, um einen Knecht zu bezahlen, verfügten sie nicht – jetzt, wo die jährliche Unterstützung der Mönche aus dem fernen Hattingen weggefallen war.

Caspar seufzte und legte sich selbst ins Geschirr, um sein Feld umzugraben. Der Boden lieferte guten Ertrag. Schwer war er, dunkelbraun. Aber es war mühselig, ihn ohne Ochsen zu pflügen. Immer wieder blieb die Pflugschar stecken oder lief aus der Spur, da sie niemand führte. Dann musste Caspar sie befreien und erneut in die Ackerfurche drücken. Brid, die kleinere Steine auflas und am Feldrand aufschichtete, konnte den Pflug nicht steuern, denn das erforderte Kraft. Die beiden anderen Kinder waren noch zu jung. Und Martha, seine Frau, sammelte im Wald Reisig als Brennholz. Also blieb die schwere Arbeit ihm allein überlassen. Aber sie war erforderlich. Der Winter war vorbei und der Frühling schickte seine Vorboten. Der Acker musste für die Aussaat vorbereitet sein.

Er schwitzte. Schon seit einigen Tagen plagte ihn eine leichte Erkältung. Sein Hals kratzte, manchmal fröstelte ihn.

Caspar trug Brid auf, den mitgebrachten Ziegendung in den Furchen zu verteilen. Später würde er den Dünger mit Erde bedecken.

Gegen Mittag hatte er erst die Hälfte dessen geschafft, was er mit Jorges Unterstützung erreicht hätte. Er wischte sich den Schweiß von der Stirn und ging zur Mauer, um etwas zu trinken und eine kleine Ruhepause einzulegen.

Brid füllte die Holzkelle mit Wasser aus dem Eimer und reichte sie ihm schweigend. Er trank mit großen Schlucken. Der Brei, den Martha am Morgen gekocht hatte, war kalt geworden und schmeckte nicht mehr. Trotzdem würgte Caspar die klebrige Masse hinunter. Er musste bei Kräften bleiben. Für einige Minuten streckte er seine schmerzenden Glieder und schloss die Augen. Zuvor hatte er Brid eingeschärft, ihn auf jeden Fall zu wecken, sollte er einschlafen.

Er erwachte, als Brid ihn sanft schüttelte.

»Wie lange habe ich geschlafen?«

»Ich weiß nicht genau«, antwortete seine Tochter.

Caspar warf einen prüfenden Blick zum Himmel. Die Sonne war ein gutes Stück weitergezogen, also hatte er mindestens eine Stunde verloren. Im ersten Moment wollte er Brid wegen ihrer Nachlässigkeit schelten. Dann aber besann er sich eines anderen. Er fühlte sich deutlich besser und gestärkt. Das Pflügen würde ihm nun leichter von der Hand gehen.

Tatsächlich bewältigte er die Arbeit deutlich schneller als am Vormittag. Gegen Abend war das Feld fast fertig. Auch mit Jorge hätte er nicht sehr viel mehr geschafft.

Caspar hob den Pflug aus der Furche. Er würde sein Arbeitsgerät unter keinen Umständen über Nacht auf dem Feld lassen. Es hatte bereits ein Streichbrett aus Metall, während die anderen Bauern sich mit hölzernen Brettern begnügen mussten. Es war ihm gelungen, den Pflug von einem fahrenden Händler zu einem Bruchteil seines Wertes zu erwerben. Vermutlich hatte der Bursche das Gerät irgendwo gestohlen, aber das konnte Caspar egal sein. Der Preis, den der Händler verlangte, hatte trotzdem ein tiefes Loch in ihre Ersparnisse gerissen. Und da ihm die neidischen Blicke seiner Nachbarn nicht verborgen geblieben waren, achtete er auf seinen Besitz. Seine Neuanschaffung würde im Haus verstaut und am nächsten Morgen wieder zum Einsatz kommen.

»Hilf mir«, befahl er Brid, als er den Pflug zur Mauer gezogen hatte. »Wir müssen ihn zur Reinigung auf den großen Stein dort legen.«

Caspar griff zum Grindel, drückte den Pflug hoch und zog ihn zum Felsbrocken. »Halt ihn einen Moment, damit ich umgreifen und ihn hochziehen kann. Schaffst du das, Brid?«, fragte er das Mädchen.

»Ich weiß nicht …« Ihr skeptischer Gesichtsausdruck sprach Bände.

»Es wird schon gehen. Du musst hier neben meiner rechten Hand anfassen und halten.«

Die Kleine tat, wie geheißen. Ihr Vater ließ den Pflug los und schob seinen linken Oberschenkel unter den Grindel. So nahm er Brid einen Teil der Last ab. Dann drehte er sich, um besser greifen zu können. Für einen Moment lag das ganze Gewicht auf seinem Bein. Als er den rechten Fuß nachzog und festen Halt suchte, trat er in ein Mauseloch, der Boden gab unter ihm nach und Caspars Fuß rutschte seitlich weg. Brid, der plötzlich die Unterstützung ihres Vaters fehlte, konnte den Pflug nicht mehr halten und musste loslassen. Die stählerne Meißelspitze durchbohrte das dünne Leder von Caspars Schuh und drang tief in den Spann seines linken Fußes ein. Caspar schrie auf und stürzte. Der Pflug fiel um und der Meißel riss die Wunde noch weiter auf. Stöhnend befreite sich Caspar und kontrollierte seinen schmerzenden Fuß: Der Schuh war blutüberströmt.

»Hilf mir, Brid.« Caspar setzte sich auf den Felsbrocken, der eigentlich den Pflug hatte stützen sollen. »Hast du in deinem Korb etwas, womit ich die Wunde verbinden und den Blutfluss stillen kann?«

Das Mädchen hatte vor Schreck die Hände vor den Mund geschlagen und sah aus, als würde sie gleich in Tränen ausbrechen. Angestrengt überlegte sie und schüttelte dann den Kopf.

»Gib mir deine Schürze.«

Gehorsam zog die Kleine den Kittel aus und reichte ihn ihrem Vater. »Gut. Jetzt bring mir den Wassereimer. Dann lauf nach Hause und hol Mutter. Sie soll den Stab mitnehmen, der neben der Tür steht.«

Als das Mädchen einige Schritte entfernt war, beugte sich Caspar nach unten und zog den Schuh vom Fuß. Die Blutung war nicht mehr so schlimm wie am Anfang. Allerdings begann es in seinem Fuß heftig zu pochen. Caspar tauchte ein Stück der Schürze ins Wasser und tupfte vorsichtig auf die Wunde. Ein stechender Schmerz durchzuckte ihn. Er biss die Zähne zusammen und reinigte die Verletzung, so gut es ihm möglich war. Zuletzt faltete er das Kleidungsstück so, dass es einen schmalen, aber langen Streifen bildete. Diesen legte er auf den blutenden Schnitt, wickelte ihn mehrmals um den Fuß und verknotete ihn zum Schluss über dem Spann. So verarztet, richtete er sich auf.

Er sah seine Frau den Hang hinauflaufen. Caspar hüpfte auf einem Bein zum Pflug und griff zum Grindel. Probeweise hob er ihn an und versuchte, den Pflug auf dem Führungsrad zu ziehen. Dabei bemühte er sich, seinen verletzten Fuß nicht zu sehr zu belasten. Langsam bewegte sich das Arbeitsgerät. Erleichtert atmete er auf. Mit der Hilfe seiner Frau und dem Stab, auf den er sich stützen konnte, würde es ihnen gelingen, ihren kostbarsten Besitz in Sicherheit zu bringen. Glücklicherweise fiel der Weg, den sie zurücklegen mussten, zum Haus hin ab. Der Pflug würde fast von alleine rollen.

Trotzdem benötigten sie für die wenigen Hundert Schritte mehr als eine Stunde. Als sie den Pflug endlich im Kotten untergebracht hatten, bestand Martha darauf, nach seiner Verletzung zu sehen.

Er ließ sich auf die einzige Bank fallen, die sie besaßen. Martha löste den Knoten und wickelte den Verband ab. Seine älteste Tochter holte derweil heißes Wasser von der Feuerstelle. Ihre kleinen Geschwister hockten in einer Ecke und beobachteten ihre Eltern mit vor Schrecken geweiteten Augen.

»Das kann jetzt etwas weh tun«, meinte Martha und riss ohne weitere Erklärung den Rest des Schürzenstreifens von der Wunde.

Caspar unterdrückte nur mit Mühe einen Schmerzensschrei.

»Die Stelle muss gesäubert und neu verbunden werden. Brid, bring mir das getrocknete Muttergotteskraut. Es hängt neben der Feuerstelle.«

Die Wundränder leuchteten dunkelrot. Nach ihrer Reinigung zupfte seine Frau Blätter und Blüten vom Lavendelzweig ab und legte sie auf die Verletzung. Danach erneuerte sie die Binde. Als sie damit fertig war, ordnete sie an: »Du legst dich auf das Lager.«

»Aber der Pflug …«, versuchte er zu widersprechen, »… ist dreckig. Das Eisen wird rosten, wenn es nicht …«

»Das kann Brid erledigen. Du ruhst dich jetzt aus. Hast du Schmerzen?«

Caspar nickte nur.

»Sollte es am Morgen nicht besser sein, schicke ich nach der Marie. Sie versteht sich auf Kräuter und soll sich das Übel anschauen.«

»Marie will Geld. Und wir haben nicht genug.«

»Dafür reicht es schon. Du musst schnell gesund werden. Ich kann die Saat nicht ausbringen. Wenn wir nicht säen, können wir nicht ernten. Und wir haben im Winter nicht genug zu essen und müssen hungern. Also, keine Widerworte. Entweder es heilt oder Marie kommt.«

Caspar ergab sich in sein Schicksal.

Nachts wachte er schweißgebadet auf. Er tastete zu seiner Frau, die sofort hochschreckte. »Was ist?«

»Mir ist so heiß. Dann friere ich wieder. Mein Herz schlägt mir bis zum Hals.«

»Das ist bestimmt die Erkältung«, versuchte sie, Caspar zu beruhigen. »Versuch zu schlafen. Morgen geht es dir sicher besser.«

Als Martha mit dem ersten Sonnenstrahl nach ihrem Mann sah, glühte dessen Stirn, seine Lippen und Nägel waren bläulich verfärbt. Als sie ihn ansprach, erkannte er sie nicht.

Martha sprang hoch und weckte Brid. »Lauf ins Dorf und sag der alten Marie Bescheid. Sie soll sofort kommen. Hast du verstanden?«

Brid nickte pflichtbewusst.

»Beeil dich.« Aber es war zu spät. Noch bevor die heilkundige Frau eintraf, war Caspar an der Blutvergiftung verstorben.

10

Hattingen und Soest, 13. bis 16. März 1499

An diesem Morgen hatten alle Hühner ein Ei gelegt. Das würde Bruder Thomas freuen, dachte Jorge und stellte den Korb neben das Scheunentor.

Als er das dreckige Stroh zusammenschob, um es später auf den Misthaufen zu schaffen, betrat Bruder Bernardo die Scheune und rief Jorge zu sich.

»In den nächsten Tagen fällt der Unterricht aus«, erklärte er.

»Warum?«, fragte Jorge.

»Ich reise in unser Kloster nach Soest, um dort etwas zu besorgen.«

»Was denn?«

Bernardo strich dem Jungen über das Haar. »Du musst nicht alles wissen.« Der Knabe senkte den Kopf. Er wirkte bedrückt.

Bernardo ahnte, dass Jorges Stimmung nicht nur mit seiner bevorstehenden Abreise zu tun hatte. Schon seit Wochen wirkte der Knabe verschlossen, manchmal schien er mit seinen Gedanken nicht bei der Sache zu sein. »Was bedrückt dich, Kind?«

Jorge schwieg.

»Ich sehe es deiner Nasenspitze an, dass du etwas auf dem Herzen hast. Willst du es mir nicht sagen?«

Tränen schossen in Jorges Augen. Er wischte sie mit dem Handrücken fort und schluchzte: »Ich vermisse meine Eltern und meine Geschwister.«

So etwas in der Art hatte Bernardo befürchtet. »Das kann ich verstehen, Jorge«, sagte er ruhig. »Aber dein Zuhause ist jetzt hier.»

»Ich weiß.«

Bernardo widerstand dem Wunsch, den Jungen in den Arm zu nehmen und zu trösten. Stattdessen versprach er: »Wenn ich zurückkomme, werden wir nach Alte Schee gehen und sie besuchen.«

Die Miene des Jungen hellte sich auf. »Wirklich?«

»Bei meinem Wort.«

Der Junge fiel ihm um den Hals. »Und wann kommst du zurück?«

Diese Frage konnte der Mönch nicht genau beantworten. Wenn Bernardo keine mitleidige Seele fand, die ihn ein Stück auf einem Pferdewagen mitnahm, würde er mindestens zwei Tagesmärsche bis nach Soest benötigen. Trotz anderslautender Ordensregeln würde er es nicht ablehnen, auch auf einem Ochsenkarren zu fahren. Der kam zwar langsamer voran als ein Mann mit gesunden Beinen, dafür reiste es sich aber nicht so anstrengend.

Auch seine Mitbrüder interpretierten die Vorgabe, dass sich ein Dominikaner grundsätzlich zu Fuß zu bewegen hatte, eher großzügig. Es reiche, so die einhellige Auffassung, von Zeit zu Zeit neben einem Karren herzulaufen, um den Willen Gottes zu befolgen. Aber ob er einen Karren fand …

»In acht oder neun Tagen«, antwortete er deshalb ausweichend.

»So lange?« Jorge schien enttäuscht. »Dann lerne ich ja nichts mehr. Du musst schneller kommen.«

Der Dominikaner wusste, dass es dem Knaben weniger um das Lernen, sondern mehr um den Besuch bei seiner

Pflegefamilie ging. Trotzdem antwortete er: »Wiederhole die Sätze, die du bisher gelernt hast.«

»Aber ich kann sie doch.«

»Tatsächlich? Was heißt ›Factum est vespere et mane dies quartus‹?«

Jorge dachte angestrengt nach. »Das weiß ich nicht.«

»Überlege.«

Der Junge schüttelte nur den Kopf.

»Du hast alle diese Wörter bis auf eines schon einmal benutzt. Ein Wort ist neu, es heißt quartus. Das bedeutet Vierter. Du musst mit den Worten, die du kennst, den Satz neu zusammensetzen. Denk darüber nach, bis ich wieder zurück bin. Es reicht nicht, Sätze einfach nur nachzuplappern. Du musst sie selbst bilden können. Verstehst du, was ich meine?«

»Ich glaube schon.«

»Welchen Satz kannst du aus den Worten Eier, Hühner, Thomas formen?«

»Die Hühner legen Eier und Bruder Thomas isst sie.«

Bernardo lachte auf. »Genau so. Aber lass ihn diesen Satz bloß nicht hören. Er wird dir die Hammelbeine lang ziehen. Und so, wie du es gerade auf Deutsch gemacht hast, musst du es auch auf Latein können. Also übe.«

»Sagst du mir noch einmal den Satz?«

»Natürlich. ›Factum est vespere et mane dies quartus.‹« Bernardo sah, wie sich die Lippen des Jungen bewegten. Er sprach die Worte im Geiste mit.

Bernardos Reise verlief ohne Komplikationen. Am ersten Tag schaffte er es bis zum Reichshof Castrop. Er fand Quartier bei einem Bauern, der ihn in seinem Heuschober schlafen ließ. Die nächste Nacht verbrachte er unter einer Eiche in der Nähe von Unna. Und am Mittag des dritten Tages erreichte er ihr Stammkloster in der Stadt Soest.

Natürlich bestand Prior Vinzenz darauf, dass ihn Bernardo sofort aufsuchte. An dem Gespräch im Refektorium nahmen neben ihm noch der Subprior und zwei weitere Mönche teil.

»Nun, Bruder Bernardo, dein Besuch kommt überraschend. Was führt dich zu uns? Ich hoffe, es ist kein Ungemach, was du zu berichten hast.«

Bernardo wiegte den Kopf. »Vielleicht doch.«

»Sprich.«

»Du erinnerst dich, dass wir diese Waise als Mündel bei uns aufgenommen haben?«

»Selbstverständlich. Und es fand nicht die Zustimmung aller unserer Brüder, wie du weißt.«

»Das kann ich verstehen. Aber ich konnte meinen Eid nicht brechen.«

»Den du einer Sünderin geleistet hast«, warf der Subprior ein.

»Die zur Sünderin gemacht wurde«, verteidigte sich Bernardo.

Der Prior hob den rechten Arm. »Schweigt. Dieser Streit gehört der Vergangenheit an. Wir haben darüber diskutiert und abgestimmt. Und ebenso wie unsere Brüder in Hattingen Bernardos Handeln als gottesfürchtig und christlich erkannt. Also, was willst du uns über den Knaben mitteilen?«

»Über ihn eigentlich nichts. Er befolgt unsere Gebote, betet regelmäßig, arbeitet fleißig und lernt. Letzteres ist dem örtlichen Pfarrer ein Dorn im Auge.« Er schilderte seine Auseinandersetzung mit Pfarrer Lucius. »Nach seiner Auffassung haben nur Bürgersöhne das Recht, zur Schule zu gehen. Besonders der Lateinunterricht, den ich erteile, missfällt dem Priester. Ich fürchte, er wird versuchen, einen Keil zwischen uns und die Stadtbevölkerung zu treiben. Möglicherweise wird er sich an seinen Abt oder gar den Erzbischof wenden.«

Der Prior nickte verstehend. Nach einer Pause meinte er dann: »Ihm geht es im Grunde nicht um den Knaben. Es geht um den Einfluss, den unsere Gemeinschaft mittlerweile gewonnen hat. Wir versuchen, die Herzen der Menschen zu erreichen. Bei einigen der anderen Orden kann man den Eindruck haben, es gehe ihnen mehr um ihre Pfründe als um die Verkündung von Gottes Herrlichkeit. Sie betrachten uns als Kontrahenten, nicht als Mitbrüder.«

Der Subprior schüttelte den Kopf.

»Du bist nicht dieser Meinung?«

»Nicht ganz. Auch wir sind längst kein Bettelorden mehr.« Er machte mit dem Arm eine kreisende Bewegung. »Seht euch um. So leben keine Besitzlosen. Diese Mauern geben Schutz und Wärme. Aber sie wollen auch unterhalten werden. Das wiederum kostet Geld. Wollen wir diese Sicherheit, brauchen wir Einnahmen. Mildtätige Spenden reichen nicht aus und Einkünfte fallen nicht vom Himmel. Sie stammen in erster Linie aus dem, was uns die Bauern bezahlen, die auf unserem Grund leben. Und diese leisten ihren Beitrag bestimmt nicht, um ein Kind zu unterstützen, das sie noch nicht einmal kennen.«

»Und die manchmal wegen der Abgabe, die wir von ihnen verlangen, nicht wissen, wie sie ihre eigenen Kinder ernähren sollen«, warf Bernardo ein. »Du sprichst wie der Pfarrer von St. Georg.«

»Dein Herz ist wahrlich groß, Bruder«, warf der Subprior ein. »Leider manchmal zu groß.«

Wieder griff der Prior ein. »Streitet euch nicht. Ihr habt

beide recht. Wir streben nicht nach Besitz um des Besitzes willen, sondern um unseren göttlichen Auftrag zu erfüllen. Wenn dazugehört, einer unschuldigen Waise beizustehen, dann soll es so sein. Wir treffen unsere Entscheidungen immer gemeinsam. Und in diesem Fall haben wir uns genau dafür entschieden. Dabei lasst es bewenden. Es war richtig, dass du uns informiert hast, Bernardo. So können wir uns wappnen, falls uns jemand wegen deines Mündels Vorhaltungen machen sollte.« Er erhob sich. »Ich fühle mich müde. Lasst uns unsere Unterhaltung an anderer Stelle fortsetzen.«

Die anderen Mönche standen auf und machten Anstalten, den Speisesaal zu verlassen.

»Du nicht, Bruder Bernardo«, hielt der Prior den Hattinger zurück. »Ich möchte noch unter vier Augen mit dir sprechen.« Er wartete, bis die anderen drei gegangen waren. »Komm, reich mir deinen Arm. Das Gehen fällt mir immer schwerer. Ich möchte näher ans Feuer. Mich fröstelt.«

Nachdem sie auf der Bank Platz genommen hatten, führte der Prior ihre Unterhaltung fort. »Du musst wissen, dass die Auseinandersetzungen zwischen uns und den Benediktinern in den letzten Monaten heftiger geworden sind. Es gibt Stimmen, die immer offener die Amtsführung des Heiligen Vaters infrage stellen.«

»Ich habe davon gehört.«

»Einer von ihnen war unser Bruder Girolamo Savonarola in Florenz. Nicht alles, was er vorbrachte, war falsch. Nur leider fehlte ihm die Tugend der Bescheidenheit. Die Heftigkeit seiner Kritik fällt auf alle von uns zurück. Der Heilige Vater könnte uns seine Zuneigung entziehen. Wie du weißt, kämpfen die Benediktiner und auch wir um unseren Einfluss am Heiligen Stuhl. Die Benediktiner werfen uns vor, nicht streng genug im Glauben zu sein, weil wir nicht hinter Klostermauern leben und dem einfachen Volk Gottes Wort vermitteln wollen. Wir verkünden die frohe Botschaft auch in Kerkern und Siechenhäusern. Und dagegen wenden sich die Benediktiner. Ich sage dir das deshalb, um dich vor unbedachten Schritten zu warnen. Dieser Knabe darf dich nicht dazu verleiten, den Fehdehandschuh, den dir dieser Priester hingeworfen hat, aufzunehmen.«

»Du meinst, ich soll Jorge fortschicken?«

»Das habe ich nicht gesagt. Sei bloß vorsichtig, mehr nicht.«

»Ich darf ihn weiter unterrichten?«

»Natürlich. Du hast es schließlich geschworen, oder? Nur sorge dafür, dass der Junge nicht gerade vor der Kirche sein Wissen zur Schau stellt.«

»Selbstverständlich.«

»Und noch eines. Suche nicht die Auseinandersetzung mit unserem Subprior, sondern seine Unterstützung. Ich bin alt und habe nicht mehr lange zu leben. Stell dich darauf ein, dass er von unseren Brüdern zum neuen Prior gewählt wird. Ich hätte es lieber gesehen, wenn du mir nachfolgen würdest. Aber du wolltest ja unbedingt das Kloster verlassen und in Hattingen Gottes Botschaft verkünden. Ein Dominikaner, der nicht unter seinen Brüdern weilt, wird von diesen auch nicht gewählt. Auch wenn ich dies noch so sehr bedauere.« Mit einem Stöhnen schob sich Vinzenz hoch. »Hilf mir in meine Zelle. Ich bin müde und möchte schlafen.«

»Ich hätte eine letzte Bitte.«

»Welche?«

»Ich möchte dem Jungen nicht nur lesen und schreiben, sondern auch rechnen beibringen. Wir haben hier in Soest eine Abschrift eines alten Rechenlehrbuches. Es würde mir mein Vorhaben sehr erleichtern, wenn ich es mir ausleihen dürfte.«

Der Prior schaute Bernardo tief in die Augen. Dann lächelte er wissend. »Darin liegt also der wahre Grund deines Besuches. Dir muss der Knabe ja sehr lieb geworden sein, wenn du wegen eines Rechenbuchs für ihn einen so beschwerlichen Weg auf dich nimmst. Und ich dachte schon, es sei die Sehnsucht nach mir und den anderen Brüdern, die dich getrieben hat.«

»Bruder Vinzenz, ich …«

Der Prior tätschelte Bernardos Hand. »Schon gut. Manchmal wünschte ich, ich könnte meinen Glauben so leben wie du, ohne die Bürde des Priors. Nimm das Buch, unterrichte dein Mündel. Aber gehe diesem Pfarrer aus dem Weg.«

11

Hattingen, 18. März 1499

Seine Geschäfte liefen glänzend. Noch. Allerdings machte Hinrick van Enghusen sich Gedanken über die Zukunft. Es stand keinesfalls fest, dass die Gilde der Fleischhauer eine Preiserhöhung durchsetzen konnte. Lehnte der Rat diesen Antrag ab, musste er sich mit dem zufriedengeben, was er bisher erhalten hatte. Seine Kosten jedoch stiegen von Jahr zu Jahr, nicht nur deshalb war ihm diese Abhängigkeit von den Entscheidungen anderer ein Gräuel. Er wollte seine Unternehmungen so betreiben, wie er es für richtig hielt, die Gestaltung der Ein- und Verkaufspreise eingeschlossen.

Schon seit Langem dachte er deshalb über eine Ausweitung seiner Aktivitäten nach. Natürlich würde der Viehhandel nach wie vor den Schwerpunkt bilden, aber es könnte nicht schaden, auch in anderen Bereichen tätig zu werden. Es kam hinzu, dass die Viehweiden rund um Hattingen langsam knapp wurden. Die Stadt wuchs und dehnte sich über die engen Grenzen, die Wall und Graben zogen, aus. Das Anpachten neuer Wiesen würde daran nichts ändern, der Prozess verzögerte sich nur. Irgendwann wurden die Wege zu weit, um das Vieh in die Stadt zu treiben. Er müsste Ställe auf dem freien Feld errichten, sie instand halten und vor allem bewachen. Das würde Unsummen verschlingen.

Da erschien seine neue Idee erfolgversprechender. Die Schäden des verheerenden Brandes vor einigen Jahrzehnten waren noch nicht vollständig beseitigt und die wohlhabenden Bürger errichteten neue Häuser. Hinrick van Enghusen hatte eine geeignete Möglichkeit gefunden, daran zu verdienen: Steine.

Von seinen Reisen wusste er, dass in größeren Städten, als es Hattingen jemals werden würde, schon viele der Gebäude aus Stein errichtet wurden. Waren solche Bauwerke bisher fast ausschließlich dem Adel oder dem Klerus vorbehalten, bauten in jüngster Zeit auch Patrizier wie seinesgleichen mit diesem Material. Außerdem hatte er gehört, dass im Herrschaftsgebiet der Herren von Württemberg durch einen gräflichen Erlass bestimmt worden war, dass das Erdgeschoss aller neuen Häuser aus Stein zu bestehen habe. Der Grund war der immense Verbrauch an Holz, welches ja nicht nur als Bau-, sondern in noch größerem Umfang als Brennmaterial diente und ebenso bei der Eisenerzeugung unverzichtbar war. Es konnte also nur eine Frage der Zeit sein, bis auch im Hattinger Umland Holz knapp und damit teuer wurde. Möglicherweise sogar kostspieliger als Stein. Wälder konnte er leider nicht erwerben, da sie sich ausnahmslos in den Händen der Grundherren befanden und als Jagdrevier genutzt wurden. Aber Steinbrüche waren möglicherweise zu haben. Außer einigen Lurchen und vielleicht Kaninchen hielt sich dort kein Wild auf. Ein weitblickender Kaufmann erkannte neue Möglichkeiten, wenn sie sich denn boten. Und Hinrick van Enghusen hielt sich für einen solchen Kaufmann. Deshalb setzte er auf Steine.

Zufrieden mit sich goss er Wein in seinen Becher. Dann lehnte er sich zurück und wartete auf das Eintreffen seines Gastes.

Er blieb nicht lange allein. Kurze Zeit später führte die Magd den Besucher in das Kontor im ersten Stock seines Wohnhauses. Van Enghusen stand auf, um ihn zu begrüßen. Sein Gast war jung, höchstens zwanzig Jahre alt.

»Freiherr.« Van Enghusen deutete eine Verbeugung an.

»Herr van Enghusen.« Der junge Mann senkte nur leicht den Kopf – eine reine Höflichkeitsgeste, nicht mehr. »Bevor wir beginnen: Diese Unterredung muss unter allen Umständen vertraulich bleiben. Kann ich mich darauf verlassen?«

Der junge Freiherr von Querenburg war ein Gesandter der Landesstände im Herzogtum Kleve und auch der Grafschaft Mark, den Gegnern von Herzog Johann II. Seine Aufgabe bestand darin, vorsichtig bei wichtigen Persönlichkeiten des Herzogtums vorzufühlen, ob sich diese dem Widerstand gegen ihren Landesherrn anschließen würden. »Selbstverständlich«, beteuerte van Enghusen.

Schon vor Monaten hatte der Freiherr erstmalig den Kontakt zu ihm gesucht, aber nur wenig über seine Absichten mitgeteilt. In dem Gespräch war es ganz allgemein um die immer höher werdende Abgabenlast, die Verschwendungssucht des Herzogs und seinen unsittlichen Lebenswandel gegangen. Erst als von Querenburg den Eindruck gewonnen hatte, in seinem Gesprächspartner jemanden ähnlicher Gesinnung gefunden zu haben, stellte er eine weitere Unterredung in Aussicht.

Van Enghusen hatte sich seinen Teil zusammengereimt. Der natürliche Verbündete für die Anliegen der Stände wäre eigentlich Reinhard von Krekenbeck gewesen, der Erbhofschultheiß.

Von Querenburg hatte jedoch angedeutet, dass sich die Stände nicht sicher waren, wie dieser auf ihr Anliegen reagieren würde. Und auch die Ratsmitglieder der Stadt Hattingen erschienen nicht vertrauenswürdig genug. Hinrick van Enghusen fühlte sich geschmeichelt, obwohl er sich keinen Illusionen hingab. Er war nur deshalb ausgewählt worden, weil er im Grunde unwichtig war. Würde er der herzoglichen Verwaltung von dem Gespräch Bericht erstatten, wäre es für die Stände ein Leichtes, seine Worte schlicht abzustreiten. Wer glaubte schon einem Patrizier aus Hattingen, wenn dagegen die einhelligen Schwüre des niederen Adels des Herzogtums standen? Trotzdem gedachte van Enghusen, seinen Vorteil aus dieser Unterhaltung zu ziehen.

»Habt Ihr, wie ich es Euch geraten habe, mit dem Erbhofschultheiß gesprochen?«, fragte der Freiherr, griff zum vor ihm auf dem Tisch stehenden Weinbecher und streckte ihn dem Hausherrn fordernd entgegen.

Insgeheim ärgerte van Enghusen diese Geste der Überheblichkeit. Er beschloss aber, gute Miene zum bösen Spiel zu machen, und goss dem Freiherrn den Becher voll. Seine Gelegenheit würde noch kommen, dessen war er sich gewiss. Er musste es nur geschickt anstellen.

»Ja.«

»Und?«

»Ich habe den Eindruck, dass er unsere Befürchtungen teilt.«

»Welch gute Nachricht. Wir brauchen mehr Männer, gerade in der Grafschaft Mark, die wie wir glauben, dass der Herzog nicht allein über das Vermögen unseres Landes bestimmen darf.«

»Was habt Ihr vor?«

Für einen Augenblick schien es, als ob der Freiherr eine Auskunft rundum ablehnen würde. Doch dann antwortete er: »Ihr habt sicher vom Steuerstreit gehört. Die Stände im Herzogtum verweigern die Abgaben. Aber wir sind noch nicht genug. Erst wenn sich der Herzog einer geschlossenen Front gegenübersieht, wird er nachgeben. Er muss aufhören, Ämter nur deswegen zu schaffen und zu vergeben, weil er die Frucht seiner Lenden versorgen will. Und Kriege, die nur Kosten, aber keinen Ertrag verursachen, sind ebenfalls nicht in unserem Sinn.«

»Wie wollt Ihr den Herzog überzeugen?«

»Überzeugen? Wir werden ihn zwingen! Keine Ausgabe mehr ohne unsere Zustimmung. Kein neues Amt, ohne dass unsere Vertreter diese Entscheidung mittragen.«

»Was, wenn er sich weigert?«

»In dem Fall geht ihm über kurz oder lang das Geld aus. Eher über kurz, würde ich sagen.« Er lächelte freudlos und wechselte abrupt das Thema. »Was ist mit den Ratsherren?«

»Ich hatte noch keine Möglichkeit, mich mit diesen auszutauschen.«

»Auch nicht mit dem Bürgermeister?«

»Nein. Aber ich selbst werde mich um das Amt bewerben.«

»Wann?«

»Das weiß ich noch nicht. Ich werde mich nur zur Wahl stellen, wenn ich auch die nötigen Stimmen auf mich vereinen kann.«

»Sehr vernünftig.« Der Freiherr nippte am Wein. »Etwas sauer, findet Ihr nicht?«

Van Enghusen biss sich auf die Lippen und ignorierte die Kränkung. Stattdessen sagte er: »Ich habe gehört, dass zu Euren Besitztümern im Markt Herdecke auch ein Felshang gehört.«

»Das ist richtig. Unbrauchbares Land. Nur Geröll und Steine.«

»Würdet Ihr mir diesen Hügel verkaufen?«

Dem Freiherrn fiel fast der Becher aus der Hand. Er machte ein Gesicht, als würde er am Geisteszustand seines Gegenübers zweifeln. »Was wollt Ihr mit diesem Ödland?«

»Steine herausbrechen«, antwortete van Enghusen wahrheitsgemäß.

Dem Freiherrn klappte der Unterkiefer herunter. »Was, um Gottes willen, wollt Ihr mit Steinen? Liegen auf Euren Weiden nicht schon genug herum?«

»Verkauft Ihr den Hügel oder nicht?«

»Wenn wir uns über den Preis einig werden …« Der Freiherr schüttelte den Kopf. »Steine. Hat man so etwas schon einmal gehört.« Er überlegte. »Nein, ich werde Euch den Hügel nicht verkaufen.«

Der Hausherr war enttäuscht. Doch von Querenburg hatte noch nicht geendet. »Ich werde ihn Euch zur Erbpacht überlassen. Gelingt es Euch, den Erbhofschultheiß auf unsere Seite zu ziehen, beträgt die Pacht nur einen Albus im Jahr. Gelingt es Euch nicht, müsst Ihr Eure Steine auf den Ruhrwiesen sammeln.«

Van Enghusens Herz machte einen Sprung. »Einverstanden«, meinte er und hielt dem Freiherrn die Hand hin. Der schlug ohne Zögern ein.

12

Schwelm, 18. März 1499

Da der Pfarrer krank gewesen war und keine Beerdigungen vornehmen konnte, musste die Familie Caspar wegen des immer unerträglicher werdenden Geruchs einige Tage im Stall aufbahren. Dann halfen Nachbarn Martha, ihren toten Mann auf einem Karren in die gut zwei Stunden entfernte Stadt Schwelm zu schaffen. Caspar trug seine beste Kleidung und seine auf der Brust gefalteten Hände hielten ein Kreuz. Da der Familie für einen Sarg das Geld fehlte, hatte sie den Leichnam in weißes Linnen geschlagen. Das Fehlen des Sarges machte sich auf dem Weg allerdings unangenehm bemerkbar. Hunderte von Fliegen, angelockt vom Verwesungsgeruch, umschwirrten den Karren und die ihn begleitenden Menschen, die sich mit Tüchern vor Mund und Nase gegen den Fäulnisgestank und die Insekten schützten.

Eine Trauermesse konnte sich Martha nicht leisten, ebenso das Läuten der Totenglocke. So sprach der Pfarrer ihres Kirchspiels lediglich einige Worte am offenen Grab. Dann ließen helfende Hände den Leichnam in die Grube hinab. Der Priester segnete den Toten und die Anwesenden. Nach einem gemeinsam gesprochenen Vaterunser war die Begräbnisprozedur schnell beendet.

Als sich Martha von dem Kleriker verabschiedete, meinte dieser: »Komm noch mit in die Sakristei. Wir haben etwas zu besprechen.«

Verwundert tat die Witwe, wie geheißen.

Der Pfarrer zog umständlich seinen Talar aus, faltete ihn zusammen und legte ihn auf eine Bank. Auf dem Tisch daneben stand ein hölzerner Kasten, der mit einem schweren Vorhängeschloss gesichert war. Den Schlüssel dazu trug der Geistliche um den Hals. Nun öffnete er die Truhe und entnahm ihr ein Stück Papier, welches als oberstes auf einem Stapel gelegen hatte. Er strich das Schriftstück auf den Tisch glatt und hieß Martha, näher zu treten. »Weißt du, um was es sich bei dieser Urkunde handelt?«, erkundigte er sich.

»Nein.«

»Es ist das Testament, das dein verstorbener Mann und du vor einigen Jahren gemacht habt.«

»Ja, das war kurz nach unserer Hochzeit. Ich erinnere mich.«

Caspar hatte damals auf einem solchem Dokument bestanden. Zwar hätten sie außer einem Kotten, der quasi wertlos war, keinen Besitz, hatte er gemeint. Aber sie beide seien sich ja sicher, dass sie es mit Fleiß und Sparsamkeit irgendwann zu einem bescheidenen Wohlstand bringen würden. Dann spätestens sei ein Testament erforderlich, damit nicht irgendjemand unberechtigte Ansprüche erheben könnte, sollte einer von ihnen sterben. In aller Regel käme der Schnitter Tod plötzlich und auf leisen Sohlen, sodass unter Umständen für ein Testament keine Zeit mehr bliebe. Deshalb sei es besser, sich beizeiten darum zu kümmern. Seine Argumentation hatte Martha eingeleuchtet. Sie waren also vor etwa zehn Jahren zum Amtsvorgänger des heutigen Pfarrers gegangen und hatten ihn gebeten, ein solches Schriftstück aufzusetzen. Caspar hatte sein Zeichen darunter gemacht, der Priester unterschrieben und seinen Siegelring in das Wachs gedrückt. Dann war es in ebendieser Truhe verschwunden, die jetzt vor Martha auf dem Tisch stand.

Die Erinnerung ließ ihr die Tränen in die Augen steigen. Welche Hoffnungen hatten sie damals kurz nach ihrer Hochzeit gehabt: Der kleine Kotten, den sie mit dem Geld der Dominikaner, das sie für die Pflege von Jorge erhielten, gekauft hatten, sollte ihre und ihrer Kinder Zukunft sichern. Und nun das. Ein Moment der Unaufmerksamkeit und Caspar lag in der feuchten Erde und hatte sie und ihre Kinder allein in der Welt zurückgelassen. Wie recht er doch gehabt hatte. Der Sensenmann war unverhofft in ihr Haus getreten und hatte das Liebste mitgenommen, was sie auf der Welt besessen hatte. Verstohlen wischte sie sich die Tränen ab. In diesem Moment schwor sie sich, es auch allein zu schaffen. Mit Gottes Hilfe wäre sie in der Lage, ihre Familie zu ernähren.

Sie streckte die Hand aus, um das Dokument an sich zunehmen, doch der Pfarrer schüttelte den Kopf.

»Wann wirst du das Haus verlassen?«, fragte er stattdessen.

»Wie? Ich verstehe nicht ... Warum verlassen?«, stammelte sie.

»Kannst du lesen?«

»Nein.«

»Dann lese ich dir die entscheidende Passage vor: Hiermit verfüge ich, Caspar von Alte Schee, dass mein gesamter Besitz nach meinem Tode der heiligen Mutter Kirche verfällt, auf dass meine Seele und die meiner Familie von jedweder Sünde frei vor den Schöpfer treten kann und ewiges Seelenheil im Paradies finden werde.«

»Aber ... Nein ...« Sie straffte sich. »Ich war dabei, als das Testament verfügt wurde. Der Pastor hat es uns vorgelesen, bevor Caspar es unterzeichnet und er es besiegelt hat. Wir haben damals, da wir die Gebühr für die Erstellung und Aufbewahrung nicht begleichen konnten, dem Kirchspiel einen Zehnten einer Jahresernte zugesagt, zahlbar erst zwei Jahre nach Caspars Tod.«

»Davon ist in dem Dokument nicht die Rede.«

»Dann ist es nicht das richtige«, erklärte Martha resolut.

»Doch, das ist es. Hier steht schwarz auf weiß der Name deines Mannes. Es gibt in Alte Schee ja keinen zweiten Caspar, oder?«

»Nein.«

»Siehst du. Und dann das Datum: der zehnte Tag des Dezember im Jahre 1488. Das Datum eurer Hochzeit ist im Kirchenbuch verzeichnet. Sie war am 8. November desselben Jahres. Hegst du immer noch Zweifel an der Echtheit des Dokuments?«

Martha war wie vor den Kopf geschlagen. »Dann hat Euer Vorgänger unseren Wunsch nicht richtig aufgeschrieben.«

»Aber dein Mann hat das Papier unterzeichnet!«

»Er konnte nicht lesen.«

»Sicher hat der Pfarrer euch den Text wie vorgeschrieben vorgelesen.«

»Ja, natürlich tat er das. Aber der Wortlaut war ein anderer. Wie ich es Euch eben erzählt habe.«

Der Geistliche zeigte ihr das Dokument. »Schau genau hin. Es wurde nichts gestrichen oder gekratzt. Wie ich es zitiert habe, steht es da.«

»Dann hat der Pfarrer uns damals in die Irre geführt.«

»Frau, versündige dich nicht.« Der Priester hob die Stimme. »Du bezichtigst einen Mann der Kirche der Lüge? Dafür kannst du in die Hölle kommen und ewig im Fegefeuer schmoren!«

Martha schlug erschrocken die Hände vor den Mund.

»Wie auch immer.« Der Pastor legte das Dokument zurück in die Schatulle. »Das Testament ist gültig und über jeden Zweifel erhaben. Dein Kotten und die dazugehörigen Felder gehören der Kirche. Dafür kannst du sicher sein, dass die Seele deines verstorbenen Mannes jetzt im Paradies ist. Gott wird auch auf dich mit Wohlgefallen herabblicken. Bete und bedanke dich bei dem Herrn für seine Gnade.« Er schloss die Truhe ab. »Du wirst sicher einige Tage brauchen, um dein Bündel zu schnüren. In christlicher Barmherzigkeit gewähren wir dir Aufschub bis Anfang nächster Woche. Dann musst du den Kotten verlassen haben.«

»Und wenn ich nicht gehe?«, fragte Martha trotzig.

»Wirst du mit entsprechenden Mitteln dazu gebracht.«

Erst jetzt wurde der Witwe mit erschreckender Deutlichkeit klar, was sie alles verloren hatte: den Mann, ihren Besitz. Und auch ihren Glauben. »Wo soll ich denn mit den Kindern hin?«, fragte sie in ihrer Verzweiflung.

»Bete zu Gott. Er wird dich leiten.«

Für einen Moment war Martha versucht, dem Priester ins Gesicht zu spucken. Doch stattdessen stieß sie hervor: »Ein Gott, der solch eine Ungerechtigkeit zulässt, die in seinem Namen begangen wird, ist nicht mehr der Meinige.« Im ersten Moment war sie selbst zu Tode erschrocken über die Ungeheuerlichkeit, die sie da von sich gegeben hatte. Ihre Wut hatte sie zu dieser Blasphemie verleitet. Da aber kein Blitz vom Himmel herabgefahren war und sie erschlagen hatte, zog sie daraus den Schluss, dass der Herr ihr ihren Ausbruch entweder verziehen hatte oder es überhaupt keinen Gott gab. Angesichts der Heimtücke, der Caspar und sie zum Opfer gefallen waren, ohne dass der Herr diese ahndete, vermutete sie Letzteres.

13

Hattingen, 19. und 20. März 1499

Bruder Bernardos Rückmarsch nach Hattingen verlief zunächst ohne Probleme. Am Sonntagmorgen war er unmittelbar nach der Frühmesse aufgebrochen, zwei Tage später kam die Ruhrbrücke am nördlichen Ufer des Flusses in Sichtweite. Er freute sich schon auf ein Essen in der Gemeinschaft seiner Brüder, als ihn ein heftiger Donnerschlag überraschte. Und noch bevor er einen Unterstand finden konnte, öffnete der Himmel alle Schleusen. Minuten später war er völlig durchnässt.

Als er sich eine gute Stunde später im Haus der grauen Mönche seiner nassen Kleider entledigte, musste er niesen. Am Abend hatte ihn das Fieber fest im Griff. Mithilfe seiner Brüder schaffte es Bernardo die Treppe hinauf zu seinem Lager, wo ihm ein Heiltrank eingeflößt wurde. Kurz darauf fiel er in einen unruhigen Schlaf.

Als er erwachte, blickte er auf die vertraute Balkendecke im Dormitorium ihres Hauses. Auf einem Schemel neben seinem Bett wachte Bruder Jacob über ihn. Als er bemerkte, dass Bernardo erwacht war, schaute er ihn besorgt an.

»Wie geht es dir?«, fragte er dann.

»Ich habe Schmerzen in der Brust.«

»Das glaube ich gerne. Du hast dir das Fieber geholt.«

»Der Regen, oder?«

»Vermutlich.«

»Habt ihr mir die Treppe hochgeholfen? Ich kann mich an die letzte Nacht nicht erinnern.«

»Ja. Aber vor allem der Herr hat seine schützende Hand über dich gehalten, sonst wärest du jetzt tot.«

»Gepriesen sei sein Name. Wie lange muss ich liegen bleiben?«

Jakob lachte auf. »Das weiß nur Gott. Wichtig ist, dass das Fieber deinen Körper verlässt. Du musst bei Kräften bleiben. Thomas wird dich versorgen. Und Albertus hat sich auf die Suche nach heilenden Kräutern gemacht. Wir alle schließen dich in unsere Gebete ein, jetzt aber solltest du versuchen zu schlafen.«

»Eine Bitte habe ich noch.«

»Ja?«

»Ich möchte Jorge sehen.«

»Nicht mehr heute. Morgen schicke ich den Jungen zu dir.«

Es war das erste Mal, dass Jorge das Obergeschoss betreten durfte. Verlegen wartete der Knabe an der Treppe und schaute sich um.

Der Schlafsaal nahm fast die ganze Länge des Hauses ein. Fenster führten zur Straßenseite. An einer Stirnwand befanden sich drei schmale Türen. Sie mussten zu den Studier- und Vorratszimmern führen, von denen Bruder Bernardo ihm erzählt hatte. Zwei große Holztruhen standen an der Wand gegenüber. In ihnen schienen die Mönche ihre wenigen Habseligkeiten aufzubewahren. Die Betten der Mönche waren in einem Abstand von nur einem Schritt links und rechts an den Wänden angeordnet. Stroh diente als Unterlage und die aus grobem Linnen genähten Decken waren mit Heu gefüllt.

»Komm näher, Junge.« Bernardo winkte Jorge zu sich. »In der nächsten Zeit kann ich mein Versprechen, mit dir deine

Pflegeeltern zu besuchen, nicht erfüllen. Du wirst dich also noch etwas gedulden müssen.«

»Ich weiß.« Jorge konnte Bernardos Blick nicht standhalten und schaute zu Boden.

»Was hast du?«

Der Junge knete seine Finger.

»Du möchtest etwas fragen, nicht wahr?«

Ein schüchternes Kopfnicken war die Antwort.

»Dann frage.«

»Wirst du … Ich meine … Geht das Fieber, sodass du …« Er schluckte. Dann sprudelte es aus ihm heraus: »Wirst du wieder gesund?«

»Wenn du mir hilfst, bestimmt.«

Jorge blickte ihn überrascht an. »Was kann ich denn schon tun?«

»Du kannst für mich beten.«

»Das verspreche ich. Jeden Tag«, erwiderte der Knabe in kindlichem Ernst.

Bernardo lächelte. »Und nicht dass du glaubst, der Unterricht fiele aus, nur weil ich hier an mein Lager gefesselt bin.«

Jorge schüttelte heftig den Kopf. »Ich lerne gern.«

»Das weiß ich. Komm näher. Neben meinem Bett liegt mein Beutel. Darin findest du ein Buch. Reich es mir.«

Jorge bückte sich und zog einen alten Lederband hervor.

Auf Bernardos Geheiß gab er das Buch seinem Lehrer. »Ist es das?«

»Ja.« Bernardo schlug es auf. »Es ist sehr wertvoll. Eine Abschrift eines noch älteren Buches. Der Verfasser hieß Leonardo da Pisa, auch Fibonacci genannt. Dieses Buch heißt *Liber abbaci*, was in etwa Rechenbuch bedeutet. Du wirst dich zukünftig mit seinen Aufgaben beschäftigen.«

»Aber ich kann doch noch nicht richtig lesen.«

»Ich lese dir vor.« Er schlug das Buch auf und blätterte darin. »Hier kommt die erste der Aufgaben. Stell dir Folgendes vor: Ein Händler kauft etwas ein für elf Albus.«

»Was für ein Händler?«, fragte Jorge ungeduldig.

»Das spielt keine Rolle. Aber unterbrich mich nicht, sondern hör zu. Also, ein – sagen wir – Tuchhändler kauft ein Stück Stoff für elf Albus.«

»Das ist aber billig.«

»Jorge!«

»Entschuldigung.«

»Dann verkauft er den Stoff für zwölf Albus weiter.«

Jorge machte den Mund auf, biss sich aber auf die Lippen, als er den Unmut in Bruder Bernardos Zügen bemerkte.

»Später kauft er den Stoff für dreizehn Albus wieder zurück und verkauft ihn erneut für vierzehn Albus. Wie viel hat der Händler verdient?«

Jorge überlegte nur kurz. »Einen Albus.«

»Tatsächlich? Du solltest genauer nachdenken, bevor du losplapperst.« Bernardo wirkte verärgert. »In ein paar Tagen reden wir über die richtige Lösung. Zunächst aber brauche ich Ruhe.« Er klappte das Buch wieder zu. »Lege es zurück in den Beutel. Dann lass mich schlafen.«

14

Deutz und Köln, 21. und 22. März 1499

Die Bibliothek der Benediktiner im Kloster Deutz umfasste einige Hundert handgeschriebene Bände, zumeist religiösen Inhalts. Aber es fanden sich auch einige medizinische und biologische Schriften in den Regalen in dem Raum unweit des Klosterkapitels. Und nach diesen suchte Bruder Bartholomäus.

Die meisten der Schriften hatte schon seit Jahren niemand mehr zur Hand genommen. Dicke Staubschichten bedeckten die Ledereinbände, sodass Bartholomäus erst mit dem Handrücken darüber reiben musste, um den Titel entziffern zu können.

»Suchst du etwas Bestimmtes?« Der Mitbruder, der die Bibliothek verwaltete, hatte Bartholomäus' Bemühungen bemerkt und stand nun hilfsbereit im Gang.

»Ja. Etwas über ein Mittel, das bei Operationen die Schmerzen mildern soll.«

»Weshalb willst du das wissen?«

Bartholomäus zeigte auf seine Wange. »Siehst du die Schwellung? Zwei meiner Backenzähne haben sich entzündet. Der Bader meint, er müsse sie samt der Wurzel ausgraben.« Er schaute verlegen drein. »Ich habe Angst vor den Schmerzen der Operation und suche nach etwas, diese zu lindern.«

»Lass es doch einfach bleiben. Die Schmerzen in deinen Zähnen werden vergehen.«

»Mag sein. Aber sie sind unerträglich. Wenn der Bader sich nicht irrt, können noch Wochen vergehen, bis sie verfault sind und ausfallen. Ich kann kaum noch klar denken. Nein, in dem Fall ziehe ich die Operation vor.«

»Du solltest Gott bitten, dir Kraft zu schenken.«

»Das habe ich bereits getan. Aber vielleicht will er mich prüfen?«

»Umso mehr solltest du auf das Gebet vertrauen.«

Bartholomäus wurde ungeduldig. »Hilfst du mir nun oder nicht?«

Der Bibliothekar überlegte einen Augenblick. Dann schritt er zielstrebig zu einem Schrank an der hinteren Wand der Bibliothek, schloss ihn auf und holte eine Pergamentrolle hervor. »Hier findest du, was du suchst. Es handelt sich um ein Dokument, welches eigentlich ständig unter Verschluss stehen sollte. Der Mönch, der es vor mehr als einhundert Jahren verfasst hat, wurde deshalb der Ketzerei beschuldigt. Ich kann keine Häresie an dieser Schrift finden, aber ich bin ja auch nur ein kleiner Mönch und kein Inquisitor.« Er drückte Bartholomäus die Schriftrolle in die Hand. »Aber du, der das Ohr des Papstes hat, dürftest gefeit gegen jede Form der Ketzerei sein.«

Bartholomäus fühlte sich geschmeichelt. Zwar wurde er in Rom manchmal tatsächlich zu Konferenzen berufen, an denen in einigen Fällen auch der Heilige Vater teilgenommen hatte, ein Berater des Papstes war er jedoch mitnichten. Die meiste Zeit hatte er in den päpstlichen Archiven verbracht, wo er Schriftstücke sortieren und katalogisieren musste. Aber das brauchte ja keiner seiner Ordensbrüder wissen.

»Setz dich an den Studiertisch und lies. Wenn du gefunden hast, was du suchst, rufe mich, damit ich die Rolle wieder sicher verwahren kann.« Mit diesen Worten ließ der Bibliothekar Bartholomäus allein.

Die Schrift entpuppte sich als ein medizinisches Lehrbuch. Der unbekannte Verfasser erklärte in verklausulierten Worten verschiedene Krankheiten, unter denen Menschen leiden können, ihre Symptome und die Behandlungsmöglichkeiten.

Bartholomäus sah darin keinen Grund, warum dieses Buch indiziert war. Aber theologische Dispute interessierten ihn momentan nicht im Geringsten. Er wollte etwas gegen seine Schmerzen finden. Und in einem Kapitel, das sich mit Drogen befasste, wurde er fündig. Dort stieß er auf die Beschreibung einer Pflanze namens Mandragora officinarum, auf Deutsch Alraune genannt. Diese, so der Autor, habe eine ähnlich betäubende Wirkung wie die Tollkirsche oder das Bilsenkraut.

Eine Alraune! Natürlich. Das war genau das, was er brauchte. Die Alraune galt als Zauberwurzel, so viel wusste auch er. Möglicherweise war der Verfasser des Buches deshalb in Ungnade gefallen. Der Sage nach musste derjenige, der diese Wurzel besitzen wollte, ein Bündnis mit dem Teufel eingehen.

Bartholomäus rief den Bibliothekar und bedankte sich. Dann machte er sich auf, um die Zauberwurzel zu kaufen.

Dieses Vorhaben gestaltete sich jedoch schwieriger als gedacht. Seine Nachfragen auf dem Deutzer und einen Tag später dem Kölner Markt blieben nicht nur ohne Ergebnis, sondern in zwei Fällen machten die Händler auch das Abwehrzeichen gegen den bösen Blick, als er nach der Wurzel fragte, und bekreuzigten sich.

Nur der Hinweis auf seine Tonsur, die beweise, dass er Mönch sei, hinderte die Befragten daran, nach der Stadtwache zu rufen. Er wollte schon aufgeben, als ihn eine junge Frau ansprach, die Salben und Kräuter aus einem Strohkorb verkaufte.

»Ihr sucht nach der Alraune, Vater?«, fragte sie.

»So ist es.«

Sie musterte ihn abwägend. »Könnt Ihr zahlen? Eine Alraune ist selten in unseren Landen und deshalb teuer.«

»Wie teuer?«

»Das kann ich Euch nicht sagen.«

Der Mönch wandte sich verärgert ab. »Wenn du nicht weißt, was eine Alraune kostet, kannst du mir auch keine zum Kauf anbieten.«

Sie griff nach seinem Ärmel und er schüttelte sie unangenehm berührt ab. »Finger weg«, blaffte er sie an und ging weiter.

»Nicht ich verkaufe die Wurzel, sondern meine Mutter«, raunte ihm das Mädchen zu.

Bartholomäus hielt inne. »Und die ist wo?«

»Nicht weit von hier. Kommt, ich führe Euch hin.«

Für einen Moment zögerte der Mönch. Das Mädchen war ärmlich gekleidet. Er verspürte wenig Lust, ihm in die engen Gassen des Kölner Armenviertels zu folgen und dort womöglich Opfer eines Überfalls zu werden. Es wäre nicht das erste Mal, dass Unvorsichtige in dieser Gegend mit gebrochenen Knochen und ohne Geldbeutel aufgefunden wurden. Aber das Pochen in seinem Kiefer ließ ihn jede Vorsicht in den Wind schlagen. Nichts konnte mehr schmerzen als diese verfluchten Backenzähne. Also folgte er ihr.

Es war wirklich nicht weit. In einer dunklen Gasse kurz hinter dem Alter Markt blieb die junge Frau vor einem Hauseingang stehen. »Wartet hier. Ich bin gleich zurück.« Mit diesen Worten ließ sie den Mönch allein.

Der sah sich misstrauisch um. Da sich niemand in dieser Gasse befand, atmete er erleichtert aus. Und außerdem war es nur einen Katzensprung zur nächsten Querstraße, an der sich Gaststuben und Läden reihten. Etwas beruhigt richtete er seine Aufmerksamkeit wieder auf die Tür, hinter der seine Führerin verschwunden war. Sie war nur angelehnt. Und gerade, als er sie aufdrücken wollte, vernahm er aus dem Inneren leise Schritte. Kurz darauf stand die Kräuterhändlerin wieder vor ihm.

»Kommt«, meinte sie nur und ließ ihn eintreten.

Die Diele war eng und dunkel. Es roch nach Rauch, Bohnen und Fisch. Und unverkennbar auch nach Minze.

»Geradeaus. Dann durch die Tür dahinten in den Hof.«

»Geh du vor mir her«, ordnete er an.

Das Mädchen lächelte wissend. »Keine Angst, dort lauert niemand, um Euch den Schädel einzuschlagen.«

»Mag sein. Aber Vorsicht hat noch niemandem geschadet.«

»Wie Ihr meint.«

Sie durchquerten den bis auf eine kalte Feuerstelle völlig leeren Raum. Es war unnatürlich still. Eine Treppe führte in das obere Geschoss, aus dem ebenfalls kein Laut drang. Im Hof, der von den Außenmauern der Nachbarhäuser begrenzt wurde, fiel Bartholomäus direkt der Tisch ins Auge, auf dem eng beieinander Tiegel, Tontöpfe in verschiedenen Größen und kleine Leinensäckchen lagerten. Der Duft der Kräuter, die sich ohne jeden Zweifel darin befanden, kitzelte in seiner Nase. Und auf der Bank dahinter hockte eine Frau mittleren Alters, der das junge Mädchen auffallend ähnelte.

»Ihr sucht Alraun?«, fragte diese.

Bartholomäus nickte.

»Habt Ihr Geld?«

»Wäre ich sonst hier?«

»Genug?«

»Das hängt davon ab, was du verlangst.«

»Pro Wurzel zehn Albus.«

Für einen Moment vergaß der Mönch seine Zahnschmerzen. »Das ist zu viel. Ich gebe dir die Hälfte.«

»Maria, bring den Herrn dahin zurück, wo du ihn aufgegabelt hast.«

Das Mädchen nickte folgsam.

»Sechs Albus«, versuchte Bartholomäus einen neuen Anlauf.

»Ich handele nicht, Herr. Zahlt meinen Preis oder geht. Nur glaubt mir: Ihr werdet in Köln niemand anderen finden, der Euch das Gewünschte verkauft.«

Der Benediktiner dachte einen Moment nach. Dann knurrte er: »Einverstanden.«

Die Frau lächelte fein, beugte sich nach vorn und griff zu einem Leinensack, aus dem sie mehrere braune Wurzeln zog, deren Form an menschliche Gestalten erinnerte. »Wie viele wollt Ihr?«

»Wie viele benötige ich, um Schmerzen zu lindern?«

»Das hängt zum einen davon ab, wie groß die Schmerzen sind, und zum anderen, ob Ihr lediglich Linderung erwartet oder in einen tiefen Schlaf sinken möchtet, der Euch alles vergessen lässt.«

»Linderung reicht.«

»Dann nehmt eine Wurzel.« Sie schob eine der braunen Pflanzen in seine Richtung. »Jedoch seid vorsichtig. Benutzt ihr zu viel, fallt ihr möglicherweise trotzdem in einen Schlaf. Und zwar in einen, aus dem Ihr nie wieder aufwacht.«

Bartholomäus erschrak. »Woher weiß ich, wie hoch die Dosis sein darf?«

Die Alte lachte. »Genau wisst Ihr das nie. Aber zerschneidet höchstens ein Viertel der Wurzel und bereitet daraus einen Aufguss. Ihr könnt sie auch pressen und den Extrakt mit Wein oder Bier vermischen. Nehmt Ihr mehr, schlaft Ihr tief, fest und mit manchmal absonderlichen Träumen. Aber denkt an meine Warnung: Die Alraune kann nicht nur heilen, bei falscher Anwendung bringt sie den Tod. Zehn Albus.«

Bartholomäus zahlte, erhielt die Heilwurzel und verließ das Haus. Zehn Minuten später stand er wieder vor dem Dom. Von da war es nicht weit zur Fähre, um auf die andere Rheinseite zur Stadt Deutz überzusetzen, dem Sitz seines Heimatklosters.

Freundschaften

März 1499 bis Februar 1500

1

Hattingen, 22. März 1499

Den gesamten gestrigen Tag hatte Jorge immer wieder über die Rechenaufgabe nachgedacht, die ihm Bernardo gestellt hatte. Heute suchte er beim Ausmisten des Stalls erneut die Lösung. Aber so sehr er sich auch den Kopf zerbrach, er fand kein anderes Ergebnis. Hatte Bernardo ihn auf den Arm genommen? Nein, das konnte er sich nicht vorstellen.

Schließlich hatte er eine Idee. Sein Pflegevater hatte ihm beigebracht, bis zwanzig zu zählen. Er sammelte also exakt diese Menge Kieselsteine und warf sie vor sich in den Sand. Dann entfernte er elf Steine von dem Haufen, sodass neun liegen blieben. Das war der Kauf des Stoffes. Jetzt folgte der Verkauf. Zwölf Steine kamen zurück. Jorge merkte, dass ihm ein Stein fehlte.

Er klaubte einen weiteren auf und legte ihn neben die anderen. So verfuhr er auch mit dem zweiten Teil der Aufgabe. Wieder fehlte ein Stein, den er ebenfalls dazulegte. Jetzt brauchte er nur noch die Steine zu zählen und er kannte das Ergebnis. Zu seiner Überraschung waren es zwei mehr als zwanzig. Die richtige Lösung der Aufgabe lautete also zwei Albus. Doch kein Trick. Aber wo lag sein Irrtum? Wieder rechnete er im Kopf nach, nahm die Finger zu Hilfe. Und wieder kam er nur auf einen Gewinn von einem Albus. Er machte also einen Fehler. Nur welchen? Bruder Bernardo würde es ihm erklären können. Bruder Bernardo wusste einfach alles.

»Das hast du gut gemacht«, lobte ihn der Mönch, als Jorge ihm erzählte, wie er die Lösung herausgefunden hatte. »Fibonacci wendet bei der Aufgabe einen kleinen Trick an. Wir sollen nicht merken, dass es sich um zwei getrennte Vorgänge handelt, bei denen der Kaufmann jeweils einen Albus verdient. Insgesamt zwei Albus. Du musst also immer genau überlegen, was du rechnest, damit du nicht einem Trugschluss unterliegst. Hast du über den Satz nachgedacht, den ich dir genannt habe?«

Jorge nickte heftig. »Der Abend und Morgen sind der vierte Tag.«

»Nicht ganz. Es heißt: Da ward aus Abend und Morgen der vierte Tag. Du bist wirklich fleißig gewesen. Und nun lass uns weiter üben. Heute musst du auf ein Holzbrett schreiben, ich darf ja nicht zu den Beeten im Garten gehen. Bruder Thomas hat es besorgt. Und auch etwas Holzkohle, dazu einen Lappen und Wasser, um Falsches wegzuwischen. Es liegt unter meinem Lager. Hol es hervor und dann fangen wir an.«

Ein Hauch von Frühling lag in der Luft, als Jorge durch die Stadt streifte. Bisher hatte er sich nicht allein über den Wall hinausgewagt. Aber heute wollte er es versuchen. Er lief über den Markt Richtung Gelinde und warf einen sehnsüchtigen Blick auf das Gebäude, in dem das rothaarige Mädchen wohnte. Obwohl er nun schon seit fast einem halben Jahr im Haus der grauen Mönche lebte, hatte er noch keine Freunde gefunden. Andere Jungs in seinem Alter und seines Standes waren ihm noch nicht über den Weg gelaufen, sicher mussten sie ihren Eltern in den Ställen und auf den Feldern helfen, so wie er früher auch. Ihnen blieb vermutlich einfach nicht genug Zeit, um in den Straßen Hattingens herumzutollen.

Und die Kinder der Händler und Kaufleute gaben sich nicht mit einem wie ihm ab. Sondern sie rümpften die Nase, wenn er vorbeiging, und die Größeren drohten mit Schlägen. Sie waren etwas Besseres, trugen Schuhe und liefen nicht barfuß herum. Ihre Kleidung bestand aus mehr als einer zerrissenen Hose und einem zu weiten Hemd, über das er sommers wie winters nur seinen Umhang aus grober Wolle zog. Und ihre Köpfe schmückten Barette aus edlen Stoffen, nicht nur eine Filzkappe. Jorge mochte die Kappe aber nicht in der Scheune lassen, erinnerte sie ihn doch an sein verlorenes Zuhause in Alte Schee. Wenn ihm unter dem dicken Material in der Sonne zu warm wurde, ließ er sie an dem Band, mit dem sie sonst auf dem Kopf gehalten wurde, auf seinem Rücken baumeln. Noch immer war sie ihm zu groß.

Am Weiltor verlangsamte er seinen Lauf, grüßte den dort postierten Soldaten der Stadtwache höflich und atmete tief durch. Dann ging er mit klopfendem Herzen durch das Tor. Nichts passierte. Weder lauerten wilde Tiere hinter dem Wall noch ein undurchdringlicher Urwald. Auch Räuber waren weit und breit nicht in Sicht. Tatsächlich arbeiteten links und rechts der Straße Bauern in ihren mit Hecken eingesäumten Gärten. Weiter nördlich war der Blick durch einen Waldstreifen versperrt. Die Ruhr, die sich dahinter entlangschlängelte, konnte er nur erahnen. Jenseits des Flusses erhoben sich im Norden die Höhen der Winzer und Baaker Berge.

Auf der Straße selbst waren einige Ochsenkarren und einzelne Reisende unterwegs, die entweder stadteinwärts wollten oder sich auf die Brücke nahe des Hauses Cliff zubewegten. Jorge lief den Cliffer Kirchweg entlang, um zur Ruhr zu gelangen. Er fühlte sich auch ohne Bernardos Begleitung sicher. Niemand schenkte ihm nur die geringste Beachtung.

Minuten später stand er vor der Brücke und schaute erstaunt auf das gurgelnde Wasser. Er machte einige Schritte auf den Fluss zu, um besser sehen zu können.

»Pass auf, wo du hintrittst, Junge«, warnte ihn einer der Brückenwächter. »Das Ufer ist rutschig. Wenn du ausgleitest, landest du mir nichts, dir nichts im Wasser.«

Jorge erschrak und trat etwas zurück. Einen Moment blickte er auf die Stromschnellen und fragte sich, wie die Menschen wohl dieses Hindernis früher überwunden hatten; in Zeiten, in denen es noch keine Brücke gegeben hatte. Dann drehte er sich um und passierte das Holzhaus, in dem sich der Posten langweilte.

»Willst du auf die andere Seite?«, fragte dieser.

»Ich möchte schon«, antwortete Jorge.

»Kannst du den Brückenzoll bezahlen?«

»Es kostet Geld, wenn ich hinüberwill?«

»Was hast du denn gedacht?«

Jorge schüttelte den Kopf. »Ich habe kein Geld.«

»Dann verschwinde und halte mich nicht länger auf.« Der Mann klang nun nicht mehr so freundlich.

»Gibt es denn keinen anderen Weg hinüber?«

»Doch. Weiter westlich durch die Furt.« Der Zöllner wandte sich einem Händler zu, der unter Ächzen und Stöhnen vom Bock seines Pferdegespanns kletterte.

Jorge sah in die angegebene Richtung. Wiesen und Weiden, auf denen Kühe grasten, lagen zu beiden Seiten der Ruhr, die hier einen großen Bogen schlug. Weiter hinten konnte er einzelne Bäume ausmachen. Menschen sah er nicht. Ganz alleine bis zur Ruhr! Das reichte für seinen ersten Ausflug. Mit stolzgeschwellter Brust marschierte der Junge zurück in die Stadt. Als er auf den Untermarkt einbog, hörte er eine Stimme. »He du, warte.«

Jorge fuhr herum. Hinter ihm stand das rothaarige Mädchen und lächelte ihn an. »Ich habe mich gar nicht richtig bei dir bedankt«, meinte sie und kam näher. »Erinnerst du dich noch an mich? Ich bin Marlein. Und du Jorge, oder?«

»Ja.«

»Und weiter?«

»Nur Jorge.«

»Aber du musst doch einen Nachnamen haben.«

»Hab ich nicht.«

»Wer sind denn deine Eltern?«

»Hab ich auch nicht.«

»Natürlich hast du.«

»Nein.«

»Jedes Kind hat Eltern«, beharrte Marlein auf ihrer Meinung.

»Ich nicht. Nur Pflegeeltern.«

Marlein überlegte, ob sie diese Aussage gelten lassen konnte. Dann sagte sie mit blitzenden Augen: »Das zählt nicht. Wo wohnst du denn?«

»Im Haus der grauen Mönche.«

»Aber du bist doch kein Mönch!«

»Ich wohne auch nicht im Haus, sondern in der Scheune dahinter. Bruder Bernardo ist mein Lehrer«, ergänzte er rasch, um das für ihn unangenehme Thema zu beenden.

»Du gehst zur Schule?«, wunderte sich die Rothaarige.

»Nein, das nicht. Bernardo unterrichtet mich alleine. Ich kann schon einige lateinische Sätze. Willst du sie hören?«

»Ja.«

Jorge sprach sie vor und erntete einen bewundernden Blick von Marlein.

»Ich kann sie sogar schreiben.«

»Wirklich? Das kann ja Lucas noch nicht einmal. Und der ist älter als du und geht zur Schule.«

»Wer ist Lucas?«

»Mein Bruder. Ein blöder Kerl. Immer kommandiert er mich herum und zieht an meinen Haaren.«

»Gehst du auch in die Schule?«

»Nein.«

»Warum nicht?«

»Mädchen brauchen keinen Unterricht, sagen meine Eltern. Mädchen werden, wenn sie groß sind, geheiratet und bekommen Kinder. Dann kümmern sie sich um das Haus und den Mann. Dafür brauchen sie kein Latein.« Sie schaute traurig drein. »Und dabei würde ich gerne etwas lernen.«

»Wenn du willst, bringe ich dir das bei, was ich von Bruder Bernardo weiß«, platzte es aus Jorge heraus. »Ich kann auch schon rechnen.« Er wiegte zweifelnd den Kopf. »Na ja, noch nicht so richtig. Aber eine Aufgabe habe ich schon gelernt. Und zählen kann ich auch. Ein, zwei, drei ...«

»Du würdest mir lesen und schreiben beibringen?« Marleins Augen strahlten.

»Klar«, erwiderte Jorge selbstbewusst.

Eine Frauenstimme rief laut und vernehmlich nach dem Mädchen.

»Meine Mutter«, stöhnte Marlein und verdrehte die Augen so stark, dass Jorge unwillkürlich lachen musste. »Ich muss nach Hause. Treffen wir uns am Montag wieder?«

Erst in vier Tagen, dachte Jorge. Das dauert so lange. Einen Moment lang war er enttäuscht. Dann aber freute er sich doch. »Ja. Und wann?«

»So wie heute. Nur nicht hier, sondern im Weingarten. Weißt du, wo das ist?«

»Ja.«

»Gut. Dann bis Montag.« Marlein hüpfte davon und ihr Kleid wippte mit ihrem roten Schopf im Takt.

Jorge blieb noch einen Moment stehen. Hatte er gerade eine Freundin gefunden? Er lächelte glücklich. Dann aber beschlichen ihn Zweifel. Was, wenn er den Mund zu voll genommen hatte? Wenn er zu dumm war, sein Wissen weiterzugeben? Oder schlicht zu ungeschickt? Würde Marlein ihn dann links liegen lassen? Ach was, beruhigte er sich, so schlimm wird es schon nicht werden. Ich muss nur noch genauer aufpassen, was Bruder Bernardo mir erklärt. Und noch fleißiger üben.

2

Hattingen, 24. März 1499

Die Sonntagsmesse in St. Georg war nicht besonders gut besucht. Zahlreiche Bauern fehlten. Sie schufteten werktags jede freie Minute auf den Feldern und nutzten den Feiertag, um dringende Arbeiten in ihren Häusern zu erledigen. Pfarrer Lucius hatte im ersten Schritt an seine Gemeinde appelliert, sie dann aufgefordert, schließlich massiv gedroht. Vergebens. Was im Frühjahr nicht gesät wurde, konnte später nicht geerntet werden. So war es Jahr um Jahr. Eine gefüllte Scheune im Herbst war vielen wichtiger als der Besuch eines Gottesdienstes. Die Gebete konnte man still auf dem Feld erledigen. Und die Kirche musste eben warten, bis die Aussaat vorbei war. Gott hatte bestimmt dafür Verständnis.

Auch Philip von der Schadeburg verspürte keine wahre Begeisterung, als er die Kirche in Hattingen betrat. Der neue Droste Kracht von Mylendonk, der vor fünf Jahren Johann Stecke abgelöst hatte, bestand darauf, dass die Soldaten des

Herzogs nicht nur auf der Feste Blankenstein, sondern auch in der Stadt Hattingen regelmäßige Präsenz zeigten. Deshalb hatte er angeordnet, dass sich die Garde unter seiner Führung am jeweils letzten Sonntag des Monats in St. Georg einzufinden habe, um dort dem Gottesdienst beizuwohnen. Philip hielt das für Blödsinn. Nicht nur, weil er früh aufstehen musste, um nach Hattingen zu reiten. Er nahm an, dass den Hattinger Bürgern die Anwesenheit der Soldaten in Friedenszeiten völlig egal war – womit er nicht ganz falsch lag. Philip konnte dem Gottesdienst nicht viel abgewinnen, verstand er doch ohnehin kein Wort, da dieser auf Lateinisch abgehalten wurde. Außerdem zog er es vor, seine wöchentlichen Saufabende, die Besuche der Hurenhäuser in der Nachbarstadt und die immer wieder vorkommenden Prügeleien in der Beichte zu gestehen. Die drei als Buße auferlegten Vaterunser und möglicherweise den Kauf eines Ablasses für wenige Albus akzeptierte er gern, wenn dafür alles vergeben und vergessen war. Saufen, beichten, beten. Und dann wieder von vorn. Auf diese Art und Weise hatte Philip einen Weg gefunden, seinen Lastern zu frönen und trotzdem das unsterbliche Leben seiner Seele im Paradies zu sichern. Der Kirchenbesuch in Hattingen störte da nur.

Aber der Droste war der Stellvertreter seines Landesherrn. Und damit war sein Wort Gesetz und der Freiherr musste sich auf den harten Kirchenbänken den Hintern platt sitzen.

Deshalb war Philip froh, als die Messe beendet war und er mit den anderen die Kirche endlich verlassen konnte, um sich in einer der Schenken von der Anstrengung des Sonntagmorgens zu erholen.

Er nickte dem Priester zu, der an der Kirchenpforte stand und seine Schäfchen verabschiedete. Der Geistliche war ihm nicht geheuer, zu offensichtlich verunstaltete das Teufelsmal dessen Gesicht. Überraschend sprach ihn Pfarrer Lucius direkt an. »Ihr seid Freiherr von der Schadeburg, Hauptmann der herzoglichen Garde, nicht wahr?«

»Ja. Aber warum fragt Ihr?«

»Ich hätte etwas mit Euch zu besprechen, wenn Ihr ein wenig Zeit erübrigen könntet.«

Das Letzte, was Philip sich jetzt wünschte, war ein Gespräch mit dem Pfarrer. Wahrscheinlich wartete auf ihn eine salbungsvolle Ermahnung bezüglich seines Lebenswandels. Hatte sich ein braver Hattinger Bürger über ihn beschwert, weil er ihm beim Würfeln das Geld abgeknöpft hatte? Nein, dafür war nicht der Pfarrer der richtige Ansprechpartner, sondern der Droste. Was also konnte der Pfaffe von ihm wollen? »Um was geht es denn?«, fragte er zurückhaltend.

»Das erkläre ich Euch später. Wartet Ihr in der Kirche auf mich?«

Philip blieb nichts anderes übrig, als gute Miene zum bösen Spiel zu machen. Er verspürte nicht die geringste Lust, wegen des Pfarrers seinen Besuch in der Schenke zu verschieben. Anderseits konnte er den Wunsch des Geistlichen nicht einfach brüsk ablehnen, stünde ein solches Vorgehen doch im Widerspruch zu der Anordnung des Drosten, den Bürgern der Stadt immer höflich und zuvorkommend gegenüberzutreten.

Seufzend nahm Philip also auf der hinteren Kirchenbank Platz. Es schien endlos zu dauern, bis sich alle Gläubigen verabschiedet hatten. Einige von ihnen drückten dem Pfarrer ihren Obolus persönlich in die Hand und erwarteten als Gegenleistung natürlich auch einen individuellen Segen, was die Verabschiedungszeremonie in Philips Augen nur unnötig in die Länge zog.

Endlich kehrte Pfarrer Lucius in die Kirche zurück. Er schloss das mächtige Tor hinter sich und trat zur Bank.

»Sicher wundert Ihr Euch, dass ich diese Unterredung suche.«

Das tat Philip, aber er wahrte die überlegene Haltung.

»Wir kennen uns noch nicht persönlich, aber ich habe Euch schon mehrmals in der Stadt bei der Ausübung Eurer Pflichten gesehen.«

Worauf wollte der Pfaffe hinaus?, fragte sich der Hauptmann.

»Wenn ich richtig informiert bin, steht Ihr schon seit Langem im Dienste des Herzogs?«

»Das stimmt.«

»Auch bereits vor etwas mehr als zehn Jahren?«

»Ja.« In diesem Gespräch ging es nicht um seinen Lebenswandel, das stand fest. Philip beschloss trotzdem, vorsichtig zu sein.

»Im Frühsommer 1488 wurde ein Weib wegen eines Angriffs auf einen Hauptmann der Garde zum Tode verurteilt. Wart Ihr dieser Hauptmann?« Die Bäuerin, die das Messer nach ihm geworfen hatte – Philip hatte den Vorfall schon fast vergessen.

»Ja.«

»Das Weib wurde aber erst im Herbst dem Henker vorgeführt, weil sie ein Kind unter dem Herzen trug. Erst nachdem sie gebar, konnte sie ihrer gerechten Strafe zugeführt werden. Hat es sich so verhalten?«

Kritik an dem damaligen Verfahren hätte sich anders angehört, fand Philip. Er würde sich vermutlich nicht mit Vorwürfen wegen seines Verhaltens auseinandersetzen müssen. »Ja, so war es.«

»Wisst Ihr, was aus dem Kind geworden ist?«

Üblicherweise überließ man in einem solchen Fall ein Neugeborenes seinem Schicksal. Es musste nur getauft sein, damit seine unschuldige Seele ins Paradies einfahren konnte. Philip hatte von Gerüchten gehört, dass das Kind überlebt hatte, sich aber nie darum geschert. Wahrheitsgemäß antwortete er deshalb: »Nein. Ich nehme an, es ist gestorben.«

Lucius musterte Philip mit wissendem Blick. »Ist es anscheinend nicht. Die Dominikaner haben sich seiner angenommen. Der Knabe wuchs bei Pflegeeltern auf.«

»Der Knabe?«

»Ja. Er heißt Jorge und lebt jetzt im Haus der grauen Mönche.«

Philip erstarrte.

»Ich sehe es Eurem Gesichtsausdruck an, dass Euch dieser Hinweis interessiert. Der Junge lernt lesen und schreiben. Und sogar Latein. Das verstößt gegen die göttliche Ordnung. Nur Theologen sollten die Sprache Gottes verstehen.«

Daher wehte der Wind. Es ging dem Pastor nicht um den Prozess und die Hinrichtung, sondern er sorgte sich um seine Privilegien.

»Sicher könnt Ihr meinen Unmut nachvollziehen«, fuhr der Pfaffe fort. »Wenn Ihr den Drosten oder gar den Herzog von diesem ketzerischen Tun unterrichten könntet, wird Gott es Euch danken.«

Gott? Doch wohl eher du, dachte der Freiherr und hoffte, dass ihn seine Mimik nicht schon wieder verriet. »Ich werde tun, was in meinen Kräften steht«, erwiderte er ausweichend.

»Das würde mich freuen.« Lucius schlug das Kreuz über Philip. »Geh mit Gottes Segen, mein Sohn.«

Automatisch stand der Hauptmann auf und senkte den Kopf.

Als Philip vor der Kirchentür stand, fasste er einen Entschluss. Er würde diesen Knaben im Auge behalten. Denn aus Knaben wurden Männer. Und Männer neigten manchmal zu unüberlegten Handlungen. Wie Rache zu nehmen.

3

Hattingen, 25. März 1499

Marlein war pünktlich. Jorge, der schon seit etwa einer Stunde voller Ungeduld auf seine neue Freundin gewartet hatte, sprang von der Mauer, auf der er hockte, und lief dem Mädchen entgegen. Marlein trug ein langes, blaues Kleid und darüber einen weißen Überwurf. Ihre roten Haare hatte sie unter einem Tuch versteckt. Sie lächelte Jorge an. »Lass uns zum Hegertor gehen. Jenseits des Walls haben wir einen Garten. Dort stört uns heute niemand.« Sie hielt den Beutel hoch, den sie bei sich trug. »Ich habe etwas Essen mitgebracht. Hast du Hunger?«

Jorge, der seit dem Morgen nichts mehr zu sich genommen hatte, bejahte.

»Dann komm.«

Der Garten der Familie van Enghusen lag hinter einer Hecke, die ausreichend Sichtschutz bot, obwohl sich noch kein Grün zeigte.

Einige Steine waren am Rand so aufgeschichtet worden, dass sie ein Holzbrett tragen konnten. Diese einfache Bank diente als Sitzgelegenheit, wenn sich die Mägde, die den Garten bestellten, von der Arbeit ausruhen wollten. Darauf nahmen nun die beiden Kinder Platz.

Marlein öffnete ihren Beutel und reichte Jorge ein kleines Stück gebratenes Huhn. Jorge lief das Wasser im Mund zusammen. Er hatte so etwas noch nie in seinem Leben gegessen. Vorsichtig nahm er den Bollen in die Hand, betrachtete ihn von allen Seiten und roch daran.

»Du kannst ihn ruhig aufessen«, versicherte Marlein, »und brauchst ihn nicht nur anschauen.«

»Und was ist mit dir?«

»Das ist der Rest von meinem Mittagessen. Ich bin satt. Nun iss schon«, setzte sie hinzu, als sie seinen ungläubigen Blick bemerkte.

Jorge biss in die Keule. Das Fleisch schmeckte köstlich. Er kaute mit Bedacht, um den nächsten Bissen so lange wie möglich hinauszuzögern. Seine neue Freundin beobachtete ihn belustigt.

Als Jorge wirklich kein Fitzelchen Fleisch mehr an dem Knochen fand, leckte er sich die Finger sauber. »Hm …«, stieg es aus seinem tiefsten Inneren hervor.

»Ich habe einen Gänsekiel, Rußtinte und Papier mitgebracht«, erklärte Marlein eifrig.

»Papier?«

»Ja, natürlich. Worauf willst du denn schreiben?«

Jorge wusste, was Papier war. Bruder Bernardos Bibel war noch auf Pergament geschrieben worden, das Rechenbuch des Fibonacci jedoch auf Papier. Bruder Bernardo hatte ihm erklärt, dass dieses Material fast so kostspielig wie Pergament sei. Als Übungsmaterial viel zu teuer für die Hattinger Dominikaner, weshalb Jorge auch mit Holzkohle oder einem Holzstab, mit denen er die Zeichen in den Sand ritzte, üben musste.

»Hast du noch nie mit Tinte geschrieben?«

»Nein.«

»Ich auch nicht«, gestand Marlein. »Ich kann ja nicht schreiben. Aber ich habe meinem Vater oft zugesehen, wenn er es getan hat.« Sie rollte einen Bogen Papier auf und legte ihn neben sich auf die Holzbank. »Mein Vater hat mir erklärt, dass ein Schreibpult immer etwas schräg sein müsse.«

»Warum?«

»Damit nicht alle Tinte aus dem Federkiel sofort auf das Blatt läuft und man ihn nicht nach nur wenigen Zeichen wieder eintunken muss. Aber wir haben ja kein Schreibpult. Außerdem üben wir noch. Da ist es sicher nicht so schlimm, wenn die Tinte nur für einzelne Wörter reicht. Sieh her, so geht das.« Sie nahm das Rinderhörnchen mit der Rußtinte, zog den Holzpfropfen von der Öffnung und tauchte den Federkiel hinein. Damit malte sie einen Kreis auf das vor ihr liegende Blatt. Als sie die Schreibfeder absetzte, floss ein Tropfen Tinte heraus und hinterließ einen dunklen Fleck auf dem Papier. »Au weia«, lachte Marlein. »Doch nicht so einfach, wie ich dachte.«

»Lass es mich ausprobieren«, bat Jorge.

Ihm gelang eine Linie ohne Tintenklecks. »Ich glaube, du darfst die Feder nicht so heftig auf das Papier drücken«, erklärte er ihr. »Dann klappt es.«

Der Klecks beim zweiten Kreis, den das Mädchen zeichnete, fiel schon deutlich geringer aus. Und ihr dritter Versuch war fehlerfrei.

»Dann lass uns anfangen«, forderte sie. »Ich will endlich schreiben lernen.«

Zwei Stunden und fünf vollgekrakelte Blatt Papier später meinte Marlein, dass es nun an der Zeit wäre, aufzubrechen. »Bringst du mir noch mehr bei?«, fragte sie, als sie den Garten verließen und auf dem Rückweg zum nahen Stadttor waren.

»Wenn du möchtest.«

»Das tue ich. Treffen wir uns morgen wieder?«

»Gerne. Ich kann nur nicht jeden Tag. Manchmal muss ich bis zum späten Nachmittag arbeiten.«

Marlein dachte einen Moment nach, dann leuchteten ihre Augen. »Wir können uns ja zur selben Zeit wie heute an der Mauer am Weingarten verabreden. Wenn einer von uns nicht kommen kann, muss der andere halt umsonst warten. Das ist doch nicht schlimm, oder?«

»Nein, überhaupt nicht.«

Sie bogen in das Kühlken ein, wie die Straße zwischen Weingarten und Kircheninsel genannt wurde. Unvermittelt riss Marlein ihn hinter eine Hausecke. »Duck dich«, flüsterte sie. »Da vorne steht Lucas. Bestimmt sucht er nach mir. Er darf uns nicht miteinander sehen.« Sie hatte ihre Stimme gesenkt, obwohl ihr Bruder mindestens zweihundert Schritte entfernt war und sie nicht hören konnte.

»Warum nicht?«

»Meine Eltern haben mir verboten, mit fremden Jungs zu reden. Und Lucas soll auf mich aufpassen.« Marlein stellte sich auf die Zehenspitzen und gab ihm einen freundschaftlichen Kuss auf die Wange. »Ich gehe jetzt zu ihm. Du wartest hier, bis wir um die Ecke verschwunden sind. Bis morgen.«

4

Deutz, 26. März 1499

Obwohl die Schmerzen in seinen Zähnen ihn fast um den Verstand brachten, hatte Bartholomäus bislang darauf verzichtet, die Alraune anzuwenden. Die

Warnungen der Kräuterfrau klangen noch immer in seinen Ohren. Nun aber gab es keinen Weg mehr. Er ging in die Klosterküche, um den Aufguss aus der Wurzel zuzubereiten. Bartholomäus trennte, wie ihm die Kräuterfrau geraten hatte, ein Viertel der Wurzel ab und hackte sie klein. Dann goss er kochendes Wasser darüber.

»Was willst du mit einer Alraune, Bruder?« Unbemerkt hatte der alte Mönch, der seit Jahren die Küche leitete, den Raum betreten.

»Meine Schmerzen lindern.« Er zeigte auf seine geschwollene Wange.

»Du weißt, dass die Pflanze gefährlich sein kann?«

»Wenn sie falsch dosiert wird, wurde mir gesagt.«

»Das ist nur die halbe Wahrheit. Alraunen ziehen ihre Kraft aus dem Boden, in dem sie wachsen. Und von der Sonne natürlich. Und so unterschiedlich diese Bedingungen ausfallen, so unterschiedlich ist auch die Wirksamkeit der Wurzel. Ist in dem einen Fall die halbe Pflanze gerade richtig, kann eine solche Dosierung bei einer anderen schon zu viel sein.«

»Was heißt das?«

Sein Glaubensbruder blickte ernst drein. »Dass du eher vor unserem Herrn stehen kannst, als du es dir erhofft hast. Woher stammt die Pflanze?«

»Ich habe sie von einer Kräuterfrau aus Köln.«

»Ich meinte, wo sie geerntet wurde.«

»Das weiß ich nicht.«

»Dann solltest du dein Schicksal nicht herausfordern und den Schmerz in Demut ertragen.«

»Woher stammt dein Wissen über die Wurzel, Bruder?«

»Bevor ich das Gelübde abgelegt habe, war ich als Medikus tätig. Ich habe die Alraune selbst eingesetzt. Auch an meiner Frau. Sie fiel in einen Schlaf, aus dem sie nicht mehr erwachte. Ich hatte die Pflanze wie üblich dosiert. Trotzdem war sie wohl zu stark für sie. Nachdem sie in geweihter Erde ihre letzte Ruhe gefunden hatte, habe ich aus Buße das weltliche Leben hinter mir gelassen und bin ins Kloster eingetreten. Ich rate dir, lass die Finger von dieser Pflanze. Wirf sie fort. Sie ist Teufelszeug.« Mit diesen Worten ließ er Bartholomäus allein.

Nachdenklich füllte dieser den Aufguss in ein Glasfläschchen. Er verkorkte es und versiegelte die Öffnung mit Wachs. Schließlich hielt er das Fläschchen samt Inhalt ins Licht der untergehenden Sonne und beobachtete die braune Flüssigkeit, die darin schwappte. Konnte sie wirklich so gefährlich sein? Aber warum sollte er an den Worten seines Mitbruders zweifeln?

Dann hatte er einen Entschluss gefasst. Er würde dieses Risiko nicht eingehen. Er verstaute Wurzel und Aufguss in einem Beutel. Nur wegwerfen würde er die Zauberwurzel natürlich nicht – sie war zu wertvoll. Vielleicht konnte er sie verkaufen. Oder anderweitig einsetzen.

Der Bader bot seine Dienste üblicherweise auf dem Deutzer Markt an. War kein Markttag, praktizierte der Mann in einem windschiefen Kotten in einer kleinen Gasse unweit des Klosters. Der Raum, der dem Heilkundigen anscheinend zugleich als Wohn-, Schlaf- und Arbeitskammer diente, war klein und niedrig. Das Feuer in einer Ecke qualmte so stark, dass Bartholomäus husten musste, nachdem er die Hütte betreten hatte. Während er sein Anliegen schilderte, goss der Bader Bier aus einem Holzfass in einen Humpen und trank ihn in einem Zug aus. Dann schenkte er sich nach.

»Auch etwas?«, fragte er den Mönch.

Der lehnte ab.

»Ist gut gegen die Schmerzen. Aber wie Ihr wollt.« Er nahm einen großen Schluck. »Pro Zahn sieben Pfennige. Und je einen für meinen Helfer dahinten.«

Erst jetzt wurde Bartholomäus einen stämmigen Kerl mit wildem Haar gewahr, der neben dem Feuer hockte.

»Einverstanden.«

»Ihr werdet Schmerzen verspüren. Es kam vor, dass mir mit Hinweis auf diese erlittene Pein mein Lohn versagt wurde. Also machen wir es wie folgt: Ihr bezahlt vorher und es wird auch kein Pfennig zurückerstattet. Ich verspreche Euch, dass Ihr nach meiner Behandlung die üblen Zähne los sein werdet. Willigt Ihr ein?«

Der Mönch nickte, griff zum Geldbeutel und zog die Münzen hervor.

»Gut.« Der Bader goss den Humpen wieder voll und ging zu einer Bank in der Mitte des Raumes, in deren Sitzfläche in einem Abstand von etwa einer Elle runde Löcher gebohrt waren. In ihnen steckten kräftige Lederriemen, die an ihrem unteren Ende mehrere Ösen aufwiesen, darin ein dickes Querholz. So konnten die Riemen nach unten gezogen und gehalten werden, nicht aber aus der Öffnung nach oben rutschen. An deren oberem Ende waren Schlaufen mit Gurtschnallen befestigt.

Auf sie deutete der Bader und meinte: »Setzt Euch dort hin und steckt Eure Hände durch die Lederschlaufen.«

»Warum sollte ich das tun?«, erwiderte der Benediktiner.

»Ich binde Euch, damit Ihr nicht um Euch schlagt, wenn ich die Zähne ziehe.« Er grinste, als er den verschreckten Blick des Mönches sah. »Außerdem wird mein Gehilfe Euren Oberkörper festhalten, damit Ihr möglichst ruhig sitzt und ich ohne größere Störung meine Arbeit verrichten kann.«

Der Mönch sandte ein stilles Gebet zum Himmel und tat, wie befohlen. Der Bader zog die Gurtschnalle über dem Handgelenk fest und fixierte dann erst den einen, dann den anderen Arm mit den Querstäben so unter der Bank, dass Bartholomäus beide keinen Zentimeter weit anheben konnte.

»Seid Ihr bereit?«, fragte er dann und nahm einen kräftigen Schluck Bier.

Sein Patient nickte verängstigt.

»Gut. Macht den Mund auf.«

Zögernd folgte der Gefesselte der Aufforderung und noch ehe er wusste, wie ihm geschah, hatte der Bader eine Eisenzange in die Mundhöhle geschoben. Gleichzeitig umschlangen Bartholomäus von hinten zwei kräftige Männerarme.

»Dann wollen wir uns die kranken Zähne ansehen.«

Der Geistliche erschauderte, als er den schlechten Atem des Baders roch, der sich über ihn beugte. Dieser schien eine Gebissbehandlung ebenso nötig zu haben wie er selbst. »Ah, da ist ja der Übeltäter.« Bartholomäus spürte, wie der Mann seine Zange an einem der Backenzähne ansetzte – allerdings nicht an der kranken rechten Seite, sondern an der gesunden linken. Er wollte protestieren, brachte aber wegen der unförmigen Zange in seinem Mund nur ein unkontrolliertes Gurgeln zustande.

»Es ist gleich vorbei«, beruhigte ihn der Bader und griff sein Operationsinstrument mit beiden Händen.

Der Mönch versuchte vergeblich, den Kopf zu schütteln. Ein stechender Schmerz ließ ihn aufstöhnen. Es knirschte vernehmlich. Der Bader riss sein Werkzeug schnell hin und her. Bei jeder dieser Bewegung schoss eine Schmerzwelle durch den Kiefer des Mönchs. Dann ein letzter, fester Ruck und triumphierend hielt ihm der Bader den blutigen Stumpf vor die Nase.

Bartholomäus spuckte Blut. »Du Hundsfott«, schimpfte er, nachdem der Gehilfe ihm den Mund abgewischt hatte. »Das war ein gesunder Zahn! Rechts sind meine Schmerzen!«

»Die beiden kranken Zähne sind auf der anderen Backenseite?« Der Bader betrachtete das Ergebnis seiner Arbeit mit Interesse. Danach schüttelte er leicht den Kopf. »Seltsam«, meinte er. »Sah wirklich nicht gut aus.« Mit diesen Worten öffnete er die Zange und der Zahn fiel auf den Boden. »Er wird Euch auf jeden Fall keinen Ärger mehr bereiten. Nun macht den Mund wieder auf, damit ich Euch von Eurer Pein erlösen kann.«

Bartholomäus ergab sich in sein Schicksal. Wenige Minuten später stand er wütend dem Bader gegenüber. »Ich bezahle dich nicht. Gib mir mein Geld zurück.«

Der Mann schüttelte den Kopf. »Warum sollte ich? Ich habe Euch von zwei kranken Zähnen befreit. Eigentlich müsste ich für den dritten ebenfalls von Euch bezahlt werden. Aber erteilt mir Euren Segen, Vater, das ist mir Lohn genug. Gießt Kamille mit heißem Wasser auf und spült die Mundhöhle damit. Das hilft, die Wunden schnell zu schließen.« Der Bader griff wieder zum Bierhumpen und trank.

»Verflucht sollst du sein.« Wütend drehte sich der Benediktiner um und ließ den Mann stehen.

5

Hattingen, 18. Juni 1499

In den vergangenen Monaten hatte Jorge weitere Fortschritte im Unterricht gemacht und auch Marlein profitierte von seinen Kenntnissen. Sie trafen sich fast täglich im Garten der Familie van Enghusen. Nur Papier konnte Marlein nicht mehr mitbringen.

Ihr Vater hatte, verwundert über den gestiegenen Verbrauch, das Papier mittlerweile in einer seiner Truhen eingeschlossen. Er erzählte eines Tages beim gemeinsamen Essen, dass er eine der Mägde verdächtige, es zu stehlen und zu Geld zu machen. Marlein biss sich auf die Lippen, als sie die Anschuldigungen ihres Vaters hörte, brachte aber nicht den Mut auf, ihm die Wahrheit zu sagen. So schrieben Jorge und Marlein ihre Buchstaben und Sätze eben in den Gartenboden.

Aber das Heimweh lastete wie ein Mühlstein auf Jorges Seele. Er wollte seine Pflegefamilie wiedersehen, erfahren, wie es ihr ergangen war. Und immer wieder löcherte er Bruder Bernardo mit dem Wunsch, nach Alte Schee zu reisen. Der ständigen Nachfragen leid, versprach der Mönch ihm endlich, schon bald sein Versprechen einzulösen.

Im Laufe des Sommers hatte Jorge seine Ausflüge in die Umgebung während seiner freien Zeit immer weiter ausgedehnt. Bisher stellte die Ruhr für ihn die natürliche Grenze nach Norden dar. An diesem Tag jedoch wollte er es wagen und den Fluss überqueren. Geld für den Brückenzoll besaß er immer noch nicht. Doch vor einigen Tagen hatten sich ältere Jungen in seinem Beisein darüber unterhalten, dass es nördlich des Ruhrbogens, unweit der Ruine der Isenburg, eine Furt über den Fluss gäbe. Vor langer Zeit, als es die Brücke noch nicht gab, erzählten sich die Knaben, mussten alle Reisenden, die auf dem kleinen Hellweg unterwegs waren, an dieser Stelle die Ruhr durchwaten. Auch der Zöllner hatte bei seinem ersten Besuch an der Brücke davon gesprochen. Nun machte sich der Junge dorthin auf.

Seit Tagen hatte es nicht geregnet. Entsprechend niedrig war der Wasserstand und die Strömung schwach. Als Jorge jedoch am Ufer stand, verließ ihn der Mut. Zu breit schien der Fluss, zu mächtig seine Strudel. Bestimmt gab es Untiefen. Wenn er in eine davon geriet und den Boden unter den Füßen verlor – er konnte nicht schwimmen.

Er hockte sich nieder, tauchte die Beine ins Wasser und genoss das kühle Nass. Eine Weile saß er da und blickte sehnsüchtig auf die andere Seite. Dann fand er sich damit ab, diese Grenze nicht überwinden zu können. Jetzt noch nicht, dachte er, aber im nächsten Jahr, wenn ich größer bin, kann ich es schaffen.

»Wartest du darauf, dass dir die Fische geradewegs in den Mund fliegen?«

Jorge fuhr herum. Ein alter Mann stand, auf seinen Stock gebeugt, hinter ihm. Seine Schuhe waren zerfetzt, die Kleidung zerrissen. Ein Bettler, kein Zweifel. »Ohne Angel wirst du wohl kein Glück haben, mein Kleiner.«

»Ich wollte eigentlich nur über den Fluss. Aber …«

»Du hast dich nicht getraut, was?«

Jorge nickte verschämt.

Der Alte blickte verständnisvoll auf das Kind vor ihm. »Das kann ich verstehen. Auch für mich birgt das Durchwaten gewisse Gefahren. Weniger im Sommer. Aber im Herbst oder Winter, wenn es kalt ist und ich rutsche aus …« Er schüttelte sich bei dem Gedanken. »Wenn du dann deine Sachen nicht schnell trocknest, kann es übel für dich enden. Was suchst du auf der anderen Seite?«

»Nichts«, erwiderte Jorge wahrheitsgemäß.

»Warum willst du dich dann dieser Gefährdung aussetzen?«

»Ich möchte wissen, wie es dort aussieht.«

Der Alte kicherte. Es hörte sich an wie das Meckern einer Ziege. »Das kannst du von hier aus genauso gut sehen. Hast du schon einmal geangelt?«, wechselte er unvermittelt das Thema.

»Nein.«

Der Bettler kramte in seiner Tasche. »Komm mal her, ich zeige es dir.« Er zog ein kleines Knäuel hervor. »Das ist die Angelschnur. Und hier der Haken.« Der Alte sah sich prüfend um und griff zu seinem Wanderstab. »Eine richtige Rute wäre zwar besser, aber sie ist zu auffällig. Der Stock tut es auch.« Noch einmal vergewisserte er sich, dass niemand in der Nähe war. »Oben im Stock ist eine Rille. Dort schiebst du die Hanfschnur hindurch und knotest sie fest. Am anderen Ende befestigst du zuerst dieses Stück Baumrinde. Es sorgt dafür, dass die Schnur nicht durch das Gewicht des Hakens auf den Grund gezogen wird. Da beißen nur selten Fische an. Deshalb darf er auch nicht zu schwer sein.« Er drückte Jorge den gekrümmten Draht in die Hand. »Eisendraht«, erläuterte er weiter und nahm den Haken an sich. »Über die Spitze spießt du einen Wurm. Und so wirfst du die Schnur ins Wasser.« Er machte mit dem Wanderstock eine ausholende Bewegung und schleuderte den Haken in die Ruhr. »Siehst du? Dann heißt es, sich in Geduld zu üben.« Der Alte zog die Angelschnur aus dem Fluss, löste Rinde und Haken und verstaute alles in seinen Taschen. Danach stützte er sich auf seinen Stock und grinste Jorge an. »Wer angeln und Feuer machen kann, hat immer etwas zu essen. Merk dir das.«

»Und woher weiß ich, wo die Fische sind?«, wollte Jorge wissen.

Der Bettler ließ sein Meckern hören. »Das ist eine gute Frage. Übung macht den Meister. Nur pass auf, dass du den hohen Herrn oder den Bauern der Allmende nicht in die Quere kommst.«

»Allmende?«

»Gemeinschaftliche Grundstücke, die nur von den Bauern eines Dorfes genutzt werden dürfen. Dazu gehören auch die Gewässer. Weder Bauer noch Herr sieht es gerne, wenn unsereins ihm seine Fische stibitzt. Also sieh dich vor. Soll ich dir jetzt helfen, über den Fluss zu gelangen? Du kannst dich an mir festhalten.« Jorge dachte einen Moment über das Angebot nach. Schließlich siegte die Vernunft über die Neugier. Sehr sicher auf den Beinen schien der Alte nicht zu sein. Und wenn sie beide stürzten, konnte das schlimme Folgen haben. Außerdem musste er den Rückweg ja allein antreten. Nein, er hielt es für besser, noch ein Jahr zu warten. »Danke. Aber ich muss zurück in die Stadt.«

Der Bettler bückte sich stöhnend und zog seine Schuhe aus, die er sich an den Ledersenkeln um den Hals hängte. Dann raffte er seinen Umhang, machte einen vorsichtigen Schritt ins Wasser und knurrte etwas Unverständliches.

Jorge vermutete, dass es sich um einen Gruß handeln müsse. »Danke für die Unterweisung«, rief er dem Alten hinterher. Der hob nur müde den Arm.

Der Knabe wartete, bis der Alte das gegenüberliegende Ufer erreicht hatte und im Gebüsch der Ruhrauen seinem Blick entzogen war. Dann ging auch er zurück zur Stadt.

Er war erst wenige Schritte weit gekommen, als ein Mann auf einem schwarzen Pferd auf ihn zu galoppiert kam. Jorge erkannte in dem Reiter den Hauptmann der Garde des Herzogs. Er hatte ihn schon häufiger in der Stadt gesehen.

Mit einem Wiehern blieb das Pferd vor Jorge stehen. Unruhig tänzelte es auf der Stelle. Wenn Jorge, voller Furcht vor dem großen Tier, zurückwich, gab der Reiter dem

Hengst leicht die Sporen, sodass der Abstand zwischen dem Jungen und dem Pferd annähernd gleich blieb.

»Hast du geangelt, Bursche?«

»Nein.«

»Das sagen sie alle. Wo hast du dein Angelzeug versteckt? Unter dem Hemd?«

»Bestimmt nicht, Herr.«

»Wo sonst?«

»Ich habe kein Angelzeug«, versicherte Jorge verängstigt.

»Das werden wir sehen. Zieh dein Hemd aus.«

Jorge gehorchte.

»Auch dein Unterkleid. Und den Rest.«

Als der Junge splitterfasernackt vor ihm stand, griff der Reiter zur Gerte. »Dann hast du es irgendwo in die Büsche geworfen, als du mich hast kommen sehen.« Sein Gesicht lief vor Zorn rot an. »Ich werde dich lehren, mich zu belügen.« Er holte aus und schlug Jorge mit aller Kraft auf den Rücken. Ein brennender Schmerz durchzuckte den Jungen. Er biss die Zähne zusammen, um nicht aufzuschreien. Jedoch konnte er nicht verhindern, dass ihm Tränen in die Augen schossen. Tränen der Wut und des Zorns, nicht des Schmerzes.

»Ich habe nicht gelogen«, schrie er den Hauptmann an.

»So? Dann war der Schlag eben für das nächste Mal.« Der Offizier riss den Hengst herum und gab ihm die Sporen.

6

Burg Blankenstein, 21. Juni 1499

Der Erbhofschultheiß Reinhard von Krekenbeck und sein Begleiter Knutz Laeck erwiesen dem Drosten ihre Hochachtung, als sie vor ihm standen. Kracht von Mylendonk erwiderte die höfliche Geste.

»Meine Herren, Ihr habt um ein Gespräch mit mir nachgesucht, welches ich sehr gern gewähre. Denn ich habe auch etwas mit Euch zu besprechen, Schultheiß. Bitte setzt Euch doch.« Er wies einladend auf die Bank, die an dem Tisch in der Saalmitte stand. Die beiden Besucher folgten der Aufforderung. Die Strahlen der untergehenden Sonne schienen in ihr Gesicht, die Miene des ihnen gegenübersitzenden Drosten jedoch lag im Schatten und war so nur schwer zu deuten.

Der Droste winkte den Diener heran und ließ Wein einschenken. Dann hob er den Becher und prostete seinen Gästen zu. Als sie getrunken hatten, gab der Amtmann dem Schultheiß mit einer großzügigen Handbewegung zu verstehen, dass er nun gewillt war, sich dessen Anliegen anzuhören.

Reinhard von Krekenbeck ärgerte sich über diese anmaßende Haltung, ließ sich seinen Unwillen jedoch nicht anmerken. Er verfolgte ein Ziel und setzte sein Vorhaben nicht wegen solcher Kleinlichkeiten aufs Spiel. »Mein Begleiter ist Knutz Laeck. Sicher habt Ihr von ihm gehört. Er war Hauptmann in des Herzogs Garde, trat aber dann in die Dienste des Reichsverwesers von Schweden ein, als diese keinen König hatten.« Das war eine höfliche Umschreibung der Tatsache, dass Herzog Johann aus Geldmangel einen Trupp Landsknechte an den schwedischen Befehlshaber Sten Sture den Älteren verschachert hatte. »Hauptmann Laeck führte einhundert Soldaten in den Krieg mit Russland. Wie Ihr seht, hat er diesen überlebt.«

Kracht von Mylendonk lachte auf. »Das augenscheinlich. Doch einen Arm hat er wohl in Russland gelassen.«

Der Angesprochene fiel dröhnend in das Lachen ein. »Es war in Schweden. Vor Viborg hackte mir ein russischer Gardist den halben Arm ab, ich ihm als Vergeltung seinen Kopf. Der Feldscher wusste sich keinen anderen Rat, als mir den Arm abzuschneiden und den Stumpf mit einem glühenden Eisen auszubrennen. Wäre ich bei Bewusstsein gewesen, hätte ich den Kerl selbst mit dem Eisen gezeichnet.« Er spuckte auf den Holzboden, was der Droste mit einer hochgezogenen Augenbraue quittierte. »Pah. Was für ein Stümper.« Laeck griff zum Becher und trank ihn aus. »Aber egal.« Er hob den Armstumpf in die Höhe. »Es ist mein Linker. Er fehlt mir nur beim Arschabwischen.«

»Ich habe den Hauptmann mitgebracht, weil ich mit Euch über den Zustand der Befestigungsanlagen Hattingens sprechen möchte«, fuhr von Krekenbeck fort. »Er weiß aus eigener Erfahrung, welchen Schutz ein solcher Wall bietet. Darf er sprechen?«

»Sicher.« Der Droste nickte gnädig.

Knutz Laeck erhob sich ein wenig und deutete eine Verbeugung an. »Ich habe mir die Befestigungsanlage der Stadt angesehen. Von einigen Toren und Türmen aus Stein abgesehen, bestehen die Palisaden auf den Wällen ausnahmslos aus Holz.«

»Da erzählt Ihr mir nichts Neues.«

Der Hauptmann ignorierte den Einwurf. »Die Schützen

der Stadt verfügen über ungefähr sechzig Büchsen und Armbrüste sowie fünfundzwanzig Hakenbüchsen. Bedauerlich nur, dass, von der herzoglichen Garde abgesehen, kaum jemand damit umgehen kann. Die Garde jedoch verfügt gerade über genug Männer, diese Burg hier zu verteidigen, hat aber einer Belagerung der Stadt Hattingen nichts entgegenzusetzen.«

»Auch das ist mir bekannt.«

Ungerührt fuhr der Hauptmann fort. »Ich habe solche Palisaden, wie sie Hattingen schützen sollen, auch an der Ostsee vorgefunden. Sie stellen kein echtes Hindernis dar. Habt Ihr schon einmal ein Belagerungsgeschütz im Einsatz gesehen?«

»Nein«, gestand der Droste ein.

»Aber davon gehört?«

»Selbstverständlich.«

»Gut. Ein solches Geschütz, zum Beispiel ein Basilisk, verschießt Kugeln mit einem Gewicht von etwa zwanzig Pfund. Es ist fast fünf Schritte lang und äußerst treffsicher. Ein guter Schütze zerlegt mit drei, vier Kugeln Eure Holzpalisaden auf einer Breite von mehreren Ellen zu Kleinholz. Durch diese Schneise dringt dann die Infanterie ein, trifft auf die schlecht ausgebildeten Schützen der Bürgerwehr und nach spätestens drei, vier Stunden befindet sich Hattingen in der Hand des Angreifers. Dafür brauche ich kein großes Heer, sondern es reicht eine Kompanie gut ausgebildeter Soldaten und ein Basilisk. Selbst wenn es einem Boten gelänge, rechtzeitig die Stadt zu verlassen, dürften Eure Soldaten aufgrund ihrer geringen Zahl keine wirkliche Hilfe darstellen.« Er griff zum Becher. »Zusammengefasst: Hattingen kann vielleicht einen Trupp versprengter Soldaten oder Räuber abwehren, nicht jedoch eine Kompanie mit einem beherzten Heerführer und den entsprechenden Waffen.«

Jetzt schaltete sich der Schultheiß wieder in das Gespräch ein: »Ihr wisst, dass der Stadt vom Herzog die Einkünfte aus dem Waagegeld zugesagt wurden, um damit die Befestigungsanlagen instand zu halten und zu erneuern. Der Herzog hat sogar den Kornhandel besteuert und Zölle erhoben, um dieses Ziel zu erreichen. Nur reicht das Geld nicht für eine durchgehende Befestigung aus Stein.«

»Wenn Ihr glaubt, der Herzog würde dafür noch mehr Mittel bereitstellen, irrt Ihr«, antwortete der Droste. »Selbst die Burg Blankenstein hier bedarf dringender Reparaturen, die aus Geldmangel nicht durchgeführt werden können. Warum brecht Ihr die Steine nicht in den Marken des Amtes Blankenstein? Der Herzog hat Euch dieses Recht verliehen.«

»Wer soll diese Arbeit verrichten? Wir haben keine Steinbrecher oder -metze in der Stadt.«

Der Droste fasste sich ans Kinn. »Das ist allerdings wahr.« Er dachte nach. Schließlich hellte sich seine Miene auf. »Dann müsst Ihr welche in Lohn und Brot nehmen.«

»Herr, die wenigen, die es in unserer Gegend gibt, sind in einem festen Kontrakt mit anderen Grundherren gebunden.« Bisher war die Unterhaltung exakt so verlaufen, wie der Schultheiß es mit seinem Geschäftspartner und Freund Hinrick van Enghusen erwartet hatte. Nun aber kam der heikle Punkt. »Es wäre einfacher, wenn wir uns deren Dienste bedienen und die Kornakzise auch dafür ausgeben könnten.«

»Ihr wollt die Steine nicht mehr in unseren Marken brechen?«

»Wollen schon. Wir können nicht.«

»Habt Ihr einen bestimmten Steinbruch im Auge?«

Der Schultheiß warf dem Hauptmann einen schnellen Blick zu. Der verstand sofort. »Wenn Ihr mich einen Moment entschuldigen würdet. Ich fühle mich etwas unpässlich.« Er stand auf und ging, ohne die Erlaubnis des Drosten abzuwarten, Richtung Tür. Dieser wies den Diener an, ebenfalls den Raum zu verlassen.

Der Schultheiß wartete, bis beide gegangen waren. Dann holte er tief Luft. »Ja. Es gibt vorzüglichen Sandstein im Markt Herdecke.«

»Ist das nicht Grund des Freiherrn von Querenburg?«

»Ja. Aber er hat den Boden für immer und ewig verpachtet.«

»An wen?«

»Hinrick van Enghusen.«

Der Amtmann öffnete erstaunt den Mund. Dann brach er in lautes Lachen aus. »Daher weht der Wind. Seid Ihr an diesem Geschäft beteiligt?«

Der Schultheiß erkannte an dieser Reaktion, dass er gewonnen hatte. »Das könnte man so sagen.«

»Verstehe.« Der Droste legte eine Pause ein. »Ein Viertel der Erlöse aus diesem Geschäft fließt mir zu. Und ich werde Eure Belege über die Verwendung der Befestigungssteuer im Gegenzug wohlwollend prüfend.«

Reinhard von Krekenbeck senkte grinsend das Haupt. »Ich danke, dass Ihr Euch der Sorgen der Hattinger Bevölkerung angenommen habt. Ich gehe davon aus, dass unser Gespräch hiermit beendet ist?«

»Noch nicht ganz. Trinkt Ihr noch einen Becher Wein?«

Der Schultheiß nickte.

»Es gibt da ein Problem mit den Juden in unserer Stadt.«

»Welches? Die paar Leute leben zurückgezogen in ihren Häusern und tun keiner Menschenseele etwas zuleide.«

»Das weiß ich auch. Aber wie Ihr wisst, hat der Rat eine

Eingabe beim Herzog vorgelegt, um die Juden aus der Stadt zu vertreiben.«

»Das war nicht zu verhindern. Pfarrer Lucius und die Abtei in Deutz stehen als treibende Kräfte dahinter. Außerdem gibt es einige Hattinger Bürger, die sich bei den Israeliten Geld geliehen haben. Sie hätten bestimmt nichts dagegen, wenn mit den Juden auch ihre Schulden verschwänden.«

»Ihr hegt doch etwa keine Sympathien für diese Leute?«, fragte von Mylendonk.

»Ach was. Sie sind mir egal. Ich frage mich nur, wer zukünftig Geld verleihen soll.«

»Warum nicht Ihr?«, schmunzelte der Droste. »Ihr erkennt doch sonst einen Vorteil, wenn er sich bietet.«

»Das gilt auch für Euch, Amtmann.«

»Wohl wahr. Wie auch immer. Ich werde die Eingabe dem Herzog vorlegen, wenn der Rat sie verabschiedet. Soll Johann dieses leidige Thema entscheiden. Ich werde mir jedenfalls damit nicht die Hände schmutzig machen.« Er erhob sich. »Gehabt Euch wohl, Schultheiß.«

Vor der Saaltür wartete Knutz Laeck auf Reinhard von Krekenbeck. Die beiden Männer gingen wortlos zu ihren Pferden, die im Burghof versorgt worden waren. Erst als sie die letzten Häuser Blankensteins hinter sich gelassen hatten und den Berg Richtung Hattingen hinunterritten, griff der Schultheiß in seine Tasche und einige Goldgulden wechselten den Besitzer.

7

Alte Schee und Schwelm,

24. bis 26. Juni 1499

Genau eine Woche nachdem Bruder Bernardo sein Versprechen erneuert hatte, konnte er es endlich einlösen.

Jorge freute sich auf das Wiedersehn. So war es kein Wunder, dass er sich schon eine Stunde vor der geplanten Abreise noch im Dunkeln vor dem Haus der grauen Mönche eingefunden hatte und unruhig auf und ab ging.

Sie kamen gut voran. Es war ein milder Frühsommertag. Jorge prägte sich den Weg, den sie gingen, genauestens ein. Beim nächsten Besuch wäre er dann nicht mehr auf die Hilfe Vater Bernardos angewiesen, schwor er sich.

Am frühen Nachmittag standen Jorge und Bernardo auf dem Hügel oberhalb des Kottens, in dem Jorge aufgewachsen war. Qualm quoll aus der Feuerluke im Dach des Hauses, Jorge sah das Feld, dessen Steinmauern er aufzuschichten geholfen hatte. Sein Herz tat einen Hüpfer, als er seine Mutter mit einem Eimer vor die Tür treten sah.

»Mama«, rief er und schwenkte die Arme über den Kopf.

»Lauf ihr entgegen«, lachte Bernardo, als er die Sehnsucht in den Augen des Knaben bemerkte.

Und Jorge stürmte den Hügel hinab. Die Frau verschwand wieder im Haus und kehrte kurz darauf mit einem Mann zurück, der einen mächtigen Stecken in der rechten Hand hielt. Sein Vater! Abrupt blieb Jorge stehen. Mutter und Vater waren annähernd gleich groß gewesen. Dieser

Mann überragte jedoch die Frau an seiner Seite um mehr als zwei Köpfe. Und auch die Statur des Mannes war anders. Jorge setzte irritiert einen Fuß vor den anderen, näherte sich dem Kotten nur langsam. Als er die Gesichter der Personen vor ihm erkannte, musste er feststellen, zwei ihm gänzlich Unbekannte vor sich zu haben. Er wartete verunsichert, bis Bruder Bernardo zu ihm aufschloss. Dann griff er seine Hand. Gemeinsam gingen sie das restliche Stück.

Bernardo begrüßte das Paar. Sie erwiderten den Gruß. Der Mann, gut einen Kopf kleiner als der Mönch, schaute sie misstrauisch an. Er hielt nun den Stab mit beiden Händen abwehrbereit vor seinen Körper.

Bernardo zeigte auf seinen Stecken: »Ihr braucht vor uns keine Angst zu haben oder euch gar zu bewaffnen. Wir sind nur ein Mönch und ein Knabe, der seine Eltern sucht. Sie haben hier früher gewohnt.«

»Hier lebt niemand außer uns«, antwortete der Mann mürrisch. »Und jetzt schaut, dass ihr weiterkommt. Wir haben keine Zeit, um uns mit hergelaufenen Bettlern zu beschäftigen.«

Jorge, der mit aufgerissenen Augen zugehört hatte, nahm seine Umgebung nun genauer wahr: Der einstmals gepflegte Kräutergarten war verwildert. Die Tür zum Hühnerstall hing schief in den Angeln. Und auch das Scheunentor, welches Caspar immer peinlichst geschlossen hielt, stand sperrangelweit offen. Heftig zog Jorge Bernardo an seiner Kutte. »Sieh doch, Vater, da hinten am Brunnen. Da steht der Pflug, den meine Eltern gekauft haben.«

Tatsächlich erblickte Bernardo dort das Arbeitsgerät. Nur in welchem Zustand befand es sich – wo früher das blanke Metall geblitzt hatte, war nun Rost. Trockene Erdklumpen klebten am Streichbrett. An dem Grindel hing Gras.

»Ja, der Pflug.« Der Mann spuckte verächtlich aus. »Ein kleines Vermögen hat der Pfaffe uns dafür abgenommen. Aber was soll ich mit einem Pflug, frage ich dich, wenn ich keinen Ochsen habe, um ihn zu ziehen?«

»Vater hat sich selbst vor den Pflug gespannt. Ich habe ihn gelenkt«, warf Jorge ein.

»Dann ist dein Vater eben ein Ochse.« Der Mann zog hörbar die Nase hoch und schnäuzte den Rotz vor den beiden in den Sand. »Und nun verschwindet.« Er hob den Stecken an.

»Du brauchst uns nicht zu drohen, Bauer.« Bernardo drückte sein Kreuz durch. Er wirkte nun noch größer. »Beantworte mir nur zwei Fragen. Wann ist die Familie gegangen, die hier vorher gewohnt hat? Und wohin ist sie gezogen?«

Der Bauer ließ sich vom selbstsicheren Auftreten des Mönches einschüchtern. »Wohin sie sind, weiß ich nicht. Wir sind vor gut drei Monaten hierhergekommen.«

»Und ein Pastor hat dir den Pflug verkauft?«

»Das war jetzt schon die dritte Frage, Mönch.« Der Mann packte seinen Stab wieder fester. »Aber ich beantworte sie dir trotzdem. Der Pastor von Schwelm hat uns nicht nur das unnütze Ding aufgeschwatzt, sondern auch den Hof verpachtet. Ich habe die Pacht für ein Jahr im Voraus bezahlt. Und was habe ich dafür bekommen? Steine. Nichts als Steine.« Er spuckte erneut aus. »Ihr Pfaffen seid doch alle gleich. Predigt von Bescheidenheit und seid selbst nur auf euren Vorteil bedacht. Pfui Teufel! Und jetzt seht zu, dass ihr Land gewinnt. Sonst halten mich selbst deine Größe und die Mönchskutte nicht davon ab, dir eins überzuziehen.«

Bernardo griff die Hand des Jungen. Doch der zerrte, quengelte, wollte unbedingt ins Haus. »Meine Mama«, jammerte er. »Vater, Brid …«

Bernardo drückte den Jungen fest an seine Seite. »Komm Jorge«, sagte er sanft. »Hier gibt es für uns nichts mehr zu tun.«

Eine halbe Stunde später standen sie bei den Nachbarn vor der Tür, von denen Jorge meinte, sie hätten die engsten Kontakte zu seinen Pflegeeltern gehabt.

»Ja«, sagte der Hausherr bedächtig, als sie ihm und seiner Frau vor deren Haustür in der Sonne gegenübersaßen, »der Caspar hat wohl nicht aufgepasst. Es muss beim Pflügen passiert sein. Da hat er sich verletzt. Und dann hat ihn das Wundfieber geholt. Aber es ist schnell gegangen. Eine Nacht nur, dann war er tot.«

»Und warum ist die Familie fortgezogen?«, erkundigte sich Bruder Bernardo.

»Das war wirklich merkwürdig. Direkt nach der Beerdigung war die Martha so seltsam.«

»Wie soll ich das verstehen?«

»Seltsam eben. Aber nicht so, wie man es von einer Frau, die gerade ihren Mann unter die Erde gebracht hat, erwartet hätte. Sie machte nicht den Eindruck, traurig zu sein, sie …« Er hob entschuldigend beide Hände. »Was rede ich da. Natürlich war sie traurig. Aber da war noch etwas anderes, ich meine …«

»Ja?«

»Sie war wütend«, warf seine Frau ein. »Richtiggehend wütend.«

»Auf wen?«

Die Bäuerin zuckte mit den Schultern. »Das weiß ich nicht. Drei Tage später ging sie mit den Kindern fort.«

»Wohin?«

»Sie hat kein Wort verlauten lassen, sondern sich nur verabschiedet. Das ist ihr weiß Gott nicht leichtgefallen. Genau da, wo Ihr jetzt sitzt, Vater, hat auch sie gesessen. Geweint hat sie. Vor Trauer und Wut. Aber gesagt hat sie kein Wort.« Die Frau stand auf und strich Jorge über das Haar. »Für dich hat sie etwas dagelassen. Sie hat damit gerechnet, dass du noch einmal nach Alte Schee kommst. Du solltest es haben, hat sie gemeint. Warte, ich hole es.«

Sie verschwand im Haus. Kurz darauf kehrte sie wieder zu den anderen zurück und reichte Jorge ein Bündel. »Hier. Kleider von Caspar. Sie habe ja doch keine Verwendung mehr dafür. So lauteten ihre Worte.«

Jorge drückte mit traurigem Gesicht das Geschenk so eng an die Brust, als ob er es nie mehr loslassen wollte.

»Es ist schon spät. Nach Hattingen kommen wir heute nicht mehr zurück. Können wir die Nacht bei euch verbringen?«, bat Bruder Bernardo.

»Natürlich«, erwiderte der Hausherr. »Nur sehr viel Essen können wir Euch nicht anbieten. Unsere Vorräte sind knapp und die Kinder …« Er machte ein entschuldigendes Gesicht.

»Keine Sorge.« Bernardo klopfte auf seinen Beutel. »Für uns beide wird es schon reichen. Und Morgen sind wir ja wieder in Hattingen.«

In der Nacht rollte Jorge das Bündel aus. Neben einem Paar Schuhe, zwei Hemden, einer Hose und einem dicken Umhang fand sich in einer der Hosentaschen ein kleines Silberamulett, das Martha früher um den Hals getragen hatte. Jorge erinnerte sich genau, wie er als Kind, auf ihrem Schoß hockend, damit gespielt hatte. Wenn es draußen stürmte und der Wind unheimlich um das Haus pfiff, hatte das Amulett ihn abgelenkt. Seine Pflegemutter hatte ihn damals fest in ihren Armen gehalten, beruhigende Worte ins Ohr geflüstert. Er kuschelte sich damals an ihre Brust und hatte mit den Fingern das Silberamulett gegriffen. Und jetzt war sie fort. Einfach verschwunden. Und mit ihr seine Geschwister.

Er drehte sich auf dem Strohsack und drückte sich enger an Bernardo. »Vater?«, fragte er leise, als er sah, dass der Mönch nicht in den Schlaf gefunden hatte: »Können wir noch das Grab meines Vaters aufsuchen?« Die Nachbarn hatten ihnen von der Beerdigung berichtet, bei der Caspar in geweihter Erde bestattet worden sei. Es gebe allerdings keinen Grabstein, sondern nur ein schlichtes Holzkreuz. Zu mehr habe das Geld nicht gereicht.

Bernardo legte den Arm um den Knaben. »Er war nicht dein Vater, Jorge. Und es tut mir leid, aber der Weg über Schwelm und dann nach Hattingen ist sehr weit. Wir haben nicht genug Essen für zwei Tage.«

»Dann hungere ich eben. Vielleicht reicht es so für dich. Ich kann auf dem Weg nach Schwelm auch Beeren suchen. Ich weiß, wo ich welche finde. Wir können doch auf dem Rückweg wieder hier übernachten. Und bis nach Schwelm und zurück ist es bestimmt nicht so weit wie nach Hattingen. Bitte, Vater.«

Bernardo lächelte ob seiner Willensstärke. Und eigentlich hatte der Junge ja recht. Ein Tag ohne Nahrung würde sie nicht umbringen. »Gut«, sagte er deshalb. »Einverstanden.«

Der Marsch nach Schwelm fiel Bernardo schwerer als erwartet. Die Jahre forderten ihren Tribut. Doch dann standen sie am Grab Caspars. Der Dominikaner sprach ein kurzes Gebet. Jorge wirkte gefasst.

»Kann ich dich alleine lassen?«, fragte er den Jungen. »Ich habe noch etwas zu erledigen.«

Jorge nickte stumm.

Bernardo traf den Pfarrer in der Sakristei. »Gott zum Gruß, Bruder.«

Der Geistliche schaute auf, sah angewidert auf die verschmutzte Capa des Bettelmönchs und meinte nur: »Was willst du?«

»Vor einigen Monaten hast du einen Bauern aus Alte Schee beerdigt. Er hieß Caspar.«

»Kann sein«, erwiderte der Pastor barsch. »Und?«

»Ich habe gehört, dass seine Frau ihren Hof verlassen musste und dieser kurz darauf einem anderen Bauern verpachtet wurde. Von der Kirche hier in Schwelm.«

»Was geht dich das an?«

»Wie ist die Kirche an diesen Besitz gekommen? Der Bauer hatte seine Schuld beim Grundherrn doch längst beglichen.«

»Er hat ihn uns vererbt.«

»Den ganzen Hof? Und seine Familie dem Hunger überantwortet?«

»Es soll Menschen geben, denen ihre unsterbliche Seele wichtiger ist als das irdische Leben ihrer Angehörigen. Du solltest das wissen.«

»Wie hat Caspar euch den Hof übereignet?«, fragte Bernardo misstrauisch.

»Wie schon? Durch ein Testament natürlich.«

»Aber er konnte nicht schreiben.«

»Er hat es meinem Vorgänger diktiert.«

»Ich möchte das Testament sehen.«

Der Priester lachte auf. »Wer bist du, Bettelmönch, dass du es wagst, ein solches Ansinnen an mich zu richten? Ein Verwandter des Verstorbenen?«

»Nein. Ein Freund.«

»Dann hör mir genau zu, Freund des Caspars. Das Testament wurde abgefasst, vorgelesen und dein Freund«, er betonte das letzte Wort überdeutlich, »hat sein Zeichen daruntergesetzt. Seine Witwe hat es gesehen und akzeptiert.«

»Ich möchte selbst einen Blick darauf werfen«, wiederholte Bernardo seine Forderung.

»Möchten kannst du vieles. Nur werden Wünsche nicht immer gewährt. Das Gespräch ist beendet.«

Bernardo konnte sich vorstellen, was passiert war. Zu oft hatte er solche Geschichten gehört, immer wieder berichteten ihm andere Mönche seines Ordens von verzweifelten Menschen, die Ähnliches erfahren musste. Er hatte sich zunächst immer geschämt, wenn er diese Dinge hörte, sie später aber für Irrtümer gehalten, schlimmstenfalls für Verleumdungen, von Ketzern in die Welt gesetzt, um der heiligen Mutter Kirche zu schaden.

Heute passierte es zum ersten Mal, dass er selbst mit einem solchen Vorfall konfrontiert wurde. Und jetzt empfand er keine Scham, sondern ohnmächtige Wut. Für einen kurzen Moment erwog der Dominikaner, seinem Glaubensbruder die Faust ins Gesicht zu schmettern. Aber was oder wem hätte das genützt?

Bedrückt drehte sich der Mönch um und verließ grußlos die Kirche. Von diesem gefälschten Testament durfte der Junge nichts erfahren.

Wenn schon er Schwierigkeiten hatte, diesen offensichtlichen Betrug mit seinen Überzeugungen von einer barmherzigen, gerechten Kirche in Einklang zu bringen, wie musste dann erst ein noch nicht im Glauben gefestigter Knabe reagieren?

Jorge wartete an der Kirchenpforte auf ihn. »Was hast du in der Kirche getan?«, wollte er wissen.

»Gebetet«, log Bernardo. »Für Caspar. Und seine Familie.«

Ihr Rückweg nach Alte Schee verlief schweigend. Als sie am Abend wieder auf dem Stroh lagen, sprach Jorge Bernardo an. »Vater, wer waren meine richtigen Eltern?«

Es dauerte lange Sekunden, bis Bernardo sich zu einem Entschluss durchgerungen hatte. »Morgen, Jorge. Auf dem Rückweg werde ich dir ihre Geschichte erzählen.«

Der Mönch fühlte sich plötzlich unendlich müde.

Nachdem sie losgegangen waren, verlangsamte Bernardo seinen Schritt und legte seinen rechten Arm um die Schulter des Jungen, zog ihn eng an sich heran und begann zu erzählen.

»Es war vor etwas mehr als zehn Jahren. Dein Vater Linhardt war mit Ursell, so hieß deine Mutter, auf dem Weg zum Markt in Hattingen, als sie von einem Hauptmann der Garde des Herzogs angehalten wurden. Der Offizier wollte deiner Mutter Böses antun und dein Vater hat sie und seine Ehre verteidigt. Dabei ist er zu Tode gekommen. Deine Mutter hat, um sich selbst zu schützen, aber auch wohl um ihren Mann zu rächen, blind vor Zorn und Angst mit einem Messer nach dem Hauptmann geworfen und ihn leicht verletzt. Sie wurde natürlich überwältigt, wegen eines angeblichen Mordversuchs angeklagt, verurteilt und etwa zwei Wochen nach deiner Geburt hingerichtet. Deine Familie stammte aus Linden. Das ist ein kleines Dorf auf der nördlichen Ruhrseite. Sie lebte dort mit dem Knecht …«

Bernardos Erzählung dauerte fast eine Stunde. Er sprach vom Prozess, den Besuchen im Kerker und dem Eid, den er Ursell geschworen hatte.

Er schloss mit den Worten: »Deine Mutter hat mir ein Kreuz für dich gegeben. Du solltest es nach ihrem Willen bekommen, nachdem ich dir von ihrem Schicksal berichtet habe. Dein Vater hat es ihr kurz vor dem Überfall geschenkt. Es ist alles, was von ihnen geblieben ist. Ich gebe es dir, wenn wir wieder in Hattingen sind.«

Jorges Gesicht war tränenüberströmt. Sein ganzer Körper zitterte vor Anspannung. Bernardo fragte sich im Stillen, ob er dem Knaben nicht zu viel zugemutet hatte. Erst der Verlust seiner Pflegefamilie, schließlich die traurige Geschichte seiner leiblichen Eltern. Aber der Junge gab sich dem Schmerz nur kurze Zeit hin. Dann erkundigte er sich erstaunlich gefasst: »Meine Eltern sind also wegen einer Wiese ermordet worden?«

»Ich habe dir eben gesagt, dass das eines der Gerüchte war, die mir zur Ohren gekommen sind. Fest steht jedenfalls, dass der Herzog die Wiese nur wenig später an das Kloster in Deutz übergeben hat. Was die Benediktiner mit dem Besitz gemacht haben, weiß ich nicht. Ich habe gehört, heute weiden Kühe auf der Wiese.«

»Und der Hof meiner Eltern?«

»Ist an den Herzog gefallen. Wie es heißt, ist er unbewohnt. Aber auch das wurde mir nur zugetragen. Ich bin nie dort gewesen.«

»War der Hof gepachtet?«

»Soweit ich weiß, nein. Er gehörte deinen Eltern. Da sie keinen Erben hatten …« Der Mönch presste die Lippen aufeinander. Er ahnte, was der Junge einwenden würde.

Und tatsächlich sprach Jorge es aus. »Aber es gibt doch einen Erben. Mich. Man hätte mir den Hof übertragen müssen.«

»Es wusste nur keiner, dass du noch am Leben warst.«

»Du hast es nicht erzählt?«

Bernardo schüttelte den Kopf. »Nur meinen Brüdern.« Und einem missgünstigen Pfarrer von St. Georg, fiel ihm plötzlich ein.

»Ich werde mein Erbe einfordern«, erklärte Jorge selbstbewusst.

»Das wirst du erst können, wenn du erwachsen bist. Und wie willst du deine Herkunft beweisen?«

Jorge sah den Mönch erstaunt an. »Natürlich durch dich, Vater. Du kannst doch alles beeiden und auf die Bibel schwören.«

Bruder Bernardo seufzte. Eine solche Entwicklung hatte er befürchtet.

8

Hattingen, 30. Juni 1499

Der sonntägliche Mittagstisch der Familie van Enghusen war gut gefüllt. Der erste Gang bestand aus einer deftigen Hühnersuppe. Auf einer großen Zinnplatte servierten die Mägde dann Schweinebraten in Soße mit in Butter gedünsteten Erbsen. Hinrick van Enghusen blieb es vorbehalten, das Fleisch zu tranchieren und auf die Brotscheiben aus dunklem Roggen zu verteilen, die auf den Holztellern der Familienmitglieder lagen. Die Bratenstücke wurden klein geschnitten, sodass sie mit Löffeln gut essbar waren. Das in der Soße eingeweichte Brot verspeiste man danach. Anschließend folgte ein Fischauflauf, den besonders Marlein gerne mochte: Lachs, geschichtet mit getrockneten Feigen, Äpfeln und Pflaumen. Zum Nachtisch kamen kandierte Früchte und – als besondere und teure Köstlichkeit – mit Zuckerguss überzogene Gewürzsamen auf den Tisch. Ein großer Krug kühlen Weins stand auf der Tafel, aus dem sich insbesondere der Hausherr reichlich bediente. Auch die Kinder tranken davon, allerdings mit Wasser vermischt.

Als die Familie ihr Mahl beendet hatte, reinigten sich alle die Hände in den Wasserschalen, die die Mägde zusammen mit Leinentüchern zum Abtrocknen brachten.

Hinrick lehnte sich zufrieden zurück und strich sich über seinen Bauch. »Das war gut. Kinder, lasst mich mit eurer Mutter allein. Wir haben noch etwas zu besprechen.«

Als die beiden gegangen waren, wies Hinrick die Mägde an, sich mit dem Abräumen zu beeilen, seine Frau wartete derweil geduldig, bis er das Wort an sie richtete: »Ich habe vor, Marlein zu verloben.«

Ella van Enghusen war überrascht, sagte aber zunächst keinen Ton.

»Ich dachte an den jungen von Krekenbeck. Eine solche Verbindung würde unseren Geschäftsbeziehungen guttun und die Familien noch enger aneinander binden.«

»Hinrick, Marlein ist noch nicht einmal acht Jahre alt.«

»Aber sie wird es in einigen Wochen sein, oder irre ich mich?« Natürlich hatte er recht. Ihre Tochter war Mitte August geboren worden.

»Marlein ist noch ein Kind«, wagte sie dennoch einen Einwand.

»Sicher. Sie soll jetzt ja auch noch nicht heiraten. Ich möchte nur, dass sie sich mit Wendel von Krekenbeck verlobt. Wenn sie zwölf oder dreizehn ist, kann sie ihn dann zum Mann nehmen.«

»Das ist zu früh.«

Hinrick griff zum Weinbecher. »Wieso? Es gibt Könige oder Herzöge, die werden mit fünf Jahren verlobt und heiraten mit zehn. Da kann zwölf doch nicht zu früh sein.«

Ella wusste dieses Argument nicht zu entkräften. Schließlich versuchte sie es anders: »Muss es denn gerade dieser Kerl sein? Er ist schon zwanzig und es heißt, er sei nicht ganz richtig im Kopf.«

»Dummes Gerede«, wischte Hinrick ihre Bedenken beiseite.

»Das sagst du. Vor drei Wochen hat ihn die alte Alladt gesehen, wie er allein vor den Toren im Regen getanzt hat.«

»Und woher weißt du das?«

»Von der Frau des Bäckers. Und die weiß es von der Frau des Fleischhauers Horsteken.«

Hinrick prustete los. »Ha! Ausgerechnet die Bäckersfrau. Das größte Klatschweib der ganzen Stadt. Und selbst wenn, was ist denn schon dabei? Vielleicht hat der Junge einfach etwas zu viel getrunken.«

»Und in der Kirche sieht man ihn ebenfalls nur unregelmäßig.«

Das war in der Tat ein ernsteres Argument. »Wohl wahr. Ich werde mit seinem Vater reden. Ist das alles, was du gegen den Jungen vorzubringen hast?«

»Nein. Nur bedenke: Wenn Marlein im heiratsfähigen Alter ist, ist er Mitte zwanzig, geht auf die dreißig zu. Er ist zu alt für unser Kind, Hinrick.«

»Blödsinn.«

»Was daran ist Blödsinn?«, fragte Ella.

»Hast du vergessen, wie alt ich war, als wir heirateten?« Er wartete ihre Antwort erst gar nicht ab, sondern fuhr fort: »Siehst du. Auch unser Altersunterschied beträgt rund zehn Jahre.«

»Nur war ich siebzehn, nicht zwölf.«

»Herrgott noch einmal«, brüllte er so laut los, dass seine Frau erschrak. »Dann heiratet sie eben erst mit siebzehn. Aber bei der Verlobung bleibt es!«

»Worin liegt denn der Vorteil einer solchen Ehe?«, erkundigte Ella sich zaghaft.

»Der Junge ist der Erbe des Hauses Cliff. Hast du das schon vergessen?«

»Nein.«

»Und außerdem ist Reinhard von Krekenbeck einer der reichsten Männer der Stadt.«

»Eben. Sein Sohn sollte für alle Familien mit Töchtern ein gefragter Bewerber um deren Hand sein. Warum also ist er nicht schon längst verheiratet? Ich sag es dir: Weil ihn keine der anderen Patrizierfamilien will.«

Hinrick schwieg.

»Hast du mit deinem Freund schon über die Höhe der Mitgift gesprochen?«

»Natürlich.«

»Und?«

»Er hat sich sehr großzügig gezeigt.«

»Gibt dir das nicht zu denken? Warum wohl will er seinen Sprössling um jeden Preis verheiraten und verzichtet auf eine angemessene Mitgift, die angesichts des Reichtums, den die zukünftige Frau seines Sohnes erwartet, doch eigentlich außergewöhnlich hoch sein müsste?«

Hinrick stand auf und stampfte unruhig auf und ab. Dann setzte er sich wieder und griff trotz des missbilligenden Blickes seiner Frau zum Becher. »Egal. Marlein wird sich mit dem Jungen verloben. Und du wirst mit ihr sprechen. Sie wird sich an den Gedanken gewöhnen.«

»Das glaube ich nicht. Sie hat ihren eigenen Kopf, sie wird ...«

»Schweig Weib!«, brüllte Hinrick mit zorngeschwellter Halsader. »Bring das deiner Tochter bei. Oder ich werde es tun. Und zwar mit der Gerte.« Er sprang auf und lief erregt zur Tür. Dort drehte er sich um. »Das Mädchen wird sich ab sofort so verhalten, wie es sich für eine zukünftige Frau von Krekenbeck geziemt. Keine Kontakte zu anderen Jungen, keine Eigenmächtigkeiten. Sie wird lernen, sich wie eine Hausfrau zu benehmen. Und du wirst ihr das einbläuen.«

»Aber …«

»Kein aber!«, schrie er. »Hast du mich verstanden, Weib?«

»Ja, Herr.«

Er schlug die Tür hinter sich so laut zu, dass der Knall im ganzen Haus zu hören war.

9

Hattingen, Sommer 1499

In den folgenden Wochen erkundete Jorge die Umgebung der Stadt und dehnte seine Entdeckungsreisen immer weiter aus. Auf seinen Streifzügen durch die Wälder südwestlich der Ruine der Isenburg entdeckte Jorge eines Tages auf einer Lichtung am Fuße eines Berghanges einen fast zwei Meter hohen Brombeerstrauch, der voller Früchte hing. Erfreut, den ansonsten recht eintönigen Speiseplan der Mönche aufzubessern, entledigte sich Jorge in Ermangelung eines Beutels seines Hemdes, breitete es auf dem Waldboden aus und begann, die Beeren zu pflücken. Nach nur wenigen Minuten hatte sich bereits ein erklecklicher Brombeerberg angesammelt. Jorge ignorierte die Flecken, die auf seinem Hemd entstanden, und warf weitere Beeren zu den anderen. Nach etwa einer Viertelstunde war der Busch fast vollständig bis auf die hinteren Zweige direkt an der Felswand geplündert. Ohne auf die Kratzer zu achten, die die Dornen auf seiner nackten Haut verursachten, drängte sich Jorge dorthin. Als er sich möglichst lang streckte, um auch den letzten Ast noch zu erreichen, fiel sein Blick hinter einen kleinen Felsvorsprung. Dort entdeckte er eine dunkle Öffnung, die seinen Blicken bisher verborgen geblieben war – der Eingang zu einer Höhle.

Eilig schaffte er die Beute zu seinem Hemd, schlug es so ineinander, dass sich eine Art Sack bildete und schützte seinen Fund vor hungrigen Vögeln mit etwas Reisig, das er auf dem Boden fand. Dann kehrte er zum Höhleneingang zurück.

Bruder Bernardo hatte ihn gewarnt, dass wilde Tiere in solchen Höhlen ihre Jungen aufzögen. Die Muttertiere würden äußerst aggressiv auf Störungen reagieren, besonders dann, wenn sie diese als Angriff auf ihre Jungen interpretierten. Entsprechend vorsichtig schlich Jorge zur Öffnung, verhielt sich ruhig und lauschte. Kein Geräusch drang aus dem Inneren. Mutiger geworden, griff er zu einem langen Stock und stocherte in das Dunkel. Erst als sich immer noch nichts rührte, schob er sich näher an den schmalen Eingang heran, jederzeit bereit, die Flucht zu ergreifen.

Der Einstieg war so eng, dass er Mühe hatte, sich hindurchzuzwängen. Nach einigen Metern weitete sich der Spalt jedoch zu einer Kammer, die etwa zehn Schritte in der Breite und zwanzig in der Länge maß. Mit dem wenigen Licht, das in die Grotte fiel, nahm er seine Umgebung in Augenschein. Boden und Wände waren erstaunlich trocken, obwohl es in den Tagen vorher ausgiebig geregnet hatte. Nirgendwo konnte er Tierspuren ausmachen, die Höhle schien also unbewohnt. Weiter hinten fand sich ein breiter Riss im Fels, aus dem ihm ein schwacher Windhauch entgegenblies. Irgendwo da hinten schien es einen anderen Ausgang zu geben. Seine Neugier siegte vor der Furcht und er kroch in das Dunkel.

Nach etwa fünf Metern konnte er die Hand nicht mehr vor Augen sehen. Vorsichtig tastete er mit den Händen den Grund vor sich ab, bevor er sich weiter ins Innere des Berges schob. So wollte er verhindern, in ein Loch zu stürzen. Auch die Seitenwände und die Decke des Ganges befühlte er. Zentimeter für Zentimeter krabbelte er so auf allen vieren vorwärts.

Unvermittelt griffen seine Finger in etwas Lebendiges, das von der Decke hing. Etwas Warmes, Lederartiges. Sofort zog er seine Hand zurück, doch es war zu spät. Irgendwas löste sich, er fühlte einen leichten Schlag im Gesicht und ein hohes Piepsen ertönte, fand ein hundertfaches Echo. Es rauschte vor, über und hinter ihm. Die Geräusche wurden in der engen Röhre, in der er steckte, immer unangenehmer. Jorges Herz raste. Und dann, ebenso überraschend, wie es gekommen war, wurde das Schlagen und Piepsen leiser, bis es ganz verstummte. Es dauerte Minuten, bis Jorge den Schrecken überwunden hatte. Doch dann holte er tief Luft und kroch weiter. Nun bog der Gang fast im rechten Winkel ab. Jorge blieb nur die Wahl, weiterzukriechen oder rückwärts in die Kammer zurückzukehren. Er entschloss sich für das Unbekannte. Und sein Mut wurde belohnt – der Gang stieg auf den nächsten Metern steil an und nach einer erneuten Biegung fiel Licht ins Dunkel. Jorge atmete erleichtert aus. Er hatte sich nicht geirrt. Die Höhle besaß einen zweiten Ausgang.

Kurz darauf stand er auf einem kleinen Felsvorsprung im Freien, etwa drei Meter über dem Waldboden. Es war für ihn zunächst ein Leichtes, den Berg hinabzuklettern. Dann aber bot die Wand keine Vorsprünge mehr, an denen er Halt fand. Er hing etwa vier Schritte über dem Boden und musste sich entscheiden: umkehren oder springen. Er dachte nicht lange nach: Der Waldgrund schien weich, es würde schon nichts passieren. Also ließ er sich fallen. Wie erwartet landete er sanft. Schnell sprang er auf die Füße und orientierte sich. Die Sonne schien tief durch die Baumwipfel. Nach Westen hatte er den Berg im Rücken. Jorge schaute hoch. Der Höhleneingang war von hier nicht auszumachen. Ohne Hilfsmittel wie eine Leiter konnte er den Felsvorsprung, hinter dem sich der Eingang verbarg, nicht erklimmen. Aber das war egal, er kannte ja den anderen Weg ins Innere.

Der Junge wandte sich nach rechts und lief in nördliche Richtung. Nach rund hundert Metern wich der Waldrand vom Fels zurück und er konnte leichter ausschreiten. Allerdings endete sein Weg nach kurzer Zeit vor nacktem Stein. Hier kam er nicht weiter. Außerdem war er noch nie auf dieser Seite des Berges gewesen und tiefer ins Unbekannte wollte er heute nicht vorstoßen. Es war dafür zu spät. Was, wenn er sich verliefe? Die Nacht wollte er nicht im Wald verbringen.

Also kehrte er um, passierte erneut die Stelle unter dem Vorsprung und wandte sich nach Süden. So, hoffte er, würde er den Einstieg und damit bekanntes Gebiet erreichen. Aber auch das gestaltete sich nicht so einfach, wie gedacht. Ein Spalt, mannstief und selbst für einen Erwachsenen zu breit, um ihn zu überspringen, versperrte den Weg. An dessen Grund plätscherte ein Bach. Nirgendwo lagen Steine, die sicheren Tritt boten. Lediglich kleinere Büsche krallten sich in den Abhang. Der Abstieg, wenn er das unkontrollierte Hinunterrutschen so nennen wollte, verlief vergleichsweise unkompliziert. Der Aufstieg an der gegenüberliegenden Steigung gestaltete sich ungleich schwieriger. Mehrmals hielten die Sträucher, an denen er sich hochzog, seinem

Gewicht nicht stand, rissen aus und er schlidderte zurück auf den Boden des Grabens.

Endlich kniete er schweißnass auf der anderen Seite und sammelte neue Kräfte. Nachdem er eine Biegung passiert hatte, erreichte er vertrautes Terrain. Kurz darauf hob er erleichtert sein Hemd mit den Brombeeren auf und machte sich auf den Heimweg. In den nächsten Tagen würde er die Umgebung der Höhle genauer erkunden. Sie sollte sein Geheimversteck werden.

Im Gegensatz zu Jorges Erwartungen war Bruder Bernardo alles andere als begeistert, als ihm sein Mündel mit dem zum Beutel umfunktionierten Hemd gegenüberstand. Der Junge sah aus, als ob er seit Monaten im Wald gelebt hätte: Der Dreck aus dem Graben trocknete auf seiner Haut und bildete dunkle Krusten, kleinere Wunden waren verschorft, den restlichen Oberkörper und die Arme zierten tiefe Kratzer.

»Wie siehst du denn aus? Und was ist das da?« Bernardo zeigte auf Jorges Hemd. »Die Flecken gehen sicher nie wieder raus.« Entgeistert musterte er die roten Tropfen, die durch den Stoff quollen.

»Brombeeren«, erwiderte der Junge stolz. »Ein ganzer Beutel voll.«

Bernardo nahm Jorge das Hemd aus der Hand und sah hinein. »Wohl eher Brombeermus«, kommentierte er und musste ein Lachen unterdrücken. »Woher hast du die Früchte?«

»Aus dem Wald.«

»Dass du sie nicht in unserem Garten gepflückt hast, ist mir klar. Also, geht es auch etwas genauer?«

Jorge wusste, dass er sich nicht weit vom Stadtwall entfernen durfte. Er sei zu klein, um allein im Wald herumzustreunen. Dort lauerten Gefahren, die er nicht abschätzen könne, hatte Bernardo gemahnt und ihm das Versprechen abgenommen, sich lediglich bis zur Sichtweite von der Stadtgrenze zu entfernen. Jorge hatte in der Vergangenheit dieses Versprechen regelmäßig gebrochen, zu verlockend erschienen die Abenteuer, die der Wald versprach.

Ein gebrochenes Versprechen war zwar nicht gut, eine Lüge hingegen Sünde, die er ohnehin bei der nächsten Beichte würde gestehen müssen. Dort zu lügen – ausgeschlossen. Und da es Bruder Bernardo war, der ihm das Bekenntnis abnahm, würde dieser sein Vergehen so oder so erfahren. Da war es besser, gleich bei der Wahrheit zu bleiben. »Bei der Isenburg.«

Bernardos Halsschlagader schwoll vor Zorn. In seiner Wut hob er die Hand und wollte zuschlagen. Als er aber Jorges verängstigtes Gesicht gewahr wurde, ließ er den Arm wieder sinken. »Weißt du, was ein Bannforst ist?«

Jorge schüttelte den Kopf.

»Es ist ein Wald, in dem nur der König jagen darf. Allen anderen ist es bei Strafe verboten, dort Tiere zu töten. Das gilt ebenso für das Angeln. Der Wald bei der Isenburg ist ein solcher Forst. Der König hat nun vor vielen, vielen Jahren dem Herzog von Kleve erlaubt, dort an seiner Stelle das Jagdrecht auszuüben. Und nur ihm. Das hast du verstanden?«

»Ja.«

»Gut. Dieses Verbot überwachen die Soldaten des Herzogs. Sie patrouillieren durch die Wälder, um Wilderer aufzuspüren. Erwischen sie einen, kann er von Glück reden, wenn er nicht sofort erschlagen wird. Der Wilddieb wird vor Gericht gestellt und kommt, sofern sein Vergehen nur gering war, vielleicht mit dem Pranger davon. Dort können dich die Vorbeigehenden verspotten, bespucken, zwicken, schlagen, ganz nach ihrem Belieben. Ansonsten sind die Maßregelungen drastisch. Besonders schlimm ist das Tragen der Wildererkappe. Sie besteht aus Eisen und wird dem armen Kerl am Kopf angenietet, damit er sie nicht abnehmen kann. Selbst kräftige Männer überleben diese Marter nur selten. Und der Galgen droht Wiederholungstätern ohnehin.«

Jorge machte große Augen. »Ist Beerensammeln denn Wilderei?«

»Nein. Das ist es nicht.«

Der Junge atmete erleichtert aus.

»Aber«, setzte Bernardo seine Belehrung fort. »Die Männer des Herzogs schlagen manchmal erst zu, bevor sie fragen. Und in deinem Hemd hätte in den Augen der Soldaten anstatt Beeren auch ein Stück blutiges Fleisch stecken können. Also treib dich nicht alleine dort herum. Und lass die Finger von solchen Waldfrüchten, deren Saft wie Blut aussieht. Jetzt geh und wasch dich. Ich bringe die Beeren Bruder Thomas. Er wird sicher etwas damit anzufangen wissen.«

10

Burg Blankenstein, 24. Juli 1499

Philip von der Schadeburg schreckte hoch. Es war taghell in seiner Kammer. In seinem Kopf drehten sich Mühlsteine, wohl Folge des Alkoholgenusses der letzten Nacht. Er erinnerte sich nur dunkel daran. Das war ein Besäufnis gewesen, wie er es schon lange nicht mehr erlebt hatte. Ein Gedanke durchzuckte ihn. Seine Börse! Er tastete zu seinem Gürtel. Gott sei Dank! Der prall gefüllte Geldbeutel hing immer noch an seiner Seite. Wenn er sich recht erinnerte, hatte er beim Würfeln mehr als einen Monatssold gewonnen. Grinsend richtete er sich auf. Irgendetwas in seinem Gesicht schmerzte, das war nicht der Kater. Vorsichtig tastete er Nase, Backen und Augen ab. Über der rechten Braue fühlte er eine Schwellung. Wie er zu dieser gekommen war, wusste er nicht mehr.

Sein Blick suchte seine Stiefel. Der eine stand neben seinem Lager, den anderen entdeckte er vor der Tür. Merkwürdig … Die Lösung schob sich nur langsam zwischen die Mühlsteine: Er hatte den Stiefel nach einem seiner Soldaten geworfen, als der ihn wecken wollte.

Aus dem Burghof drangen Geräusche zu ihm herauf: Befehle. Waffenklirren. Und mit einem Schlag war die Erinnerung wieder da. Er selbst hatte für heute Morgen ein Exerzieren angesetzt. Kracht von Mylendonk wollte als Beobachter daran teilnehmen. Und er schlief seinen Rausch aus!

Der Freiherr sprang auf und schlüpfte in seine Stiefel. Jetzt kam ihm zugute, dass er anscheinend gestern Nacht nicht mehr in der Lage gewesen war, seine Kleidung auszuziehen. Es dauerte nur Sekunden, bis er den Schwertgürtel umgeschnallt, den Umhang in den Farben des Herzogs von Kleve umgelegt und den Helm aufgesetzt hatte. Dann lief er zur Tür und riss sie auf. Dabei hätte er fast den Infanteristen umgerannt, der einen erneuten Versuch unternehmen wollte, seinen Hauptmann aus dem Schlaf zu holen.

Philip stürmte an dem Mann vorbei die Steintreppe zum Burghof hinunter. Das grelle Sonnenlicht blendete, deswegen brauchte er einen Moment, um sich zu orientieren. Links von ihm stachen mehrere Mann mit Schwertern und Lanzen auf Strohpuppen ein, die entfernte Ähnlichkeit mit Menschen hatten. Direkt vor ihm wurden sechs Soldaten im

Gebrauch der Armbrüste unterwiesen. Und zu seiner Rechten bemühte sich ein Unterführer, einer Gruppe Soldaten, die erst seit Kurzem in des Herzogs Diensten standen, das richtige Marschieren beizubringen. Von dem Drosten weit und breit keine Spur. Beruhigt atmete von der Schadeburg auf.

Seine Erleichterung währte jedoch nicht lange. »Hauptmann«, dröhnte die ihm nur zu gut bekannte Stimme des Drosten über den Burghof. »Würdet Ihr mir den Gefallen tun und mich sofort aufsuchen?« Der Amtmann wartete die Antwort nicht ab, sondern schloss das Fenster, von dem aus er die Anstrengungen seiner Soldaten beobachtet hatte.

Philip ahnte das Kommende. Verfluchter Alkohol! Er hatte die militärischen Übungen an diesem Morgen nur aus einem Grund angesetzt: um dem Drosten zu imponieren. Als er gestern gehört hatte, dass von Mylendonk für den Rest der Woche auf Blankenstein weilte, wollte er die sich ihm bietende Gelegenheit nutzen. Ein Offizier, der in Kleve Dienst tat, hatte ihm bei einem Routinebesuch vor einigen Tagen berichtet, dass ein Obrist gesucht würde, der die Truppen kommandieren sollte. Der bisherige Befehlshaber habe um seine Entlassung nachgesucht, die ihm auch gewährt worden war. Nun musste ein Nachfolger her, der aus den Reihen der Offiziere stammen sollte, die nicht in Kleve stationiert waren. Viele kamen für den Posten nicht infrage. Und Philip von der Schadeburg hatte beim Drosten Eindruck schinden wollen, um dem langweiligen Dienst auf Blankenstein endlich zu entrinnen. Das war ihm nun gänzlich misslungen.

Mürrisch befolgte er den Befehl seines Vorgesetzten und fand sich im Burgsaal ein.

Kracht von Mylendonk war ein stattlicher Mann. Er war

größer als Philip, obwohl dieser nun nicht gerade kleinwüchsig zu nennen war. Von Mylendonk wirkte trotz seines Alters von fast sechzig Jahren kräftig und beweglich. Sein Blick war entschlossen und finster. Philip hatte noch nie die geringste Unsicherheit in seinem Auftreten bemerkt. Der Droste fühlte und dachte wie ein Ritter. Und benahm sich auch so, denn er saß mit dem Rücken zu ihm auf seinem Stuhl und machte sich noch nicht einmal die Mühe, sich umzudrehen, als Philip den Saal betrat.

»Hauptmann, habt Ihr mir nicht ein Exerzieren unter Eurer Führung versprochen?«

»Die Männer üben ja, Herr.«

»Aber ohne ihren Hauptmann. Oder irre ich mich?«

»Es ist gestern spät geworden. Ich ...«

»Eure nächtlichen Aktivitäten sind mir bekannt. Dass Ihr mit den Mannschaften sauft und würfelt, mag ja bei wohlwollender Betrachtung noch angehen. Dass Ihr Euch aber mit Euren Untergebenen um einen Becher Wein prügelt, geht eindeutig zu weit, Hauptmann.«

Die Schwellung! Jetzt wusste er wieder, woher sie stammte. Die Faust eines Grenadiers, der Soldat ebenso besoffen wie er, hatte ihn dort getroffen. Aber das war ihm schlecht bekommen. Der Mann dürfte schlimmer gezeichnet sein als er.

»Der Kerl, den Ihr verprügelt habt, wird mit zwanzig Peitschenhieben auf den nackten Rücken bestraft. Ihr werdet die Strafe ausführen.«

»Aber Herr, kein Offizier maßregelt einen Soldaten, der unter seiner Befehlsgewalt steht, selbst. Er delegiert diese Aufgabe an ...«

»Das weiß ich, Hauptmann. Aber, so sagt mir, ist es denn unter meinen Offizieren üblich, dass sie sich mit den Untergebenen prügeln?«

Der Freiherr schwieg. Er wusste, dass der Amtmann recht hatte.

»Mir ist außerdem zugetragen worden, dass Ihr Euch Hoffnungen auf eine Beförderung zum Oberst in Kleve macht. Das könnt Ihr vergessen. Ein Offizier, der wie Ihr handelt, taugt nicht für eine solch verantwortungsvolle Aufgabe.«

»Es war der Alkohol …«

»Dem Ihr anscheinend mehr zusprecht, als Euch guttut. Meint Ihr, Eure ständigen Besuche in den Schenken Hattingens und den Hurenhäusern der Nachbarstädte seien mir verborgen geblieben? Ihr könnt von Glück sagen, dass Ihr von Adel seid. Wäret Ihr das nicht, stündet heute Ihr dort unten am Pfahl und würdet die Peitsche spüren. Aber eines könnt Ihr versichert sein, Hauptmann: Kommt es noch einmal zu einer solchen Szene, schützt Euch auch Euer Adelstitel nicht. Habt Ihr das verstanden?«

»Ja, Herr.«

»Das hoffe ich sehr. Und nun lasst Eure Soldaten zur Maßregelung antreten. Und wehe, ich habe den Eindruck, dass Ihr die Strafe nicht in vorschriftsmäßiger Weise ausführt und Euren Saufkumpanen schonen wollt. Abtreten.«

Wie ein begossener Pudel verließ Philip den Saal. Er war wütend. Wütend auf sich, aber in erster Linie auf den Drosten, der ihn so gedemütigt hatte. Und auf den fernen Herzog, der Männern wie Kracht von Mylendonk Befehlsgewalt verlieh.

Auf dem Burghof erteilte Philip von der Schadeburg unter den Augen des Drosten, der am offenen Fenster einige Meter über ihm stand, seine Befehle. Ein Trommelwirbel ertönte. Der Unglückliche, der nur sein Getränk gegen die Gier seines Vorgesetzten verteidigt hatte, wurde von zwei seiner Kameraden auf den Burghof gezerrt. Für einen Moment sah Philip in dessen Gesicht. Zufrieden stellte er fest, dass dieses nicht nur von einer Schwellung verziert war. Anscheinend war er der Sieger in dem Kampf geblieben.

In die westliche Burgmauer waren zwei Eisenringe in fast drei Metern Höhe eingelassen. Die Bewacher banden ein Seil um jeweils ein Handgelenk des Verurteilten. Ein dritter Soldat lehnte eine Leiter an die Mauer, kletterte empor und schob die Seilenden, die ihm seine Kameraden zuwarfen, durch die Ringe. Dann zogen die Soldaten die Seile straff, bis der Körper des Grenadiers so gestreckt wurde, dass er nur noch auf den Zehenspitzen stehen konnte. Die Seilenden wurden fest verschnürt.

»Legt den Rücken frei«, ordnete der Freiherr an. »Und gebt mir die Peitsche.«

Einer seiner Unteroffiziere wagte einen Widerspruch. »Aber Hauptmann, lasst mich die Bestrafung ausführen. Es ist gegen die Regel, wenn ein Offizier selbst ...«

»Die Peitsche!«, befahl Philip barsch und wandte sich an seine Soldaten. »Der Mann hier wird wegen eines Angriffs auf einen Vorgesetzten mit zwanzig Hieben bestraft. Lasst euch das eine Lehre sein.« Er sah jedem der Angetretenen fest in die Augen. In einigen Gesichtern las er Gleichgültigkeit, in anderen Angst, in weiteren Erstaunen. Ihn peinigten am meisten die Blicke derer, die dem nächtlichen Gelage beigewohnt hatten und wussten, wer eigentlich den ersten Schlag geführt hatte. Nicht der Grenadier, der hatte sich nur verteidigt. Und in diesen Augen las der Hauptmann nur eines: Abscheu.

Philip von der Schadeburg näherte sich dem Delinquenten. Wieder ertönte die Trommel. Der Hauptmann holte aus und legte seine ganze Kraft in den Schlag. Wegen der Prügelei mit diesem Mann am Pfahl war seine Chance, endlich Blankenstein verlassen zu können, verflogen. Das würde er ihm heimzahlen. Jetzt.

Klatschend landete die neunschwänzige Katze auf dem Rücken des Mannes. Sein Schmerzensschrei übertönte die Trommel. Die Haut riss auf und Blut strömte aus einer klaffenden Wunde. Die Soldaten riefen im Chor: »Eins.«

Erneut schlug Philip zu. Das ist für den Faustschlag, den du mich hast spüren lassen, dachte er.

»Zwei.«

Und nochmals hob er die Peitsche.

»Drei.«

Einer seiner Unteroffiziere gab ihm ein Zeichen. Der Grenadier war ohnmächtig geworden. Philip nickte. Einer der Männer schleppte einen Eimer Wasser herbei, den er dem Gemarterten über den Kopf goss. Stöhnend erwachte dieser wieder zum Leben.

»Vier.«

Die Haut des Mannes hing in Fetzen herunter.

»Fünf.«

Nach dem zehnten Schlag konnte den Grenadier auch das kalte Wasser nicht mehr aus seiner Bewusstlosigkeit holen.

»Elf.«

Philip schlug wie ein Berserker auf sein Opfer ein, bis durch dessen zerfetztes Fleisch die Knochen sichtbar wurden.

Endlich riefen die Soldaten: »Zwanzig.«

»Losbinden«, befahl Philip. Oben im Burgsaal wurde ein Fenster geschlossen. Erschöpft ließ Philip die Peitsche fallen. Ohne ein weiteres Wort ging er an den angetretenen Soldaten vorbei zu seiner Unterkunft. Hätte er jetzt in die

Augen seiner Männer geblickt, wäre ihm die Veränderung aufgefallen. Diese drückten nicht mehr Abscheu oder Gleichgültigkeit aus, sondern blanken Hass.

Der zerschundene Grenadier, dem Philip in der Nacht nicht nur seinen Wein, sondern auch seinen Sold beim Würfeln abgenommen hatte, verstarb nur wenige Stunden nach der Tortur.

11

Hattingen, 24. Juli 1499

Als Ella van Enghusen ihrer Tochter die Entscheidung ihres Vaters verkündet hatte, hatte Marlein wütend mit dem Fuß aufgestampft und kategorisch erklärt, dass sie den jungen von Krekenbeck nie heiraten werde. Das gelte im Übrigen für alle Männer, hatte sie noch hinzugefügt und sich trotz Strafandrohung schmollend in den Garten zurückgezogen.

Natürlich hielt sich Marlein nicht an das Verbot ihrer Eltern und traf sich weiter mit Jorge. Nur mussten sie noch vorsichtiger sein als bisher, weswegen sie sich nicht mehr im Garten der Familie außerhalb des Walls verabredeten, sondern in einem kleinen Waldstück südlich des Steinhagentors, nicht weit vom Sünsbrucher Kirchweg entfernt. Dort hatten sie eine Senke gefunden, die ausreichend Schutz vor Entdeckung bot.

Marlein entpuppte sich als gute Schülerin und lernte schnell. Wenn Jorge drei Tage brauchte, um ein neues Wort fehlerfrei auszusprechen und zu schreiben, schaffte Marlein das in wenigen Stunden. Allein die Tatsache, dass sie nur das lernen konnte, was Jorge selbst schon verstanden hatte, verhinderte, dass sie ihn überflügelte.

Ihre heimlichen Treffen dauerten nie länger als zwei Stunden. Dann machten sie sich getrennt voneinander auf den Rückweg. Jorge ging erst etwa hundert Meter nach Süden, bog dann nach Westen ab, um so den Weg zur Stadt zu erreichen. Nur wenn er sicher war, dass niemand sie beobachtete, rief er Marlein aus ihrem Versteck, um selbst noch einige Minuten zu warten, bis sie um die nächste Wegbiegung verschwunden war. Erst dann folgte er ihr. So hielten sie es auch an diesem Tag. Marlein hatte das Tor schon passiert, als Jorge das Klappern von Pferdehufen hinter sich vernahm. Ein Pferdegespann näherte sich. Der Fahrer musste es sehr eilig haben, denn er benutzte die Peitsche, um die Tiere zu noch größerer Anstrengung zu treiben. Jorge sprang beiseite, zu Recht, denn der Fahrer würdigte ihn keines Blickes. Vom Lärm des herannahenden Wagens aufgeschreckt, trat die Torwache auf den Weg. Der Fahrer bremste, verhandelte, beglich dann den geforderten Zoll und durfte weiterziehen. Gelangweilt schaute der Posten zu Jorge hin, der nicht mehr weit entfernt war.

Plötzlich rief die Wache: »He, ihr! Was macht ihr da?«

Jorge erschrak. Hatte der Mann ihn gemeint? Aber er war doch alleine unterwegs. Dann aber sah er, in welche Richtung der Wächter blickte. Westlich des Sünsbrucher Kirchwegs stand eine Gruppe Jungs, sie bildeten einen Kreis, in dessen Inneren sich etwas befand. Ein Mensch? Es hatte den Anschein, als ob dieser geschlagen und gestoßen wurde.

»Verschwindet. Sonst mache ich euch Beine!«, brüllte der Wächter und verließ seinen Platz, um nach dem Rechten zu sehen. Als die drei Jungen sahen, dass sich der Soldat näherte, nahmen sie hastig Reißaus. Jorge erkannte unter ihnen

Lucas, Marleins Bruder. Auf dem Feld blieb ein Knabe zurück, kaum älter als Jorge selbst.

»Ist nur so 'n Jude«, brummte der Wächter eine Erklärung, als er an Jorge vorbeiging. »Hat was auf die Schnauze bekommen.«

Als Jorge erkannte, dass sich der Wächter nicht weiter um den Vorfall kümmerte, betrat er das Feld und ging auf das Häuflein Elend zu, das da zwischen den Furchen hockte.

»Kann ich dir helfen?«, fragte er, als er neben dem anderen Jungen stand.

Der sah ihn aus großen dunklen Augen an. Seine Oberlippe war aufgeplatzt, eines der Lider dick geschwollen.

»Kannst du aufstehen?«, erkundigte sich Jorge mitleidig. Als er keine Antwort erhielt, hielt er dem anderen die Hand hin. Der Junge zog sich ächzend hoch.

Erst jetzt bemerkte Jorge den gelben Ring am Hemd des Verletzten. »Ich heiße Jorge. Und du?«

»Aron ben Zacharias.«

»Das ist aber ein komischer Name.«

»Findest du? Ich bin Aron. Und mein Vater heißt Zacharias.«

Aron schien etwas älter als er zu sein. »Soll ich dir beim Gehen helfen?«

Aron nickte dankbar.

Jorge trat zu ihm hin. »Stütz dich auf mich. Ich bringe dich nach Hause.« Dann griff er mit seinem Arm um die Hüfte des Jungen. »Wo wohnst du?«

»Du wirst die Gasse nicht kennen. Ich sage dir, wie wir gehen müssen.«

Obwohl sich Jorge sicher war, schon jeden Winkel in der Stadt durchstreift zu haben, verkniff er sich eine Antwort. Er wollte nicht besserwisserisch klingen.

Der Wächter am Tor schüttelte nur entgeistert den Kopf, als Jorge Aron in die Stadt schleppte, hielt jedoch den Mund.

»Warum haben sie dich verprügelt?«, wollte Jorge wissen.

»Ich weiß es nicht. Vermutlich, weil ich Jude bin.«

»Hast du ihnen etwas getan?«

»Nein.« Die Jungen schwiegen sich den Rest des Weges an. Ihre gegenseitige Verlegenheit war spürbar.

Schließlich platzte Jorge heraus: »Was ist eigentlich ein Jude?«

Aron beantwortete die Frage nicht. Stattdessen sagte er: »Da vorne zwischen den Häusern müssen wir durch. Dahinter wohnen wir.«

Jorge war überrascht. Sie standen in der südlichen Emschestraße. Er kannte diese Gegend, hatte aber immer angenommen, der schmale Weg zwischen den Häusern, auf die Aron zeigte, führte lediglich zu den Gärten hinter den Gebäuden.

Nach wenigen Schritten weitete sich der Weg zu einer Gasse von vielleicht sechs Schritten Breite. Links und rechts standen je zwei Häuser. Die enge Straße endete an der fenster- und türlosen Rückwand eines weiteren Gemäuers.

»Aron«, rief eine Frauenstimme aus einem der Häuser. »Zacharias, der Junge ist zurück.« Eine Tür wurde aufgerissen und ein kleiner Mann trat auf die Straße. Er schaute sich kurz um und lief dann, als er die beiden Knaben entdeckte, zu ihnen. Auch er trug diesen seltsamen gelben Ring.

»Mein armer Junge, was haben sie mit dir gemacht?«, jammerte er, als er der Verletzungen seines Sohnes gewahr wurde.

»Es ist nichts, Vater«, antwortete Aron.

»Einige Jungs haben ihn verprügelt«, korrigierte Jorge. »Das war auf dem Feld vor der Stadt.«

Erst jetzt schien der kleine Mann den fremden Knaben wahrzunehmen. »Du hast ihm geholfen?«, fragte er mit leiser Stimme.

»Nein, ich bin zu spät gekommen.« Das war die Wahrheit. Allerdings wusste Jorge nicht, wie er sich verhalten hätte, wenn er das Feld rechtzeitig erreicht hätte. Er gegen drei Ältere?

»Aber du hast ihn gestützt?«

»Das schon.«

»Dann hast du ihm geholfen«, bestimmte Arons Vater. »Komm, ich nehme dir deine Last ab.«

Zacharias half seinem Sohn zur Tür. Dort stand seine Mutter, die die Szene beobachtet hatte. Zacharias drehte sich zu Jorge um. »Was hältst du da Maulaffen feil? Komm herein. Wir haben dir zu danken.«

Jorge war noch nie in einem anderen Haus in Hattingen als dem der grauen Mönche gewesen, wenn er von dem Gebäude absah, in dem Marlein mit ihrer Familie wohnte. Dort war er quasi auf der Flucht gewesen und hatte keine Zeit gehabt, sich umzuschauen. Hier jedoch schien sich niemand daran zu stören, dass er alles neugierig musterte.

In der Mitte des großen Raumes stand ein Tisch, auf dem zu Jorges Überraschung Bücher und Schriftrollen lagen. Und es gab nicht nur Bänke als Sitzgelegenheit, sondern auch Stühle, von denen er zwar gehört, die er aber noch nie gesehen hatte. Und dann waren da noch die großen, vorne offenen Truhen, die sich Schränke nannten. Sah er darin tatsächlich noch mehr Bücher?

Ähnlich wie im Kotten in Alte Schee befand sich die Feuerstelle, über der auch gekocht wurde, an der Wand des Hauses, die der Eingangstür gegenüberlag. Eine Treppe an der linken Längswand führte ins Obergeschoss, das kannte er vom Mönchshaus. In einer Wandnische stand unübersehbar ein großer Leuchter, daneben ein Kelch mit einem seltsamen Symbol. Waren sie aus Gold? Jorge machte einen Schritt auf die Nische zu, blieb dann aber stehen.

Arons Vater bemerkte sein Interesse, ging zur Nische, hob den Kerzenhalter vorsichtig hoch und zeigte ihn Jorge. »Das ist eine Menora, ein siebenarmiger Leuchter«, erklärte er. »Leider nur aus Messing.« Er stellte ihn zurück an seinen Platz. »Wie auch der Kelch mit dem Davidstern. Für Gold fehlt uns das Geld.«

Jorge nickte. »Ich habe noch nie so viele Bücher gesehen.«

»Schau sie dir ruhig an, wenn du möchtest.«

Der Junge trat an den Tisch. Vorsichtig strich er mit den Fingern über den lederartigen Einband eines dicken Buches.

»Schau hinein. Nur zu«, forderte Zacharias ihn auf.

Behutsam klappte Jorge die erste Seite des Buches auf. Es war in einer ihm unverständlichen Schrift verfasst. »Das ist kein Lateinisch, oder?«, fragte er.

»Nein. Hebräisch.«

»Was ist Hebräisch?«

»Eine Sprache wie Latein oder Deutsch. Was du dort in der Hand hast, ist der Tanach.« Als er den fragenden Gesichtsausdruck Jorges bemerkte, erklärte er: »Der Tanach ist die Bibel. Aber nur das, was du unter dem Alten Testament verstehst.«

»Und warum steht da nicht auch das Neue Testament drin?«

»Wir Juden glauben nicht an euren Jesus als Gottessohn. Wir warten immer noch auf den Messias.«

»Aber an Gott glaubt ihr?«

»Ja. Er heißt bei uns Jahwe.«

Diese Erklärung befriedigte Jorge.

»Möchtest du etwas trinken oder essen? Obst vielleicht?« Arons Mutter hielt ihm einen Holzteller mit Pflaumen hin.

»Nein, danke. Aber könnte ich Wasser bekommen?«

Aron stand auf und lief humpelnd zur Tür neben der Feuerstelle, hinter der er verschwand. Kurz darauf kehrte er mit einem Krug und einem Becher zurück. »Hier«, sagte er und reichte Jorge das Gewünschte. »Vielen Dank, dass du mir geholfen hast.«

Jorge fand, dass es an der Zeit war, seine Frage von vorhin erneut zu stellen. »Warum glaubst du, die anderen Jungs haben dich verprügelt, weil du Jude bist? Was ist denn so schlimm daran, ein Jude zu sein?«

»Wir halten Christus nicht für Gottes Sohn. Das habe ich ja eben schon gesagt«, erklärte Zacharias geduldig. »Viele von euch Christen wiederum nehmen an, wir würden eure Hostien schänden und sogar eure Kinder töten.«

Jorge musste grinsen. Er konnte sich nicht vorstellen, wie jemand diesem so friedfertig erscheinenden, kleinen Mann einen Mord zutrauen konnte.

»Du lachst darüber – das ist das Beste, was du tun kannst. Nur leider verhalten sich nur wenige so wie du.«

Jorge trank von dem Wasser. »Betet ihr in einer Kirche?«

»Natürlich. Aber bei uns heißt sie Synagoge.«

»Wo ist sie?« Der Junge konnte sich nicht daran erinnern, eine jüdische Kirche in Hattingen gesehen zu haben. Auch wenn er nicht die leiseste Ahnung hatte, wie dieses Gotteshaus aussehen mochte.

»Es ist kein Gebäude, nur ein einfacher Gebetsraum. Wir sind zu wenige, um den Bau einer Synagoge bezahlen zu können.«

Jorge dachte daran, dass auch die Dominikaner ihre Gebete in ihrem Refektorium abhielten, dem Raum, in dem sie auch die Speisen einnahmen. »Und wo ist euer Gebetsraum?«

»Du stehst mittendrin.«

Der Junge schaute ungläubig.

»Es leben nur fünf jüdische Familien in Hattingen. Dieser Raum reicht für uns.«

Die Uhr von St. Georg schlug sechs Mal. Jorge stellte den Becher ab. »Ich muss jetzt gehen. Sonst komme ich zu spät nach Hause.«

Aron stand auf und begleitete ihn zur Tür. »Wollen wir uns noch mal treffen?«

»Ja, gerne«, antwortete Jorge spontan. »Am Samstag?«

»Nein, Samstag geht nicht«, erwiderte Aron leise. »Sonntag?«

»Einverstanden. Nach der Messe am Steinhagentor?«

Aron warf einen schnellen Blick zu seinem Vater. Der signalisierte sein Einverständnis mit einem leichten Nicken.

»Dann bis Sonntag.«

Jorge lief den schmalen Weg zurück und bog in die Emschestraße ein. Ohne sich noch einmal umzusehen, rannte er weiter Richtung Kirche. Wenn er sich nicht so beeilt hätte, wäre ihm der Dominikaner Matthias aufgefallen, der einige Meter hinter ihm ebenfalls die Gasse passierte, die zu den Häusern der Hattinger Juden führte.

12

Hattingen, 11. September 1499

Der massige Gildemeister der Fleischhauer bat um das Wort, das ihm Bürgermeister Ditz Huyser erteilte. »Meine Herren«, begann er. »Wie Ihr wisst, sind die Fleischpreise seit einem Jahr nicht mehr erhöht worden.«

»Na und?«, rief einer der Ratsherren, Mitglied der Bäckergilde, dazwischen. »Die Brotpreise auch nicht.«

Der Fleischhauer ignorierte den Einwand. »Der Brückenzoll wurde schon zwei Mal in dieser Zeit heraufgesetzt, ebenso die Steuer auf das Korn.«

»Und unsere Preise nicht«, wiederholte der Zwischenrufer.

»Die Waren, die aus den anderen Städten zu uns kommen, werden teurer, die Erträge der Bauern wegen des kalten Wetters immer schlechter.«

»Was haben denn die Bauern mit Euren Preisen zu schaffen? Wir benötigen Korn, nicht Ihr«, warf der Bäcker ein.

»Wir bitten den Rat deshalb, einer angemessenen Erhöhung zuzustimmen.«

»Unsinn.«

»Denkt an das Brot!«

»Ihr steckt Euch die Taschen voll und die anderen sollen Euren Wohlstand bezahlen.«

Alle im Ratssaal redeten durcheinander.

»Ruhe!« Der Bürgermeister schritt ein, konnte sich aber in dem aufkommenden Geschrei keinerlei Gehör verschaffen.

»Meine Herren«, unternahm Huyser einen weiteren Anlauf. »Jetzt mäßigt Euch.«

Seine Bemühungen blieben ohne Erfolg.

Schließlich ergriff Kracht von Mylendonk die Initiative. Er stand auf und brüllte unvermittelt los: »Schweigt! Sofort! Ihr benehmt Euch nicht wie Männer, sondern wie Klatschweiber.«

Die Ansprache wirkte. Mit betretenen Gesichtern stellten die Ratsmitglieder ihre Streitereien ein.

»Ein Vorschlag zur Güte.« Von Mylendonk setzte sich wieder. »Wir erhöhen die Preise für das Fleisch um fünf Pfennige ...«

Unwilliges Gemurmel wurde laut.

»... und für Brot ebenso. Gleichzeitig bleibt die Kornakzise im nächsten Jahr unverändert.« Er schaute kurz zum Schultheiß hinüber, der zu seiner Rechten saß. Komm mir jetzt bloß nicht in die Quere, sagte dieser Blick, unsere Geschäfte laufen auch ohne diese zusätzlichen Steuereinnahmen. »Stattdessen können wir das Waagegeld hinaufsetzen. So müssen auch auswärtige Händler zahlen und nicht nur die Bürger unserer Stadt. Damit bleibt genug Geld für die Befestigung unserer Wehranlagen übrig.«

Reinhard von Krekenbeck machte ein zufriedenes Gesicht.

»Irgendwelche Einwände?«

Niemand protestierte.

Der Bürgermeister rückte sein Barett zurecht und ließ abstimmen. Der Vorschlag von Mylendonks wurde einstimmig angenommen.

»Kommen wir nun zum nächsten Punkt«, begann wieder der Bürgermeister. »Es geht um unsere Marktordnung. Seit dem großen Brand fehlt uns eine Zeitglocke, mit der wir die Märkte einläuten. Ich schlage deshalb vor, dass wir uns wieder eine solche Glocke zulegen und sie hier an der Fleischhalle aufhängen, damit alle wissen, was die Stunde geschlagen hat.«

»Dafür würde die Turmuhr von St. Georg reichen«, murmelte jemand.

»Gibt es Einwände? Keine. Damit ist auch das beschlossen. Und nun zum dritten Punkt. Es geht um den Antrag an unseren gnädigen Fürsten, die Juden aus der Stadt zu weisen. Wer möchte dazu etwas sagen?«

Pfarrer Lucius erhob sich. »Ich.«

Mit einer generösen Handbewegung gab Huyser sein Einverständnis.

»Die Juden müssen weg. Sie vergiften unsere Brunnen und bringen Krankheit und den schwarzen Tod.«

»Von dem wir bis jetzt aber trotz der Juden in unseren Mauern verschont geblieben sind«, gab der Gildemeister der Fleischhauer zu bedenken, was ihm einen bitterbösen Blick des Pastors einbrachte.

»Wollen wir denn erst warten, bis auch uns die Pest heimsucht? Nein, sage ich.« Lucius hob den Arm und streckte drohend den Zeigefinger der rechten Hand gen Himmel. »Unser Herr Jesus Christus wurde von den Juden ermordet und wir beherbergen diese Ketzer in unserer Stadt. Sie entweihen unsere Hostien und töten unsere Kinder auf bestialische Weise.«

Der Fleischhauer schüttelte erneut ungläubig den Kopf. »Ich habe noch nichts von Kindesmorden in Hattingen gehört. Ihr etwa?«, fragte er in die Runde.

»Das ist Blasphemie!«, donnerte die Stimme Lucius'. »Überlegt genau, was Ihr da sagt, wollt Ihr nicht in der Hölle schmoren.«

Dieser Hinweis wirkte. Betroffen zog der Gildemeister den Kopf ein.

Mit einem triumphierenden Lächeln nahm der Pfarrer von St. Georg wieder Platz.

»Wer möchte noch etwas dazu sagen?«

Der Vertreter der Bäckergilde meldete sich. »Die Juden stellen in der Tat ein Problem dar. Das Korn aus dem Umland wird in unseren Vorratshäusern gelagert, bis es entweder durch unsere Bäcker verbraucht oder ins Bergische weiterverkauft wird. Dort herrscht seit Langem Getreidemangel. Diese Geschäfte werden fast ausschließlich von den Juden finanziert, die daran gut verdienen. Gleichzeitig verleihen sie Geld an die Bürger unserer Stadt.«

»Habt Ihr Euch auch bei ihnen verschuldet, Bruder?«, spottete ein anderes Gildemitglied.

»Ebenso wenig wie Ihr, vermute ich. Kein Mitglied des ehrenwerten Rats der Stadt dürfte Kunde bei den jüdischen Geldverleihern sein, sondern es sind eher die Armen unserer Stadt, die sich dort gegen Wucherzinsen bedienen.«

»Was nehmen die denn?«, erkundigte sich der Bürgermeister.

»Dreißig von hundert im Jahr.«

»Das hat mein Freund auch von mir verlangt, als er mir kürzlich in der Schenke die Zeche vorgestreckt hat, weil ich meine Börse zu Hause liegen gelassen habe«, lachte einer. »Allerdings nicht für ein Jahr, sondern für einen Tag.«

Heiterkeit machte sich breit. Einer rief: »Ihr solltet Euch Eure Freunde besser aussuchen.«

Der Bürgermeister hob beschwichtigend den Arm. »Fahrt fort.«

»Warum sollen die Juden von unserer Arbeit profitieren, frage ich Euch.«

Der Fleischhauer erhob sich. »Und wer leiht dann den Armen das Geld? Ihr etwa?«

»Ich? Gott bewahre. Das Risiko ist mir zu hoch. Da würden vierzig von hundert kaum reichen«, antwortete der Bäcker. Zu spät bemerkte er, dass ihn sein Kontrahent im Streit um die Fleischpreise aufs Glatteis geführt hatte. Mit sauertöpfischer Miene griff er zu seinem Weinbecher. »Aber den Kornhandel könnten wir von der Bäckergilde finanzieren.«

»Und daran verdienen.«

»Natürlich. Was denn sonst«, giftete der Bäcker.

Der Schultheiß schaltete sich ein. »Sicher findet sich ein Christenmensch, der das Geldgeschäft der Juden übernehmen könnte. Wie ich gehört habe, gibt es in den großen Städten in Bayern Handelshäuser, die sich darum kümmern. Und in Florenz und Venedig haben sich Händler zusammengetan, die sogenannte Banken gegründet haben. Unternehmungen, deren einziges Geschäft das Geldverleihen ist.«

»Was sagt denn Mutter Kirche dazu? Verbietet sie nicht die Erhebung von Zinsen?«, wollte der Fleischhauer wissen.

»Du sollst deinem Bruder keinen Zins auferlegen, Zins für Geld, Zins für Speise, Zins für irgendeine Sache, die man gegen Zins ausleiht. Dem Fremden magst du Zins auferlegen. So steht es im fünften Buch Moses. Ich kann darin nicht erkennen, dass sich Gott grundsätzlich gegen den Zins ausspricht«, antwortete der Pastor.

»Da habe ich anderes gehört.« Der Fleischhauer hatte seine Niederlage verdaut und wagte ein erneutes Kräftemessen mit dem Pastor. »Im zweiten Buch Moses steht: Falls du einem aus meinem Volk Geld leihst, dann sei gegen ihn nicht wie ein Gläubiger und erleg ihm keinen Zins auf. Sind nur wir Hattinger von Gottes Volk und die sogenannten Fremden nicht?«

»Der Fleischhauer kennt seine Bibel, Pastor«, amüsierte sich ein Ratsmitglied.

Lucius machte eine abwertende Handbewegung. »Florenz ist nahe der heiligen Stadt. Wenn das Verleihen von Geld nicht die Zustimmung des Heiligen Vaters finden würde, meint Ihr, er würde ein solches Handeln quasi vor seiner Haustür dulden?«

Erneut erhob sich von Mylendonk. »Ich finde, theologische Dispute gehören in die Klöster und Kirchen. Wir sollten uns dagegen mit unseren weltlichen Aufgaben beschäftigen. Lasst uns abstimmen. Wer dafür ist, den Herzog zu bitten, die Juden der Stadt zu verweisen, hebe die Hand.«

Die Arme flogen hoch. Und nach kurzem Zögern auch der des Fleischhauers.

13

Hattingen, Spätherbst 1499

Den ganzen Sommer über hatte Jorge sein erworbenes Wissen an Marlein weitergegeben. Auch mit Aron traf er sich regelmäßig. Die Jungen freundeten sich an und Jorge erfuhr vieles über das Leben der Hattinger Juden. Je mehr Aron ihm erzählte, desto absurder erschienen Jorge die Berichte über die angeblichen Gräueltaten, die die Juden begangen haben sollten.

Auch Marlein wurde in diese Freundschaft einbezogen. Sie hatte zunächst etwas unsicher gewirkt, als Jorge ihr von Aron erzählte, nach ihrem ersten Treffen aber jede Scheu verloren und sich wie Jorge interessiert an der für sie fremden Religion gezeigt. Die Erzählungen Arons unterschieden sich deutlich von dem, was ihre Eltern behaupteten und der Pastor predigte.

Irgendwann im Herbst hatte Jorge sich ein Herz gefasst und Bruder Bernardo darauf angesprochen. Zunächst hatte sein Ziehvater ausweichend, dann ablehnend reagiert. »Die Juden haben unseren Herrn Jesus ans Kreuz geschlagen«, hatte er Jorge zurechtgewiesen, als dieser immer wieder nachfragte. »Sie stören den Frieden in unseren Gemeinden.«

»Aber das war doch vor eintausendfünfhundert Jahren. Was können denn die Juden, die heute leben, dafür?«, hatte Jorge eingewandt und sich als Reaktion eine klatschende Ohrfeige seines Mentors eingefangen. Jorge war wütend und verletzt. Diese Verhaltensweise hatte er nicht erwartet. Weshalb war er bestraft worden? Wegen einer simplen Frage?

»Die Juden sind unser Unglück. Mehr gibt es dazu nicht zu sagen. Und jetzt säubere den Stall.«

Betroffen schlich Jorge davon. Das war ihm eine Lehre gewesen. Solche und ähnliche Fragen würde er nicht mehr stellen. Und auch seine Treffen mit Marlein, erst recht aber mit Aron, würde er zukünftig verheimlichen.

Jorge war im letzten Jahr kräftig in die Höhe geschossen. Obwohl gerade erst elf Jahre alt, sah er aus wie vierzehn. Die Kleidung, die er aus Alte Schee mitgebracht hatte, passte ihm schon lange nicht mehr. Nun trug er das, was ihm seine Pflegemutter von der Nachbarin hatte aushändigen lassen. Bernardo hatte die Hose gekürzt, die Ärmel der Hemden wurden kurzerhand umgeschlagen. Und der Umhang konnte ruhig etwas zu groß sein. Nach wie vor rutschte Jorge die Kappe seines Pflegevaters nur wegen seiner immer noch abstehenden Ohren nicht zu tief ins Gesicht. Bruder Bernardo hatte sich vor Monaten darüber lustig gemacht, er sehe aus wie ein Kaninchen. Als er aber erkannt hatte, dass Jorge wegen des milden Spottes betrübt war, hatte er ihm versichert, dass sich dieser Makel, wenn es denn einer sei, mit der Zeit auswachsen würde. Nun, anscheinend hatte sich Bruder Bernardo geirrt. Aron und Marlein jedoch schienen sich nicht an seinen Ohren zu stören – zumindest zogen sie ihn nie deswegen auf. Trotzdem beschloss Jorge, sich von Bernardo nicht mehr die Haare schneiden zu lassen, sondern sie lang zu tragen. Seine Ohren würde dann niemand mehr zu Gesicht bekommen.

Aron war es, der ihn eines Tages auf den Namen des Hauses, in dem Jorge wohnte, ansprach. Warum würde das Gebäude das Haus der grauen Mönche genannt, wollte er wissen. Schließlich trügen die Dominikaner eine schwarze und keine graue Capa. Jorge dachte einen Moment nach, wusste aber auch keine Antwort und beschloss, die Frage an Bruder Bernardo weiterzureichen.

Am nächsten Tag, nachdem er mit Erfolg eine schwierige Rechenaufgabe aus dem Buch des Fibonacci gelöst hatte, sprach er den Mönch darauf an.

»Vater Bernardo, warum nennen die Leute unser Haus das Haus der grauen Mönche? Die Dominikaner tragen doch schwarz-weiße Kleidung und nennen sich selbst die Schwarzen?«

Bernardo strich seinem Schützling über das Haar. »Da hast du gut aufgepasst, mein Junge. Ich habe auch lange darüber nachgedacht. Eine Antwort habe ich selbst nicht gefunden, nur Vermutungen. An der Kleidung kann es nicht liegen. Es sei denn, dass die Menschen das verwaschene Weiß und Schwarz eher als grau bezeichnen.« Er lachte. »Aber das glaube ich nicht. Als graue Mönche werden auch unsere Brüder von den Franziskanern bezeichnet. Aber sie tragen Braun, kein Grau. Entweder gehörte dieses Haus früher einmal ihnen, oder der Begriff hat gar nichts mit unserer Kleidung zu tun.«

»Sondern?«

»Was vermutest du denn?«

»Bärte können es nicht sein. Ihr tragt keine.«

»Richtig.«

»Und ihr seid auch nicht alle uralt und habt graues Haar.«

»Auch das stimmt.«

»Dann weiß ich keine Erklärung mehr.«

»Grau ist im Allgemeinen die Farbe der Bescheidenheit. Vielleicht wollen die Leute damit nur ausdrücken, dass wir als Dominikaner gewohnt sind, bescheiden zu leben. Wie im Übrigen auch die Franziskaner.«

»Meinst du?« Jorge schien nicht ganz überzeugt.

»Wie ich schon sagte, ich bin mir nicht sicher. Aber eigentlich spielt es ja keine Rolle, wie die Menschen uns nennen. Hauptsache, sie folgen dem Weg des Herrn, meinst du nicht auch?«

Jorges Antwort kam zögernd. »Ja, schon, aber …«

»Nichts aber. Nur darauf kommt es im Leben an. Wir müssen uns als gute Christenmenschen beweisen, damit wir zu Gottes Herrlichkeit auffahren können, wenn wir alle vor ihm als unserem Richter stehen.« Er sah Jorge ernst an. »Bist du mit dir im Reinen, mein Sohn?«

Jorge dachte an Aron und zögerte mit der Antwort.

»Bist du es?«, drängte Bernardo erneut.

»Ja«, log Jorge. Und hoffte, dass Vater Bernardo ihm sein schlechtes Gewissen nicht ansah.

14

Hattingen, 13. November 1499

Der Winter kam früh in diesem Jahr, in der Nacht war der erste Schnee gefallen. Die Mönche hatten sich wie jeden Tag am frühen Morgen im Refektorium versammelt, um gemeinsam zu beten und das Frühstück einzunehmen. Die heiße Graupensuppe, die Thomas zubereitet hatte, dampfte in den Holzschüsseln. Schweigend aßen die Dominikaner. Als sie ihr Mahl beendet und gebetet hatten, ergriff Jacob, der älteste der Anwesenden, das Wort. »Brüder, wir müssen uns mit einem ernsten Thema beschäftigen. Es geht um unser Mündel Jorge.«

Bernardo sah überrascht auf.

»Ich bitte Bruder Matthias, uns zu berichten, was er in Erfahrung gebracht hat.«

Ausgerechnet Matthias, dachte Bernardo und wappnete sich für das Kommende. Sein Ordensbruder versäumte keine Gelegenheit, den Elfjährigen zu schelten und zu maßregeln. Anscheinend hatte er seine Niederlage, die nun Jahre zurücklag, noch nicht überwunden und versuchte, Jorge dafür büßen zu lassen. Sicher musste er den Jungen nun erneut gegen die sich wiederholenden Vorwürfe in Schutz nehmen.

Der Angesprochene stand von seinem Platz auf. »Es war in den letzten Julitagen, als ich Jorge beobachtet habe, wie er aus der Judengasse gekommen ist. Zunächst habe ich mir nichts dabei gedacht, denn schließlich wäre es ja möglich gewesen, dass sich der Junge nur verlaufen hat. Obwohl«, er machte eine Pause, um das Gesagte noch bedeutungsvoller erscheinen zu lassen, »die Judengasse ja nur einen Ausgang zur Emschestraße hat, wie ihr wisst.« Matthias sah in die Runde. »Wie dem auch sei. Ich habe mich dann bei den Anwohnern erkundigt, die in den Häusern gegenüber der Judengasse wohnen. Sie bestätigten meine Befürchtungen. Der Knabe wurde in den letzten Monaten öfter in der Judengasse gesehen, er hat mit einem gleichaltrigen Judenbengel die Gasse verlassen und ist in die Stadt gelaufen. Die beiden hätten, erzählten mir die Bürger, miteinander gescherzt und sehr vertraut getan. Es sieht so aus, als ob der Knabe Umgang mit Juden pflegt.«

Die Mönche machten ein bestürztes Gesicht. Vor allem Bernardo erkannte, dass er diesen Angriff seines Mitbruders nicht so einfach würde abwehren können.

»Ich frage mich nun«, setzte Matthias seine Rede fort, »ob du, Bruder Bernardo, von diesem Treiben des dir anvertrauten Jungen weißt und warum du unsere Gemeinschaft nicht darüber in Kenntnis gesetzt hast.«

Bernardo sprang hoch. »Was unterstellst du mir?«, stieß er empört hervor. »Selbstverständlich höre ich davon heute zum ersten Mal. Nur frage ich mich im Gegenzug, warum ausgerechnet du mit deinem Wissen so lange hinter dem Berg gehalten hast. Könnte es sein, dass das Ziel deiner Kritik weniger Jorge, sondern vielmehr ich bin?«

»Warum sollte ich dich angreifen wollen?« Matthias lächelte zufrieden. »Hast du dir denn etwas zuschulden kommen lassen?«

»Natürlich nicht«, schnaubte Bernardo. »Aber ist es nicht vielmehr so, dass du mir das Vertrauen neidest, das unser Prior Vinzenz mir schenkt und nicht dir? Da kommt dir dieser Vorfall mit dem Jungen doch gerade recht.«

»Du solltest nicht versuchen, vom Kern des Problems abzulenken, Bernardo.« Matthias war die Ruhe selbst. »Wem unser geliebter Prior seine Gunst schenkt und wem nicht, wird sich noch erweisen. Aber diese Frage hat nichts mit dem zu tun, was mich sorgt. Außerdem ist deine Behauptung eitel und anmaßend. Denn schließlich liegt unserem Prior nicht nur jeder Einzelne, sondern vor allem die Gemeinschaft am Herzen.«

Einige der anderen Mönche nickten zustimmend.

»Unsere Gemeinschaft ist in Hattingen nicht unumstritten. Da erzähle ich euch nichts Neues. Wir können es uns nicht erlauben, dass unser Mündel Kontakt zu Juden unterhält. Das würde unsere Autorität untergraben. Besonders jetzt, da sich der Rat an den Herzog gewandt hat, um die Juden aus der Stadt auszuweisen. Ein Knabe, der unter unserem Dach wohnt, pflegt eine Freundschaft mit einem Juden. Findest du nicht auch, Bernardo, dass das untragbar ist?«

»Natürlich!«

»Wer weiß, was der Junge sonst noch so treibt.« Matthias setzte sich wieder und sah triumphierend in die Runde.

»Was willst du damit andeuten?«, erwiderte Bernardo scharf.

»Nichts, absolut nichts«, versicherte der andere. »Aber bist du dir sicher, dass der Junge uns sonst keine Schande macht?«

Bernardo holte tief Luft. »Wir sprechen von einem Kind.«

»Er ist elf Jahre alt«, warf Bruder Ulrich ein. »Da sollte er zwischen Gut und Böse unterscheiden können.«

»Aber das kann er ja.« Bernardo sprang auf. Seine Stimme klang verzweifelt. »Hat einer von euch jemals einen Grund gehabt, sich über Jorge zu beschweren? Ich rede jetzt nicht von Kleinigkeiten wie einen nachlässig gefegten Stall, sondern etwas Schwerwiegendes?«

Seine Mitbrüder senkten die Köpfe. Nur Matthias und natürlich Jacob hielten dem Blick Bernardos stand. »Seht ihr. Der Junge lernt fleißig, versäumt keinen Gottesdienst, betet und erledigt jede Arbeit, die wir ihm auftragen, ohne Murren. Er ist zu uns allen freundlich und höflich, selbst zu dir, Bruder Matthias, obwohl er dir nie etwas recht machen kann. Dank seiner Arbeit bleibt uns mehr Zeit für unsere Missionstätigkeit. Wer jätet denn das Unkraut in den Gemüsebeeten? Das erledigt jetzt Jorge für dich, Bruder Thomas, oder irre ich mich? Und die Kuh und die Ziegen hast doch früher du versorgen müssen, nicht wahr, Christoph?« Die anderen schwiegen betreten. »Und, Matthias, gehörte es nicht zu deinen Aufgaben, das Wasser aus dem Brunnen zu schöpfen? Wer erledigt diese Arbeit heute? Seht ihr? Ich bin mit euch einig, dass es nicht angeht, dass Jorge sich mit Juden abgibt. Aber auch wenn er schon elf Jahre zählt, ist er ein Kind. Und Kinder machen nun einmal Fehler. Das ist alles, was ich zu sagen habe.« Nun setzte sich auch Bernardo.

»Wir haben dich verstanden.« Jacob lächelte. »Ich möchte deine Meinung hören, Bruder Albertus.«

»Es sind mir aus dem Studium unserer Schriften zahlreiche Fälle bekannt, in denen Juden ihren Irrweg verlassen und den wahren Glauben angenommen haben. Die heilige Mutter Kirche hat sie mit offenen Armen aufgenommen. Voraussetzung war, dass sie Jesus Christus als Gottes Sohn anerkannt haben und sich in seinem Namen taufen ließen. Diese Konvertiten konnten ihren Irrtum erst erkennen, nachdem ihnen Diener des Herrn den rechten Weg gewiesen haben. Dies konnte nur dadurch geschehen, dass Prediger wie wir mit ihnen sprachen. Der Kontakt zu Juden allein kann daher kein Grund sein, jemanden zu verdammen. Das gilt umso mehr, wenn es sich um Kinder handelt. Anders läge der Sachverhalt, wenn sich Jorge an den heidnischen Handlungen der Juden beteiligt hätte. Hast du davon Kenntnis, Bruder Matthias?«

»Woher denn?«, erwiderte der ungehalten.

»Ich denke, dass es reicht, wenn Bruder Bernardo mit dem Kind ein ernstes Wort spricht und ihn anhält, den Kontakt zu diesem Judenjungen zukünftig zu vermeiden.«

Jacob nickte und ergriff wieder das Wort. »Du hast weise gesprochen, Albertus. Trotz deiner jungen Jahre verstehst du es, uns zu leiten. Es ist eine Freude, deinen Argumenten zu lauschen. Wünscht noch jemand das Wort?« Er sah sich um. »Niemand? Gut, dann wirst du, Bernardo, so verfahren, wie Albertus vorgeschlagen hat.«

15

Hattingen, 8. Januar 1500

Jorge hielt sich an das Versprechen, das er Bruder Bernardo gegeben hatte, nachdem ihn dieser auf seine Freundschaft zu Aron angesprochen und deswegen heftig kritisiert hatte. Er werde seinen Freund nie mehr in der Judengasse besuchen, hatte er versichert, und auch keinen Kontakt zu ihm aufnehmen. Bernardo hatte sich mit dieser Zusage zufriedengegeben.

Jorge allerdings deutete sein Ehrenwort nicht so, dass damit jedwede Verbindung untersagt sei. Begegnete er seinem Freund zufällig auf der Straße, würde er mit diesem Treffen selbstverständlich nicht gegen sein Versprechen verstoßen. Das galt natürlich auch, wenn Marlein solche Zusammenkünfte vermittelte. Zwar fühlte sich Jorge nicht ganz wohl in seiner Haut, da er wusste, dass es sich um haarspalterische Ausflüchte handelte, die er nur deshalb nutzte, um weiterhin seine Freundschaft mit dem jungen Juden zu pflegen. Andererseits aber hielt er sich wortwörtlich an das, was er Bernardo auf die Bibel geschworen hatte. Er setzte keinen Fuß mehr in die Judengasse, um Aron dort abzuholen. Und Gott, so beruhigte er sich, interessierte sich bestimmt nur für den genauen Wortlaut einer Eidesformel, nicht aber für jenes, was unausgesprochen blieb und deswegen niemand wissen konnte.

Die drei Freunde trafen sich nun regelmäßig fast jeden zweiten Werktag in dem Waldstück beim Steinhagentor, ganz in der Nähe der Stelle, an der Aron von Marleins Bruder Lucas und den anderen Jungen geschlagen worden war. Ihr jüdischer Freund wurde im Gegensatz zu ihnen schon seit seinem fünften Lebensjahr von seinem Vater unterrichtet. Er sprach Hebräisch, viel besser Latein als Jorge und war diesem im Schreiben und Rechnen überlegen. So konnte er Marlein viel mehr beibringen als Jorge, was dieser leicht eifersüchtig registrierte. Auch unterrichtete er sie beide in Hebräisch, das Marlein schneller lernte als er. Aber da Jorge in Marleins Gunst offenbar nicht sank und sich an ihrem Verhalten ihm gegenüber nichts änderte, akzeptierte Jorge Arons Wissensvorsprung. Und er versuchte seinerseits, von seinem Freund zu lernen. Schon bald vertrauten die Kinder einander so sehr, dass sie auch kleine Geheimnisse miteinander teilten. Nur über die Existenz seiner Höhle verlor Jorge kein Wort. Sie gehörte nur ihm allein und das sollte auch so bleiben. Die Höhle war sein privater Rückzugsraum, auch wenn er jetzt im Winter nur selten dort war.

Es war in den letzten Tagen noch kälter geworden. Weiterer Schneefall war jedoch ausgeblieben. Die Schneedecke war angefroren, sodass jeder Schritt ein knirschendes Geräusch verursachte. Jorge trug an den Füßen dicke Wollsocken, die Bernardo ohne Wissen und Billigung seiner Mitbrüder bei einer Witwe gegen Ziegenkäse eingetauscht hatte. Trotzdem fror er. Das Leder seine Schuhe war zu dünn. Glücklicherweise hielt sein Umhang warm, unter dem er zwei Hemden übereinander trug. Und die Kappe seines Pflegevaters schützte seinen Kopf.

Jorge stapfte auf der Lichtung durch den Schnee und wartete ungeduldig auf seine Freunde. Sein Atem kondensierte an der Luft zu weißen Wölkchen.

Endlich hörte er Schritte und erkannte Marlein, die sich vermummt durch das Unterholz der Lichtung näherte. Sie trug einen pelzbesetzten Mantel aus weichem Leder, der sie bestimmt zuverlässig vor Kälte schützte.

»Ist Aron noch nicht da?«, wollte sie wissen, als sie Jorge gegenüberstand.

»Siehst du ihn?«, erwiderte dieser bibbernd.

»Dumme Frage, du hast recht. Aber etwas geht in der Stadt vor. Ich habe Wagen gesehen, die zur Emschestraße gefahren sind.« Sie schaute ernst.

»Was für Wagen?«

»Pferdewagen, Ochsenkarren. Die Fahrer waren Juden.«

»Na und?«

»Ich weiß nicht …« Sie schwieg. Plötzlich hellten sich ihre Züge auf. »Ich habe ein Spiel gelernt. Es heißt Steinchenfangen. Es ist ganz einfach. Sieh her.« Sie griff in ihre Tasche und zog einen kleinen, flachen Stein hervor. »Lucas hat es mir beigebracht. Man wirft den Stein in die Luft und versucht, ihn mit dem Handrücken aufzufangen. Wer es am häufigsten schafft, der hat gewonnen. Ich mache es dir vor.« Sie warf den Stein und er landete sicher auf ihrem Handrücken. »Jetzt du.«

Jorge schmiss nun auch den Stein, allerdings zu hoch. Deshalb blieb er nicht auf seiner Hand liegen, sondern prallte ab und fiel in den Schnee.

»Du kannst es nicht«, lachte Marlein.

»Kein Wunder. Bestimmt hast du tagelang geübt.«

»Na klar.« Sie hüpfte von einem Bein auf das andere, hörte jedoch abrupt auf, als sie Aron entdeckte. »Da kommt er«, sagte sie und zeigte zwischen die Bäume.

Langsam schlurfte ihr Freund näher.

»Aron«, rief Jorge. »Marlein kennt ein neues Spiel. Willst du es sehen?«

Aron antwortete nicht. Mit gesenktem Kopf trat er zu ihnen. »Was ist los?«, wollte Marlein wissen.

»Wir müssen fort.«

»Wer muss fort?«, fragte Jorge entgeistert.

»Wir. Wir Juden.«

Marlein sah Jorge erschreckt an. Ich habe es dir doch gesagt, schien ihr Blick zu sagen, irgendwas geht vor in der Stadt.

»Verstehe ich nicht.« Jorge schüttelte den Kopf.

Aron hatte Tränen in den Augen. »Mein Vater hat mir gesagt, dass die Hattinger Bürger eine Eingabe bei Herzog Johann gemacht haben. Und er hat nun entschieden, dass wir die Stadt verlassen müssen.«

»Aber warum?« Jorge legte seinem Freund die Hand auf die Schulter.

Der wehrte die Geste barsch ab. »Weil ihr Christen uns nicht unter euch haben wollt. Darum.«

Jorge wich überrascht zurück. Dann sagte er: »Ich will nicht, dass ihr geht.«

»Ich auch nicht«, bekräftigte Marlein. »Und wir sind Christen.«

»Aber die anderen wollen es. Und ihr seid Kinder. Kinder gelten nichts. Sie werden nicht gefragt.«

»Vielleicht hat dein Vater ja etwas falsch verstanden.« Jorge machte einen Schritt zu Aron hin.

»Meinst du?« Aron lachte bitter. Er griff in die Tasche seines Umhangs und holte ein Blatt Papier hervor. »Das ist der Befehl des Herzogs. Er wurde uns durch einen Herold überbracht. Ich habe ihn meinem Vater aus der Jacke gezogen. Wollt ihr ihn lesen oder soll ich das für euch erledigen?« Er wartete die Antwort nicht ab. »Nein, vermutlich könnt ihr diese Sätze noch nicht entziffern. Also hört zu. Der Brief wurde am 8. Dezember vom Herzog unterzeichnet. Dort steht: ›Nach diesen Tagen wollen wir in Hattingen keine Juden wohnen lassen, und dieselben dort bereits sind, sollen binnen eines Monats unsere Stadt räumen. So ist unsere Meinung und ernster Befehl, dass ihr das den Juden von uns sagen mögt, dass sie sich dazu einstellen, innerhalb eines Monats, nachdem dieser Brief bekannt gegeben ist, mit den Ihrigen unsere Stadt zu räumen, weil wir sie dort nicht länger dulden wollen. Und wenn sie das nicht täten und nicht räumen wollten, so befehlen wir euch, dass ihr alsdann den Aufgeforderten mit den Seinigen nehmen sollt und ihn außerhalb unserer Stadt setzt und ihn nicht wieder darin wohnen lasst. Dann, was er drinnen hätte, wollt ihr ihnen gütlich folgen lassen. Das befehlen wir euch ernstlich.‹ So lautet die Order unseres Landesherrn. Wir müssen die Stadt verlassen. Und zwar noch heute.« Tränen flossen über sein Gesicht.

»Aber ihr seid doch auch Bürger der Stadt«, warf Jorge ein. Seine Stimme klang verzweifelt.

»Ich bin hier geboren«, schluchzte Aron. »So wie mein

Vater und meine Mutter.« Er zeigte mit dem Finger auf Jorge. »Du bist nicht von hier, kennst noch nicht einmal deine Eltern. Aber du darfst bleiben. Das ist nicht gerecht.«

Marlein ging zu ihm und nahm ihren Freund in den Arm. Er ließ sie gewähren.

»Jorge kann nichts dafür, dass er seine Eltern nicht kennt«, versuchte sie, zwischen den Jungen zu vermitteln.

»Und was kann ich dafür, dass wir wegmüssen?«, schluchzte Aron.

Jorge kam ein Gedanke. »Was, wenn ihr nicht geht? Einfach in euren Häusern bleibt.«

»Hast du eben nicht zugehört?« Er machte sich von Marlein los. »Sie werden uns mit der Stadtwache hinauswerfen und unsere Habe hinterher. Nur dürfte dabei alles, was einen gewissen Wert hat, den Besitzer wechseln. Mein Vater sagt, wir haben keine Wahl.« Er straffte sich. »Ich bin nur gekommen, um euch Lebewohl zu sagen. In wenigen Stunden sind wir schon weit vor den Stadttoren.«

»Wo wollt ihr denn hin?« Auch Marlein standen nun Tränen in den Augen.

»Nach Osten. Mein Vater sagt, der König von Polen gewährt uns Schutz und Unterkunft.«

»Wo ist Polen? Kann ich dich da besuchen?«, fragte Jorge.

»Ich glaube nicht. Polen ist weit.«

»Weiter als Alte Schee?«

»Bestimmt.« Der hagere Junge wandte sich zum Gehen. »Vergesst mich nicht.«

»Aron«, rief Jorge und lief zu seinem Freund. Er umarmte und drückte ihn. »Wir werden uns wiedersehen. Ganz sicher.«

Sanft schob Aron Jorge von sich. »Du bist wirklich noch ein Kind«, meinte er leise. Dann ging er.

Wie betäubt blieben Marlein und Jorge auf der Lichtung zurück. Lange wechselten sie kein Wort. Dann trafen sie in stiller Übereinstimmung eine Entscheidung. Sie fassten sich bei den Händen und liefen Aron hinterher. Aber es war zu spät, sie hatten ihren Freund aus den Augen verloren.

Entmutigt machten sie sich auf den Rückweg in die Stadt. Die Schreie und das laute Johlen hörten sie schon, kurz bevor sie das Stadttor erreichten. Dann sahen sie den ersten der Wagen. Das Fuhrwerk wurde von zwei altersschwachen Kleppern gezogen. Der aufgetürmte Hausrat schwankte bedenklich. Auf dem Bock lenkte, das Gesicht in Stein gemeißelt, Arons Vater Zacharias das Gefährt. Neben ihm saß seine Frau. Danach kam ein weiteres Pferdefuhrwerk, gefolgt von drei Ochsenkarren. Auch sie schwer beladen mit den Habseligkeiten der Vertriebenen. Begleitet wurde die kleine Kolonne von mehreren Soldaten der Stadtwache sowie Dutzenden Hattinger Bürgern, überwiegend aus den Armenvierteln der Stadt, die laute Schmährufe ausstießen. Jorge entdeckte unter ihnen Lucas und seine Freunde, die die Abfahrenden mit Unrat bewarfen und jeden Treffer mit Freudengeheul quittierten.

Die Juden selbst wehrten sich nicht. In ihren Gesichtern waren Furcht und Hoffnungslosigkeit zu lesen. Viele, auch Männer, weinten. Sie alle trugen den gelben Ring.

Entsetzt traten Marlein und Jorge beiseite, um nicht im Weg zu stehen. Zacharias blickte stur nach vorn und schenkte den beiden Kindern keinen Blick des Erkennens, während sein Wagen an ihnen vorbeirumpelte.

Hinten auf der Ladefläche entdeckten sie Aron. Er stand mit dem Rücken zu ihnen, die Finger in die Seitenwand gekrallt und stierte nur auf den Weg vor ihm. Auf ihr Winken reagierte er nicht.

»Aron!«, rief Jorge und versuchte, zwischen die Wagen zu gelangen. Aber die nachdrängende Meute versperrte ihm den Weg und schob ihn beiseite. Einer der Ochsenkarren geriet mit einem seiner Räder in ein Schlagloch, neigte sich zur Seite und eine schwere Holztruhe rutschte von der Ladefläche. Zwei junge Männer von vielleicht zwanzig Jahren sprangen vom Karren, um ihren Besitz zu sichern. Aber sie hatten nicht mit der Unbarmherzigkeit des Pöbels gerechnet.

Einer der beiden Juden stürzte auf dem vereisten Weg. Sofort waren sechs, sieben Gaffer über ihm, traktierten ihn mit Fäusten, traten und prügelten ihn zurück auf den Karren. Dann wandten sie sich dem anderen Verteidiger zu. Der zweite junge Mann resignierte schnell und schaffte es unter dem höhnischen Gelächter der Angreifer gerade noch zurück auf die Ladefläche. Hilflos mussten die beiden Juden mit ansehen, wie ihre Truhe zum Straßenrand gezerrt und so lange mit einem Stein traktiert wurde, bis das Eisenschloss zerbarst. Als der Pöbel das erste Kleidungsstück daraus hervorzog, brach Triumphgeschrei aus. Sofort begann der Streit um die Beute. Wie Krähen, die sich um ein Stück Aas streiten, rissen sie an dem Hab und Gut der Vertriebenen. Kleidung wurde zerfetzt, Bücher achtlos in den Schnee getreten. Angewidert sahen Jorge und Marlein zu, wie Frauen um Kleider kämpften und sich Männer wegen einiger Holzteller schlugen.

Dann war der kleine Treck vorbeigezogen. Als er ein gutes Stück vom Wall entfernt war, machte die Stadtwache kehrt, blieb jedoch noch auf der Straße stehen und sperrte sie ab. Niemand sollte zu den Juden durchdringen. Aber auch niemand von den Wagen springen und heimlich in die Stadt zurückkehren.

Der Mob verlief sich und suchte das Weite. Hilflos beobachteten Jorge und Marlein, wie die Wagenkolonne mit Aron hinter dem nächsten Hügel und damit aus ihrem Leben verschwand.

Eine Stunde später stand Jorge im Haus der grauen Mönche und wartete vor dem Feuer im Refektorium auf Bernardo.

Als dieser endlich eintraf, nahm Jorge seinen ganzen Mut zusammen und sprach seinen Gönner an: »Vater, heute sind die Juden aus Hattingen vertrieben worden.«

»Was redest du da!« Bernardo wirkte zornig. »Sie sind nicht vertrieben worden, sondern fortgezogen. Juden sind nicht wie wir, weißt du. Sie sind unstet, bleiben nie lange an einem Platz.«

Entweder wusste Bernardo nichts von dem Befehl des Herzogs oder er wollte nicht darüber sprechen. »Aber hat nicht der Herzog befohlen, dass sie fort müssen?«

»Wer hat dir das gesagt?«

Jorge holte tief Luft. »Aron.«

»Dieser Judenbengel? Habe ich dir nicht verboten, dich mit ihm zu treffen? Und hast du mir nicht geschworen, dich an diese Weisung zu halten?«

»Ich habe mich nicht mit ihm verabredet. Unser Treffen war ein Zufall.« Das war zumindest nur eine halbe Lüge. »Er hat mir den Brief des Herzogs vorgelesen. Warum mussten die Juden Hattingen verlassen?«

Bernardos Schlagader schwoll vor Zorn. »Wer bist du«, brüllte er, »dass du einen Befehl des Herzogs infrage stellst?«

»Ich möchte doch nur verstehen, warum er die Vertreibung angeordnet hat«, erwiderte Jorge, obwohl ihm das Herz bis zum Hals pochte. Noch nie hatte er sich offen gegen den Mönch gestellt.

»Habe ich dir nicht gesagt, dass die Juden unseren Herrn Christus ermordet haben? Unsere Hostien schänden? Die Brunnen vergiften? Und du maßt dir an, an der Weisheit der herzoglichen Entscheidung zu zweifeln? Ich werde dich Mores lehren, Bursche.« Bernardo stand auf und zeigte zur Tür. »Du gehst sofort in den Stall und holst die Gerte. Jetzt!«

Mit hängendem Kopf tat Jorge, wie befohlen, obwohl er nicht verstand, was er eigentlich verbrochen hatte. Von der einen oder anderen Ohrfeige abgesehen, war er von Bernardo noch nie gezüchtigt worden. In fast allen Fällen war diese Bestrafung auch gerechtfertigt gewesen, das war ihm klar. Aber heute?

Schweigend ertrug der Junge nach seiner Rückkehr aus dem Stall die Schläge. Der Schmerz war nicht das Schlimmste, was er aushalten musste. Besonders traf ihn die Demütigung, für etwas bestraft zu werden, wozu er im Unterricht regelrecht aufgefordert wurde. Er hatte doch nur eine Frage gestellt wie sonst auch. Doch diesmal war die Antwort die Peitsche.

Von diesem Tag an war Jorges Verhältnis zu Bernardo nicht mehr so wie früher. Gewiss, er war dem Dominikaner immer noch dankbar für das, was dieser für ihn getan hatte. Aber der Mönch war nicht mehr die unfehlbare Lichtgestalt, für die er ihn die Jahre über gehalten hatte.

In der Nacht lag er noch lange wach. Er dachte daran, dass ihm Aron und Zacharias erzählt hatten, das Alte Testament der Juden sei in wesentlichen Teilen identisch mit dem der Christen. Gott trug dort nur einen anderen Namen. Bei den Juden hieß er Jahwe. Ein fremder Name, sicher. Aber auch im Lateinischen hieß Gott nicht Gott, sondern Deus. Gab es nur einen Gott? Mit verschiedenen Namen? Wenn die Bibel wirklich teilweise gleichlautend war – und er hatte keinen Grund, an den Worten der Juden zu zweifeln –, glaubten sie alle an den einen Gott. Gut, die Juden hielten Christus nicht für Gottes Sohn, sondern für einen falschen Propheten. Das hatte ihm Aron zu erklären versucht. Anderseits aber fanden sich Begriffe wie Gerechtigkeit, Gnade, Buße, Nächstenliebe, Versöhnung, Barmherzigkeit und Sünde aus dem Neuen Testament auch im Tanach wieder. Hatte sich Gott womöglich verändert? War der Gott aus den alten Teilen der Bibel ein anderer als in den jüngeren Texten? Das konnte Jorge sich nicht vorstellen. Wenn Juden und Christen aber zu demselben Gott beteten, der nur anders genannt wurde, warum dann hatte er diese himmelschreiende Ungerechtigkeit, deren Zeuge er heute geworden war, nicht verhindert? Und warum durften Christen nicht mit Judenkindern spielen und lernen? Zacharias hatte doch auch nichts dagegen, dass Aron mit Jorge verkehrte?

Als er endlich einschlief, träumte er erneut von einem göttlichen Wesen, das allerdings noch rachsüchtiger und grausamer war als in früheren Träumen.

16

Hattingen, Deutz und Köln,
10. bis 12. Februar 1500

Der Dienst als Hauptmann in der herzoglichen Garde auf der Burg Blankenstein war eintönig: die Wache einteilen, den Zustand der Donnerbüchsen und der beiden Geschütze kontrollieren, das Exerzieren auf dem Burghof überwachen. Etwas Abwechslung brachten lediglich die regelmäßigen Patrouillenritte, die Philip mit zwei oder drei seiner Soldaten in der Umgebung Hattingens durchführte.

Nachdem der Graf von Dortmund vor einigen Jahren das Amt des Drosten aufgegeben hatte und zurück in seine Heimatstadt gezogen war, hatte der Herzog bei diesem seine Schuld beglichen. Allerdings musste er sich, so erzählten es sich die Höflinge, auch die dafür erforderlichen fünftausend Gulden von Ritter Kracht von Mylendonk leihen, der dafür mit dem Drostenamt belohnt wurde. Und so hatte Philip einen neuen Vorgesetzten erhalten, der ebenso wenig wie sein Vorgänger oder gar der Herzog daran dachte, ihn zu befördern oder wenigstens von diesem langweiligen Posten abzuziehen.

Auch eine Frau hatte Philip noch nicht gefunden, denn die Damen des niedrigen Adels, die für ihn in Betracht kamen, verschwendeten ihre Zeit nicht mit einem einfachen Hauptmann mit geringem Salär, der lediglich einen Titel, aber keinen Herrensitz mit den dazugehörigen Ländereien sein Eigen nennen konnte. Alles in allem befand sich Philip von der Schadeburg in einer recht misslichen Situation, für die er in erster Linie Herzog Johann verantwortlich machte. Immer häufiger suchte er Vergessen und Ablenkung in einer der Schenken Hattingens oder den Hurenhäusern vor den Toren der nahe gelegenen Stadt Bochum.

Mürrisch inspizierte er an diesem Morgen die Rüstkammer des Haupttores, die ein älterer Soldat in Ordnung zu halten hatte. An einer der Pulverbüchsen, die erst vor wenigen Monaten angeschafft worden waren, entdeckte Philip Flugrost. Er ohrfeigte seinen Untergebenen und drohte ihm scharfe Strafen an, falls sich eine solche Unachtsamkeit wiederholen sollte. Als er seine schlechte Laune abreagiert hatte, verließ er die Kammer wieder und wäre fast mit einem Diener des Drosten zusammengestoßen.

»Nun passt doch auf, Kerl«, fuhr Philip ihn an. »Was hast du überhaupt hier zu suchen?«

»Euch, Herr. Der Droste möchte Euch sprechen.«

»Wo?«

»Im Rittersaal.«

»Sag ihm, ich komme später.«

Der Diener schaute betreten drein und schien noch etwas einwenden zu wollen.

»Was ist?«

»Der Droste hat Euer sofortiges Erscheinen angeordnet.«

Barsch stieß Philip den Mann beiseite. »Warum sagst du Tölpel das nicht gleich«, schnaubte er und stieg die Stufen hinauf.

Im Saal des Herrenhauses stand er kurz darauf dem Drosten gegenüber.

Er saß auf seinem Stuhl am Ende des Saales und blickte kaum auf, als Philip den Raum betrat. Hatte der ehemalige Droste Hanle Stecke den Hauptmann wegen seines Adelstitels fast wie seinesgleichen behandelt, scherte sich von Mylendonk nicht um solche Höflichkeiten. Für ihn war Philip nur ein Offizier der herzoglichen Garde, Freiherr hin oder her.

Nur ein einziges Mal hatte von Schadeburgs Adelstitel bei seinem Vorgesetzten eine gewisse Rolle gespielt. An dieses Ereignis allerdings erinnerte er sich nur ungern.

Entsprechend knapp fiel die Order des Drosten aus: »Ich reite morgen zum Abt in Deutz. Begleitet mich mit drei Eurer Männer. Wir werden einige Tage abwesend sein. Das ist alles, Hauptmann.«

Schon war Philip entlassen, das Ganze hatte weniger als eine Minute gedauert.

Trotz dieser offensichtlichen Brüskierung war Philip froh darüber, die Burg verlassen zu können. Seit Monaten war er nicht über die Umgebung Hattingens hinausgekommen. Diese Unterbrechung seines täglichen Einerleis kam ihm gerade recht.

Die Reise verlief ohne besondere Vorkommnisse. Zwölf Stunden nach ihrem Aufbruch erreichte die Gruppe Deutz, wo sie in einer der Herbergen am Rheinufer abstiegen. Der Droste teilte Philip mit, dass er die nächsten zwei Tage keine Verwendung für ihn und seine Leute hätte. Um sechs Uhr in der Frühe am dritten Tag hätte sein Rappe gesattelt vor ihrer Unterkunft bereitzustehen. Dann gehe es zurück nach Blankenstein.

Des Hauptmanns Männer bezogen Quartier im Stall neben ihren Pferden, Philip selbst in einer kleinen Kammer in der Herberge, die er mit zwei Kaufleuten teilen musste. Die Männer schnarchten bereits vernehmlich auf ihrem Lager, als er todmüde auf sein Stroh fiel. Kurz darauf war auch er tief eingeschlafen.

Philips Frühstück bestand aus gekochter Gerstengrütze mit einem fettigen Stück Schweinefleisch. Die Frage, ob er Milch dazu trinken wolle, hatte er mit den Worten verneint, ein solcher Trunk sei etwas für Kinder, Kranke und Alte. Er hingegen trinke wie alle anderen Bier oder verdünnten Wein, unter keinen Umständen Wasser. Wasser war giftig. Philip hatte gehört, das läge an der Nähe der Latrinen zu den Brunnen, wusste aber nicht, ob er diesem Gerücht Glauben schenken sollte.

Als er den zweiten Becher geleert hatte und sich mit vollem Bauch auf der Bank zurücklehnte, betrat ein Mönch den Schankraum, sah sich unter den Gästen um und schritt dann zielstrebig zu dem Tisch, an dem Philip saß. Dort schlug er die Kapuze seiner Kukulle zurück. »Gott zum Gruß, Freiherr.«

Philip, erfreut über die Anrede, sah auf. Vor ihm stand ein Benediktiner mit spitzem Gesicht, der ihm bekannt vorkam. Hatte der Droste seine Reisepläne geändert und schickte den Mönch, um ihm das mitzuteilen?

»Ich lese aus Eurem Gesichtsausdruck, dass Ihr mich nicht wiedererkennt. Lasst mich Eurem Gedächtnis auf die Sprünge helfen. Wir sind uns schon mehrmals begegnet, meistens jedoch nur für einen kurzen Moment des gegenseitigen Grußes. Etwas länger sprachen wir nur ein Mal miteinander. Das war vor etwa dreizehn Jahren, als Ihr uns auf Burg Blankenstein Eure Soldaten zum Geleit überlassen habt.«

Jetzt wusste Philip, wen er vor sich hatte: den Mönch, der sich in Rom einen Namen als Berater des Papstes gemacht hatte. »Ihr seid der, den man ›den Römer‹ nennt«, stellte er fest. »Welche Nachricht bringt Ihr mir?«

»Keine.« Der Mönch setzte sich neben Philip. »Mein Abt Bruder Paschalis hat manchen Punkt mit Eurem Drosten zu besprechen. Das wird sicher viel Zeit in Anspruch nehmen.«

»Paschalis?«, wunderte sich der Freiherr. »Ist nicht Maximilian Euer Abt?«

»Er verstarb vor vier Wochen. Das ist übrigens der Grund für den Besuch des Drosten. Er will Verträge neu verhandeln.«

»Ich habe davon gehört«, log Philip.

»Dann wisst Ihr ja, dass eine Einigung nur schwer zu erzielen sein wird. Die alten Urkunden sind in einigen Punkten widersprüchlich beziehungsweise ungenau, manche

Grenzziehungen der Besitztümer von Kloster und Herzog strittig. Es wird zu Problemen führen, wenn der Grund, um dessen Besitz gestritten wird, gute Erträge abwirft. Da möchte keine Seite nachgeben. Euer Droste hat in den vergangenen Jahren mehrere Vorstöße in dieser Hinsicht unternommen, bei unserem Abt jedoch stets auf Granit gebissen. Jetzt versucht er es mit unserem neuen Oberhaupt. Ich befürchte nur, es wird ihm kein Erfolg beschieden sein.«

»Warum hat sich Graf Stecke nicht darum gekümmert?«

Der Römer zog die Schultern hoch. »Das müsstet Ihr besser wissen als ich. Auf jeden Fall heißt es, dass Kracht von Mylendonk die Grundstücksgrenzen in seinem Hoheitsgebiet in ein großes Verzeichnis überführt und darin auch die Markenweistümer beschreiben lässt, also die Waldgebiete erfasst, die von allen Anrainern genutzt werden dürfen. Da sind ihm wohl diese Unklarheiten aufgefallen. Und nun gibt es Streit nicht nur darüber, welcher Wald zu den Marken gehört, sondern ebenfalls über dessen Inanspruchnahme. Aber ich will Euch nicht mit diesen Besitzstreitigkeiten langweilen. Wart Ihr schon einmal in Köln?«

»Nein.«

»Es gibt in der Stadt sehr einladende Schenken mit freizügigen Frauen. Einem Soldaten wie Euch täte ein wenig Abwechslung sicher gut, oder irre ich mich?«

»Nein, das tut Ihr nicht. Aber woher weiß ein Mann der Kirche von solchen Einrichtungen?«

»Gott sucht seine Herde nicht nur in den Gotteshäusern«, lachte Bartholomäus. »Und wir Mönche sind seine Hirten.«

»Verstehe.«

»Was haltet Ihr davon, wenn wir uns in den Abendstunden dort umsehen, Freiherr? Soweit ich weiß, seid Ihr ja nicht verheiratet. Also dürft Ihr Euch vergnügen.«

Philip fühlte sich geschmeichelt. Ein Ratgeber des Papstes bemühte sich um seine Bekanntschaft. Zwar wunderte er sich, welche Gründe der Römer dafür hatte, aber letztendlich war es ihm auch egal. Ein Abend in der großen Stadt Köln! Die Reise nach Deutz schien sich auch für ihn zu lohnen.

Wie verabredet erschien der Benediktiner kurz nach Sonnenuntergang. Gemeinsam überquerten sie den Rhein mit einer Fähre. Bartholomäus zückte am Kölner Ufer seinen Beutel und ein Albus wechselte den Besitzer. Dafür war der Fährmann bereit, hier zu warten und sie in der Nacht wieder auf die rechte Rheinseite zu bringen.

Das Hurenwirtshaus am Berlich in der Nähe des Neumarkts übertraf Philips Erwartungen. Zahlreiche Tische und Bänke luden zum Sitzen ein, Flötenspieler und Gaukler stolzierten durch die Reihen und stellten ihr Können zur Schau, natürlich nicht, ohne den ihnen zustehenden Obolus einzufordern. Am meisten interessierten den Freiherrn aber die Dirnen, die sich mit ihren roten Schleiern, Bändern oder Kopftüchern den zahlungskräftigen Kunden präsentierten.

Der Frauenwirt, ein schwitzender Mann von vielleicht vierzig Jahren, der einen beachtlichen Wanst vor sich hertrug, sprach die Neuankömmlinge an und forderte die Vermittlungsgebühr. »Von mir erhältst du keinen Pfennig, mein Sohn«, erwiderte Bartholomäus. »Schließlich werde ich die Dienste der Frauen nicht in Anspruch nehmen. Für meinen Begleiter hier jedoch will ich gerne aufkommen.«

»Speis und Trank sind nicht inbegriffen«, knurrte der Fettsack, sichtlich ungehalten, dass er nur einmal abkassieren konnte.

Erneut zückte der Mönch seinen Beutel. »Und nun bring uns zwei Humpen Bier. Wenn du dein Gebräu allerdings mit Wasser streckst, sollst du in der Hölle schmoren.«

Der Mann erbleichte und sein Gesichtsausdruck verriet, dass er sich ertappt fühlte. Schnell versicherte er: »Bei mir wird redlich ausgeschenkt, gnädige Herren. Bestes Bier, beste Mädchen. Folgt mir, wenn's Euch genehm ist.«

Sie saßen kaum, als sich eine der Hübschlerinnen näherte. Sie war klein gewachsen, mit langen braunen Haaren und stellte ihren üppigen Busen ungeniert zur Schau. Philip begann, mit ihr über den Preis zu verhandeln, als sich Bartholomäus einmischte: »Verschenkt Eure Gunst nicht zu früh, mein Freund, sondern prüft zunächst und entscheidet erst nach sorgfältiger Überlegung. Es gibt hier mehr als nur ein schönes Mädchen. Und die Schönste von allen«, er deutete mit der Hand zur Treppe ins Obergeschoss, »kommt just dort herunter.«

Philip schob die Brünette beiseite, die sich leise fluchend entfernte. Der Benediktiner mochte zwar das Keuschheitsgelübde abgelegt haben, dachte der Hauptmann, aber von Frauen verstand er etwas, ohne jeden Zweifel. Die Dirne, die dort langsam die Treppe herunterschritt, war groß und von schlanker Gestalt. Ihr blondes Haar hatte sie hochgebunden und nur andeutungsweise mit ihrem roten Kopftuch bedeckt. Ihr stolzer Gesichtsausdruck ließ ihre Züge noch makelloser erscheinen. Und die fließenden Bewegungen ihres Körpers weckten in Philip die Lust.

Aber noch ehe er die Dirne auf sich aufmerksam machen konnte, stand der Römer auf und rief, den Geräuschpegel im Wirtshaus mühelos übertönend: »Alhayt!«

Sie drehte ihren Kopf, blieb am Fuß der Treppe stehen und sah in seine Richtung. Der Römer hatte sich schon erhoben, ging auf die Schöne zu und zog sie am Arm etwas beiseite. Intensiv redete er auf sie ein und machte mehrmals, als wollte er das Gesagte untermauern, eine Kopfbewegung zu Philip hin. Schließlich nickte Alhayt und Philip sah, wie Bartholomäus erneut seinen Beutel zückte und der Hure ein wenig Geld zusteckte. Dann kehrte er mit der Hübschlerin an ihren Tisch zurück.

»Das ist Alhayt«, stellte er sie vor, »die Königin der Berlicher Nächte. Ihr werdet innerhalb von Kölns Mauern wohl niemanden finden, der es so wie sie versteht, Männer glücklich zu machen.« Er verschwieg tunlichst, dass er sie bereits kannte, da sie Spitzeldienste für den Erzbischof leistete.

Philip grinste und nahm einen Schluck aus dem Humpen. »Woher habt Ihr diese Erkenntnis?«

»Man erzählt sich so allerlei auf den Straßen«, erwiderte der Römer. »Und manchmal hören auch wir Männer der Kirche davon.«

Der Hauptmann glaubte ihm kein Wort. Es war ein offenes Geheimnis, dass auch Geistliche die Dienste von Huren in Anspruch nahmen, wenn sie sich nicht ohnehin Geliebte hielten. Trotzdem antwortete er: »Natürlich. Eine dumme Frage.«

»Ich habe Alhayt den Lohn für ihre Arbeit schon bezahlt. Also lasst Euch nicht über den Leisten ziehen.«

»Wie komme ich zu dieser Ehre?«, wunderte sich Philip nicht zum ersten Mal an diesem Abend.

Der Römer schmunzelte. »Ihr seid ein Hauptmann in der Garde des Herzogs. Ich will nicht verhehlen, dass mir an Eurer Bekanntschaft etwas liegt.«

»Und das wäre?«

»Manchmal ist es von Vorteil, jemanden in der Nähe eines Herzogs zu haben, auf den man sich verlassen kann. Jemanden, der auch vertrauliche Botschaften überbringt und trotzdem den Mund hält. Ich denke, Ihr seid ein solcher Mann.«

Philip glaubte zu wissen, was der Benediktinermönch meinte. Er suchte einen Verbündeten im Umfeld seines Herrn. Nun gut, dachte er sich, es kann nie schaden, mehr als nur ein Eisen im Feuer zu haben. Vor allem, wenn der neue Freund sich so großzügig zeigte wie der Römer. Deshalb nickte er als Antwort.

»Das freut mich. Dann lasst Euch nicht stören und Alhayt ihre Arbeit tun. Ich versichere Euch, Ihr werdet nicht enttäuscht.« Mit diesen Worten drehte er sich um und widmete sich seinem Humpen, damit Philip seinen zufriedenen Gesichtsausdruck nicht bemerkte. Dieser einfältige Hauptmann war Wachs in seinen Händen, dachte er erneut. Langsam nahm sein Plan Gestalt an.

Die Kammer im Obergeschoss, in die die Dirne Philip führte, maß gerade fünf Schritte in der Länge und nicht mehr als sieben in der Breite. Alhayt zündete mit der Kerze, die sie aus dem Schankraum mitgebracht hatte, eine Öllampe neben der Tür an. Ihr Schein tauchte den Raum in trübes Licht. An der linken und rechten Wand lag jeweils ein Strohsack, daneben stand eine Bank. Zwischen den Säcken war ein Seil gespannt, an dem ein Vorhang zugeschoben werden konnte. Ein Fenster hatte der Raum nicht.

Alhayt zog Philip zu dem Lager. »Wie hast du es denn am liebsten?«, schnurrte sie und versenkte ihre Hand in seinen Haaren. Er zog sie an sich und drückte seine Lippen auf ihre, derweil wanderte seine Rechte unter ihren Rock, sie machte sich an seinen Beinkleidern zu schaffen.

Wenig später lagen sie nackt nebeneinander auf dem

Strohpolster. Er stieg über sie, spreizte mit den Knien ihre Schenkel und wollte gerade in sie eindringen, als die Tür aufgerissen wurde.

Die Brünette, die Philip auf Bartholomäus' Rat abgewiesen hatte, betrat mit einem Freier im Schlepptau den Raum. »Lasst euch nicht stören«, meinte sie lachend, drückte ihren Begleiter auf den zweiten Strohsack und zog mit einem Ruck den Vorhang zu, sodass der Raum nun in zwei Hälften geteilt war.

Philip fluchte leise. Seine Männlichkeit erschlaffte. Zwar sah er das andere Paar, mit dem sie die Kammer nun teilten, nicht mehr. Aber hören konnte er es nur zu gut. Unwirsch rollte er sich von Alhayt herunter und machte Anstalten, von der Bettstatt aufzustehen.

Die Dirne, der der Verlust eines lukrativen Geschäfts drohte, griff Philip mit beiden Händen an der Schulter und zog ihn wieder zu sich herunter. Dann griff sie mit der Rechten zwischen seine Schenkel, um ihn zu erregen. Jenseits des Vorhangs waren leise Lustschreie zu vernehmen. Alhayts Anstrengungen blieben jedoch zunächst erfolglos, zu sehr konzentrierte sich Philip auf das Geschehen hinter dem Vorhang.

Alhayt seufzte vernehmlich, kniete sich neben ihren Beischläfer und drückte seine Hand auf ihren Busen. Dann beugte sie sich nach unten, um mit dem Mund das zu tun, was ihre Finger nicht vermochten.

Philip stöhnte auf, als sich ihre Lippen um sein Geschlecht schlossen. Er ließ sich nach hinten fallen und hatte kurz darauf das andere Paar vergessen.

Eine halbe Stunde später nahm er mit verklärtem Lächeln wieder neben dem Römer Platz.

»Ich sehe Euch an, dass Ihr zufrieden mit Alhayt wart?«

»Ein guter Ratschlag, den Ihr mir gabt. Ich stehe in Eurer Schuld.«

Bartholomäus winkte ab. »Nicht doch, Freiherr.«

»Doch wirklich. Wenn ich es Euch irgendwann vergelten kann, lasst es mich wissen.«

Der Geistliche senkte leicht den Kopf. »Vielleicht kommt es wirklich dazu, dass ich Euch um einen Gefallen bitten werde. Lasst uns noch zwei Humpen Bier bestellen. Ihr müsst durstig sein.«

In dieser Nacht nahm Philip noch zwei weitere Mal die Dienste Alhayts in Anspruch. Auch in diesen Fällen beglich sein Begleiter die Rechnung. Als sie in den frühen Morgenstunden das Hurenhaus verließen und zum Rhein zurückkehrten, um nach Deutz überzusetzen, waren ihre Stimmen schwer und ihr Gang unsicher. Aber der Fährmann, der schlafend in seinem Kahn auf sie gewartet hatte, brachte sie sicher ans andere Ufer.

In der Herberge sank der Hauptmann erschöpft auf sein Lager. Seine Gedanken galten Alhayt. Und als er sich ihre Hände, ihre Brüste, ihren Schoß und vor allem ihre Lippen vorstellte, regte sich seine Männlichkeit erneut. Ohne Alhayt jedoch musste er selbst Hand an sich legen, um sich zu erleichtern. Danach fiel er in einen tiefen Schlaf.

Feindschaften

Februar 1501 bis Oktober 1501

1

Hattingen, 18. Februar 1501

Ein Jahr war seit der Vertreibung Arons und der anderen Juden vergangen. Jorge und Bernardo hatten seitdem nicht mehr über das Thema gesprochen und selbst Marlein zog es vor, Aron nicht zu erwähnen. Jorges Verhältnis zu seinem Ziehvater hatte sich nicht verändert. Noch immer achtete er den Dominikaner und war ihm für seine Unterstützung dankbar. Seine Haltung gegenüber Juden verstand er allerdings nicht.

Jorge hatte in den letzten zwölf Monaten fleißig gelernt. Mittlerweile war er in der Lage, selbstständig Sätze auf Latein zu formulieren und zu schreiben. Längere, nicht zu schwierige Texte vermochte er fehlerfrei zu lesen. Und im Rechnen machte er ebenfalls Fortschritte.

Die Mönche behandelten ihn noch immer unverändert gut, obwohl sie seit damals von seinem Kontakt zu den Juden wussten. Sie schienen ihm seine Sünden, wenn sie denn seine Freundschaft zu Aron als solche ansahen, vergeben zu haben. Nur Bruder Matthias verhielt sich nach wie vor ablehnend.

Jorges Zweifel, ob Bernardos Gott auch der Seinige sei, waren geringer geworden. Der Junge führte das auf die vielen Gebete zurück, in die er auch Aron einschloss. Wo mochte sein Freund jetzt sein? Und wie war es ihm ergangen? Ob er und seine Glaubensbrüder wohl Schutz und Sicherheit bei dem polnischen König im Osten gefunden hatten?

Vor einigen Monaten hatte er Bruder Albertus gefragt, wo dieses fremde Königreich liege. Aber selbst dieser, der Belesenste unter den Dominikanern im Haus der grauen Mönche, konnte seine Frage nicht beantworten. Bruder Albertus hatte ihm immerhin versprochen, bei einem seiner nächsten Besuche im Soester Stammkloster in der dortigen Bibliothek nachzuforschen.

Jorges Treffen mit Marlein waren zur Routine geworden. Sie gaben sich nicht mehr die Mühe, ihre Bekanntschaft besonders zu verheimlichen und gingen sich selbst in der Stadt nicht mehr aus dem Weg wie früher.

An diesem Nachmittag hatten sie sich an dem Bach Emsche im Nordosten Hattingens verabredet, da der dortige Grund nur spärlich bebaut und somit bevölkert war.

Das Wetter war umgeschlagen. In den sternklaren Nächten der letzten Zeit hatte es Stein und Bein gefroren und die tief stehende Wintersonne konnte tagsüber den Frost nicht vertreiben. Jorge hockte auf einem großen Stein und wartete auf seine Freundin. St. Georg schlug vier Mal. Marlein hätte schon längst bei ihm sein sollen. Aber Verspätungen waren bei ihr in den letzten Wochen keine Seltenheit. Immer öfter zog ihre Mutter sie zu Hausarbeiten heran und verhinderte so, dass sie rechtzeitig zu ihren Treffen kommen konnte. Marlein hatte Jorge davon erzählt, dass ihre Eltern sie mit Wendel von Krekenbeck verloben wollten. Und um sie auf ihre Aufgabe als zukünftige Ehefrau und Dame des Hauses vorzubereiten, musste sie daheim mehr als früher ihrer Mutter und auch den Mägden zur Hand gehen. Denn nur wer die Arbeit kenne, die das Gesinde auszuführen habe, könne sie auch überwachen und anleiten, meinte Marleins Mutter.

Niemals werde sie dieses Scheusal heiraten, hatte sie Jorge damals versichert. Wenn sie überhaupt jemals einen Mann ehelichen werde, dann nur so jemanden wie Jorge. Aber wahrscheinlicher sei, dass sie später als Bakkalaureus die Welt bereise. Dabei seien Männer sowieso nur hinderlich. Hatte Jorge die erste Bemerkung Marleins gefreut, versetzte die zweite ihm einen Stich. Aber er tröstete sich mit dem Gedanken, dass seine Freundin erst zehn Jahre zählte. Da war es noch lange hin bis zu einer Heirat. Und erst recht bis zu einer Weltreise.

Schritte erklangen hinter ihm. Marlein. Endlich! Jorge fuhr herum und sah sich Lucas und drei seiner Freunde gegenüber.

»Sieh an«, giftete der. »Das Mündel der Bettelmönche.« Sein Blick war hasserfüllt.

Lucas war mit seinen fünfzehn Jahren zwar einen Kopf größer als Jorge, Letzterer aber durch die Arbeit in Stall, Garten und Feld fast ebenso kräftig wie Marleins Bruder. Jorge traute sich zu, es mit Lucas aufzunehmen, auch wenn er nicht die geringsten Erfahrungen in körperlichen Auseinandersetzungen hatte. Trotzdem wollte er eine Schlägerei um jeden Preis vermeiden. Zum einen wäre es Marlein sicher nicht recht, wenn er sich mit ihrem Bruder prügelte, zum anderen war Lucas der Sohn einer der einflussreichsten Familien der Stadt. Bruder Bernardo und die anderen Dominikaner würden eine Rauferei allein schon deswegen missbilligen.

»Was machst du hier, Bettelmönch?«

»Ich sitze auf einem Stein«, erwiderte Jorge vorsichtig.

»Das sehe ich. Aber ich will wissen, warum du hier bei dieser Kälte sitzt.«

»Ich habe keinen besonderen Grund.«

»Er hat keinen Grund«, wiederholte Lucas und schaute überheblich zu seinen Freunden. »Wollen wir ihm das glauben?«

Schweigend schüttelten seine Kumpane die Köpfe.

»Siehst du.« Lucas wandte sich wieder an Jorge, machte zwei Schritte auf ihn zu und stieß ihn mit der Hand gegen die Schulter. »Soll ich dir sagen, warum du hier sitzt?« Er wartete die Antwort nicht ab. »Weil du mit meiner nichtsnutzigen Schwester verabredet bist. Aber Marlein wird nicht kommen. Nicht heute und auch nicht morgen. Nie mehr. Hast du das verstanden, Bettelmönch?« Die anderen Jungs kamen näher und stellten sich im Kreis um Jorge auf. Wenn es überhaupt eine Chance zur Flucht gegeben hatte – jetzt war sie vertan.

»Wir sind Marlein nachgegangen. Willst du wissen, wo sie jetzt ist?« Mit zwei Fingern im Mund erzeugte er einen schrillen Pfiff. Lucas streckte die Hand aus und zeigte auf das am nächsten stehende Haus, etwa hundert Schritte entfernt. »Schau nur genau hin. Siehst du sie?«

Jorge blickte in die angegebene Richtung. Hinter der Hausecke trat ein weiterer Freund von Lucas hervor, ein sich heftig wehrendes Mädchen im festen Griff. Marlein! Ihr rotes Haar war auch auf diese Entfernung gut zu erkennen.

»Was mit ihr geschieht, entscheidet Vater, wenn ich sie nach Hause gebracht habe. Was mit dir passiert, entscheide ich selbst. Und zwar jetzt.« Unvermittelt schoss seine Faust vor. Der Schlag traf Jorge auf der Nasenspitze. Etwas knirschte. Sofort trieb ihm ein stechender Schmerz die Tränen in die Augen. »Das tut weh, was?«, spottete Lucas und schlug erneut zu. Dieses Mal traf sein Hieb Jorges Oberlippe. Jorge schmeckte Blut und fühlte kalte Wut in sich aufsteigen. Aber er würde sich nicht wehren, durfte sich nicht verteidigen.

»Na, da macht der Bettelmönch sich aber in die Hose«, feixte Lucas und drehte sich zu seinen Freunden hin. »Ist er nicht ein großer Hosenscheißer?«

Sie lachten spöttisch. »Nun los«, forderte Lucas Jorge auf. »Dann zeig mal, was du draufhast. Oder wiegt die Scheiße in deinen Lumpen so schwer, dass du dich nicht bewegen kannst?« Er tänzelte vor seinem Kontrahenten hin und her, die Fäuste zum Schlag erhoben.

Jorge hingegen blieb einfach stehen.

»Er traut sich nicht«, beschwerte sich Lucas. »Da war ja deine Mutter mutiger. Oder war es nicht sie, die versucht hat, einen Hauptmann der Garde des Herzogs zu ermorden?«

»Lass meine Mutter aus dem Spiel«, zischte Jorge.

»Habt ihr gehört? Der Bettelmönch kann sogar reden. Hätte ich nicht geglaubt. Der Sohn einer Verbrecherin kann sprechen. Es heißt, deine Mutter sei am Hals aufgehängt worden. Geschah ihr recht. Bestimmt hat sie noch andere Verbrechen begangen. Hat sie nicht auch im Hurenhaus gearbeitet?«

Ohne Ankündigung sprang Jorge vor. Der Aufprall war so heftig, dass Lucas das Gleichgewicht verlor und zu Boden stürzte.

Sofort war Jorge über ihm, versetzte ihm rasend vor Wut mehrere Schläge ins Gesicht. Zähne brachen, Lippen platzten. Lucas heulte auf und versuchte erfolglos, sich vor den Fäusten seines Gegners zu schützen. Immer wieder trafen Jorges Hiebe das Gesicht des anderen, ließen es blutig anschwellen.

Nachdem sie ihre Verblüffung über den unerwarteten Angriff überwunden hatten, rissen Lucas' Freunde Jorge hoch. Obwohl er sich wehrte, konnte sich der Junge nicht losreißen. Zwei der Gegner hielten ihn fest, der andere prügelte auf ihn ein. Auch Lucas rappelte sich wieder auf. »Das wirst du mir büßen«, stammelte er, betastete sein Gesicht, sah sich um und griff einen faustgroßen Stein. »Jetzt hat dein letztes Stündlein geschlagen, Bettelmönch.« Er holte aus. »Haltet ihn fest.«

Irgendwo rief jemand: »Was macht ihr da, Burschen?«

Jorge sah den Stein in Lucas' Hand. Sah ihn auf seinen Kopf zufliegen. Sah nur noch Schwärze vor seinen Augen.

2

Köln, 22. Februar 1501

An diesem Montagmorgen suchte Bartholomäus die Hure Alhayt auf. In den letzten Wochen hatte er ihre Dienste häufiger in Anspruch genommen, bei seinen Besuchen im Hurenwirtshaus jedoch nur am Bier oder Wein genippt und somit seine Zunge im Zaun gehalten. Ab und an bemerkte er die Versuche der Dirne, ihn auszuhorchen, was bei ihm den Wunsch auslöste, ihr die Neugier mit der Reitpeitsche auszutreiben. Doch er widerstand solchen Neigungen, er konnte seine Rache an der Hure später befriedigen. Jetzt brauchte er das Weib, um seinen Plan in die Tat umzusetzen. Das würde sicher nicht billig – Alhayt war nicht für ein paar Pfennige zu haben. Aber Geld war für ihn, dank seines verstorbenen Vaters, kein Problem mehr. Wie erwartet, war das Hurenwirtshaus noch verschlossen. Bartholomäus schlug so lange mit den Fäusten an die Tür, bis er schlurfende Schritte aus dem Innern vernahm.

Eine schmale Holzlade wurde geöffnet und das mürrische Gesicht des Frauenwirts erschien in der Öffnung. »Ihr, Vater?« Der Fettkloß war sichtlich erstaunt, den Mönch zu sehen. »Um diese Zeit? Ihr wisst doch, dass wir erst am Nachmittag öffnen. Die Mädchen brauchen Ruhe und …«

»Ich bin nicht zu meiner Unterhaltung hier, sondern möchte dir ein Geschäft vorschlagen.«

»Ein Geschäft?« Schlagartig war das Interesse des Mannes geweckt. »Was für ein Geschäft denn?«

»Das sollten wir nicht durch eine Tür getrennt bereden.«

Der Kopf des Wirts verschwand aus der Öffnung und die Lade fiel zu. Dann war das metallische Geräusch sich drehender Schlüssel zu hören und die Pforte schwang mit einem leisen Knarren auf. »Tretet ein«, meinte der Inhaber deutlich freundlicher und gab den Weg ins Innere des Hauses frei. »Möchtet Ihr etwas trinken?«

»Bier gegen den Durst.«

»Kommt sofort.« Der Dicke schloss die Tür und schlagartig stand der Mönch in fast vollständiger Dunkelheit. Erst als der Wirt, der sich im Schankraum mit schlafwandlerischer Sicherheit bewegte, eine Öllampe entzündete, fand Bartholomäus den Weg zu einem der Tische, ohne sich zu stoßen.

Kurz darauf kehrte der schwergewichtige Hurenwirt mit zwei gefüllten Bechern zu ihm zurück. »So. Dann sprecht. Um was handelt es sich?«

»Ich möchte dir Alhayt abkaufen«, antwortete der Geistliche ohne Zögern.

Der Mann lachte auf. »Sie ist mein bestes Mädchen.«

»Das ist mir durchaus bewusst.«

»Was habt Ihr denn zu bieten?«, fragte der Wirt verschlagen.

»Was forderst du?«, erwiderte der Mönch ungerührt.

»Fünf Goldgulden.«

Der Benediktiner lachte auf. »Du bist verrückt. Einen Gulden und keinen Pfennig mehr.«

»Drei.«

Bartholomäus beugte sich zu seinem Gegenüber und

senkte die Stimme. »Jetzt hör genau zu, welches Angebot ich dir mache. Du bekommst zwei Gulden. Dafür vergesse ich, dass du Bier und Wein mit Wasser streckst und die Betrunkenen ausplünderst, wenn du nicht sogar Schlimmeres mit ihnen anstellst.«

»Woher wollt Ihr das wissen?«, wagte der Wirt einen Einwand.

»Ich habe es oft genug mit eigenen Augen gesehen.«

»Pah!« Der Fettkloß schüttelte so heftig den Kopf, dass seine fülligen Backen hin und her schwabbelten. »Ihr könnt doch nichts beweisen. Und außerdem darf ein Geistlicher kein Hurenhaus aufsuchen.«

»Nicht als Gast, das ist wahr«, räumte Bartholomäus ein. »Aber als Priester, der sich um die Seelen derer sorgt, die hier verkehren, allemal. Und in keiner anderen Eigenschaft war ich hier.«

»Behauptet Ihr …«

»Willst du es darauf ankommen lassen? Ich kenne den Erzbischof persönlich, bin sein Gesprächspartner. Wem, meinst du, wird er vertrauen? Einem Hurenwirt oder einem Bruder in Christi? Wenn ich will, landest du schneller im Kerker, als du es dir vorstellen kannst.«

Der Mönch sah förmlich, wie es in dem Wirt arbeitete: Dessen Stirn legte sich in Falten, die Kiefer mahlten. Unruhig trommelten seine Finger auf die Tischplatte. Schließlich hatte er sich zu einer Entscheidung durchgerungen. »Ich beuge mich dem Druck des Stärkeren. Allerdings seid Ihr hier nicht mehr willkommen.«

Bartholomäus kramte in seinem Beutel und warf zwei Goldgulden auf den Tisch und einige Pfennige dazu. »Für das Bier. Und jetzt hol Alhayt.«

Die junge Hure wirkte verschlafen, als sie sich kurz darauf zu dem Mönch an den Tisch setzte.

»Lass uns allein«, befahl dieser dem Wirt, der Anstalten machte, sich ebenfalls auf der Bank niederzulassen. Als der Dicke den Schankraum verlassen hatte, begann Bartholomäus zu sprechen: »Ich habe dem Hurenwirt zwei Goldgulden dafür bezahlt, dass er dich an mich abtritt.«

Alhayt zog die Augenbrauen hoch, ließ aber kein Wort verlauten, sondern sah ihr Gegenüber nur aufmerksam an. »Wie viel verdienst du an einem Abend hier im Haus?«, begann der Mönch die Unterhaltung.

»Im Schnitt zwei Albus.«

»Was zahlst du für Unterkunft und Essen?«

»Eineinhalb Albus.«

»Und wenn dein Einkommen nicht reicht, machst du bei dem Fettkloß Schulden, richtig?«

Sie nickte.

»Vermutlich berechnet er Wucherzinsen«, stellte der Benediktiner fest.

»Einen viertel Albus pro Tag.«

»Hast du Schulden?«

Sie schüttelte den Kopf.

»Ich bezahle dir drei Albus am Tag und die Miete. Und du musst auch nur noch einem Mann zu Willen sein, keinen anderen Freiern. Eines noch: Was hat dir der Spitzel des Erzbischofs gezahlt, damit du deine Informationen an ihn weitergibst?«

Die Dirne erbleichte.

»Rede!«

»Einen halben Albus bei jedem unserer Treffen.«

»Wie viele Treffen gab es?«

»Vier.«

»Ging es dabei nur um mich?«

Sie schüttelte den Kopf.

»Gut. Ich zahle dir einen Goldgulden, damit du zukünftig den Mund hältst. Außerdem will ich alles wissen, was du weitergegeben hast. Bist du einverstanden?«

»Habe ich Euch richtig verstanden: einen Goldgulden für mein Schweigen, drei Albus täglich nebst Miete. Und nur noch einen Freier?«

»So ist es.«

Alhayt nickte. »Ich willige ein. Es ehrt mich, wenn Ihr mich für Euch alleine wollt. Dann kann ich mich also als die Geliebte eines Mönches betrachten? Wo wollt Ihr es mit mir treiben? In Eurer Klosterzelle?«

»Ich bin nicht der, dem du dich feilzubieten hast.«

»Nein?« Ihr Lachen klang künstlich und sollte wohl nur ihr Erstaunen kaschieren. »Ihr bezahlt für jemand anderen? Das nenne ich wirklich christliche Nächstenliebe.«

»Mit Christus hat das nichts zu tun. Es handelt sich um ein Geschäft.«

»Was, wenn ich Nein sage?«

»Sorge ich dafür, dass du diese Entscheidung bereust. Du gehörst mir und tust, was ich sage.«

»Wie der Fisch, der am Angelhaken hängt?«

Für einen Moment schwiegen beide. Dann antwortete Bartholomäus: »Nein, nicht wie der Fisch. Du bist der Wurm.«

3

Hattingen, 23. bis 26. Februar 1501

Blitze zuckten vor seinen Augen. Feuer loderte auf und näherte sich, alles verzehrend, was ihm im Weg stand. Es war unerträglich heiß. Er versuchte zurückzuweichen, wurde daran gehindert. Wer oder was hielt ihn? Schon züngelten die Flammen direkt vor seinem Gesicht. Er hob die Hände, um sich zu schützen. Jeden Moment würde sie ihn erreichen, ihn verbrennen, diese unglaubliche Hitze! Dann Linderung. Kühle. Das Antlitz seiner Pflegemutter verdrängte das Feuer. Ihr gütiges Lächeln. Und Caspar. Warum stand Marlein zwischen ihnen? Sie lächelte. Seine Pflegeeltern lösten sich langsam auf. Sie verblassten wie Nebel. Marlein jedoch blieb. Doch ihr Haar wuchs plötzlich rasend schnell. Schon hatten die ersten der roten Strähnen den Boden erreicht, krochen auf ihn zu, umschlangen seine Füße, verwandelten sich – in Flammen! Wieder diese Hitze. Jetzt würde er zu Asche verglühen. Er musste fliehen. Fort, nur fort. Aber seine Beine verweigerten den Dienst. Hilflos musste er mit ansehen, wie die Flammen an seinen Unterschenkeln hochkrochen, die Knie berührten, den Bauch. Um Himmels Willen, er verbrannte bei lebendigem Leib. Warum half ihm keiner? Warum musste er …

Panisch riss Jorge die Augen auf. Er sah in das lächelnde Gesicht Bruder Bernardos, der ihm die Stirn mit einem feuchten Tuch gekühlt hatte. Neben ihm stand Thomas.

»Er ist aufgewacht.« Bernardo beugte sich über ihn. »Jorge, kannst du mich verstehen?«

Der Junge nickte und versuchte, seinen Kopf zu bewegen, um zu sehen, wo er war. Aber ein heftiger Schmerz ließ ihn zusammenfahren.

»Bleib ruhig und rühre dich nicht«, riet Thomas. »Deine Nase ist gebrochen und du hast einen Schlag mit einem Stein abbekommen. Kannst du dich erinnern?«

»Ja«, flüsterte Jorge. Das Sprechen fiel ihm schwer.

»Das ist ein gutes Zeichen«, versicherte Thomas seinem Mitbruder. »Sein Verstand scheint zu funktionieren.«

»Du liegst in meinem Bett«, erklärte Bruder Bernardo daraufhin. »Hier bleibst du bis zu deiner Genesung. Aber du wirst dich wohl einige Tage gedulden müssen, bis die Schwellung an deiner Stirn zurückgegangen ist. Erst dann kann Bruder Thomas feststellen, ob auch nichts gebrochen ist. Deine Heilung verdankst du ihm. Und der Gnade Gottes natürlich«, setzte er schnell hinzu. »Thomas hat dir Salbeiblätter auf deine Wunden gelegt, damit sie die schlechten Säfte herausziehen und die Verletzungen gut heilen. Und er hat dir mit der Baldrianwurzel einen tiefen Schlaf geschenkt.«

Jorge zog es vor, nicht zu antworten.

»Wir befürchteten das Schlimmste, als die Bauern dich zu uns brachten. Dein Gesicht war blutig geschlagen, einige Zähne wackelten. Aber mach dir keine Sorgen, sie wachsen wieder fest. Dein linkes Auge war fast vollständig zugeschwollen. Dort hat dich der Stein getroffen. Wenn die Bauern nicht auf die Prügelei aufmerksam geworden und dazwischen gegangen wären – wer weiß, welches Ende diese Auseinandersetzung genommen hätte.«

Bernardo schüttelte entgeistert den Kopf. »Der junge van Enghusen hat wie ein Berserker auf dich eingeschlagen. Zu seiner Entschuldigung hat er angeführt, du hättest ihn angegriffen. Die Bauern, die den Vorfall verfolgt haben, berichteten hingegen, dass er zuerst dich geschlagen habe. Lucas van Enghusen behauptet allerdings auch, die Ehre seiner Schwester verteidigt zu haben. Er habe dich nur zur Rede stellen wollen, da du seiner Schwester Marlein nachgestellt hättest. Dann sei aus einem Wortwechsel ein Streit entstanden und du hättest zugeschlagen. Stimmt das mit dem Mädchen, Jorge?«

Der Junge schloss die Augen. Seine Gedanken rasten. Was sollte er antworten? Sagte er die Wahrheit, erschiene Lucas' Angriff auf ihn in einem gänzlich anderen Licht. Nicht mehr Lucas, sondern er selbst wäre der Schuldige. Und auch Marlein würde sich vor ihren Eltern für ihr Verhalten rechtfertigen müssen.

»Jorge?«

»Dräng ihn nicht, Bernardo. Der Knabe hat Schmerzen und dich womöglich auch nicht verstanden.«

Doch, er hatte sehr wohl verstanden. Aber er brauchte ein wenig Zeit zum Nachdenken. Nur ein paar Sekunden. Musste Marlein sich auch mit diesen Vorwürfen auseinandersetzen? Wie hatte sie wohl geantwortet? Hatte sie die Wahrheit gesagt und sich in ein schlechtes Licht gerückt? Oder hatte sie zu einer Notlüge gegriffen? Seine Gedanken rasten. Und dann traf er eine Entscheidung.

»Nein«, log er. »Das ist nicht wahr.« Seine Stimme war kaum zu verstehen. »Ich habe sie einige Male zufällig getroffen. Das ist alles.« Er schloss wieder die Augen. Jetzt war es passiert. Er hatte gesündigt. Irgendwann würde er für dieses Vergehen büßen müssen. Aber Marleins Wohl war es ihm wert, bestraft zu werden.

»Ich glaube dir, Jorge«, meinte Bernardo. »Das Mädchen hat dasselbe behauptet. Ihr Bruder muss euer Verhalten falsch eingeschätzt haben. Nun schlaf. Wir werden später wieder nach dir sehen.« Er zog die Decke hoch, sodass Jorge nicht frieren musste.

Es war diese Geste, die Jorge zutiefst beschämte. Er belog seinen Gönner und wurde dafür auch noch mit Zuneigung belohnt. Aber er hatte nicht anders handeln können und verspürte auch keine Reue. Würde Gott ihm verzeihen?

Zwei Tage später konnte Jorge schon wieder feste Nahrung zu sich nehmen. Und nach weiteren zwei Tagen durfte er aufstehen und das Dormitorium verlassen. Im Erdgeschoss wartete schon Bruder Bernardo mit einem Becher heißer Ziegenmilch.

»Hinrick van Enghusen hat mit mir gesprochen«, eröffnete er Jorge. »Er hat sich nicht für die Tat seines Sohnes entschuldigt, sich aber nach deinem Gesundheitszustand erkundigt. Es war ihm anzusehen, dass ihm dieser Schritt nicht gerade Freude bereitet hat.« Bernardo legte fünf Albus auf den Tisch. »Sein Sohn hat ihn begleitet. Bestimmt ist er nicht freiwillig gekommen, sondern sein Vater wird ihn dazu gezwungen haben. Lucas hat das Bußgeld entrichtet. Ich habe es in deinem Namen angenommen. Damit ist dieser unerfreuliche Vorfall ausgestanden. Aber ich warne dich: Halte dich von diesem Kerl fern. Der junge van Enghusen wird diese Schmach nicht vergessen. Das stand in seinen Augen geschrieben. Ich habe keinen Zweifel, dass er nur auf eine Gelegenheit wartet, um sich an dir zu rächen. Also sei auf der Hut.«

Jorge zeigte auf das Geld. »Ich will es nicht.«

»Warum nicht? Es steht dir zu.«

Jorge schluckte. Was sollte er antworten? Dass das Bußgeld auf einer Lüge fußte? Dass die Vorwürfe Lucas' berechtigt waren? »Nimm du es, Vater«, wich er deshalb aus. »Du und die anderen Brüder haben so viel für mich getan. Da ist es nur recht, wenn ich euch ein wenig davon zurückgebe.« Kaum hatte er diesen Satz ausgesprochen, fühlte er sich hundeelend. Und nur sein immer noch grotesk geschwollenes Gesicht verhinderte, dass Bernardo ihm diesen Gemütszustand sofort ansah. So aber strich der Mönch seinem Mündel nur sanft über den Kopf. »Du hast ein großes Herz, mein Sohn. Der Herr wird es dir danken.«

Wenn das doch nur so wäre, dachte Jorge. Und wollte vor Scham am liebsten in den Boden versinken.

4

Werden und Blankenstein, 15. März 1501

Seit drei Wochen nun wohnte Alhayt in ihrem neuen Quartier in der Stadt Werden. Drei Jahre nach dem großen Brand, der fast die gesamte Stadt an der Ruhr vernichtet hatte, war es Bartholomäus leichtgefallen, einen Herbergswirt zu finden, der die Dirne ohne Lohn zum Schein als Bedienung beschäftigte und ihr eine kleine Hütte außerhalb der Stadt als Wohnraum zur Verfügung stellte. Das war nicht ungewöhnlich in diesen Tagen, waren dem Feuer doch hauptsächlich Wohnhäuser zum Opfer gefallen, von denen immer noch nicht alle wiederaufgebaut waren. So suchten die Bewohner Werdens Unterkunft in allem, was in der Nähe lag und ein Dach hatte. Der Wiederaufbau der abgebrannten Häuser verschlang viel Geld. Für einen Goldgulden war der Wirt bereit, den Wunsch des Römers zu erfüllen. Und ein weiterer Goldgulden ließ ihn Bartholomäus und das mit ihm geführte Gespräch vollständig vergessen.

So arbeitete Alhayt mehr nach Lust und Laune in der Herberge, schlief viel, genoss den Müßiggang und wartete ansonsten darauf, dass Bartholomäus ihr wie vereinbart mitteilte, wann sie ihm helfen sollte, seinen Plan in die Tat umzusetzen.

Im Frühjahr 1501 glaubte Bartholomäus, die politische Großwetterlage sei günstig für sein Vorhaben. Die Stände des Herzogtums Kleve lehnten sich offen gegen ihren Landesherrn Herzog Johann II. auf. Dessen Misswirtschaft, vor allem jedoch die Vergabe von Ämtern und Lehen an seine zahlreichen Nachkommen, ließen den schon lange schwelenden Streit eskalieren. Lange wogte die Auseinandersetzung hin und her. Als sich allerdings der Schwiegervater des Herrschers, Herzog Wilhelm II. von Jülich-Berg, ebenfalls auf die Seite der Stände schlug, musste Johann kapitulieren. In einem Vertrag wurde er zur Einrichtung eines Kontrollgremiums gezwungen, das mit zwölf Landräten besetzt war. Ohne dessen Zustimmung konnten im Herzogtum Kleve zukünftig keine Erlasse, keine Ernennungen, keine Einstellungen oder Entlassungen mehr vorgenommen werden. Auch die Verwendung der Einkünfte des Landesherrn wurde der Kontrolle der Stände und des von ihnen bestellten Generalrentmeisters unterworfen. Genau diesen Umstand wollte der Benediktinermönch nutzen. Seine fixe Idee war für ihn mittlerweile zur Gewissheit geworden – der Herzog hatte mehr als nur einen Gegenspieler. Viele hatten einen Grund, Johann die Pest an den Hals zu wünschen. Der Erzbischof von Köln und König Maximilian I. gehörten dazu, glaubte zumindest Bartholomäus zu wissen.

Der Mönch spekulierte weiter: Je mehr Feinde jemand hatte, desto schwieriger wurde es, den einen zu identifizieren, der letztendlich zur Tat schritt. Wenn nun *er* dieser eine war, der dafür sorgte, dass der Herzog das Zeitliche segnete, würden es ihm die hohen Herren sicherlich danken. Vielleicht nicht der König. Aber bestimmt der Erzbischof. Denn schließlich hatte Letzterer in der Audienz, die jetzt mehr als zwei Jahre zurücklag, Bartholomäus gegenüber angedeutet, dass der Herzog ihm im Wege stand. Da waren die paar Gulden, die er zur Erreichung seines Ziels ausgab, gut angelegt, dachte der Mönch.

Bartholomäus überzeugte seinen Abt davon, dass er ihn bei seinem nächsten Treffen mit dem Drosten Kracht von Mylendonk begleitete. An einem Montag Mitte März war es dann endlich so weit: Der Abt reiste nach Blankenstein.

Die Verhandlungen über Abgaben und Grenzziehungen gestalteten sich, wie gewohnt, zäh und langwierig. Bartholomäus beteiligte sich nur dann an den Gesprächen im Rittersaal der Burg, wenn er ausdrücklich um seine Meinung gebeten wurde. Da dies aber nur selten passierte, langweilte er sich bei dem endlosen Gefeilsche, dem sich der Droste und der Abt mit Hingabe widmeten.

In einer Verhandlungspause konnte er unter einem Vorwand den Saal verlassen und sich auf die Suche nach Philip von der Schadeburg machen. Er fand ihn im Stall, wo er die Knechte beim Striegeln der Pferde überwachte.

Philip zeigte sich erfreut, ihn zu sehen. »Vater Bartholomäus, ich wusste nicht, dass Ihr ebenfalls Mitglied der Deutzer Delegation seid.«

»Wie Ihr seht, ja.«

»Wie lange seid Ihr schon auf der Burg?«

»Wir sind gestern Abend in Hattingen angekommen, bezogen dort Quartier und sind heute Morgen hierhergeritten.«

»Sind die Verhandlungen schon beendet?«

»Nur eine Pause.«

»Und, was meint Ihr, wie lange dieser Disput noch dauern wird?«

»Eine Ewigkeit, befürchte ich. Man könnte meinen, es bereite Eurem Drosten und meinem Abt diebische Freude, den jeweils anderen beim Geschachere um ein paar Fuß Land über den Tisch zu ziehen.«

Der Hauptmann lachte auf. »Sagt das bloß nicht zu laut. Ihr könntet bei meinem Drosten mit einer solch despektierlichen Bemerkung sonst in Ungnade fallen. Von Mylendonk ist so stolz auf das Verzeichnis seiner Marken.«

»Meine Lippen sind versiegelt«, grinste der Mönch. »Doch nun zu Euch. Ich sehe, Ihr seid immer noch Hauptmann? Das ist eine Schande. Ein Mann Eurer Qualitäten müsste doch längst Kommandeur sein und nicht sein Leben auf dieser trostlosen Burg verbringen, die, wenn ich das richtig beurteilen kann, auch nicht mehr den solidesten Eindruck macht.«

»Da habt Ihr leider recht. Sowohl, was den Zustand von Blankenstein angeht, als auch mein persönliches Schicksal. Ich werde hier noch verschimmeln und als alter Mann sterben.«

»Warum quittiert Ihr dann nicht den herzoglichen Dienst?«

»Das ist unmöglich. Ich bin durch lebenslangen Eid an den Herzog gebunden.«

»An den Herzog oder das Geschlecht derer von Kleve?«

»An den Herzog.«

»Wenn der Herzog stürbe, wäret Ihr frei?«

»So ist es. Aber seine Durchlaucht erfreut sich bester Gesundheit. Wie es heißt, ist schon wieder eine seiner neuen Gespielinnen schwanger.«

Bartholomäus hielt sich in geheucheltem Entsetzen die Hand vor den Mund. »Weiß man, der wievielte Bastard das ist?«

»Es sollen mehr als sechzig sein.«

»Und das mit knapp über vierzig Jahren. Beachtlich.«

»Das will ich meinen. Man kann dem Herzog ja vieles nachsagen, aber die Kraft seiner Lenden ist über jeden Zweifel erhaben.«

Bartholomäus zog den Hauptmann in eine Ecke. »Und Ihr?«, flüsterte er. »Was ist mit Eurer Manneskraft? Denkt Ihr noch manchmal an unseren Ausflug nach Köln?«

»Natürlich. Eine gelungene Nacht, für die Euch mein Dank gebührt. In letzter Zeit fehlt es mir allerdings ein wenig an Gelegenheiten. Die Mädchen hier in der Gegend sind außerdem nicht mit denen zu vergleichen, die in Köln die Männer verwöhnen.«

»Ihr meint Alhayt?«

»Ja. Ein Teufelsweib. Aber leider kam nun ja Euer Abt nach Blankenstein und nicht wir reisten nach Deutz.«

»Um in Köln Alhayts Dienste in Anspruch zu nehmen?«

»Ja.«

»Dafür müsst Ihr nicht so weit reiten. Wenn Ihr Eurem Pferd die Sporen gebt, könnt Ihr in einer Stunde bei ihr sein.«

Philips Stimme klang freudig erregt, als er fragte: »Wo ist sie?«

»In Werden. Sie bedient die Gäste im *Alten Bären*. Kennt Ihr die Schenke?«

»Ja. In der Nähe der Kirche, nicht?«

»So ist es.«

Philip fasste den Römer mit beiden Händen bei den Schultern. »Das sind wirklich gute Nachrichten, die Ihr mir da bringt.«

»Keine Ursache. So, jetzt dürften die hohen Herren wieder beginnen, sich über Grenzziehungen zu streiten. Ich verlasse Euch nun und werde meinen Platz an der Tafel einnehmen. Sicher sehen wir uns zukünftig öfter.« Bartholomäus blinzelte Philip verschwörerisch zu. »Wenn Ihr Euch häufiger im *Alten Bären* aufhaltet, besteht die Möglichkeit, dass wir uns dort treffen. Schließlich gehört das dortige Stiftskloster ebenfalls zu meinem Orden. Wir Benediktiner pflegen einen regen Austausch untereinander, auch über Klostermauern hinweg.« Mit diesen Worten klopfte er dem Hauptmann freundschaftlich auf die Schulter und ging.

Am Nachmittag sattelte Philip von der Schadeburg seinen Hengst, um nach Werden aufzubrechen. Seine Route führte ihn zunächst an der Ruine der Isenburg vorbei, dann durch die bewaldeten Höhen des Kressenbergs. Schließlich begleitete er den Deilbach auf seinem Weg zur Ruhr, um dann am Ruhrbogen dem Fluss weiter nach Westen bis Werden zu folgen.

Wie der Römer vorausgesagt hatte, benötigte er etwas mehr als eine Stunde für den Ritt. Er beabsichtigte, entweder noch am selben Abend oder aber, wenn das Glück in Gestalt von Alhayt ihm hold war, erst am nächsten Morgen nach Blankenstein zurückzukehren.

Er fand die Herberge sofort. Und kaum hatte er den Schankraum betreten, stand ihm Alhayt gegenüber. Sein Herz schlug schneller, als er ihre groß gewachsene Gestalt endlich wiedersah. Und auch sie schien ihn nicht vergessen zu haben, strahlten ihre Augen doch für einen kurzen Moment, als sie ihn erkannte.

Die Wirtsstube war noch fast leer, sodass sich Philip an einen Tisch in der Nähe der Kochstelle setzte, von dem aus er Alhayt gut beobachten konnte. Sie schien wirklich als Bedienung zu arbeiten.

Kurz darauf kam sie an seinen Tisch. »Dem Hauptmann geht es gut, wie ich sehe. Was kann ich Euch bringen?«

»Einen Becher Bier.«

Ohne ein Wort verschwand Alhayt wieder. Sie ging zum Wirt, der hinter einer Theke die Bestellung entgegennahm und das alkoholische Getränk aus einem Holzfass, welches auf einem kleinen Hocker stand, in den Tonbecher füllte. Danach stellte er es Alhayt hin, die es Philip brachte. »Bitte«, sagte sie nur und wollte sich schon entfernen, als der Freiherr nach ihrem Arm griff.

»Mir steht der Sinn noch nach etwas anderem als Bier.«

Ein wissendes Lächeln erschien auf ihrem Gesicht. »Das dachte ich mir. Aber das hier ist kein Hurenhaus, Hauptmann. Ihr müsst Euch schon ein wenig gedulden, bis ich mit meiner Arbeit fertig bin.«

Zwei Stunden später sah Philip, wie Alhayt ihre Schürze abband und hinter dem Tresen deponierte. Von einem Wandhaken nahm sie ihren Umhang und streifte ihn über. Dann ging sie aufreizend langsam an Philip vorbei auf die Eingangstür zu, wobei sie ihm einen Blick zuwarf, der bedeutete, ihr zu folgen.

Sie wartete in der Gasse. »Wie habt Ihr mich gefunden?«, fragte sie.

»Erinnerst du dich an den Mönch, der mich begleitet hat, als ich in Köln war?«

Sie nickte als Antwort.

»Er muss dich hier in der Schenke gesehen haben, war auf Blankenstein und hat mir davon berichtet.«

»Wann war das?«

»Heute.«

Sie ließ ein fröhliches Lachen hören. »Da habt Ihr es aber wirklich eilig gehabt, Hauptmann. Und nun?«

»Gehen wir auf deine Kammer. Ich bezahle dich für die ganze Nacht.«

»Das ist nicht ganz so einfach, wie Ihr Euch das vorstellt.«

»Warum nicht?«

»Siehst du an mir irgendwelche farbigen Bänder oder Hauben? Etwas in Rot oder Gelb?«

Das hätte ihm eher auffallen müssen. Alhayt trug keines der Kleidungsstücke, die Dirnen als solche auswiesen.

»Arbeitest du nicht mehr als Dirne?«, fragte er enttäuscht.

Sie lachte erneut. »Doch. Aber eben nicht mehr in einem Frauenhaus.«

Philip verstand. Alhayt war zu einer Schlupfhure geworden. Einem Weib, das seine Dienste ohne Billigung der Obrigkeit im Verborgenen anbot. Solche Frauen riskierten viel. Wurden sie ertappt, erging es ihnen schlecht. Man führte sie öffentlich und unter dem Gejohle der Zuschauer in ein Frauenhaus, verprügelte sie mit Ruten, warf sie im Wiederholungsfall in den Kerker oder wies sie gleich aus der Stadt aus und überließ sie auf dem Land ihrem Schicksal, wo sie nicht selten Opfer von Übergriffen umherstreunender Banden wurden.

»Ich verstehe«, erwiderte er leise. »Ich werde schweigen wie ein Grab.«

»Hoffentlich. Der Preis allerdings fällt etwas höher aus als in Köln. Aber dafür spart Ihr ja die Vermittlungsgebühr.«

Sie einigten sich schnell.

Erst am Morgen ritt Philip beschwingt zurück zur Burg Blankenstein.

5

Markt Herdecke, 16. März 1501

Auch während des Winters waren die Arbeiten im Steinbruch weitergegangen. Dank des Entgegenkommens des Drosten machten Hinrick van Enghusen und sein Geschäftspartner Reinhard von Krekenbeck gute Geschäfte. Der Steinbruch lag unmittelbar an der Ruhr. Täglich wurden vier Quader gebrochen, bearbeitet und auf zwei Flößen im Pendelverkehr die Ruhr hinunter bis nach Hattingen geschifft. Flussabwärts nutzten die Flößer die Strömung, in die andere Richtung die Kraft von Pferden. In Hattingen wurden die Steine mit einem Tretkran auf vierrädrige Pferdekarren umgeladen und direkt zur Baustelle gebracht. Um die Flöße und Pferdefuhrwerke nicht zu überladen, beschränkten sich die Steinmetze auf Quadergrößen von nicht mehr als zwei Fuß Seitenlänge. Allerdings wogen die Blöcke immer noch über eintausend Pfund, zu schwer, um sie allein mit Menschenkraft bewegen zu können.

Die Partnerschaft mit dem Schultheißen hatte Hinrick van Enghusen nicht aus Überzeugung oder gar freundschaftlicher Zuneigung begründet. Nein, seine Beweggründe waren schlicht pragmatischer Natur: Der Freiherr von Querenburg hätte ihm den Steinbruch nie verpachtet, wenn der Schultheiß sich nicht auf die Seite der Ständemitglieder geschlagen hätte, die den Herzog in seiner finanziellen Allmacht an die Kandare nehmen wollten. Und Reinhard von Krekenbeck wiederum hatte sich diesen Gesinnungswandel mit einem Anteil von einem Viertel an den Erlösen des

Steinbruchs abkaufen lassen. Ein Viertel für den Drosten, derselbe Anteil für den Schultheißen. Blieb für van Enghusen nur die Hälfte. Trotzdem ein gutes Geschäft, war die jährliche Pacht nicht nur unglaublich niedrig, sondern wurde natürlich wie die anderen Kosten zunächst von den Erträgen abgezogen, bevor diese unter den Partnern aufgeteilt wurden.

Die Steinmetze hatte Hinrick van Enghusen eingestellt und sie hörten deshalb ausschließlich auf seine Anweisungen. Freundschaft hin oder her, der Schultheiß traute dem Braten nicht so ganz. Wie konnte von Krekenbeck sicher sein, dass van Enghusens Leute nicht auch Steine an andere Städte oder Bauherrn verkauften, ohne dass er davon wusste und van Enghusen den Gewinn aus solchen Geschäften nicht teilte?

Einige Tage hatte er sich den Kopf über dieses Problem zerbrochen, bis er eine Lösung gefunden hatte. Ihm selbst fehlte es an der Zeit, sich täglich im Steinbruch aufzuhalten und den Abtransport zu überwachen. Außerdem hätte das ein schlechtes Licht auf die auch von ihm immer wieder beschworene, unverbrüchliche Freundschaft zwischen den beiden Männern geworfen. Aus ebendiesem Grund wollte er auch keinen seiner Leute mit dieser Aufgabe betrauen. Blieb also nur ein Weg: sein Sohn Wendel.

Wendel galt in den Augen vieler als einfältig und das war er vermutlich tatsächlich. Von Krekenbeck gab sich in dieser Hinsicht keinen Illusionen hin. Aber sein Sprössling konnte zählen und etwas schreiben. Und da er sich ohnehin überall und nirgends herumtrieb, würde es auch nicht weiter auffallen, wenn er regelmäßig zum Steinbruch käme oder das Ruhrufer rauf und runter ritt, um die Anzahl der Sandsteinblöcke festzuhalten, die verschifft oder verladen worden waren. Von Krekenbeck hatte geschlagene drei Stunden damit verbracht, seinem begriffsstutzigen Sohn die Aufgabe, die er zu erledigen hatte, einzutrichtern.

»Und du wirst mit keinem darüber reden, hast du verstanden?«, hatte er seine Ansprache beendet und gehofft, dass er Wendels tumbes Nicken auch wirklich ernst nehmen konnte.

Wendel seinerseits war froh, endlich mit Billigung seines Vaters genau das zu tun, was er am liebsten tat: auf dem Rücken eines Pferdes durch die Gegend zu reiten. Und er war stolz, eine so wichtige Arbeit für die Familie übernehmen zu können. Entsprechend häufig tauchte er im Steinbruch auf, stolzierte wie ein Gockel herum und hielt die Steinmetze und -brecher mit sinnlosen Fragen von ihrer Arbeit ab. Diese, wohl wissend, wer dieser Dummbeutel war, der ihnen da auf die Nerven fiel, bemühten sich, Wendel so zu behandeln, wie es seinem Stand entsprach. Allerdings hätten nicht wenige von ihnen den Jungen am liebsten in der Ruhr ersäuft.

»Herr, da könnt Ihr nicht stehen bleiben«, rief einer von ihnen, als Wendel von Krekenbeck wieder auf einer seiner Inspektionstouren im Steinbruch auftauchte und seinen Hengst an einem Busch am Fuß des Felsens festmachte.

»Warum nicht?«

»Seht nach oben, Herr.«

»Ja, und?«

»Dort brechen wir gerade einen Stein. Es könnte sein, dass er sich plötzlich löst und nach unten stürzt. Da wäre es nicht zu Euren Gunsten, wenn Ihr ihm im Wege stündet.« Mit diesen Worten ließ der Mann Wendel stehen.

Der Zwanzigjährige tat, wie geheißen, und sah nach oben. Auf einem vorstehenden Felsklotz von beträchtlicher Größe standen etwa dreißig Schritte über dem Boden zwei Steinbrecher und trieben mit kräftigen Hammerschlägen mächtige Holzkeile in einen Spalt zwischen dem stehenden Fels und dem Brocken, den sie herausbrechen wollten. Sie hatten diese schmale Schräme in stundenlanger Arbeit mit einem Spezialwerkzeug, Schrämeisen genannt, in das Gestein getrieben. Nun galt es, den Spalt mit den Keilen so zu vergrößern, dass der Sandstein dadurch abplatzte und nach unten fiel. Dort würde der Block dann weiter zerkleinert, bis die Bruchstücke eine transportfähige Größe erreichten und ohne Probleme verbaut werden konnten.

Der Hengst schnaubte unruhig. Wendel wandte sich um. »Ruhig, Brauner«, murmelte er und tätschelte den Hals des Tieres. Aber das Pferd ließ sich nicht besänftigen, daher löste Wendel die Zügel von dem Busch, an dem er sie festgezurrt hatte. Kaum spürte der Vollblüter, dass ihn nur noch die Hand seines Reiters hielt, bäumte er sich auf und wieherte. Um zu verhindern, dass das Pferd sich losriss, musste Wendel ihm wohl oder übel folgen. Erst als sie hundert Schritte von der Felswand entfernt waren, beruhigte sich das zitternde Tier. Wendel band den Hengst an einem Baum am Flussufer fest. Dabei bemerkte er, dass die Tasche, die er um den Sattelknauf gehängt hatte und in der seine Aufzeichnungen steckten, abgefallen war und im Staub unterhalb des Felsens lag.

Langsam schlenderte der junge Mann zurück. Als er den Beutel hochnahm, öffnete er ihn, um sicher zu sein, dass nichts verloren gegangen war.

»Stein«, brüllte es über ihm.

Wendels ganze Aufmerksamkeit galt dem Inhalt seiner Tasche. Aber alles war vorhanden.

»Stein!«, schrie jemand erneut.

Wendel vernahm ein Knirschen, dann einen lauten Knall.

Erschrocken blickte er hoch und sah, wie sich ein gewaltiger Felsblock von der Wand löste, neigte und erst langsam, dann immer schneller den Berg herunterpolterte. Beim Versuch, sich in Sicherheit zu bringen, verhedderte sich Wendels linker Fuß im Trageriemen der Tasche. Er verlor das Gleichgewicht, kam zu Fall, robbte weiter, drehte sich auf den Rücken und schrie vor Entsetzen auf, als die Wand aus Gestein genau auf ihn herabstürzte. In einem letzten Reflex riss er beide Arme hoch, um seinen Kopf zu schützen. Dann wurde der Sohn des Schultheißen unter dem Felsquader begraben.

Es dauerte Stunden, seinen Leichnam zu bergen. Mit eisiger Miene verfolgte der herbeigerufene Reinhard von Krekenbeck die Bemühungen seiner Steinmetze. Als sie den Toten endlich freigelegt hatten, musste der Schultheiß seinen Blick von der Leiche abwenden. Dass es sein Sohn war, dessen blutiger Körper da völlig zerschmettert lag, war nur noch an der Kleidung und der Tasche zu erkennen, deren Riemen immer noch um seinen Fuß gewickelt war.

6

Werden, 20. März 1501

Bartholomäus hatte Alhayt genauestens instruiert: Sie sollte den Alraunenextrakt, den er ihr gegeben hatte, mit einem Glas Würzwein mischen und Philip anbieten. Sobald dieser getrunken hatte und tief schlief, habe sie als Zeichen, dass es vollbracht war, eine Öllampe in ihr Fenster zu stellen.

Der Römer hatte der Dirne vorgegaukelt, er habe vor, Philip zu fesseln und zu verschleppen, um den Freiherrn so zur Bezahlung seiner angeblichen Schulden zu bewegen. Anschließend würde er ihn, ohne dass ihm nur ein Haar gekrümmt worden sei, wieder freilassen. Und auch sie könne dann unbehelligt ihrer Wege ziehen. Freudig hatte Alhayt sich auf diese Abmachung eingelassen, versprach sie ihr doch Freiheit und Unabhängigkeit.

Der Mönch hatte sein Pferd an einem Baum in weitem Abstand zu der Kate festgebunden, in der die Dirne hauste. Etwa hundert Meter von der Hütte entfernt blieb er stehen. Er versicherte sich, dass der frische Wind ihm ins Gesicht blies. So konnte sein Geruch nicht zu Philips Pferd hinübergetragen werden, das bestimmt irgendwo in der Nähe graste. Der Mönch wollte sichergehen, dass seine Ankunft nicht durch ein Wiehern oder Schnauben verraten und Philip gewarnt wurde. Minuten wurden zu Stunden. Er verspürte das Bedürfnis, sich zu setzen, befürchtete aber, dann die Hütte aus den Augen zu verlieren oder gar einzuschlafen. Also lehnte er sich nur an einen Baumstamm. Alle paar Minuten lief er auf der Stelle, damit seine Füße nicht einschliefen. Dabei bemühte er sich, so leise wie möglich zu sein.

Natürlich hatte er sich in der Vergangenheit des Öfteren gefragt, ob sein Vorhaben Erfolg versprechend war. Würde er tatsächlich mit der Funktion eines Abtes oder gar Erzbischofs belohnt werden? Denn wie sollte er beweisen, dass er es gewesen war, der den Schritt gewagt hatte? Lange hatte er über diese Frage gegrübelt, jedoch keine schlüssige Antwort gefunden. Letztendlich hatte er sich damit beruhigt, dass nur er alle Details des Vorhabens kannte. Würde er diese nur glaubwürdig genug vortragen, wäre ihm der Lohn seiner Anstrengungen sicherlich gewiss.

Ein Lichtschein erschien im Fenster des Kottens. Das vereinbarte Signal! Bartholomäus versicherte sich, dass sein Messer griffbereit in der Scheide an seinem Gürtel steckte, rückte es noch einmal zurecht, schlug seinen Umhang darüber und lief zum Haus. Wie erwartet, hatte Philip seinen Hengst mit einem langen Lederriemen an einen Busch gebunden. Als das Tier die aus der Dunkelheit kommende Gestalt bemerkte, scheute es und stieß ein warnendes Wiehern aus. Aber das spielte nun keine Rolle mehr.

Das Erste, was er beim Betreten des Raumes sah, war der nackte, leblose Körper des Freiherrn, der ausgestreckt auf der Bettstatt lag. Für einen Moment befürchtete der Römer, die Dosis sei zu hoch gewesen und Alhayt habe den Freiherrn nicht in den Schlaf, sondern in den Tod geschickt. Dann jedoch erkannte er, dass sich der Brustkorb des Hauptmanns regelmäßig hob und senkte. Bartholomäus atmete tief aus. Die erste Hürde war genommen.

»Ich habe alles so gemacht, wie Ihr gesagt habt.« Alhayt stand neben dem Freiherrn. Die Decke, in die sie sich gewickelt hatte, verbarg nur unzureichend die Schönheit ihres Körpers. Der Benediktiner jedoch hatte keinen Blick für ihre weiblichen Reize, ihn interessierte nur der Schlafende.

»Ausgezeichnet«, meinte er nur und trat näher an die Dirne heran. Mit seiner Linken strich er ihr über das Haar. »Das hast du wirklich gut gemacht.« Sie sah dankbar zu ihm auf.

Mit einer schnellen Bewegung griff er zu seinem Dolch und stieß ihn Alhayt in die Brust. Die Dirne sah ihn einen Moment überrascht aus aufgerissenen Augen an und öffnete den Mund, als ob sie schreien wollte. Der Römer versetzte ihr einen Stoß, sodass nach hinten Richtung Lager stolperte. Einen Moment lang ruderte Alhayt mit den Armen, als wollte sie ihr Gleichgewicht bewahren. Doch dann fiel sie neben

Philip und blieb auf dem Rücken liegen. Blut breitete sich unter ihr aus. Aus ihrem Mund erklang ein gequältes Stöhnen.

Bartholomäus' Züge verzerrten sich zu einer Grimasse. »Mich verrätst du nie wieder, Dirne. Ich habe dir doch gesagt, dass du der Wurm bist«, flüsterte er weiter. »Und Würmer landen nun mal entweder am Haken oder im Maul des Fisches. In beiden Fällen ist das ihr Ende.« Mit diesen Worten schnitt er ihr die Kehle durch.

Alhayt bäumte sich im Todeskampf auf. Ungerührt beobachtete Bartholomäus ihr Sterben.

Als sie sich nicht mehr rührte, ging er zu ihr und trennte den Lederbeutel ab, den sie an einem Riemen um den Hals trug. Wie erwartet, fand er darin nicht nur die Goldgulden, die er der Dirne gegeben hatte, sondern auch einige Albus und Silberpfennige. Das Kleingeld schob er in den Beutel zurück und band ihn der Toten wieder um den Hals. Nur die Goldgulden nahm er an sich.

Unwillkürlich grinste er. Huren! Sie waren doch alle gleich und so leicht zu durchschauen. Wieso dachten sie bloß, das Geld, welches sie am Körper trugen, sei dort sicherer untergebracht als in anderen Verstecken?

Abschließend durchsuchte er Philips Kleidung, fand schnell dessen Dolch und ritzte mit ihm zweimal tief in den rechten Unterarm des Offiziers, sodass auch der Hauptmann heftig blutete. Danach drückte er diesem das Messer in die rechte Hand. Mit der blutigen Decke, die er mehrmals über den Körper des Bewusstlosen zog, verteilte er noch mehr Blut auf dessen Oberkörper. Dabei achtete er peinlichst darauf, sein Gewand nicht zu beschmutzen. Als er damit fertig war, trat er zwei Schritte nach hinten, um seine Inszenierung zu begutachten. Alles war so, wie es sein sollte. Er griff den fast vollen Weinschlauch und verließ befriedigt die Hütte, um sich am nahen Bach zu waschen und vor allem sein Messer zu säubern. Den Wein goss er in das Wasser. Nach gründlicher Reinigung kehrte er zurück, deponierte den Schlauch an der Stelle, wo er vorher gelegen hatte, hockte sich auf einen Schemel ins Halbdunkel einer Ecke und wartete auf das Erwachen des Freiherrn.

Er war leicht eingenickt, als ihn ein Geräusch weckte. Philip stöhnte auf und bewegte sich, hielt aber seine Augen geschlossen. Der Mönch wusste, wie sich der Freiherr jetzt fühlte. Er hatte seine Neugier nicht bezähmen können und sich nach anfänglichem Zögern dem Zauber der Alraune selbst hingegeben. Ein veritabler Kater war nichts gegen die Kopfschmerzen, die diese Wurzel auslöste.

Der Hauptmann richtete sich langsam auf und versuchte, sich zu orientieren. Zwecklos. Die Alraune beherrschte immer noch sein Denken. Erschöpft fiel er zurück aufs Lager. Minuten danach ein zweiter Versuch. Seine rechte Hand öffnete sich, ließ das Messer fallen, tastete zur Seite, fühlte den toten Körper Alhayts unter der Decke und das noch nasse Blut. Ungläubig führte er seine Hand vor die Augen, versuchte, im diffusen Schein der Öllampe auszumachen, was sich da so feucht und klebrig anfühlte, und schrie vor Entsetzen auf, weil es ihm gelang.

Als Philip die Tote neben sich wahrnahm, sprang er aus dem Bett und wäre fast lang hingeschlagen. Im letzten Moment konnte er sich an der Wand abstützen und starrte anschließend auf den blutigen Abdruck, den er dort hinterlassen hatte. Erst jetzt schien ihm aufzufallen, dass er nicht allein in dem Raum war.

»Ihr?«, stieß er hervor. »Was wollt Ihr hier?«

»Vermutlich dasselbe wie Ihr«, erwiderte der Römer trocken. »So wie es aussieht, bleibt mir allerdings die Freude, die Ihr genossen haben dürftet, verwehrt. War sie Euch nicht so zu Willen, wie Ihr wolltet? Oder habt Ihr euch gar um den Hurenlohn gestritten?« Bartholomäus deutete auf den leeren Weinschlauch, der auf dem Boden lag. »Wie auch immer. Aber Ihr solltet weniger trinken. Anscheinend habt Ihr, wenn Ihr sauft, Eure Handlungen nicht ganz unter Kontrolle.«

Philip erbleichte. »Ihr glaubt, ich hätte, das war …«, stotterte er.

»Es scheint jedenfalls so. Ihr liegt neben einer übel zugerichteten Toten und seid über und über mit Blut verschmiert. Wonach, sagt, sieht das denn aus?«

»Aber ich habe ihr nichts getan!«

»Und das Messer dort auf dem Lager? Ist das Eures? Ich meine mich zu erinnern, dass Ihr mir von Eurem Dolch mit dem Horngriff erzählt habt. Die Waffe hat doch ein solches Heft, oder?«

Philip sah entgeistert auf das Bett, beugte sich hinunter und ergriff das blutige Messer. »Ja, das gehört mir. Nur habe ich nicht …«

»Alhayt hat Widerstand geleistet. Sie muss versucht haben, Euch abzuwehren, denn Ihr seid auch verletzt. Wie konnte sie es anstellen, dass Ihr Euch selbst geschnitten habt?«

Der Freiherr registrierte erst jetzt die Wunden an seinem Unterarm, deren Ränder schon zu verschorfen begannen. »Ich … Ich weiß es nicht«, stammelte er.

»Also erinnert Ihr Euch?«, fragte Bartholomäus berechnend.

Philip schüttelte den Kopf. »Nein. Ich habe nur schreckliche Kopfschmerzen.«

»Die habe ich auch manchmal. Wie viel habt Ihr getrunken?«

Der Hauptmann fasste sich an die Stirn. »Ich weiß nicht … Ein Glas, meine ich.«

»Und Alhayt?«

»Nichts.«

Der Römer deutete auf den Weinschlauch. »Er sieht ziemlich leer getrunken aus.«

Philip von der Schadeburg schlug sich die Hände vor das Gesicht. »O Gott. Was habe ich getan?«

»Eine Dirne ermordet«, erwiderte Bartholomäus ungerührt. »Das kann Euch den Kopf kosten.«

»Aber ich habe doch nicht …«

Der Mönch erhob sich. »Von mir jedenfalls wird niemand etwas erfahren. Als Gegenleistung erwarte ich von Euch eine Gefälligkeit.«

Der Hauptmann sah den Benediktiner dankbar an. »Ihr werdet mich nicht verraten? Danke. Meinen innigsten Dank! Ich werde Euch jede Gefälligkeit erweisen, um die Ihr mich bittet.«

»Seid Ihr bereit, darauf einen heiligen Eid zu schwören?«

Philip fiel auf die Knie. »So wahr mir Gott helfe.«

»Gut.« Der Mönch trat vor ihn, nahm die Kette mit seinem Brustkreuz ab und hielt es dem Verzweifelten entgegen. »Und nun schwört.«

Nachdem er die Eidesformel gesprochen hatte, fragte Philip: »Und was soll ich nun für Euch tun?«

»Euch von dem anderen Eid befreien, den Ihr auf Bestreben Eurer Familie leichtsinnigerweise abgelegt habt.«

»Ich verstehe nicht …«

»Dann will ich Eurem Gedächtnis ein wenig auf die Sprünge helfen. Wenn Johann II. nicht mehr unter den Lebenden weilt, ist Euer Eid hinfällig. So sagtet Ihr es jedenfalls.«

»Ja, nur …«

Der Römer unterbrach ihn. »Dann sollten wir doch zusehen, dass wir diesen Zustand möglichst schnell erreichen, oder?«

»Ich soll den Herzog ermorden?«

»So ist es.«

»Und wie soll ich das Eurer Meinung nach anstellen?«

»Reicht ihm Gift.«

»Aber …« Philip war so am Boden zerstört, dass er diesem ungeheuerlichen Ansinnen nichts entgegnen konnte.

»Ich gebe Euch eine Ampulle mit einem Extrakt, den Ihr ihm nur in ein Getränk schütten müsst. Er wird müde werden, einschlafen und nicht mehr aufwachen. Ich würde es ja selber tun, wenn ich Zugang zu ihm hätte. Ihr dagegen kommt ihm nahe genug, ohne auch nur den geringsten Verdacht zu erregen.«

Philip schüttelte heftig den Kopf. »Das kann ich nicht.«

Bartholomäus drehte sich von seinem Gegenüber weg. »Wie Ihr meint. Dann wartet der Henker auf Euch. Und die ewige Verdammnis, da Ihr einen heiligen Eid gebrochen habt.« Er machte einige Schritte zur Tür.

»Wartet!«, rief Philip hastig.

Bartholomäus konnte ein triumphierendes Grinsen nicht unterdrücken und zögerte deshalb etwas, bis er sich wieder Philip zuwandte.

»Eidbruch begehe ich doch ebenfalls, wenn ich Euren Wunsch befolge.«

»Warum? Habt Ihr geschworen, keine Hand an den Herzog zu legen?«

»Nein, das nicht.«

»Seht Ihr. Aber den Eid, den Ihr mir geleistet habt, würdet Ihr brechen. Das steht fest. Also, was ist nun? Der Henker oder der Herzog?«

Philip senkte den Kopf. »Ich tue, was Ihr verlangt.«

»Das ist eine weise Entscheidung. Nun geht zum Bach und wascht Euch. Ich werde diese ärmliche Hütte in Brand setzen und damit Eure Tat vertuschen. Alhayt wird niemand vermissen, macht Euch keine Sorgen. Das Gift beschaffe ich in Kürze. Wir werden uns, wenn Ihr Euch gereinigt habt, auf einen Treffpunkt verständigen, wo ich Euch das Mittelchen übergebe. Und nun geht.«

Und wie Bartholomäus vorausgesagt hatte, verbrannten mit der Hütte auch alle Spuren des Mordes, den ein Benediktinermönch begangen und für den ein Hauptmann der herzoglichen Garde büßen sollte. Nur in Köln würde es sicher einige Freier geben, die dann und wann sehnsüchtig an die Liebesdienste einer Dirne namens Alhayt dachten.

7

Hattingen, 27. März 1501

Mittlerweile war seine Höhle recht wohnlich geworden. Aus Reisig und trockenem Laub hatte sich Jorge eine Schlafstatt gebaut. Einige brüchige Stellen im Fels konnte er so erweitern, dass sie ihm nun als Lagerplatz für Früchte und den Holzeimer, in dem er Wasser aus dem nahe gelegenen Bach aufbewahrte, dienten. Obwohl in den letzten Monaten mehrere kräftige Wolkenbrüche über seinem Versteck niedergegangen waren, war die Feuchtigkeit nicht in seinen Unterschlupf gedrungen. Auf eine Feuerstelle allerdings hatte Jorge verzichtet. Er befürchtete, dass jemand auf den Rauch aufmerksam werden und ihn aus seinem Refugium vertreiben könnte. Mit der Gesellschaft der Fledermäuse hatte er sich abgefunden, die pelzigen Tierchen sorgten zumindest dafür, dass sich keine Schwärme von fliegenden Insekten in der Grotte niederließen. Und die wenigen Spinnen, die ihre Netze in den Ecken nahe des Einstiegs bauten, störten ihn nicht.

In der Umgebung seiner Behausung hätte er sich auch im Dunkeln zurechtgefunden, so oft war er die Wege gelaufen. Nicht weit von dem Brombeerbusch entfernt, hinter dem sich der Eingang zur Höhle verbarg, stand eine knochige, sehr hohe Eiche. Ihre unteren Zweige befanden sich etwa drei Meter über dem Waldboden – unmöglich, sie von dort zu besteigen. Bei seinen Streifzügen durch den Wald hatte er allerdings einen Weg auf den Felsen gefunden, in dem sich die Höhle befand. Und von dort oben konnte er, wenn er sich nur lang genug machte, einen der Äste der Eiche erreichen und sich auf den Baum ziehen. Vom Stamm aus war es ein Leichtes, weiter hochzuklettern. Und dort, inmitten der Blätter und geschützt vor neugierigen Blicken von unten, hatte der Junge eine Astgabel entdeckt, von der mehrere dicke Zweige in einem solch günstigen Winkel abgingen, dass er sich dort bequem ausstrecken konnte, ohne Gefahr zu laufen, hinunterzufallen. Von seinem Ausguck aus überblickte er die meisten der umstehenden Bäume – Hattingen allerdings sah er nicht. Und um in die obersten Wipfel der Eiche zu steigen, fehlte ihm, wenn er ehrlich mit sich war, der Mut.

Es war der erste warme Nachmittag in diesem Jahr. Jorge hockte in seinem Ausguck, ließ die Füße baumeln und hatte den Kopf so weit nach hinten gelegt, dass er durch das Gewirr der Äste in den Himmel schauen konnte. Die ersten

Knospen grünten an den Zweigen, Spatzen zwitscherten und der Wind wehte mild durch den Wald. Der Junge tastete sein Gesicht ab. Die Schwellungen waren abgeklungen und auch die Zähne wieder fest. Schmerzen verspürte er schon seit geraumer Zeit nicht mehr. Er war beeindruckt, dass Bruder Thomas so viel über Heilkräuter wusste. Das wünschte er sich auch. Ob ihn der Dominikaner an seinem Wissen teilhaben ließ? Er nahm sich vor, ihn danach zu fragen.

Plötzlich vernahm Jorge das Wiehern eines Pferdes. Leise Stimmen waren zu hören. Er richtete sich auf und spähte nach unten. Den schmalen Weg herauf kamen zwei Reiter. Einer von ihnen trug die Farben des Herzogs, der andere war in einen schwarzen Umhang gehüllt. Jorge überlegte. Es war zu spät, um unbemerkt hinunterzuklettern. Seine Höhle lag im Bannforst. Er müsste möglicherweise unangenehme Fragen beantworten. Wenn er sich allerdings ruhig verhielte und die Männer nicht hinaufschauten, entging er vielleicht einer Entdeckung. Außerdem schirmten die dicken Äste, auf denen er hockte, seine Silhouette ab. Jorge zog vorsichtshalber die Beine an und machte sich so klein wie möglich.

Die Unterhaltung der Reiter war nun gut zu verstehen.

»Wir können die Pferde an dem Bach dort tränken und uns in Ruhe unterhalten«, sagte eine Stimme, die einen für Jorges Ohren ungewohnten Akzent sprach.

»Einverstanden.«

Jorge erschrak ob der Möglichkeit, dass die beiden Männer ausgerechnet unter seinem Baum rasten wollten. Und tatsächlich saßen beide ab, führten die Tiere zum Wasser und setzen sich auf zwei große Steine, unweit des Stamms der Eiche. Jorge traute sich kaum zu atmen. Einer der beiden war ohne Zweifel Philip von der Schadeburg, Hauptmann der Garde und der Offizier, der ihn beschuldigt hatte, heimlich im Bannforst geangelt zu haben. Ein zweites Mal würde es für ihn nicht so glimpflich abgehen. Der andere Mann war nicht zu identifizieren, hatte er doch die Kapuze seines Umhangs nicht abgenommen. Jorge hatte den Eindruck, dass es sich um einen Mönch handeln könnte, war sich aber nicht sicher.

Der Hauptmann schob die Ärmel seines Hemdes hoch. »Meine Wunde schmerzt«, meinte er. »Die eine Verletzung heilt gut ab, aber die andere macht mir Sorgen. Sie nässt und will nicht zuwachsen. Deswegen behindert sie mich beim Waffendienst.«

»Warum haltet Ihr den Arm nicht ruhig?«, fragte der Mann mit der ungewöhnlich klingenden Aussprache.

»Und was soll ich als Erklärung anführen? Dass ich im Vollrausch eine Dirne getötet habe und diese mir bei ihrem Verteidigungsversuch mit meinem Messer in den Arm geschnitten hat? Nein, für einen Schnitt wäre mir ja noch eine plausible Erklärung eingefallen. Beim Zerlegen von Wild könnte mir das Messer abgerutscht sein. Aber zwei Schnitte? Das würde nur unnötige Fragen provozieren.«

»Sicher habt Ihr recht.« Der Unbekannte zog etwas aus den Taschen seines Mantels. »Hier ist die Ampulle. Mischt deren Inhalt mit einem Becher kräftigem Wein und der Herzog wird nichts schmecken.«

»Seid Ihr Euch sicher?«

»Natürlich. Ich habe den Trank der Alraune selbst ausprobiert.«

»Vermutlich nicht in dieser Konzentration.«

Der Mann lachte auf. »Natürlich nicht. Ich würde sonst nicht neben Euch sitzen.« Er reichte das Glasgefäß dem Offizier.

»Und der Trank ist tödlich?«

Jorges Herz schlug ihm bis zum Hals, als er diese Worte hörte. Er war sicher: Es konnte nur eine Frage der Zeit sein, bis das Pochen zu den Männer dort unten drang.

»Wie ein Stich in die Kehle.«

Nachdenklich blickte Philip auf das Gift. »Wie lange dauert es, bis …«

»… der Herzog daran stirbt?«, vollendete der andere den Satz.

»Ja.«

»Einige Stunden. Euch bleibt genug Zeit, zu verschwinden. Wenn Ihr Euch nicht allzu dumm anstellt, wird Euch niemand mit dem Tod Johanns in Verbindung bringen.«

Der Junge auf seinem Sitz in der Eiche biss sich auf die Lippen. Die beiden sprachen tatsächlich über einen Mordanschlag. Wenn sie ihn jetzt aufspürten, hatte seine letzte Stunde geschlagen. Er hatte schon zu viel gehört, als dass sie ihn einfach laufen lassen konnten.

»Wann wollt Ihr ihm das Gift verabreichen?«

»Der Herzog wird in der nächsten Woche nach Blankenstein kommen, heißt es, um die Instandhaltungsarbeiten am Herrenhaus in Augenschein zu nehmen. Ich hoffe, in dieser Zeit eine Gelegenheit zu finden. Ich werde auf jeden Fall um eine Audienz nachsuchen. Unser Waffensortiment ist veraltet und die Garde unterbesetzt. Im Falle eines Falles könnten wir Blankenstein gegen einen Angriff nicht lange verteidigen.«

»Genau das ist ein Grund, warum der Herzog vielen im Wege steht. Seine Durchlaucht kann nicht mit Geld umgehen. Und er akzeptiert die politische Niederlage nicht, die er im Kampf um seine Finanzen erlitten hat. Er arbeitet auf eine Revision der Entscheidung hin, die Stände als Kontrolleure einzusetzen. Johann hat viele Feinde. Man wird uns danken, wenn alles vorbei ist.« Der Mann stand auf. »So, ich meine, es ist alles gesagt. Kommt Ihr nicht mit?«, fragte er irritiert, als Philip keine Anstalten machte, sich zu erheben.

»Nein. Ich möchte meinem Arm noch etwas Ruhe gönnen.«

»Wie Ihr meint. Vergesst nicht, Gottes Segen ist mit Euch.« Er schlug das Kreuz über Philip.

Jorge war sich jetzt sicher. Welche Ungeheuerlichkeit: Ein Mönch plante einen Mordanschlag auf den Herzog!

»Wohl eher Euer Segen, wenn ich das richtig sehe.«

»Was, mein lieber Freund, in diesem Fall dasselbe ist.« Der Mönch ging zu seinem Pferd, schwang sich in den Sattel und ritt davon.

Jorge hoffte inständigst, dass Philip ihm schnell folgen würde. Vergebens. Nach einer Stunde hockte der Hauptmann immer noch auf dem Stein und stierte auf die Giftampulle in seiner Hand.

Jorges rechter Fuß begann einzuschlafen. Bemüht, kein Geräusch zu verursachen, winkelte er das Bein an und streckte es wieder. Für einen kurzen Moment brachte die Bewegung Linderung, aber dann kam das Kribbeln in verstärktem Maß zurück. Es war, als ob tausend Ameisen seinen Unterschenkel hinaufkrabbelten.

Nach einer weiteren Stunde krochen die Ameisen auch über sein anderes Bein. Außerdem setzte die Dämmerung ein. Er musste von diesem verdammten Baum herunter, wollte er nicht die Nacht im Geäst verbringen.

Philip hatte das Glasfläschchen schon längst in eine seiner Taschen gesteckt. Es sah aus, als ob der Offizier schliefe. Jorges Gedanken rasten. Sollte er es wagen? Es waren nur zwei oder drei Meter bis zu dem Ast, der auf den Felsen und damit in Sicherheit führte. Allerdings bestand die Möglichkeit, dass der Hauptmann die Felswand erklimmen und ihm folgen könnte. Jorge selbst hatte diesen Weg mehr als einmal gewählt. Zwar wusste er genau, wo die sicheren Tritte waren und ein möglicher Verfolger musste diese erst ausfindig machen. Für einen erfahrenen Offizier wie den Hauptmann jedoch stellte die Felswand unter Umständen kein großes Hindernis dar. Sollte er dieses Risiko eingehen?

Nach weiteren zwanzig Minuten Wartezeit hatte Jorge sich entschieden. Er würde es wagen. Langsam kletterte er den Baum hinunter, so leise wie möglich. Seine eingeschlafenen Beine allerdings wollten ihm nicht so recht gehorchen, sodass jeder Meter länger dauerte als üblich. Und jede Minute, die er im Baum blieb, erhöhte die Gefahr seiner Entdeckung. Wenn der Freiherr jetzt plötzlich die Augen öffnete, würde er Jorge direkt ins Gesicht schauen.

Der Junge war noch etwa einen Meter vom rettenden Ast entfernt, als es passierte. Er trat mit dem rechten Fuß ins Leere und verlor den Halt. Seine rudernden Arme fanden einen Ast und packten zu. Der Ast jedoch entpuppte sich als Zweig, der unter Jorges Gewicht brach. Jorge stieß einen kurzen Schreckensschrei aus und fiel einige Meter in die Tiefe. Er landete knapp neben dem Soldaten. Zwar verhinderte der federnde Waldboden, dass er sich ernstlich verletzte, sein Schrei jedoch ließ den Freiherrn aufschrecken. Dieser sprang hoch, erfasste sofort die Situation und schnappte sich den heftig um sich schlagenden Jungen.

»Wen haben wir denn da?«, rief er und versuchte, Jorge zu Boden zu werfen. Ohne Erfolg. Sein kranker Arm, mit dem er den Kopf des Jungen umklammert hielt, behinderte ihn. Jorge kämpfte, hatte aber gegen die Kräfte eines, wenn auch verletzten, Erwachsenen keine Chance. Ihm blieb nur eine einzige Möglichkeit, um sich zu befreien: Mit aller Kraft biss er in die offene Wunde Philips. Er schmeckte das Blut des Kontrahenten, der laut aufschrie und seinen Griff lockerte.

Sofort rutschte Jorge nach unten weg, befreite sich aus der Umklammerung, rappelte sich wieder auf, und ehe Philip sich versah, hatte er schon zwei, drei Schritte Vorsprung gewonnen.

Jorge wusste, dass er nicht in den Wald fliehen durfte. Dort musste er damit rechnen, eingeholt und erneut gefangen genommen zu werden. Ihm blieb nur eine Wahl: die Höhle. So schnell er konnte, rannte er zum Brombeerstrauch, drückte sich an der Felswand entlang und erreichte im letzten Moment die Öffnung. Philip war ihm so dicht auf den Fersen, dass er ihn noch am Hemd erwischte. Jorge aber riss sich los und zwängte sich durch den Spalt in sein Refugium. Dorthin würde ihm ein Erwachsener nicht folgen können, hoffte er. Und Jorge sollte recht behalten: So sehr sich Philip von der Schadeburg auch bemühte, so laut er auch fluchte und schimpfte, der Durchlass war für ihn zu schmal.

Jorge indes verlor keine Zeit. Es brachte nichts, in der Höhle auf die Dunkelheit zu warten, da Philip mit Sicherheit den Eingang bewachen würde. Aber der Hauptmann konnte nichts von dem zweiten Ausgang wissen. Und genau den wollte der Knabe benutzen.

Seine Flucht blieb wie erwartet unbemerkt. Als er den Felsvorsprung erreichte, machte er einen Satz hinunter. Dann aber wählte er nicht den Weg nach Norden zum Höhleneingang, sondern rannte in die südliche Richtung. Auf seinen Streifzügen hatte er diese Gegend erforscht. Er wusste, wie er nach Hattingen gelangen konnte, ohne von dem Freiherrn erwischt zu werden, selbst wenn sich dieser nicht hatte täuschen lassen und nicht mehr vor dem Eingang Wache hielt.

Und alles lief glatt. Eine Stunde später stand er schwer atmend und nass geschwitzt vor dem Haus der grauen Mönche. Er öffnete die Tür und betrat das Refektorium. Die Mönche saßen schweigend beim Essen. Bruder Bernardo blickte wegen der Störung ungehalten auf den Jungen, der in der offenen Tür stehen geblieben war.

»Vater, könnte ich Euch sprechen? Es ist wirklich wichtig«, stieß Jorge hervor.

8

Haus Cliff bei Hattingen, 27. März 1501

Das Haus Cliff, unmittelbar an der Ruhr gelegen und Familiensitz des Schultheißen Reinhard von Krekenbeck, war ein imposantes Gebäude. Von hohen Mauern gesichert, bewachte ein mächtiger Wohnturm die Brücke über den Fluss.

Hinrick van Enghusen passierte das Tor, dessen Holzflügel weit offen standen, durchquerte den Garten und stieg die Treppenstufen hoch, die zur Eingangstür führten. Dort erwartete ihn bereits eine der Mägde, geleitete ihn in die Empfangshalle und nahm ihm Umhang und Hut ab. Obwohl ein Feuer loderte und die Fensteröffnungen mit hölzernen Laden fest verschlossen waren, fröstelte der Patrizier ohne seinen Mantel. Draußen sandte der Frühling seine ersten Vorboten aus, innerhalb der steinernen Mauern der Halle herrschte jedoch tiefster Winter. Er sah sich kurz um. Seit seinem letzten Besuch hatte sich nichts verändert. Der Raum war spärlich möbliert. Ein langer Tisch, links und rechts daneben Bänke. Zwei Truhen. Kunstvoll bestickte Wandteppiche. Einige Fackeln aus Kiefernholz an den Wänden spendeten Licht.

Reinhard von Krekenbeck erhob sich, als sein Partner die Halle betrat. »Schön, dass du meiner Einladung gefolgt bist«, meinte er und drückte die Hand seines Gastes.

»Es ist mir ein Vergnügen, trotz des traurigen Anlasses. Sei noch einmal der Anteilnahme meiner ganzen Familie am Tod deines Sohnes versichert.« Das war keine Floskel, immerhin wäre eine Vermählung sehr vorteilhaft für van Enghusen gewesen. Zum einen hätte er Marlein unter die Haube gebracht, zum anderen die Geschäftsbeziehungen zwischen den Familien gefestigt.

Der Schultheiß machte eine einladende Armbewegung. »Nimm Platz. Wein?«

Van Enghusen nickte und von Krekenbeck gab der wartenden Magd ein Zeichen. Wenig später stand heißer Würzwein vor den beiden Männern.

»Ich habe dich um den Besuch gebeten, weil ich einiges mit dir besprechen wollte. Da nun Wendel ums Leben gekommen ist, ist die Verlobung zwischen ihm und deiner Tochter natürlich hinfällig. Du hast also die Möglichkeit, nach einer anderen Partie für sie zu suchen. Allerdings halte ich eine Verbindung unserer Häuser nach wie vor für mehr als vorteilhaft. Ich frage deshalb frei heraus: Was hältst du von einer Heirat meiner Tochter Agnes mit deinem Sohn Lucas?«

Agnes von Krekenbeck war etwa sechzehn Jahre alt und – nach van Enghusens Wahrnehmung – unglaublich hässlich. Die Nase spitz und gen Himmel steigend. Pickelige Haut. Schiefes Gebiss, glanzlose Haare. Dieses Mädchen würde weder Lucas gefallen noch Gnade in den Augen seiner Frau finden. Außerdem war sie, wenn er sich recht erinnerte, einem anderen versprochen. Deshalb antwortete er: »Sollte sie nicht diesen Kaufmannssohn aus Bochum heiraten?«

Von Krekenbeck griff zum Weinbecher und nahm einen tiefen Schluck. »Ja, das war beabsichtigt.«

»War? Was hat dein Umdenken bewirkt?«

Der Schultheiß wand sich sichtlich, das Thema war ihm unangenehm. »Vor vier Wochen haben sich die beiden das erste Mal gesehen. Bisher kannte der Bochumer meine Tochter nur von einem kleinen Bildnis, das ein Maler gefertigt hatte.«

Van Enghusen ahnte das Kommende.

»Nach dem Treffen hat mir sein Vater mitgeteilt, dass eine Heirat nun doch nicht mehr möglich sei. Die Mitgift sei nicht hoch genug, hat er behauptet. Natürlich habe ich mich großzügig gezeigt. Aber auch dann wollte er seinen Entschluss nicht überdenken.« Er trank erneut. »Lass uns nicht um den heißen Brei herumreden. Ich weiß, dass Agnes keine Schönheit ist. Ich werde das bei der Mitgift berücksichtigen.«

Sein Besucher nippte ebenfalls am Wein und dachte nach. Präsentierte von Krekenbeck nicht bald einen Bräutigam für seine Tochter, würden sich die Leute in der Stadt das Maul zerreißen. Geeignete Kandidaten dürften so nicht zu finden sein und eine Hochzeit immer unwahrscheinlicher werden – oder die Mitgift sehr, sehr teuer. Dann blieb dem Mädchen nur noch das Kloster und von Krekenbeck fehlte der Erbe. Van Enghusen spann seine Gedanken weiter. Die Herrin von Cliff war nicht mehr die Jüngste. Vermutlich würde sie ihrem Mann kein weiteres Kind schenken. Wer also sollte das Erbe sichern? So oder so, von Krekenbeck befand sich in einer Zwickmühle. An diesem Punkt seiner Überlegungen angekommen, fragte van Enghusen listig: »An was hast du denn gedacht?«

»Wie wäre es, wenn ich dir die Ruhrwiesen zur alleinigen Nutzung und pachtlos überlassen würde?«

Van Enghusen tat so, als ob er über das Angebot nachdachte. »Ein bisschen dürftig, meinst du nicht? Deine Agnes ist älter als Lucas und, wie du selbst gesagt hast, keine Schönheit.«

»Das reicht dir nicht?«

»Nein.«

»Was stellst du dir vor?«

»Verpachte mir zusätzlich das Weinhaus nebst Hof und Scheune und die dazugehörigen Ländereien. Außerdem das Recht auf Weinlagerung und des Weinverkaufs für Stadt und Kirchspiel. Das gilt für große und kleine Mengen.«

»Das ist nicht gerade wenig.«

»Dem Aussehen deiner Tochter angemessen.«

Von Krekenbeck schluckte. »Ich dachte, du bist mein Freund.«

»Das bin ich auch. Denn sonst würde ich über dein Angebot erst gar nicht nachdenken.«

»Ich will eine jährliche Pacht von zehn Albus.«

»Vier.«

»Sechs.«

»Einverstanden.«

»Dazu zwei Hühner und für die Ländereien sechs Scheffel Korn im Jahr.«

»Drei Scheffel.«

»Vier. Mein letztes Wort.«

»Auch einverstanden.«

»Hinrick, du bist ein Halsabschneider.«

Van Enghusen grinste schief. »Nicht mehr als du, würde ich vermuten.« Er streckte seinem Partner die Hand entgegen. »Schlägst du ein?«

Von Krekenbeck seufzte, ergriff dann aber die Hand des anderen Mannes. »So sei es.«

»Gut. Wir werden einen Heirats- und Pachtvertrag aufsetzen und ihn vom Richter und dem Pfarrer bezeugen lassen. Wie willst du unsere Übereinkunft deinem Sohn beibringen?«, fragte der Schultheiß scheinheilig.

»Das lass nur meine Sorge sein.«

»Das sollten wir begießen.« Von Krekenbeck griff zum Krug und schenkte nach. »Und jetzt zu einem anderen Thema.«

Hinrick sah seinen Partner erwartungsvoll an.

»Dank deiner Vermittlung habe ich Kontakt zu den Ständen in Kleve bekommen.«

Und ein Viertel der Erträge meines Steinbruchs, dachte van Enghusen. Er musste noch einen Weg finden, Krekenbeck aus diesem Geschäft zu drängen.

»Sicher hast du gehört, dass Johann mit den zwölf Landräten einen Vertrag schließen musste.«

»Das ist mir bekannt.«

»Gut. Dann brauche ich dir den Inhalt ja nicht erläutern. Nun ist die Tinte unter diesem Schriftstück noch nicht trocken und der Herzog plant schon den Gegenstoß.«

»Inwiefern?«

»Er hat einzelne der Unterzeichner zu einem Gespräch geladen und versucht, sie durch die Gewährung von Vorteilen dazu zu bewegen, ihre Unterschriften zurückzuziehen.«

»Ist es ihm gelungen?«

»Glücklicherweise nicht. Aber er wird sicherlich nichts unversucht lassen, um diesen für ihn unvorteilhaften Zustand so schnell wie möglich zu ändern. Dagegen müssen wir uns wappnen.«

»Wen meinst du mit wir?«

»Die Landräte. Aber auch dich und mich und alle anderen, denen die Verschwendungssucht unseres Landesherrn ein Dorn im Auge ist.«

»Was kann ich schon dazu beitragen? Das ist hohe Politik und ich bin nur ein einfacher Kaufmann.«

»Stell dein Licht nicht unter den Scheffel. Du bist angehender Bürgermeister ...«

»Sagst du.«

»Nein, du. Oder hast du schon vergessen, dass du meine Unterstützung für deine Kandidatur eingefordert hast.«

»Für die Kandidatur ja. Aber gewählt bin ich deshalb noch lange nicht.«

»Da habe ich keine Bedenken.«

Van Enghusen schwieg.

»Siehst du. Dein Wort hat Gewicht in dieser Stadt, aber auch darüber hinaus. Hattingen ist Mitglied der Hanse ...«

»Aber nur eines der zweitrangigen Mitglieder«, warf van Enghusen ein.

»Das ist unwichtig. Du kennst auch in den anderen Orten des Herzogtums Kleve und Mark viele angesehene Bürger. Wir müssen uns untereinander besser organisieren. Vielleicht sogar eine Union bilden.«

»Was habe ich damit zu tun?«

Von Krekenbeck schüttelte unwirsch den Kopf. »Verstehst du nicht oder willst du nicht verstehen? Du sollst unserer Gemeinschaft beitreten. Uns unterstützen. Und dann ...« Er machte eine Pause.

»Was?«

»... wirst du Bürgermeister.«

»Und wenn ich dieser Union nicht angehören möchte?«

»Dürften deine Befürchtungen, nicht gewählt zu werden, wahr werden.« Der Schultheiß lehnte sich befriedigt zurück.

Wer mit den Wölfen heult, ärgerte sich van Enghusen. Eigentlich hatte er angenommen, von Krekenbeck zu benutzen. Jetzt hatte dieser den Spieß umgedreht. Aber was soll's, dachte er dann. Es bleibt ja alles in der Familie. »Das tue ich doch gerne«, erwiderte er lächelnd.

9

Hattingen, 27. März 1501

Natürlich glaubte Bruder Bernardo seinem Mündel zunächst kein Wort. Ein Hauptmann der herzoglichen Garde plante mit einem Mönch einen Giftanschlag auf den Landesherrn! Was für ein Unsinn! Jorge habe sich diese Geschichte wohl nur deshalb ausgedacht, um seine Verspätung beim Essen zu entschuldigen. Zu der Unpünktlichkeit käme nun auch noch die Sünde einer Lüge. Er solle sich schämen!

Erst als Jorge trotzdem darauf beharrte, dass sich alles genau so, wie von ihm berichtet, zugetragen habe, wurde der Mönch stutzig. Er kannte den Jungen. Zwar schwindelte dieser von Zeit zu Zeit wie alle Knaben in seinem Alter, gab aber Verfehlungen, die er begangen hatte, immer sehr schnell reumütig zu. Jetzt hingegen blieb er bei seiner Behauptung. Schließlich tat der Mönch das, was er für ein probates Mittel hielt, den Wahrheitsgehalt einer Aussage zu überprüfen: Er ließ den Jungen auf die Heilige Schrift schwören. Jorge legte seine rechte Hand ohne jedes Zögern auf das einzige Bibelexemplar, über das die Gemeinschaft verfügte, und sprach die Eidesformel. Das überzeugte Bruder Bernardo, dass der Junge die Wahrheit gesagt hatte.

»Komm«, meinte er nur und nahm Jorge bei der Hand. »Wir gehen zum Schmied und fragen, ob er uns sein Pferd leiht.« Auch diesen Verstoß gegen die Ordensregeln würde der Herr sicher verzeihen, glaubte der Mönch. Schließlich ging es darum, ein Verbrechen zu verhindern.

Arndt Kuelhueß war ein gottesfürchtiger Mann. Deshalb wies er den Dominikaner nicht sofort ab, als dieser am frühen Samstagabend vor der Tür stand und die Bitte vortrug. Aber sein Gesichtsausdruck deutete darauf hin, dass ihm der Gedanke nicht behagte, sein einziges Pferd einem anderen zu überlassen.

»Habt Ihr überhaupt schon einmal auf einem Gaul gesessen?«, erkundigte er sich vorsichtig.

»Nein, noch nie«, gestand Bernardo. »Aber es wird schon nicht so schwierig sein. Gott wird mich leiten.«

Bei aller Frömmigkeit hegte Kuelhueß daran seine Zweifel. »Und den Jungen wollt Ihr auch mitnehmen?«

»Natürlich.«

Die Skepsis des Schmieds wuchs. »Ich weiß nicht ... Wohin wollt Ihr überhaupt?«

»Zur Burg Blankenstein. Wir müssen dringend mit dem Drosten sprechen.«

Kuelhueß atmete hörbar aus. »Dann könnt Ihr Euch den Weg sparen, Vater. Kracht von Mylendonk befindet sich gerade in der Halle. Er trifft sich dort mit Vertretern der Gilden.«

»Gott sei gepriesen. Komm, Jorge.«

Auch der Schmied dankte seinem Herrn. Allerdings aus völlig anderen Gründen. Als der Dominikaner sich verabschiedete, war Kuelhueß seine Erleichterung anzusehen.

Die Werkstatt des Schmieds lag in der Nähe des Weiltores, im Westen Hattingens. Sie mussten also die halbe Stadt durchqueren, um wieder zum Markt zu gelangen. Dort stand die Halle, in deren Untergeschoss Fleisch verkauft wurde, das Obergeschoss hingegen als Rathaus diente. Das Gebäude war nicht weit vom Haus der grauen Mönche entfernt. Den Weg zum Schmied waren sie umsonst gegangen. Vom Marktplatz aus führte eine übermannshohe, zweiflügelige Tür in die Halle, an deren Ende sich neben dem kleinen Verkaufsraum die Treppe ins Obergeschoss befand.

Bruder Bernardo blieb vor den Stufen stehen. »Wir gehen jetzt gleich nach oben und ich werde dem Drosten von deiner Anschuldigung berichten. Wenn du nicht die Wahrheit gesagt haben solltest, gestehe diese Sünde jetzt. Ich werde dich in diesem Fall zur Strafe mit dem Weidenstock maßregeln. Das aber ist nichts im Vergleich zu dem, was uns widerfahren wird, wenn wir eine falsche Anschuldigung gegen einen Hauptmann der Garde und einen Glaubensbruder erheben. Hast du das verstanden?«

Jorge antwortete mit fester Stimme: »Ja.«

»Gut. Dann gehen wir.«

Der obere Saal war nicht ganz so groß wie die Fleischhalle. An einer der Längsseiten führten mehrere Türen zu kleinen Kammern, in denen Akten der Stadt und der Gilden gelagert wurden. Inmitten des Raumes stand ein großer Tisch, links und rechts daneben zwei lange Bänke, auf denen die Vertreter der Gilden Platz genommen hatten. Der Droste saß an der Kopfseite des Tisches direkt vor zwei Fenstern, an seinen Seiten die beiden Bürgermeister.

Kracht von Mylendonk hob den Kopf, als der Dominikanermönch mit Jorge im Schlepptau die Sitzung störte. Er war nach der neuesten Mode gekleidet: Über dem dunklen Wams mit den engen Ärmeln trug er die Schaube, einen Überrock, der ihm bis zu den Knien reichte und deren Kragen mit Pelz besetzt war. Auffällig war seine schwere Kette aus Silber, deren Elemente zur Brustmitte immer größer wurden. Die Spitze des Halsbands bildete ein Medaillon mit dem Schlangenkopf der Medusa. Der Droste trug dieses Schmuckstück nur, wenn er in seiner Eigenschaft als Amtmann offizielle Auftritte zu absolvieren hatte, so wie dieses Treffen in der Halle. Sein fast weißer Bart war akkurat gestutzt.

»Was habt Ihr hier zu suchen, Vater?«, fragte er barsch. »Und was will der Knabe in Eurer Begleitung?«

»Wir müssen Euch sprechen, Herr«, erwiderte Bernardo.

»Ihr solltet wissen, dass die Bürger Hattingens sich mit ihren Anliegen zu festen Zeiten an die Bürgermeister oder an mich als Amtmann wenden können. Das gilt auch für Angehörige des Klerus. Heute ist kein solcher Tag.« Er machte eine abwehrende Handbewegung. »Und nun geht.«

»Herr, die Angelegenheit, wegen der ich mich an Euch wende, duldet keinen Aufschub.«

»Was Aufschub duldet und was nicht, entscheidet nicht Ihr, Mönch!« Die Stimme des Drosten war schneidend.

»Ich muss Euch widersprechen, Herr. Es ist wirklich ...«

Kracht von Mylendonk sprang erbost auf. »Was erlaubt Ihr Euch? Wenn Ihr nicht sofort verschwindet, rufe ich die Wache.«

Bruder Bernardo blieb standhaft. »Gnädiger Herr, ich schwöre bei der Heiligen Jungfrau Maria, dass Ihr mein Eindringen billigen werdet, wenn Ihr erst gehört habt, was ich zu berichten habe.«

Für einen Moment sah es so aus, als ob der Droste die beiden Bittsteller mit Gewalt aus dem Ratssaal werfen wollte. Dann aber besann er sich eines Besseren. »Na gut. Bei Eurem Eid. Sprecht.«

»Nicht hier, Herr. Was ich zu sagen habe, ist nur für Eure Ohren bestimmt.«

Kracht von Mylendonk dachte einen Moment nach. Es ärgerte ihn, dass ihm ein Mönch vorschrieb, wann er wem wo zuhörte. Nur machte der Dominikaner nicht den Eindruck, sich von einem anderslautenden Befehl einschüchtern zu lassen. Und die Angelegenheit schien wirklich wichtig zu sein. »Einverstanden«, knurrte er. »Folgt mir.«

Die Kammer, deren Tür der Droste hinter sich schloss, hatte ein kleines Fenster, durch das nur wenig Licht ins Innere fiel. Kracht von Mylendonk blieb neben der Tür stehen und verschränkte die Arme vor seinem Körper. »Nun, was ist so bedeutsam, dass Ihr eine wichtige Sitzung stört und einen heiligen Eid schwört?«

Bernardo holte tief Luft. Dann begann er zu sprechen.

Als er geendet hatte, schwieg der Droste für lange Minuten. Dann sagte er mit schwerer Stimme: »Und das alles will dieser Knabe dort erlebt haben? Ein Kind als Zeuge eines solch verbrecherischen Plans. Wenn das Euer einziger Beweis ist …«

Jorge, der mit klopfendem Herzen zugehört hatte, antwortete: »Aber ich habe …«

»Schweig«, donnerte Bruder Bernardo und hob die Hand. »Du sprichst nur, wenn du gefragt wirst.«

»Ihr solltet mehr christliche Nachsicht üben, Vater.« Der Droste lächelte milde. »Was hast du mir zu sagen, Junge?«

»Ich habe das Giftfläschchen gesehen. Und ich habe den Hauptmann gebissen, bis es geblutet hat. Die Spuren meiner Zähne müssten immer noch auf seinem Unterarm zu sehen sein.«

Der Droste nickte Bernardo zu. »Der Junge ist nicht dumm.« Und Jorge ermahnte er: »Wenn du uns angelogen hast, trifft dich die ganze Härte des Gesetzes. Auch wenn du noch ein Kind bist. Stimmen deine Beschuldigungen?«

Jorge presste die Lippen aufeinander, nickte trotzdem.

»Gut. Ich glaube dir, dass du nicht absichtlich lügst. Vielleicht hast du dich verhört oder gar geträumt. Aber ein Lügner scheinst du mir nicht zu sein.«

Er öffnete die Tür. »Vater, Ihr kommt mit mir. Der Junge bleibt in der Kammer, bis wir ihn rufen.«

»Herr«, wagte Jorge erneut zu sprechen. »Es ist dunkel. Könnt Ihr …«, er zeigte auf die Tür.

Der Droste verstand. »Sie bleibt einen Spalt offen. Du rührst dich auf keinen Fall von der Stelle!«

Im Saal warteten die anderen Honoratioren schon neugierig auf die Rückkehr des Drosten. Ihre Gesichter sprachen Bände. Kracht von Mylendonk gab jedoch keine Erklärung ab, sondern bat einen der Männer: »Holt Freiherr Philip von der Schadeburg. Ich habe etwas mit ihm zu besprechen. Er dürfte im Weinhaus sitzen. Aber lasst ihn im Unklaren darüber, was sich eben hier zugetragen hat.« Dann ließ er sich auf seinen Platz fallen und griff zum Becher.

Es dauerte nur wenige Minuten, bis der Hauptmann vor dem großen Tisch stand.

Der Droste erhob sich und musterte den Freiherrn kühl. »Hauptmann«, begann er das Gespräch, »ich habe gehört, Ihr habt Euch eine Verletzung am rechten Arm zugezogen?«

Philip von der Schadeburg lächelte. »Nichts Ernstes. Nur eine kleine Zerrung. Vermutlich eine falsche Bewegung beim Exerzieren.«

»Da bin ja beruhigt. Das Reiten bereitet Euch also keine Mühe?«

»Nicht die Geringste. Hätte ich Euch sonst begleiten können?«

»Da mögt Ihr recht haben. Wann wart Ihr eigentlich zum letzten Mal im Bannforst?«

Philip wirkte unsicher. »Meint Ihr auf Patrouille?«

»Oder auch ohne Grund.«

»Da müsste ich nachdenken …«

»Tut das, Freiherr.«

Im Saal hätte man eine Nadel fallen hören.

»Vor einer Woche vielleicht. Oder auch zwei.«

»Ihr habt Euch heute nicht mit einem Mönch in der Nähe der Ruine Isenburg getroffen?«

Philip von der Schadeburg wurde bleich. »Wieso fragt Ihr?«

»Ein Junge meint, Euch dort gesehen zu haben.«

Der Adamsapfel des Freiherrn hüpfte, als er schwer schluckte. Mit belegter Stimme antwortete er: »Ein Knabe. Kinder erzählen doch häufiger Geschichten. Fast immer sind sie frei erfunden.«

»Da mögt Ihr recht haben. Aber nicht alles entstammt ihrer Fantasie. Dann lügt der Junge also, wenn er behauptet, Ihr plant einen Giftanschlag auf den Herzog?« Die Frage traf den Freiherrn wie ein Peitschenhieb.

Ein Raunen ging durch den Saal. Einige der Gildemitglieder erhoben sich von ihren Sitzen.

»Deshalb habt Ihr mich rufen lassen?« Philip lachte gekünstelt. »Nichts als die Erfindung eines kleinen Jungen. Ich werde ihm den Hintern versohlen, wenn ich ihn …«

Mit einer schnellen Bewegung griff der Droste Philips rechten Unterarm und drückte fest zu. Unwillkürlich schrie der Hauptmann auf.

»Nur eine Zerrung, sagtet Ihr? Entblößt den Arm!«, befahl Kracht von Mylendonk und trat einen Schritt zurück.

»Euer Gnaden, Ihr werdet doch das Geschwätz eines Kindes nicht über mein Wort stellen. Ich bin von Adel, wie Ihr wisst.«

»Nur damit leider nicht über jeden Verdacht erhaben. Ich habe in meinem langen Leben genug Männer unseres Standes gesehen, die schlimme Missetaten für ein paar Albus begangen haben. Jorge!«

Der Junge betrat den Saal. Als Philip des Knaben ansichtig wurde, rief er mit zitternder Stimme: »Das ist der Lügner. Ich habe ihn vor knapp zwei Jahren beim Angeln im Bannforst erwischt. Ein Lügner und ein Dieb. Lasst ihn mich festnehmen und dem Richter zuführen. Ich schwöre ...«

»Ich habe nicht geangelt«, verteidigte sich Jorge.

»Kind, wo hast du ihn genau gebissen? Zeig es mir«, befahl der Amtmann.

Als sich Jorge dem Freiherrn näherte, wich dieser bis an die Wand zurück. »Ihr glaubt also dem Sohn von Verbrechern mehr als mir? Seine Eltern sind als Hochverräter gestorben.«

Der Droste ignorierte den Einwand. »Zeigt mir Euren Arm!«, forderte er unerbittlich.

Langsam zog der Freiherr sein Wams aus und krempelte den Ärmel seines Hemdes hoch. Dabei bewegte er sich Richtung Treppe.

Als die Wunde sichtbar wurde, hielt sich Bruder Bernardo erschrocken die Hand vor den Mund. »Seht«, presste er hervor, »man erkennt die Zahnabdrücke deutlich. Der Knabe hat die Wahrheit gesprochen.«

»Diese Verletzung hat er mir zugeführt, als ich ihn beim Angeln erwischt habe«, platzte es aus Philip heraus. »Wie könnt Ihr nur annehmen ...«

»Vor zwei Jahren hat er Euch gebissen, sagtet Ihr?« Der Droste runzelte die Stirn.

Philip erkannte sofort seinen Fehler.

Von hinten drängten die Angehörigen der Gilden nach vorne, um bessere Sicht zu haben und um zu erfahren, was sich hier eigentlich abspielte. Gleichzeitig begannen die Ersten, lautstark Fragen an Kracht von Mylendonk zu richten. Diesen Moment der Ablenkung nutzte Philip. Er zog trotz seines verletzten Armes blitzschnell sein Schwert und hielt es dem Drosten an den Hals. »Keinen Schritt weiter, sonst werdet Ihr es bereuen.«

»Ihr kommt nicht weit, Hauptmann«, erwiderte der Angegriffene. »Ich lasse Euch im ganzen Land suchen. Über kurz oder lang steht Ihr vor Eurem Richter.«

»Mag sein. Aber das kann dauern.« Er richtete sein Wort an Jorge. »Und dich, Bursche, werde ich zur Hölle schicken. Ich hätte dich gleich im Wald abstechen sollen. Aber was nicht ist, kann ja noch werden.« Mit diesen Worten sprang er die Treppe hinunter.

»Hinterher!«, brüllte Kracht von Mylendonk. Aber die unbewaffneten Herren der Gilden verspürten nur wenig Neigung, einem ausgebildeten Soldaten in die Dunkelheit zu folgen. Und die Waffen des Drosten hingen an einem Haken an der Wand am anderen Ende des Saales. Als Kracht von Mylendonk endlich den Waffengürtel angelegt hatte, hörten sie von draußen das Klappern von Hufen. Philip von der Schadeburg war die Flucht geglückt.

Noch am Abend durchsuchte der Droste die Kammer seines früheren Hauptmanns. Am Boden von dessen Truhe fand sich die Giftampulle, somit war Jorges Aussage endgültig bewiesen. Nur von dem geheimnisvollen Mönch fehlte jede Spur.

10

Hattingen, 28. März 1501

»Ich soll *was* tun?« Lucas van Enghusen lief wütend auf und ab und gab sich die Antwort selbst. »Nein, das will ich nicht.« Er stampfte trotzig mit dem Fuß auf.

»Du wirst Agnes heiraten und damit fertig.« Hinrick van Enghusen hatte nicht vor, sich von seinem Sprössling auf der Nase herumtanzen zu lassen.

»Sie ist potthässlich«, jammerte sein Sohn.

»Meinst du, das wüsste ich nicht?« Van Enghusen griff zu einem verschrumpelten Apfel und biss hinein. Während er kaute, musterte er die Bissfläche, riss die Augen auf, spuckte wütend aus und warf den Apfel in die Ecke. »Voller Würmer«, stieß er angeekelt hervor und schnarrte vorwurfsvoll zu seiner Frau: »Wer serviert mir wurmstichiges Obst?«

»Die Äpfel lagern seit dem Herbst im Keller. Die Mägde können sie ja schlecht anbeißen, bevor sie sie dir bringen.«

»Aber aufschneiden«, entgegnete ihr Mann. »Sie sollen mir einen anderen holen und die Reste vom Boden entfernen.« Dann wandte er sich wieder seinem Sohn zu. »So wie die Dinge stehen, dürftest du nach dem Tod deines Schwiegervaters der neue Schultheiß werden. Da kannst du über ein paar schiefe Zähne großzügig hinwegsehen.«

»Außerdem ist sie älter als ich.« Lucas zog einen Flunsch.

»Was ist schon ein Jahr«, warf Ella van Enghusen ein.

»Besauf dich, dann fällt dir ihr Aussehen nicht so auf, und warte, bis es dunkel ist. Nachts sind alle Katzen grau. Mach ihr in der Hochzeitsnacht einen Erben und dann kannst du dich meinetwegen den Rest deines Lebens in den Hurenhäusern mit hübscheren Mädchen vergnügen.«

»Hinrick! Nicht vor der Kleinen!« Ella sah empört von ihrer Stickerei hoch.

Marlein, die der Auseinandersetzung mit wachsender Spannung und innerlicher Freude gefolgt war, senkte züchtig den Kopf. Aber nicht, weil sie sich der Worte ihres Vaters schämte, sondern weil sie verhindern wollte, dass jemand aus der Familie ihr breites Grinsen bemerkte. Hatte Lucas sie in den vergangenen Monaten immer wieder mit der geplanten Verlobung mit Wendel von Krekenbeck aufgezogen, war es jetzt an ihr, zu frohlocken. Allerdings nur im Verborgenen. Einen offenen Konflikt mit ihrem Bruder riskierte sie besser nicht. Und schon gar nicht vor den Augen ihrer Eltern.

Van Enghusen stand auf, griff zu einem zweiten Becher und füllte ihn mit Wein. Damit ging er zu seinem Sohn, stellte das Getränk vor ihm auf den Tisch und legte eine Hand um dessen Schulter. »Wir bekommen die Viehwiesen. Und das Weinhaus. Das gehört irgendwann alles dir. Das sollte dir kleine Zugeständnisse wert sein.«

»Und was bekomme ich?«, beschwerte sich Marlein.

»Du heiratest«, beschied ihr Vater knapp. »Deine Mitgift ist schon ärgerlich genug.«

»Ich heirate nicht«, protestierte das Mädchen.

»Auch gut«, entgegnete der Kaufmann. »Dann gehst du eben ins Kloster. Ist ohnehin billiger zu haben.«

Marlein schwieg vor Schreck.

»Jetzt zu dir, mein Sohn.« Van Enghusen nahm neben Lucas Platz. »Denk an deine Zukunft und die deiner Familie. In dir liegt all unsere Hoffnung.«

Marlein schäumte vor Wut. Obwohl Lucas in den Genuss des Schulunterrichts kam, konnte er schlechter lesen und schreiben als sie. In ihn setzten die Eltern ihre Hoffnungen? Was wurde aus ihr? Sie würde verheiratet werden, wenn es nach dem Willen ihres Vaters ging. Wie eine Zuchtkuh. Aber eigentlich erging es Lucas ja auch nicht besser, er war als Zuchthengst vorgesehen. Dieser Gedanke machte ihr Spaß: Lucas, der Zuchthengst. Jorge würde sich totlachen, wenn er das hörte.

»Und ich muss ihr nur ein Kind machen?«, erkundigte sich Lucas zaghaft.

»Einen Sohn. Möglicherweise musst du mehrmals ran.«

»Hinrick!«

»Was ist, Weib?« Seine Stimme klang schwer. Es schien nicht der erste Krug Wein gewesen zu sein, den er heute gelehrt hatte. »Er sorgt für den Erben, damit unser Name überdauert.« Van Enghusen überlegte. »Du musst mehrmals mit ihr das Lager teilen, wenn ich es recht bedenke. Es braucht mehr als einen Sohn. Wir haben es ja gerade bei Wendel gesehen. Also, Lucas, sorg für mehrere männliche Nachkommen. Dann ist es nicht so tragisch, wenn einer oder zwei sterben.«

»Hinrick, versündige dich nicht!«

»Wieso soll es Sünde sein, Wahrheiten unverblümt auszusprechen?«

Vorsichtig meldete sich Lucas zu Wort. »Bekomme ich dann den Rappen, den ich schon so lange haben möchte?«

Van Enghusen hob das Glas und prostete seinem Sohn zu. »Du bekommst ihn, wenn du dieses Mädchen heiratest. Dein Wort, und wir suchen morgen ein Pferd für dich. Das versichere ich dir.«

Sein Sohn griff ebenfalls zum Becher. »Versprochen.«

Van Enghusen lächelte und tätschelte Lucas schwerfällig das Haar. »Bist ein braver Junge. Du machst mich stolz.

Morgen werden wir die Verlobung bekannt geben. Und jetzt zu dir, Marlein.« Das Mädchen rutschte auf seinem Stuhl hin und her, fand aber keinen Ausweg. Sie fühlte sich wie die Maus, die Aug in Aug mit dem Kater stand. Denn dass ihr Vater keine netten Worten an sie richten wollte, war gewiss.

»Solltest du dich noch einmal mit diesem Bastard aus dem Haus der grauen Mönche treffen und ich erfahre davon, schlage ich dich nicht nur grün und blau, sondern du wirst die Jahre bis zu deiner Heirat bei deinem Onkel in Lübeck verbringen.« Er stand auf. »Das sage ich nur ein Mal. Ach ja, du kannst dich selbstverständlich auch für das Kloster entscheiden. Die Klarissen in Hörde würden sich freuen, dich in ihren Reihen aufzunehmen. Also: ein schickliches Leben in Hattingen, das Kloster bei Dortmund oder ein Umzug nach Lübeck.«

Als Marlein antworten wollte, hob ihr Vater gebieterisch die Hand. »Schweig. Du teilst mir deine Entscheidung morgen mit.« Er zog Lucas von der Bank. »Ich gehe jetzt mit meinem Sohn in die Schenke. Als zukünftiger Ehemann muss er lernen, dass es ein Leben außerhalb der Familie gibt. Komm, Lucas.« Mit diesen Worten stapfte er, seinen Sohn hinter sich herziehend, Richtung Tür.

Zurück blieben eine konsternierte Ehefrau und Marlein, der die Tränen über die Wangen liefen.

11

Hattingen, 6. April 1501

Die Bürger von Hattingen sehnten nach dem strengen Winter den Frühling herbei. Der Schnee hatte in den Bergen meterhoch gelegen, was den Handelsverkehr nach Süden deshalb fast vollständig zum Erliegen kommen ließ. Jetzt wurde es milder. Und mit dem warmen Wetter erreichte der Dauerregen auch die höheren Lagen. Regen und Schneeschmelze ließen dort bereits die Ruhr anschwellen. Und eine Flutwelle wälzte sich zu Tal, alles mitreißend, was sich ihr in den Weg stellte.

In den Abendstunden erreichten die Wassermassen den Ruhrbogen bei Hattingen. Die Brücke bebte. Treibende Baumstämme verkeilten sich in der Holzkonstruktion der Überführung. Äste blieben an dieser Barriere hängen, Zweige folgten. Schnell bildete sich ein engmaschiges Gewirr aus Holz, in dem all das stecken blieb, was der Fluss mit sich führte. Das Wasser hinter diesem künstlichen Damm staute sich und baute einen enormen Druck auf. Schließlich konnten die Stützpfeiler der Belastung nicht mehr standhalten. Mit donnerndem Krachen brach das Tragwerk und das Wasser bahnte sich seinen Weg.

Erst als am nächsten Morgen der Wasserstand wieder gesunken war, konnten die Zollwächter das ganze Ausmaß des Schadens erkennen. Die Brücke war auf einer Länge von etwa fünfzig Schritten vollständig zerstört. Die herbeigeeilten Zimmerleute erkannten sofort: Ihr Wiederaufbau würde Monate, wenn nicht Jahre in Anspruch nehmen und konnte frühestens nächsten Sommer beginnen, da dann die Ruhr wenig Wasser führte.

Bis dahin würde man sich mit einem Fährdienst oder der Furt behelfen müssen, wobei Letztere wegen ihres morastigen Untergrunds vor allem für Fuhrwerke im Frühjahr und Herbst nur bedingt passierbar war.

Kurz vor Ostern war es endlich so weit: Auf beiden Seiten des Flusses waren Bäume gefällt und so tief in den Boden gerammt worden, dass an ihnen zwei Seile verankert und in einigen Metern Abstand über den Fluss gespannt werden konnten. Zwischen diesen Führungsseilen wurde ein Holzfloß befestigt und von vier Männern mittels Muskelkraft und schweren Stangen über die Ruhr geschoben und gezogen. Es war eine mühselige Arbeit, auch nur einen Ochsenkarren über den Fluss zu bringen: Um den Fährknechten ihre schweißtreibende Aufgabe zu erleichtern, wurden zunächst die Zugtiere, dann die Ladung und schließlich der leere Karren transportiert. Das dauerte mitunter Stunden. Dementsprechend lange mussten die Reisenden an der Fährstelle auf beiden Seiten warten, um über den Fluss zu gelangen. Viele wagten aus Ungeduld den Weg über die Furt. Einige von ihnen bezahlten diesen Leichtsinn mit dem Verlust der Fuhre, da ihre hoch beladenen Karren im weichen Flussbett stecken blieben, umkippten und ihr Hab und Gut ins Wasser klatschte.

Als dieses Missgeschick auch von Krekenbecks Leuten mehrmals passiert war, suchte der Schultheiß um eine Audienz beim Drosten nach.

Nachdem die Höflichkeitsfloskeln ausgetauscht waren, kam von Krekenbeck ohne Umschweife zur Sache. »Habt Ihr schon mit dem Herzog darüber gesprochen, die Brücke über die Ruhr wieder instand zu setzen?«

»Ja, das habe ich.«

»Mit welchem Ausgang?«

»Die Antwort lautet Nein.«

Von Krekenbeck war außer sich. Mit hochrotem Kopf blaffte er los: »Das ist doch unmöglich! Wie kann seine Durchlaucht so entscheiden?«

Kracht von Mylendonk grinste. »Er hatte keine andere Wahl.«

»Wieso das?«

»Das solltet Ihr doch wohl besser wissen als ich. Wie man hört, habt Ihr Euch auch dem Widerstand der Stände angeschlossen, oder irre ich mich?«

Der Schultheiß zog es vor, zu schweigen.

»Keine Antwort ist auch eine Antwort. Wie dem auch sei. Seine Durchlaucht muss finanzielle Ausgaben aller Art dem Rat der Zwölf vorlegen. Hat man Euch das nicht gesagt? Und die Landräte haben entgegen des Herzogs Votum entschieden. Sie glauben, dass sowohl die Fähre als auch die Furt ausreichen, um den Verkehr von und nach Hattingen durchzuführen.«

»Aber der kleine Hellweg führt über den Fluss.«

»Das ist den Zwölf wohlbekannt. Aber sie haben sich einem Neubau verweigert.«

»Einer Reparatur, meint Ihr wohl.«

»Nennt es, wie Ihr wollt. Die Brücke ist bis auf die Grundmauern weggerissen worden und muss neu errichtet werden. Es fehlen schlicht die finanziellen Mittel für eine Neukonstruktion.« Er zeigte dem Schultheißen ein falsches Lächeln. »Wenn Ihr natürlich mit Eurem eigenen Geld den Aufbau bezahlen würdet, hätte der Herzog sicher nichts dagegen. Vermutlich würde er Euch sogar an den Einnahmen aus dem Brückenzoll beteiligen.«

Von Krekenbeck klappte angesichts dieser Dreistigkeit der Unterkiefer herunter. »Ich soll den Wiederaufbau bezahlen? Wie käme ich dazu?«

»Nun«, meinte der Amtmann gelassen. »Das ist Eure Entscheidung. Die des Herzogs habe ich Euch mitgeteilt. Wie läuft übrigens unser Geschäft mit dem Steinbruch?«

Vor Wut kochend verließ Reinhard von Krekenbeck einige Minuten später die Burg Blankenstein. Sein Weg führte ihn direkt zu Hinrick van Enghusen.

»Der Herzog kann den Brückenaufbau nicht finanzieren.« Er erzählte dem Freund, was er vom Drosten erfahren hatte. »Möglicherweise war es doch keine so gute Idee, mich dem Widerstand der Stände anzuschließen.«

»Wie das?«

»Sie haben die Mittel verweigert, obwohl der Herzog sie um die Freigabe der Gelder gebeten hat.«

»Sagt der Droste.«

»Es wird schon stimmen. Er weiß sehr wohl, dass ich mich auf die Seite der Gegner des Herzogs geschlagen habe. Er würde mich nicht belügen, denn ich könnte ja jederzeit den Wahrheitsgehalt seiner Aussage bei den Landräten überprüfen.«

»Bist du schon auf den Gedanken gekommen, dass der Herzog falschspielt?«

Von Krekenbeck dachte nach. »Du meinst, er hätte seine Unterstützung nur vorgetäuscht?«

»Ja. Stimmt der Rat seinem Vorschlag zu, war er es, der seine guten Absichten bewiesen hat. Werden dann die Geldmittel knapp, hat nicht er, sondern der Rat der Zwölf diese Entscheidung zu verantworten. Lehnen die Stände aber wie geschehen ab, kann unser Landesherr seine Hände in Unschuld waschen. Er ist so oder so der Gewinner. Du selbst hast mir gesagt, dass der Herzog versuchen wird, einen Keil zwischen die Stände der vereinigten Herzogtümer zu treiben.«

»Du hast recht. Der Droste hat angedeutet, mich am Brückengeld zu beteiligen, wenn ich den Wiederaufbau auf meine Kosten finanziere.«

»Tust du das?«

»Ich bin doch nicht verrückt. Aber als er das sagte, kam mir der Gedanke, dass die Stadt die Mittel vielleicht aufbringen könnte.«

Van Enghusen lachte auf. »Das glaubst du doch selbst nicht.«

»Einen Versuch wäre es wert. Würdest du mich unterstützen, wenn ich diese Frage im Rat anspreche?«

»Ich werde es mir überlegen.«

Es war von Krekenbeck anzusehen, dass er eine andere Antwort seines Freundes erwartet hatte.

12

Deutz, 14. April 1501

Bartholomäus blätterte in der Klosterbibliothek in einem Buch, als ihn einer seiner Brüder leise ansprach.

»An der Pforte wartet ein Mann, der mit dir reden möchte.«

»Schick ihn fort.«

»Das habe ich schon versucht. Aber der Besucher weigert sich, zu weichen. Zur Not würde er ausharren, bis du das Kloster verlässt, behauptet er. Selbst wenn er mehrere Tage vor dem Tor verbringen müsste. Er scheint es wirklich ernst zu meinen. Ich habe den Eindruck, dass sein Anliegen wichtig ist.«

Seufzend erhob sich der Römer und ging durch den Klostergarten zur Pforte. Der Bruder, der dort Dienst tat, hatte den Fremden bereits in den Warteraum gelassen, ein karges Zimmer, dessen einzige Möblierung aus einer langen Bank und einem großen Kreuz an der Wand bestand. Dieser Raum diente als eine Art Schleuse zwischen der Außenwelt und dem Inneren des Klosters. Jeder Gast, der nicht der Ordensgemeinschaft angehörte, musste dort warten. Entweder wurde er von hier abgeholt und in die Besucherräume geführt oder aber zurück auf die Straße geleitet. Die Tür, die ins Kloster führte, verfügte über eine vergitterte Klappe, die vom Klostergang aus zu öffnen war. So konnten die Mönche die Besucher klassifizieren, ohne die Tür entriegeln zu müssen.

Auch Bartholomäus warf zunächst einen Blick durch diese Öffnung auf den Unbekannten. Der Mann wandte ihm den Rücken zu.

»Zeigt Euch«, rief der Mönch deshalb.

Gehorsam drehte sich der Fremde um. Bartholomäus zuckte zusammen. Hinter der Tür stand Philip von der Schadeburg.

Der Freiherr war nur noch ein Schatten seiner selbst. Dunkle Ringe unter den Augen, ein eingefallenes, müdes und ungewaschenes Gesicht. Die Kleidung an einigen Stellen zerrissen und verdreckt. An der rechten Hand ein blutiger Verband. Der Römer nickte seinem Begleiter zu, der die Tür zum Warteraum öffnete.

»Euch hätte ich am wenigsten erwartet«, erklärte Bartholomäus, als er vor Philip stand.

»Ich brauche Hilfe«, antwortete dieser.

»Wenn ich Euch so ansehe, glaube ich das aufs Wort.«

Philip senkte die Stimme. »Der Herzog weiß von unseren Plänen.«

Der Römer hob die Hand. »Nicht hier«, flüsterte er, ging zurück zur Tür und klopfte mehrmals gegen das Türblatt. Sofort öffnete sich die Klappe. »Ich möchte mir mit meinem Besucher ein wenig die Füße vertreten. Öffne die Pforte.«

Als die beiden Männer vor den Klostermauern standen, schlug Bartholomäus den Weg zum Rhein ein. »Dort können wir uns ungestört unterhalten.«

Der Fluss strömte unruhig in seinem Bett. Weißer Schaum spielte auf den Wellen. Vereinzelte Fischer kämpften in ihren Booten gegen den böigen Wind. Auf der Kölner Seite wurde ein Lastkahn beladen. Und an der Anlegestelle in Deutz warteten trotz des Sturms Fährleute auf Kunden.

Als der Römer sicher war, keine Zuhörer zu haben, befahl er: »Erzählt!«

Der Freiherr berichtete von den Ereignissen, die zu seiner Flucht geführt hatten.

»Ich habe davon gehört«, unterbrach ihn der Römer. »Warum habt Ihr den Jungen nicht sofort erledigt?«

»Glaubt mir, dafür habe ich mich selbst schon oft genug verflucht.«

»Nun ist es ja nicht mehr zu ändern.«

»Warum nicht?«

Der Mönch sah seinen Begleiter verwundert an. »Ihr wollt Euch erneut in die Höhle des Löwen wagen? Das scheint mir kein guter Einfall. Was ist, wenn die Häscher Euch ergreifen?« Und du unter der Folter redest, setzte er den Satz in Gedanken fort.

»Sie werden mich schon nicht kriegen. Ich kenne mich in der Gegend aus. Schließlich habe ich den Großteil meines Lebens dort vergeudet.«

»Ihr solltet diesen Entschluss noch einmal gründlich überdenken. Ein Dominikanermönch begleitete den Knaben, sagt Ihr?«

»Ja.«

»Was ist dann passiert?«

»Ich bin zunächst nach Elberfeld ins Herzogtum Berg geritten. Aber schon bald hatte ich den Eindruck, Spitzel des Herzogs von Kleve seien mir auf den Fersen. Wahrscheinlich habe ich mich geirrt, aber ich fühlte mich meines Lebens nicht mehr sicher. Außerdem ging mir das Geld aus. Ich hatte eben kein Glück beim Würfeln.« Er grinste schief. »Der Wirt der Herberge setzte mich, nachdem ich ihm sein Geld für Bett, Speis und Trank schuldig geblieben bin, mithilfe von Soldaten vor die Tür.«

»Er hat Euch trotz Eurer Schulden gehen lassen?«, wunderte sich der Mönch.

»Nicht ganz. Die Soldaten waren tumbe Gesellen. Auf dem Weg zum Schuldturm gelang es mir, sie zu überreden, mich freizulassen.«

»Was habt Ihr ihnen gegeben?«

»Ein Versprechen.«

»Dass Ihr nicht einzuhalten gedenkt«, stellte der Römer fest. »Und weiter?«

»Ich bin dann den Rhein heruntergeritten und war froh, wenn ich etwas Essbares für mich und ein Dach über dem Kopf fand. Leider war das meistens nicht der Fall.«

Der Römer zeigte fragend auf Philips Verletzung.

»Nichts Ernstes. Nur sehr schmerzhaft. Ein übervorsichtiger Bauer hat mir seine schwere Holztür vor der Nase zugeschlagen. Dumm nur, dass meine Hand noch zwischen Blatt und Rahmen steckte. Die Haut ist aufgeplatzt und die Wunde hat sich entzündet. Ansonsten ist es nur eine Prellung. Etwas Ruhe und die Hilfe eines Baders und in ein paar Tagen bin ich wiederhergestellt.«

»Zeigt her.«

Langsam wickelte Philip den Verband ab. Die Hand sah schrecklich aus: dick geschwollen und bis zum Knöchel blau unterlaufen. Verkrustetes Blut überzog den Handrücken. Als der Mönch die Handwurzel abtastete, stöhnte Philip auf.

»Nichts Ernstes, sagt Ihr? Das ist nicht nur geprellt, sondern gebrochen«, erklärte Bartholomäus. »Könnt Ihr die Hand überhaupt benutzen?«

»Kaum.«

Der Römer sah zum Schwertgürtel. Die Scheide hing an der linken Seite. »Es ist Eure Schwerthand, nicht wahr?«

Philip nickte.

»Nur gut, dass Ihr nicht in eine Fehde verwickelt wurdet. Denn sonst würdet Ihr wohl kaum heute vor mir stehen.«

»Das ist leider wahr.«

Der Mönch überlegte kurz, kramte seinen Geldbeutel hervor und zog einige Münzen heraus. »Erinnert Ihr Euch an die Herberge, in der Ihr bei unserem ersten Treffen abgestiegen seid?«

Philip dachte an Alhayt und ein süßer Schmerz durchzog ihn. »Natürlich.«

»Gut. Geht dorthin.« Er gab ihm das Geld. »Das dürfte für einige Tage reichen. Ich schicke Euch morgen einen Heilkundigen, der Euch helfen wird. Aber kein Wort zu irgendjemandem. Und lasst die Finger von den Karten und Würfeln.«

»Ich werde Euren Rat beherzigen.«

Der Römer warf nur einen schnellen Blick in das schon jetzt freudig erregte Gesicht seines Gegenübers und wusste, dass dieses Versprechen nicht lange halten würde.

»Euer Pferd?«

»Ist an einem Baum in der Nähe des Klosters festgebunden. Ein Bursche passt darauf auf.«

»Wie wolltet Ihr ihn bezahlen?«

Philip grinste verschlagen, klimperte mit den Geldstücken, die er gerade erhalten hatte, und erwiderte mit gespielter Unschuld. »Hiermit. Womit denn sonst?«

Die Herberge fand er ohne Probleme. Und auch ein Bett erhielt Philip, wenngleich er sich den Raum wie bei seinem letzten Besuch teilen musste: dieses Mal mit einem Beauftragten der Hanse, der von Frankfurt zurück nach Hamburg reiste.

Philip ruhte sich zunächst aus, reinigte sich an einem Wasserzuber, der im Garten neben dem Brunnen stand, und betrat dann den Schankraum, um zu essen und zu trinken. Überschlägig kalkulierte er, wie lange die zehn Albus, die ihm der Römer überlassen hatte, reichen würden. Vielleicht eine Woche, wenn er sich beschied auch länger. Aber Philip hatte nicht vor, sich bei seinen Ausgaben zurückzuhalten. Schließlich war es der verdammte Mönch gewesen, der ihn zu dem Anschlagsversuch überredet hatte. Und das alles wegen einer verfluchten Dirne. Als er sich an die Nächte mit Alhayt erinnerte, regte sich seine Mannespracht. Sollte er einen Teil seiner Barschaft schon heute Abend in einem der Frauenhäuser lassen? Er brauchte nicht lange, um sich zu entscheiden. Natürlich reichte das Geld für ein solches Vergnügen. Und morgen musste der Benediktiner ihn wieder mit weiteren Mitteln versorgen. Bartholomäus hatte ihn in diese Lage gebracht, da musste er ihm auch wieder aus der Patsche helfen, selbst wenn es den Mönch den einen oder anderen Goldgulden kosten würde. Tat er das nicht freiwillig, würde ihm Philip erklären, dass die Soldaten des Herzogs auch nach einem Mönch suchten, dessen Namen allerdings niemand kannte außer ihm und den keiner mit Ausnahme des Jungen von Angesicht zu Angesicht gesehen hatte. Wenn Bartholomäus wollte, dass es bei diesem, für ihn durchaus angenehmen, Zustand blieb, musste er eben blechen.

Philip bestellte gesottenes Fleisch, Brot und dazu Bier. Als das Fleischstück dampfend in seiner Soße auf dem Tisch stand, aß er mit Genuss, obwohl ihm die Speise nicht besonders frisch erschien. Aber besser als die Almosen, von denen er sich in den letzten Tagen ernährt hatte, war das Essen allemal.

Beim vierten Bier, das er trank, öffnete sich die Tür und zwei Männer betraten die Schenke. Einer von ihnen sah sich suchend um und entdeckte den freien Tisch direkt neben Philips. Sie steuerten darauf zu und orderten Bier, das ihnen kurz darauf von der drallen Bedienung gebracht wurde. Einer der Männer gab dem Mädchen einen Klaps auf den Hintern, was dieses mit gespielter Empörung quittierte. Dann prosteten sie sich zu, tranken und begannen ihre Unterhaltung und das recht lautstark, sodass Philip jedes Wort verstand. Ihr Gespräch drehte sich ausschließlich um Glücksspiele und das Bordell, das sie später aufzusuchen gedachten. Philip meinte, in den beiden Zechern Geistesverwandte gefunden zu haben. Also beugte er sich in einer Gesprächspause zum Nachbartisch hinüber und fragte: »Ich habe gerade gehört, dass Ihr noch ein Frauenhaus aufsuchen wollt. Ich kenne mich in Deutz nicht aus und nach Köln möchte ich nur ungern übersetzen. Wie Ihr seht, bin ich verletzt und kann mich schlecht mit der Hand festhalten. Bei diesem Wind …« Die Männer murmelten Verständnis. »Dürfte ich mich den Herren vielleicht anschließen?«

Die zwei steckten die Köpfe zusammen und flüsterten. Dann erwiderte der Größere von ihnen: »Aber Ihr könnt für Eure Zeche schon selbst aufkommen, oder? Wir verspüren nämlich keine Lust, säumige Zahler auszuhalten.«

Philip zeigte den gefüllten Geldbeutel vor. »Keine Sorge. Und das eine oder andere Bier für Euch ist auch noch drin.«

Sie lachten. »Wenn das so ist, seid Ihr herzlich willkommen. Wir wollten ohnehin gerade gehen. Folgt Ihr uns?«

»Gerne.«

Die Männer beglichen ihre Zeche. Vor der Tür stellte der Größere sich und seinen Begleiter vor. »Ich bin Peter. Und das ist mein Freund Fritz. Wir sind Kaufleute auf dem Weg ins Schweizerische.«

Philip musterte die Kleidung der beiden. »Für Kaufleute hätte ich Euch nicht gehalten. Eher für Landsknechte.«

Peter schüttelte den Kopf. »Lasst Euch von unserem Aufzug nicht täuschen. Wir sind von einem Regenschauer bis auf die Knochen durchnässt worden. Da wir aus Bequemlichkeit nur mit leichtem Gepäck reisen, mussten wir uns heute auf dem Markt mit gebrauchten Sachen versorgen. Wenn unsere Kleidung getrocknet ist, landen die Lumpen, die wir tragen, auf dem Müll.«

Sie gingen Richtung Rhein und bogen dann nach Norden ab.

»Woher stammt Ihr?«

»Aus Düsseldorf«, erklärte Fritz. Dann schwiegen beide.

Sie hatten den belebten Teil der Stadt mittlerweile verlassen. Die Häuser, an denen sie vorbeigingen, duckten sich im Wind, der kräftig vom Rhein her blies, und schienen unbewohnt. Es war dunkel in den Gassen, ein Hurenhaus weit und breit nicht in Sicht.

Verunsichert erkundigte sich Philip: »Seid Ihr sicher, dass wir auf dem richtigen Weg sind?«

»Ja«, beruhigte ihn Peter. »Nur noch um die Biegung da vorn und wir sind da.«

Kurz bevor sie die Ecke erreichten, blieb Peter stehen. »Geht weiter«, erklärte er. »Das Bier. Ich muss das Wasser abschlagen.«

Philip sah zum Himmel. Er hing wie eine schwarze Decke über ihnen. Kein Stern war auszumachen. Zwar schob der böige Wind die Wolken immer wieder für einen Moment beiseite und Mondlicht blitzte durch das Dunkel, aber es blieb finster. Philip fröstelte. Von hinten näherten sich eilige Schritte. Peter schließt zu uns auf, dachte der Freiherr. Er drehte sich um und erkannte das Messer, das Peter hielt. Reflexartig zog er sein Schwert aus der Scheide, jedoch konnte die verletzte Hand das Gewicht der Waffe nicht halten. Klirrend fiel der Stahl zu Boden. Sofort waren Fritz und Peter bei ihm. Fritz stand ihm am nächsten. Philip riss den gesunden Arm hoch. Der Angreifer wich geschickt aus. Sein Stich jedoch wurde durch Philips Verteidigung abgelenkt und verwundete den Freiherrn nur an der Schulter. Das Messer des anderen Gauners allerdings traf. Stöhnend ging Philip von der Schadeburg in die Knie. Das Letzte, was er in seinem Leben sah, war Peters von Mordlust verzerrte Grimasse, als der dem Adeligen die Kehle durchschnitt.

In den Abendstunden verließ Bartholomäus das Kloster. Als derjenige, dem nachgesagt wurde, das Ohr des Papstes zu haben, und der auch vom Erzbischof gehört wurde, musste er sich nicht den strengen Regeln seines Ordens unterwerfen und genoss gewisse Freiheiten. Dazu gehörte auch, dass er den Zeitpunkt seiner Nachtruhe selbst bestimmen konnte.

Der Römer ging in die Stadt und betrat ein Haus in einer kleinen Gasse am Rhein. Er stieg die hölzerne Stiege in den ersten Stock, klopfte drei Mal schnell und zwei Mal kurz an eine Tür und trat ein. Es war völlig dunkel in dem Raum, aber das störte den Mönch nicht. Er kannte sich aus.

»Bist du das, Kasper?«

»Ja.«

»Bist du allein?«

»Das bin ich.« Bartholomäus ertastete die Talgkerze, die er immer auf dem wackeligen Tisch deponiert hatte, und zündete sie an. Sie warf nur einen schwachen Schein. In einer Ecke des ärmlichen Raumes lag auf einem Strohlager eine alte Frau. Ihr zahnloser Mund stand offen, Speichel lief daraus auf ihr Kinn. Ihre Augenhöhlen waren leer, Folge einer grausamen Strafe wegen des Diebstahls einiger Laibe Brot.

»Du warst doch erst heute Mittag bei mir«, kicherte die Alte. »Scheinst ja wirklich Sehnsucht nach mir zu haben. Hast du mir wie versprochen das Geld mitgebracht?«

»Ich lege es auf den Tisch.« Der Römer warf einen Albus und einige Pfennige auf die Platte. »Ich muss nur kurz an meine Truhe und mich umziehen. In einer Stunde bin ich wieder zurück. Dann hast du Ruhe.«

Die Alte brummelte Einverständnis.

Bartholomäus nahm den Schlüssel, den er um den Hals trug, und öffnete das schwere Eisenschloss, mit dem seine Kiste gesichert war. Darin bewahrte er Kleidung der Art auf, wie sie Bürger niedrigen Standes üblicherweise trugen, und einen Teil seines Geldes. Die Alte, blind seit Jahrzehnten und auf die milden Gaben anderer angewiesen, hatte nicht lange gezögert, als er ihr einst angeboten hatte, sie dafür zu bezahlen, seine Truhe bei ihr abstellen zu dürfen. Die Blinde war nicht in der Lage, ihn zu beschreiben, und vor allem stellte sie keine Fragen. Ursprünglich hatte Bartholomäus dieses Versteck nur genutzt, um sein Geld aufzuheben. Er traute seinen Brüdern im Kloster nicht über den Weg. Zu groß erschien ihm die Gefahr, dass sie seine Zelle durchsuchten und ihn bestahlen, christliches Gelöbnis hin oder her. Später war er auf den Gedanken gekommen, auch Kleidung in der Truhe zu deponieren. Nicht immer war es von Vorteil, an Habit oder Kutte gleich als Mönch erkannt zu werden.

Er benötigte nicht lange, um sich umzuziehen. Seine Tonsur bedeckte er mit einer Kappe, die er sich weit ins Gesicht zog. Als Mönch war er gekommen, als ärmlicher Stadtbewohner verließ er die Kammer der Alten wieder, sorgsam darauf bedacht, nicht dabei gesehen zu werden.

Er musste zwei Stunden am vereinbarten Treffpunkt warten, ehe die Männer endlich kamen, die ihm schon des Öfteren zur Hand gegangen waren.

»Hat alles geklappt?«, fragte er den größeren der beiden, der sich Fritz nannte.

»Wie am Schnürchen. Der Hinweis auf seine Handverletzung war Gold wert, dadurch war es ein Kinderspiel.«

»Und die Leiche?«

»Schwimmt bereits gen Düsseldorf.«

»Gut.« Der Römer griff in seine Tasche und legte zwei Goldgulden in die Hand seines Gegenübers. »Und jetzt verschwindet. Ihr habt mich nie gesehen.«

»Natürlich nicht, Herr«, grinste Peter und griff nach einem der Goldstücke, bevor es sein Kumpan in seiner Tasche verschwinden lassen konnte. »Immer wieder gern zu Diensten.«

Bartholomäus wartete, bis die beiden in der Dunkelheit verschwunden waren, dann ging auch er. Erst als der Mönch sich sicher war, nicht verfolgt zu werden, betrat er erneut das Haus, in dem die Alte lebte, und verwandelte sich zurück in einen gottesfürchtigen Benediktinermönch.

Eines seiner beiden drängendsten Probleme war gelöst. Blieb nur noch der Junge. Glücklicherweise wusste der Bursche nicht, wer er war. Aber er hatte ihn gesehen. Und das könnte sich zukünftig rächen. Also musste er sich auch um ihn kümmern.

13

Linden und Hattingen, 6. Mai 1501

Jorge stand an der Furt über die Ruhr. Seit Tagen beschäftigte er sich mit dem Gedanken, sie endlich zu durchwaten. Er hatte noch immer gehörigen Respekt vor dem Wasser. Zwar würde es ihm nur an die Knie reichen, wenn er die Furt nicht verließe, rechts und links daneben jedoch lauerte tieferes Wasser. Schwimmen hatte er immer noch nicht gelernt und die Strömung des Flusses war an einigen Stellen recht stark. Zu viele Geschichten von Unfällen erzählten sich die Leute, als dass Jorge die Gefahr ignorieren konnte.

Er verharrte schon seit einigen Minuten am Ufer, als zwei junge Frauen, schwere Bündel auf dem Rücken, sich an seine Seite stellten. Die beiden schauten prüfend auf den Fluss, zogen ihre Schuhe aus und lupften die Röcke. Dann machte die Erste einen Schritt hinein. »Puh, ist das kalt«, rief sie der anderen zu, »aber es lässt sich aushalten.« Zügig ging sie weiter. Die zweite der Frauen folgte ihr, drehte sich jedoch kurz darauf zu Jorge um und fragte: »Was guckst du? Noch nie Frauenbeine gesehen?«

»Nee, hat er nicht«, ergänzte die andere. »Und sieh dir seine Nasenspitze an: weiß wie Schnee. Der Kleine will übers Wasser und traut sich nicht. Es sind nicht unsere Beine. Er hat Angst.« Beide lachten.

Ob es nun ihr Beispiel oder ihre Frotzelei war, Jorge schlug seine Hosenbeine um und ging, ohne weiter zu zögern, den Frauen hinterher.

Das Wasser war wirklich kalt. Aber schon nach wenigen Schritten spürte er die Temperatur nicht mehr, so konzentriert achtete Jorge darauf, wohin er trat.

Der Grund der Ruhr war mit kleinen Kieseln übersät, die das Gehen leicht machten. Die größeren, von Algen bedeckten Steine waren im klaren Wasser gut auszumachen. Stieg man mit etwas Sorgfalt über sie hinweg, bestand kaum Gefahr, auszurutschen oder ins Straucheln zu geraten.

So dauerte es nur wenige Minuten, bis er das gegenüberliegende Ufer erreicht hatte.

»Doch ein Held, der Knabe«, amüsierte sich eine der Frauen mit mildem Spott. »Wohin willst du?«

»Nach Linden.«

»Das ist ja nur eine kurze Strecke. Den Berg hinauf und du bist da. Warst du schon einmal dort?«

Jorge schüttelte den Kopf.

»Dann schließ dich uns an. Wir wollen nach Bochum. Linden liegt auf unserem Weg.«

Die Frauen liefen los. Jorge, der den Anschluss nicht verlieren wollte, folgte ihnen und versuchte, seine Hosenbeine während des Gehens herunterzustreifen. Sein Hüpfen und Stolpern ließ seine Begleiterinnen herzlich auflachen. »Wir warten, bis du deine Kleidung gerichtet hast. Sonst fällst du noch über deine eigenen Beine und schlägst lang hin.« Dankbar krempelte Jorge seine Hosen herunter.

Der Anstieg begann unmittelbar hinter der Flussaue. Nachdem sie einige Minuten gegangen waren, sah Jorge sich um. Unter ihm lag der Fluss. Östlich war deutlich die Fähre zu erkennen, die gerade über die Ruhr setzte. Als er sich wieder umdrehte, waren seine Begleiterinnen schon ein gutes Stück voraus. Er musste sich eilen, sie einzuholen.

Plötzlich hörte Jorge ein Klappern, so als ob Holz auf Holz schlug. Die Frauen vor ihm machten abrupt halt und liefen dann auf die entgegengesetzte Straßenseite, wo sie sich eng an den Hang drückten.

»Junge, schnell«, riefen sie. »Komm zu uns.«

Jorge folgte der Aufforderung. Die beiden nahmen ihn in ihre Mitte. Zum ersten Mal, von seiner Pflegemutter und Schwester abgesehen, war er einem Weib so nah. Er spürte ihre Körper, nahm ihren Geruch wahr. Die beiden zogen ihn noch enger heran und drückten sich Tücher vor Mund und Nase. Jorge bemerkte, dass sie zitterten. Warum?

Und dann sah er sie. Eine Gruppe Menschen, in graue Umhänge gehüllt, kam ihnen im Gänsemarsch entgegen. Sie hatten ihre Kapuzen tief in die Gesichter gezogen. Darunter trugen Frauen wie Männer einen ebenfalls grauen Hut mit breiter Krempe und – trotz der angenehmen Temperaturen – Handschuhe. Drei von ihnen bewegten eine Art Klapper unablässig hin und her, was die Geräusche verursachte, die Jorge eben wahrgenommen hatte. Über ihren Umhängen baumelten Trinkflasche und Tasche. Alle stützten sich auf lange Stöcke und würdigten Jorge und seine Begleiterinnen keines Blickes, als sie schweigend an ihnen vorbeizogen.

»Aussätzige«, flüsterte die links neben Jorge Stehende. »Sie gehen zurück in die Leprosenhäuser.«

Kein Wort fiel mehr, bis die Gruppe Leprakranker außer Sichtweite war. Nur das monotone Klappern war noch minutenlang zu hören. Erst als auch das verklang, wagten es die Frauen, ihren Weg fortzusetzen. Dabei achteten sie peinlichst darauf, nicht die Straßenseite zu benutzen, auf der die Vermummten gelaufen waren.

»Was sind Aussätzige?«, wollte Jorge wissen.

»Sag bloß, du hast diese Menschen noch nie gesehen?«

»Nein.«

Die Jüngere schüttelte verwundert den Kopf, während die Ältere erklärte, dass es sich bei Aussatz um eine heimtückische Krankheit handele, die von den Arabern und den Juden eingeschleppt worden und hochansteckend sei. Alle Juden hätten Lepra, behauptete sie weiter, und würden mit ihren schwarzen Säften die Brunnen der Christen vergiften.

Jorge, der nicht den Eindruck gehabt hatte, dass Arons Familie krank gewesen war, wollte erst widersprechen, hielt dann aber den Mund. Aus bitterer Erfahrung wusste er, wie Erwachsene reagieren konnten, wenn er von seinen Kontakten zu Juden berichtete.

»Außerdem bekommt man den Aussatz durch falsches Essen. Alles, was scharf gewürzt, gesalzen oder zu fettig ist, macht krank. Auch Bohnen und Linsen.«

Gut, fettes Fleisch gehörte nun nicht gerade zu Jorges täglicher Ernährung, Hülsenfrüchte jedoch standen sehr häufig bei den Mönchen auf der Tafel. Und keiner von ihnen hatte Lepra.

»Ach, das ist doch dummes Zeug«, widersprach die Jüngere. »Aussatz bekommst du, wenn du mit dem Schweiß, Atem oder Speichel eines Kranken in Berührung kommst. Und natürlich, wenn du mit einem von ihnen das Lager teilst.« Sie kicherte. »Aber welche vernünftige Frau legt sich schon mit einem nieder, dessen Arme abfaulen?«

Die andere fiel in das Gelächter ein. »Oder etwas zwischen den Beinen.« Aber die Heiterkeit der Frauen klang falsch in Jorges Ohren. Die beiden versuchten, ihr Erlebnis mit den Aussätzigen durch aufgesetzte Ausgelassenheit zu überspielen.

»Und was sind Leprosenhäuser?«

»Da wohnen die Aussätzigen. Hast du eben in der Nähe der früheren Brücke die vier abseitsstehenden Kotten wahrgenommen?«

»Ja.«

»Das sind ihre Unterkünfte. Sie können dort wohnen, bekommen Essen und Trinken und dürfen hier am Handelsweg betteln. Deshalb baut man diese Häuser immer in der Nähe solcher Straßen.«

»Und immer außerhalb der Stadtmauern. Die Ansteckungsgefahr ist sonst zu groß«, setzte die zweite der Frauen hinzu.

»So ist es. Und jetzt kommt. Wir müssen uns beeilen.«

Der Hilinciweg führte sie durch dichten Wald. Ihr Aufstieg nahm nicht mehr als eine halbe Stunde in Anspruch, bevor der Weg flacher wurde und der Forst in Wiesen und Felder überging. Vor ihnen lag Linden. Jorge machte einige flache Häuser aus, die sich um eine Kirche duckten.

»Das Haus des heiligen Antonius«, erklärte die ältere der Frauen. »Da vorn an der Wegegabelung biegen wir in östliche Richtung ab. Du hältst dich links. Dann kommst du geradezu ins Dorf.«

Kurz darauf schaute Jorge auf die Kapelle. Die Kirche war deutlich kleiner als St. Georg in Hattingen. Nicht mehr als fünfzig Fuß lang, etwa dreißig in der Breite. Die Spitze des kleinen Turms an ihrer Stirnseite ragte vielleicht fünfundzwanzig Fuß in den Himmel. Aber das Gotteshaus war immerhin aus festem Stein gemauert und sein Dach nicht mit

Stroh, wie die anderen Häuser im Dorf, sondern mit Schindeln gedeckt. Der Begräbnisplatz grenzte unmittelbar an die Kirchenmauer.

Im Garten nebenan zupfte ein Mann, der wie ein Pastor gekleidet war, Unkraut aus dem Boden. Jorge sprach ihn an und erkundigte sich nach einer kurzen Begrüßung nach seinen Eltern. »Sie hießen Linhardt und Ursell und müssen in der Nähe gelebt haben.«

Der Geistliche, ein älterer Mann mit fast weißem Haar, musterte Jorge. »Wann soll das gewesen sein?«

»Vor mehr als zwölf Jahren.«

»Der Mann ist durch einen Offizier des Herzogs getötet worden, seine Frau durch den Strick?«

»Ja.«

»Ich erinnere mich. Schlimme Sache. Und du bist ihr Sohn?«

Der Junge nickte erneut. »Ich heiße Jorge.«

»Jorge«, sinnierte der Pfarrer. »So hieß, wenn ich mich nicht irre, auch dein Großvater. Ein ehrlicher Mann. Bauer wie sein Sohn.«

»Wisst Ihr, wo das Haus meiner Eltern gestanden hat?«

»Natürlich weiß ich das. Aber es ist verfallen. Schließlich hat sich all die Jahre niemand um den Kotten gekümmert. Unseren Herzog interessierte der Hof nicht, verpachtet hat er ihn ebenfalls nicht und die alte Enndlin ist nicht mehr in der Lage, einen solchen Bau instand zu halten.«

»Wer ist Enndlin?«

»Eine uralte Frau. Sie lebte mit deinen Eltern unter einem Dach, als sie das Unglück ereilte. Sie ist nicht ganz richtig im Kopf und keiner weiß, wie alt sie genau ist. Es grenzt an ein Wunder, dass sie noch nicht gestorben ist.« Er bekreuzigte sich. »Aber Gott dem Herrn hat es noch nicht gefallen, sie in sein Reich zu holen. Und die milden Gaben, die ihr die Nachbarn zustecken, sichern ihr Dasein.«

»Wo ist der Hof?«

Der Pastor erklärte es ihm. Und nach nur kurzer Wegstrecke stand Jorge vor dem Haus seiner Eltern. Der Pfarrer hatte nicht übertrieben. Das Gebäude war in einem jämmerlichen Zustand: das Dach teilweise eingestürzt, die Türen hingen schief in den Angeln, der Zaun rund um den Kotten war verfallen. Gras und Wildkräuter wucherten meterhoch. Aber es stieg Rauch aus der Dachöffnung über der Feuerstelle.

Jorge suchte einen passierbaren Eingang und fand ihn auf der Nordseite des Gebäudes. Er klopfte und steckte seinen Kopf ins Innere, konnte aber in dem Dunkel nicht viel ausmachen. »Guten Tag«, rief er.

Ein unverständliches Gemurmel war zu hören.

»Ich suche Enndlin.«

Wieder nur Gebrabbel.

Jorge beschloss, diese Antwort, wenn es sich denn um eine handelte, für eine Einladung zu halten, schob die knarrende Tür ganz auf und betrat das Haus. Es dauerte einen Moment, bis er sich an das Halbdunkel im Inneren gewöhnt hatte. Endlich konnte er eine Alte ausmachen, die heftig in einem Topf über der Feuerstelle rührte. Die Frau beachtete den Jungen nicht, als er näher kam, sondern nuschelte unaufhörlich vor sich hin. Jorge verstand kein Wort. Er musterte die Alte genauer. Ihre Kleidung war zerfetzt und dreckig. Das schüttere, schlohweiße Haar hing ihr in langen Strähnen in Gesicht und Nacken. Speichel floss aus ihrem Mund und tropfte wegen ihres gekrümmten Rückens genau in den Kessel vor ihr. Aber das schien sie nicht zu stören. Unverdrossen rührte und rührte sie und nahm von ihrem Besucher nicht die geringste Notiz. Plötzlich hielt sie inne, sah hoch und schaute den Knaben lange an.

»Ursells Haare«, sagte sie unvermittelt und gut verständlich. »Und ihre Augen.« Dann widmete sie sich wieder ihrem Essen.

Der Junge erschrak. Sah er seiner Mutter ähnlich? »Ich bin Jorge. Der Sohn von Ursell und Linhardt. Sie haben früher hier gewohnt.«

»Natürlich haben sie das, Dummkopf«, erwiderte Enndlin, ohne ihre Anstrengungen zu unterbrechen. »Sie sind gegangen. Aber sie sind nicht wiedergekommen. Vielleicht kommen sie morgen. Ich muss warten.«

»Sie kommen nicht zurück. Sie sind schon lange tot.«

»Papperlapapp. Was redest du da. Sie sind zum Markt gefahren, meine Töpfe verkaufen. Wenn sie wiederkommen, bringt Linhardt das Dach in Ordnung. Es regnet herein, musst du wissen. Aber er wird es schon richten. Dann ist es wieder trocken. Und nicht so kalt im Winter. Ich muss nur warten. Einfach nur warten. Bis Ursell und Linhardt aus Hattingen zurück sind.« Sie begann, ein Lied zu summen. Die Melodie ähnelte einem Kirchenlied, das Jorge aus dem Gottesdienst kannte. Er sprach die Enndlin erneut an. Aber sie reagierte nicht mehr. Summte und rührte. Und rührte und summte.

Enttäuscht griff Jorge in seinen Beutel und legte das Brot und das Stück Ziegenkäse, das er sich als Wegzehrung von Bruder Thomas erbettelt hatte, auf den klapprigen Tisch, der neben dem Lager der Alten stand. Auch das nahm sie nicht wahr.

Plötzlich fiel ihm eine Textzeile des Liedes ein, welches Enndlin summte: *Gib Fried zu unsrer Zeit, o Herr, groß Not ist jetzt vorhanden*. Ja, das stimmte. Leise verließ er die

Hausruine und hoffte, dass die alte Enndlin bald ihren Frieden finden würde.

Zügig ging Jorge zurück zur Kapelle. Eines wollte er noch in Erfahrung bringen: Wo befand sich diese Wiese, für die seine Eltern sterben mussten? Was war so Besonderes an ihr? Glücklicherweise hatte der Pastor seine Gartenarbeit noch nicht beendet und erklärte nach kurzem Nachdenken, wo Jorge die Wiese finden würde.

»Du musst, wenn du von Hattingen heraufgekommen bist, an ihr vorbeigegangen sein. Etwa zweihundert Schritte auf dem Hilinciweg in Richtung Fluss, nachdem der Wald begonnen hat. Links deines Weges. Du kannst sie nicht verfehlen.«

»Ist sie ebenso ungenutzt wie der Kotten meiner Eltern?«

»Nein. Von Zeit zu Zeit treiben Männer Kühe darauf.«

»Wessen Kühe? Von einem Bauern aus Linden?«

»Nein. Es muss jemand von Hattingen sein, dem sie gehört, aber Genaues weiß ich nicht.«

Jorge fand die Wiese ohne Mühe. Saftiges Gras wuchs dort. Wilde Kräuter. Hecken schützten vor kalten Winden. Eine Wiese, wie es Dutzende andere gab. In einer Bodensenke ein Stück den Hang hinunter weideten tatsächlich einige Kühe, sie wurde also genutzt. Doch von wem? Er würde Bruder Bernardo fragen.

Beim Durchwaten der Furt auf dem Rückweg war seine Selbstsicherheit schon gewachsen. Er verspürte nur noch leichtes Unbehagen, als er in das Wasser stieg, und erreichte ohne Probleme das gegenüberliegende Ufer.

Er war gerade von der Gelinde auf den unteren Markt eingebogen, als ihm Marlein begegnete. Er wollte stehen bleiben, aber sie schüttelte nur unmerklich den Kopf. »In einer Stunde an St. Georg«, flüsterte sie im Vorbeigehen und verschwand in dem Haus ihrer Eltern. Jorges Herz schlug heftiger. Sie hatte ihn also nicht vergessen. Seit drei Monaten hatte er sie nicht mehr zu Gesicht bekommen. Und gleich würde sie ihn treffen.

Marlein war pünktlich. Jorge saß auf den Steinstufen, die zum Kirchenportal führten. Sie gab ihm mit einer schnellen Kopfbewegung zu verstehen, dass er ihr folgen solle. Marlein ging südlich über den Kirchhof und nutzte den Mauerdurchgang zwischen den Häusern, der sich Richtung Steintor öffnete. Alle Durchgänge zum Kirchhof waren mit Gruben gesichert, über die ein Gitter aus Eisen gelegt worden war. Tiere wie Schweine oder Hunde konnten sich auf diesem Geflecht nicht halten und wurden so zuverlässig vom Hof und der Begräbnisstätte ferngehalten.

Das Mädchen überquerte die Grube leichten Schrittes, vergewisserte sich mit hastigen Blicken nach rechts und links, dass ihnen auch sicher niemand folgte, und wandte sich nach Osten. Vor dem Haus der grauen Mönche blieb sie stehen, schaute sich erneut um und lief dann zur Scheune, wo sie auf Jorge wartete.

»Lass uns in deine Kammer gehen«, flüsterte sie atemlos. »Schnell. Bevor uns jemand sieht.«

Jorge gehorchte. Kurz darauf befanden sie sich in der trügerischen Sicherheit seiner Schlafstatt.

Marlein sah sich um. »Nicht gerade ein Palast«, bewertete sie die spärliche Behausung. »Und es riecht ein wenig streng.«

»Wenn du dich über mich lustig machen willst, kannst du wieder gehen«, maulte Jorge. Die Begegnung mit Enndlin im zerstörten Haus seiner Eltern hatte ihn doch mehr mitgenommen, als er sich eingestehen wollte. Entsprechend sauertöpfisch reagierte er auf Marleins freundlichen Spott.

»Ich habe es doch nicht böse gemeint«, entschuldigte sich das Mädchen sofort. »Mir bleibt nicht viel Zeit. Mein Vater ist auf einer Ratssitzung und Mutter bei einer Nachbarin.«

»Und dein Aufpasser?«

»Du meinst Lucas?«

»Ja.«

»Ich weiß nicht, wo der steckt. Also, hör zu. Wir müssen zukünftig vorsichtig sein. Mein Vater darf unter keinen Umständen erfahren, dass wir uns weiterhin sehen. Suche jeden Montagnachmittag unsere Lichtung auf. Ich werde schon morgens hingehen und Holzäste in den Boden stecken. Findest du einen Zweig vor, heißt das, dass ich einen Tag später kommen kann. Zwei bedeutet zwei Tage später und so fort. Wir treffen uns immer dann, wenn St. Georg drei Uhr schlägt. Ist kein Ast dort, durfte ich nicht aus dem Haus. Dann komme ich am nächsten Tag wieder. Hast du das verstanden?«

»Ich bin ja nicht blöd«, entgegnete ihr Freund barscher als beabsichtigt.

Sie strich ihm über die Hand. »Entschuldige. Aber ich bin so aufgeregt, weil ich Angst habe. Wenn mein Vater mich erwischt …«

»Was dann?«

»Das erzähle ich dir nächstes Mal. Ich muss wirklich schnell wieder fort.« Sie kramte in dem Beutel, den sie über der Schulter trug. »Hier.« Sie drückte Jorge ein in weißes Linnen eingeschlagenes Päckchen in die Hand.

»Was ist das?«

»Mach es auf, wenn ich fort bin. Es soll dich an mich erinnern.« Sie kam näher, stellte sich auf die Zehenspitzen und drückte ihm einen Kuss auf die Wange. »Und jetzt muss ich gehen.«

Sie verließ die Scheune, ohne sich umzudrehen. Hätte sie es getan, wäre ihr Blick zweifellos auf ihren Bruder Lucas gefallen, der ihr trotz aller Vorsicht hatte folgen können und sich nun blitzschnell an die Bretterwand der Scheune drückte, um einer Entdeckung zu entgehen.

Jorge faltete den Stoff vorsichtig auseinander. Zum Vorschein kam ein Kästchen aus ziseliertem Silber, vielleicht einen Daumen lang, einen halben breit und ebenso hoch, mit einem Deckel, der sich öffnen ließ. Darin lag eine feuerrote Haarlocke.

Gerührt schaute Jorge einige Minuten auf das Geschenk. Dann schloss er den Deckel wieder, schlug das Kästchen in den Stoff ein und verstaute es sorgfältig unter dem Strohsack seines Lagers.

Lucas hatte durch die Ritzen der Scheunenwand genug gesehen. Er rannte so schnell er konnte über den Marktplatz zurück nach Hause, um seinen Vater nach dessen Rückkehr zu informieren. Beim Laufen sprang er alle paar Schritte vor Freude wie ein junges Fohlen in die Luft. Dieses Mal würde ihm dieser Bastard nicht entkommen. Jetzt hatte er ihn. Endlich!

Jorge traf Bruder Bernardo beim Fegen des Speisesaals. »Ich habe eine Frage«, sagte der Junge.

»Frag«, antworte der Dominikaner, ohne seine Arbeit zu unterbrechen.

»Du hast mir von der Wiese erzählt, wegen der meine Eltern sterben mussten.«

Nun stellte Bernardo den Besen beiseite. »Ich habe dir gesagt, dass das eines der Gerüchte war, die man sich über deine Eltern erzählt hat.«

»Ich war heute in Linden«, platzte es aus dem Jungen heraus. »Der dortige Pfarrer hat mir beschrieben, wo das Grundstück ist und ich habe es mir angesehen. Es weideten Kühe dort. Wem gehört die Weide heute?«

Wenn Bernardo überrascht war, ließ er es sich nicht anmerken. »Wie bist du über den Fluss gelangt?«

»Durch die Furt.«

»Ich dachte, du hast Angst vor Wasser?«

»Hatte ich ja auch. Aber es war nicht schlimm. Nun sag bitte, wer verfügt über diese Wiese?«

»Ich weiß es nicht. Ich habe mich, ehrlich gesagt, auch nicht dafür interessiert. Und das solltest du ebenfalls so handhaben. Was nutzt es dir, wenn du den Besitzer kennst?«

»Vielleicht trägt er Schuld am Tod meiner Eltern.«

»Blödsinn«, antwortete der Mönch ungehalten. »Sie sind gestorben, weil ein Offizier der herzoglichen Garde seine Triebe nicht unter Kontrolle halten konnte oder wollte. Dann hat zuerst dein Vater, später deine Mutter unbesonnen reagiert. Hätten sie sich beide zurückgehalten, würden sie vermutlich noch leben.«

»Du hast mir doch erzählt, mein Vater habe die Ehre meiner Mutter verteidigen wollen. Dabei sei er ums Leben gekommen und sie habe versucht, ihn zu rächen.«

»Das meinte ich mit unbesonnen. Nicht immer ist Stolz ein guter Ratgeber. Und Rache schon gar nicht.« Er griff wieder zum Besen. »Und jetzt lass mich arbeiten. Ich muss vor der Vesper fertig werden.«

»Dann sag mir nur eines: Wer war dieser Offizier? Du hast mir seinen Namen bisher verschwiegen.«

Bernardo blieb still. Es machte den Eindruck, dass er mit sich selbst rang. Dann meinte er tonlos: »Na gut. Jetzt ist es ohnehin egal. Du hast dir diesen Mann ja schon zum Feind gemacht. Es ist derselbe, der das Attentat auf den Herzog unternehmen wollte. Und mehr gibt es zu diesem Thema nicht zu sagen.«

Jemand räusperte sich an der Tür. Die beiden sahen hoch. Dort standen Hinrick van Enghusen und sein Sohn Lucas. Begleitet wurden sie von einem Soldaten der Stadtwache.

»Was kann ich für Euch tun?«, wollte Bernardo wissen.

»Eine ernste Angelegenheit, Vater«, erwiderte der Soldat. »Euer Mündel wird des Diebstahls bezichtigt.«

»Von wem?«

»Von mir«, bellte van Enghusen. »Er hat meiner Tochter ein silbernes Kästchen gestohlen. Das Kästchen ist wertvoll. Es ist ein Geschenk meiner Frau zu Marleins zehntem Geburtstag gewesen.«

Bernardo wandte sich an Jorge. »Stimmt das?«

Die Kehle des Knaben war plötzlich wie zugeschnürt, deswegen konnte er nur den Kopf schütteln.

»Seht Ihr. Er sagt Nein.«

»Gesehen habe ich seine Reaktion sehr wohl. Aber glauben tue ich ihm nicht.« Van Enghusen warf empört den Kopf in den Nacken.

»Dann steht Aussage gegen Aussage«, erwiderte Bernardo.

»Nur dass wir den Diebstahl beweisen können. Es gibt einen Zeugen.«

Jorge wurde blass. Lucas! Was hatte er gesehen?

»Der Junge hat das Kästchen unter seinem Lager in der Scheune versteckt«, triumphierte van Enghusen. Dem Kaufmann war anzusehen, wie sehr er die Situation genoss. Sein letzter Besuch bei diesen Mönchen war ihm hochnotpeinlich gewesen. Jetzt würde er mehr als genug dafür entschädigt.

Der Soldat mischte sich ein. »Wir müssen nachsehen. Das versteht Ihr doch, Vater, oder?«

Bernardo irritierte die Selbstsicherheit des Kaufmanns. Und auch das breite Grinsen auf dem Gesicht seines Sohnes ließ Übles ahnen. Aber was blieb ihm schon übrig? »Natürlich. Ich gehe vor. Folgt mir.«

Wenig später hielt van Enghusen einem zerknirschten Jorge das Kästchen vor die Nase. »Du bist ein elender Dieb«, zischte er. »Dafür wirst du im Kerker schmoren.«

Jorge wurde rot. Er sah die Bestürzung seines Mentors. Was sollte er nur tun? Sagte er die Wahrheit, würde Marlein dafür büßen müssen. Schwieg er, wurde er mit Sicherheit bestraft und verlor, was noch schlimmer war, die Zuneigung Bernardos. Wie, um Himmels willen, sollte er sich verhalten?

»Der Junge ist nicht nur ein Dieb, sondern auch verstockt. Na ja, einige Peitschenhiebe werden ihn schon gefügiger machen.«

Alle schwiegen. In die Stille hinein erklang unvermittelt eine Mädchenstimme: »Ich habe ihm das Kästchen geschenkt. Er hat es nicht gestohlen. Das schwöre ich bei der Bibel.« Alle Köpfe fuhren herum. In der offenen Scheunentür stand Marlein, das Gesicht vor Aufregung und von dem schnellen Lauf gerötet. Ihre Rechte lag auf der Heiligen Schrift. »Verzeih, Vater, aber ich konnte nicht anders. Jorge, bitte sag, was in dem Kästchen ist.«

Jorge sah nur sie. Sein Blick war ein stummes Flehen. Das kann ich nicht tun, dachte er. Ich kann sie nicht der Wut ihres Vaters überlassen. Er schüttelte den Kopf.

»Jorge, bitte.«

Er blieb stumm.

»Gut«, sagte sie entschlossen, »ich werde es verraten. Darin befindet sich eine Haarlocke von mir. Sieh nach, Vater. Und sag mir dann, ob du glaubst, dass er mir die Locke ebenfalls gestohlen hat.«

Hinrick van Enghusen öffnete das Kästchen. Die Haarsträhne fiel heraus. Wütend stampfte der Kaufmann sie in den Lehmboden. Zähneknirschend erklärte er dann: »Ich akzeptiere den Schwur meiner Tochter. Der Knabe spricht die Wahrheit.« Er gab Marlein eine klatschende Ohrfeige und packte sie am Arm. »Du kommst sofort mit mir. Und mit dir, Lümmel«, blaffte er seinen Sohn an, »beschäftige ich mich später. Du hast mich nun zum zweiten Mal in eine unmögliche Situation gebracht. Dafür sollst du büßen.«

Bernardo nahm das Silberkästchen, das van Enghusen auf Jorges Lager geworfen hatte. »Hier«, meinte er und hielt es ihm hin.

»Habt Ihr eben nicht richtig zugehört, Vater?«, blaffte der Kaufmann. »Das Kästchen ist ein Geschenk. Und ein van Enghusen nimmt niemals ein Geschenk zurück, unter welchen Umständen auch immer es zustande gekommen sein mag.« Grußlos verließ er die Scheune, seine widerstrebende Tochter mit sich ziehend. Lucas folgte ihnen wie ein geprügelter Hund.

»Schön, dass sich alles in Wohlwollen aufgelöst hat«, sagte der Soldat, bevor er sich verabschiedete.

Das glaubst aber auch nur du, dachte Jorge.

14

Werden, 21. Mai 1501

Bartholomäus war in den letzten Monaten mehr und mehr in die Rolle eines Beauftragten des Abtes seines Klosters hineingewachsen. Daran war sein Ruf als der Mönch, der das Ohr des Papstes hatte, nicht ganz unschuldig. Tatsächlich jedoch hatte ihm ein subalterner Priester aus der päpstlichen Verwaltung vor einigen Monaten in einer Botschaft lapidar mitgeteilt, dass seine Anwesenheit in Rom zukünftig nicht mehr erforderlich sei und er sich seinen klösterlichen Pflichten in Deutz widmen könne. Versüßt wurde dieser faktische Rauswurf mit den üblichen Höflichkeitsfloskeln und dem schriftlich übermittelten Segen des Heiligen Vaters. Natürlich hatte Bartholomäus diese Nachricht für sich behalten. Jetzt, da sein ursprünglicher Plan gescheitert war, hingen seine Chancen auf einen Aufstieg in der kirchlichen Hierarchie ganz davon ab, dass es ihm gelang, seine Mitbrüder in dem Glauben zu lassen, er sei nach wie vor Berater des Papstes. Nur so hatte er Aussichten, Abt seines Klosters zu werden. Einen höheren Aufstieg schloss er für den Moment aus. Bedauerlich, dachte er. Aber er würde, falls sich ihm eine solche Möglichkeit bot, ohne Zögern entschlossen zugreifen.

Im Kloster Werden hatte er einer langweiligen Versammlung der Äbte und Dekane einiger Benediktinerkloster aus dem Rheinland und Westfalen beigewohnt. Endlose Reden alter Männer, stundenlange Gebete und sich immer wiederholende Versicherungen gegenseitiger Liebe hatten seine

Geduld fast über Gebühr strapaziert. Wie fast alle solche Zusammenkünfte hatte auch diese geendet, ohne dass auch nur ein gemeinsamer Beschluss gefasst worden war – zu eifersüchtig achteten die Äbte als Vertreter der anwesenden Klostergemeinschaften auf ihre Unabhängigkeit.

Als die Versammlung endlich aufgehoben wurde und sich Bartholomäus von seinen Glaubensbrüdern verabschiedete, näherte sich ihm jemand, den er schon einmal gesehen zu haben glaubte. Er meinte, sich an dieses mit einem Feuermal gezeichnete Gesicht zu erinnern. Der andere Geistliche sprach ihn im unterwürfigen Tonfall an. »Seid Ihr Bartholomäus, den man ›den Römer‹ nennt?«

»Wer will das wissen?«

»Ich bin Lucius, Pastor von St. Georg aus der Stadt Hattingen.«

»Kenne ich dich?« Der Römer zog es vor, gleich von Beginn an durch die Anrede zu dokumentieren, wer in dieser Unterhaltung das Sagen hatte.

»Nein. Seid Ihr der Betreffende?«

Bartholomäus nickte herablassend.

»Ich habe gehört, dass seine Eminenz der Erzbischof Euren Rat schätzt.«

»Das mag so sein.« Was wollte dieser Pastor von ihm?

»Ich habe mich mit einem Anliegen an seine Eminenz gewandt, allerdings bis heute keine Antwort erhalten.«

»Du hast ihm geschrieben?«

»Ja.«

»Wann?«

»Vor etwa zweieinhalb Jahren.«

Daher wehte der Wind. Er sollte für diesen Pfarrer den Boten spielen. Der Römer unterdrückte ein Grinsen. Entweder war der Inhalt dieses Briefes so banal, dass der Erzbischof eine Antwort für unter seiner Würde hielt, oder aber er wollte sich mit dem Sachverhalt nicht befassen. Ansonsten hätte er zumindest seinen Sekretär angewiesen, in den letzten Jahren irgendetwas zu schreiben. In beiden Fällen würde er, Bartholomäus, den Teufel tun und dem Ansinnen seines Gegenübers nachkommen.

Er wollte den Bittsteller allerdings auch nicht vor den Kopf stoßen. Es war leicht, Menschen für immer zu beleidigen. Schwieriger war es, sie für sich einzunehmen, auch wenn man sie tatsächlich für absolute Volltrottel hielt. »Um was ging es denn in diesem Brief?«, fragte er deshalb mit geheucheltem Interesse.

»Um die Dominikaner. Sie unterrichten einen Jungen in Latein, ohne dass dieser auf die Kirchenschule geht.«

Der Römer erinnerte sich an die Worte Philips, der von einem Knaben sprach, den ein Dominikaner begleitet hatte. Ging es um ein und dieselbe Person? Sein Interesse war geweckt. Möglicherweise erwies sich diese Begegnung doch nicht als so überflüssig, wie er zunächst angenommen hatte. »Erzähle!«, befahl er deshalb.

»Der Junge wohnt im Haus der grauen Mönche.« Er informierte Bartholomäus über seine Beobachtungen und das Gespräch mit Bernardo. Dann schloss er: »Mittlerweile scheint der Knabe so eine Art Narrenfreiheit zu genießen. Er habe, heißt es, dem Herzog das Leben gerettet.«

»Wie das?« Es war tatsächlich der Bursche, der seinen Plan verraten hatte.

Der Pfarrer gab die Gerüchte wieder, die in der Stadt umliefen.

»Wie heißt der Kerl?«

»Jorge.«

»Kannst du ihn beschreiben?«

Der Pfarrer zögerte zunächst. Dann antwortete er: »Hochgewachsen, schlaksig. Zu groß für sein Alter.«

»Wie groß genau?«

»Vielleicht vier, fünf Fuß.« Er dachte nach. »Langes, braunes Haar fast bis zu den Schultern.«

»Und die Augenfarbe?«

»Blau, nein, braun.«

»Geht es nicht etwas genauer?«

Lucius schüttelte angesichts dieser gründlichen Befragung leicht ungehalten den Kopf. »Ich sehe mir Knaben nicht so genau an wie vielleicht der eine oder andere Mönch.«

»Pfarrer, hüte deine Zunge!«, stieß der Römer hervor. »Es wurden schon Menschen wegen geringerer Vorwürfe als Ketzer verbrannt.«

Der Pastor schwieg betreten.

»Und seine Kleidung?«

»Die eines Bauern.«

»Und was soll der Erzbischof deiner Meinung nach tun?«

»Das eigenmächtige Handeln der Dominikaner unterbinden.«

»Ich werde seiner Eminenz dein Anliegen vortragen«, versicherte der Römer salbungsvoll. »Mehr kann ich dir nicht versprechen.« Diese Zusage war ernst gemeint. Der Pastor griff Bartholomäus' rechte Hand, um ihm mit dem Handkuss die Ehre zu erweisen. Dieser fühlte sich durch die Unterwerfungsgeste geschmeichelt. »Ich werde tun, was in meiner Macht steht. Und jetzt geh. Ich muss mich anderen wichtigen Angelegenheiten widmen.«

Sich mehrfach verbeugend, suchte Lucius das Weite. Bartholomäus ging in die nahe gelegene Schenke, um in Ruhe nachzudenken. Der rote Wein war fruchtig und stark und der Römer bestellte, nachdem er den ersten Becher in hastigen Zügen ausgetrunken hatte, einen zweiten. Er musste sein Problem mit dem Jungen lösen, und zwar endgültig. Immerhin war er der einzige lebende Zeuge, der ihn mit Philip gesehen hatte, wenn er von den Wirten in den Frauenhäusern in Köln und Werden absah. Die beiden hatten jedoch selbst Dreck am Stecken und würden schweigen wie ein Grab – so hoffte er zumindest. Nur was sollte er tun? Fritz und Peter damit beauftragen, ihm den Knaben vom Hals zu schaffen? Nein, noch mehr Mitwisser konnte er nicht gebrauchen. Er würde sich des Problems schon selbst annehmen müssen. Nur war das schwierig, solange sich dieser Bengel in der Obhut der verfluchten Dominikaner befand. Schließlich konnte er nicht tagelang in Hattingen herumlungern und auf eine geeignete Gelegenheit warten. Dazu war er zu bekannt. Was, wenn die Dominikaner ihr Haus der grauen Mönche aufgaben und nach Soest zurückkehrten und Jorge allein und ohne Beschützer in Hattingen blieb? Der Bursche war kein Bürger der Stadt, verfügte über keine Anstellung oder Vermögen. Er würde sich nicht lange in Hattingen halten können. Es konnte also tatsächlich von Vorteil sein, Lucius in seinen Bestrebungen zu unterstützen. Mit ihm hätte er einen Informanten in der Stadt.

Befriedigt orderte er einen dritten Becher Wein.

15

Hattingen, 21. Juli 1501

Zum ersten Mal seit Monaten wagte sich Jorge an diesem frühen Morgen wieder zu seiner Höhle. Zu groß war seine Angst gewesen, dass ihm Philip von der Schadeburg dort auflauern könnte. Die Worte des Freiherrn gellten noch in seinen Ohren: *Und dich, Bursche, werde ich zur Hölle schicken!*

Jorge kämpfte sich durch das Unterholz zu dem Felsen. Seine Gedanken schweiften ab. Knapp drei Jahre lebte er jetzt in Hattingen und hatte es seitdem lediglich auf zwei Freunde gebracht: Einer von ihnen, Aron, war aus der Stadt gewiesen worden und Marlein hatte er lange nicht gesehen. Ihre Andeutungen bei ihrem letzten Treffen in der Scheune hatten ihn manche Nacht nicht schlafen lassen. Natürlich hatte er ihre Locke wieder aus dem Staub geholt, sorgfältig mit Brunnenwasser gereinigt und zurück in das Silberkästchen gelegt. Nur hatte er den Eindruck, dass sie – frisch gewaschen und gesäubert – nicht mehr nach seiner Freundin duftete. Aber das störte ihn nicht wirklich, denn er wusste auch ohne Hilfsmittel, wie Marleins Haare rochen. Nur zwei Freunde und beide für ihn nicht greifbar. Manchmal fühlte er sich, trotz der Gemeinschaft der Mönche, unter denen er lebte, sehr einsam.

Er lächelte bitter. Allerdings konnte er sich rühmen, eine ebenso große Zahl von Feinden zu haben, von denen ebenfalls einer spurlos verschwunden war, der andere, Lucas, sich aber weiter in der Stadt herumtrieb und ihm nachstellte – bisher glücklicherweise ohne jeden Erfolg.

Das lag nicht zuletzt auch daran, dass er in der Stadt einen gewissen Ruf genoss. Die Leute tuschelten, wenn er an ihnen vorbeiging, warfen ihm neugierige Blicke zu. Der Junge da, schien ihre Mimik auszudrücken, hat das Attentat auf den Herzog aufgedeckt.

Der Landesherr selbst hatte sich jedoch nicht dazu herabgelassen, Jorge zu danken. Dem Knaben war das egal. Sein neu gewonnener Bekanntheitsgrad bot Schutz vor Lucas, jedenfalls so lange, wie er ihm und seinen Freunden nicht an Orten begegnete, an denen sich keine Menschen aufhielten. Aber Jorge bemühte sich, solche Ecken der Stadt zu meiden. Auf offener Straße würde Lucas es nicht wagen, ihn zu attackieren, das stand für Jorge fest. Sogar die Stadtwache und die herzogliche Garde, so bildete Jorge sich ein, behandelten ihn mit mehr Wohlwollen. Auf jeden Fall ließen sie ihn im Gegensatz zu früher in Ruhe. Keiner verlangte mehr von ihm, er solle nicht hier oder dort herumlungern, keiner rief ihn wegen irgendwelcher vermeintlicher Vergehen zur Ordnung. Heute, so hatte er gehört, würde im Wald eine Treibjagd stattfinden. Wölfe oder wildernde Hunde hatten in den letzten Wochen einige Ziegen gerissen und die Jäger sollten die Räuber aufspüren und erlegen. Bei solchen Treibjagden waren viele Männer im Einsatz. Philip von der Schadeburg würde sicher nicht ausgerechnet an einem solchen Tag auf ihn lauern. Deswegen hatte Jorge sich auch getraut, zur Höhle zu laufen.

Er war wieder gewachsen, was er daran merkte, dass der Eingang immer enger zu werden schien. Bald würde er sein Refugium aufgeben müssen, dachte er traurig, als er sich durch den Spalt zwängte. Im Inneren der Höhle war alles so, wie er es bei seiner Flucht vor dem Freiherrn zurückgelassen hatte. Es sah nicht so aus, als ob sie jemand in seiner Abwesenheit betreten hätte. Beruhigt kroch Jorge wieder nach draußen. Er wollte trockene Äste suchen, sie in den Höhlenboden stecken, um daran Kräuter zum Trocknen aufzuhängen.

In den letzten Wochen hatte er Bruder Thomas immer wieder gelöchert, bis der ihm seufzend einige der Kräuter und ihren Nutzen erklärt hatte, Salbei zum Beispiel. Bruder

Thomas hatte zur Verdeutlichung der Heilkraft immer wieder einen Spruch zitiert, den er aus einem seiner Bücher vorlas. *Warum soll ein Mensch sterben, dem Salbei im Garten wächst*, hieß es da. Salbei helfe bei schlecht heilenden Wunden, sei schleim- und krampflösend und gut gegen Durchfall. Man stelle entweder einen Aufguss zur innerlichen Anwendung her oder aber einen Brei, den man auf die Entzündung streiche. Salbei wachse da, hatte Thomas erläutert, wo viel Sonne sei und der Boden trocken. Das Kraut müsse jedoch angebaut werden, wild sei es kaum zu finden.

Der Mönch hatte ihm dann Liebstock und Fenchel, Frauenminze, Rosmarin und andere Heilpflanzen gezeigt, die die Mönche in ihrem Kräutergarten zogen. Und er hatte ihm erläutert, wie er sich bei kleineren Wunden selbst helfen könnte, wie sie zu reinigen und zu verbinden waren. Jorge hatte auf dem Markt in Hattingen schon häufiger Händler, überwiegend Frauen, gesehen, die getrocknete Kräuter anpriesen. Wenn diese aber, so hatte er Bruder Thomas gefragt, doch im Garten des Mönchshauses wuchsen, warum pflanzten sie dann nicht alle Bürger selbst an, statt sie auf dem Markt zu kaufen?

Die Erklärung des Mönchs war einleuchtend: Die meisten der Städter wussten zwar, dass es Heilkräuter gab, aber es fehle ihnen das Wissen, wogegen welches Kraut gewachsen sei. Das gelte auch für Pilze und Schwämme. Die Leute hätten keine Ahnung, welche Pilze giftig seien und welche nicht. Deshalb zögen sie es vor, sie allesamt nicht zu essen. Dabei sei die Unterscheidung doch ganz einfach: Wenn Tiere die Pilze fressen würden, könnten auch Menschen sie verzehren, ohne Schaden zu nehmen. Außerdem seien Pilze, die in der Nähe von Schlangennestern, Schimmelstellen oder giftigen Bäumen wuchsen, ungenießbar. Jorge leuchtete diese Argumentation hingegen nicht ein. Die Tollkirsche, erwiderte er, würde doch von Vögeln gefressen, sei aber für den Menschen schädlich. Diesem Einwand begegnete Bruder Thomas nach reiflicher Überlegung wiederum mit dem Hinweis, dass für Vögel andere Regeln gelten würden als für andere Tiere, denn schließlich könnten diese fliegen. Aber so richtig schien auch Bruder Thomas von seiner Beweisführung nicht überzeugt zu sein, denn er kratzte sich mehrmals am Kopf, bevor er zu seiner Erklärung ansetzte. Jorge beschloss im Stillen, den Hinweis seines Lehrers zu ignorieren und diese Früchte zu meiden, bis andere sie vor seinen Augen zu sich genommen hätten und später nicht an der Speise erkrankten.

Auf jeden Fall aber würde er Kräuter sammeln, trocknen und ebenfalls auf dem Markt verkaufen. Den Erlös wollte er Vater Bernardo aushändigen, um wenigstens einen Teil seiner Schuld abzutragen.

Etwa eine Stunde suchte er erfolglos in der näheren Umgebung nach Heilkräutern. In diesem Teil des Waldes schienen keine zu wachsen. Er würde Bruder Thomas fragen müssen, an welchen Stellen genau er zu suchen hatte. Enttäuscht machte sich Jorge auf den Heimweg, als plötzlich das lang gezogene Tuten von Jagdhörnern durch den Wald schallte. Die Jäger befanden sich ganz in der Nähe.

Neugierig folgte Jorge dem Geräusch. Und tatsächlich erreichte er nach wenigen Minuten eine große Lichtung, auf der einige Soldaten und Treiber standen. Die Pferde der Bewaffneten waren am Rand der Lichtung an den Bäumen festgebunden und wurden von einem Jungen, kaum älter als Jorge, bewacht.

Einer der Soldaten, den Jorge schon des Öfteren an einem der Stadttore gesehen hatte, erkannte den Knaben. »Da kommt ja der Retter des Herzogs«, rief er mit leisem Spott. »Was machst du hier im Wald, Junge?«

»Kräuter suchen«, erwiderte Jorge wahrheitsgemäß. »Ich habe aber keine gefunden.« Sein Blick fiel an dem Soldaten vorbei auf einige tote Tiere, die nebeneinandergereiht auf der Waldwiese lagen.

»Sieh nur genau hin«, forderte der Soldat ihn auf. »Ein ganzes Rudel. Diese Bestien werden zukünftig unser Vieh in Ruhe lassen.«

Jorge trat näher. Auf den ersten Blick erkannte er keine Verletzungen an den toten Körpern. Dann aber sah er die Blutlachen unter ihnen.

»Die Armbrust ist die richtige Waffe für die Wolfsjagd«, meinte ein anderer der Soldaten und hielt triumphierend sein Kampfgerät in die Höhe.

»Das sind Wölfe?«, fragte Jorge und machte noch einen Schritt auf die Kadaver zu. »Sie sehen aber aus wie Hunde. Wie schwarze Hunde, genau genommen. Sind Wölfe nicht grau?«

»Hund oder Wolf, was macht das schon für einen Unterschied«, lachte ein dritter der Jäger. »Wenn Hunde nicht die Knute des Menschen spüren, werden sie zu Wölfen.«

Jorge sah, dass zwischen den ausgewachsenen Tieren auch mehrere Welpen lagen. Die kleinen Wesen wirkten so unschuldig und stimmten Jorge traurig. Natürlich wusste er, dass streunende Hunde auch in Hattingen eine wahre Plage waren und einige von ihnen sich zu Rudeln zusammenschlossen und ihr Revier sogar gegen Menschen verteidigten. Sie durchwühlten die Abfallhaufen nach Nahrung, drangen im Winter aus Hunger manchmal in Häuser ein, um Fressbares zu erbeuten. Von Zeit zu Zeit beauftragte die Stadt einen Hundefänger, die Tiere zu töten. Die Kadaver landeten beim Abdecker, der das Fleisch als Schweinefutter und die Felle an die Armen verkaufte. Bisher hatte sich Jorge nicht daran gestört, auch er hielt das Töten von streunenden Hunden für unvermeidlich. Aber Welpen? »Musstet Ihr die Kleinen auch töten?«

Die Männer lachten schallend. »Hast du etwa Mitleid?«, fragte der, den Jorge kannte.

Jorge nickte zögernd.

»Der Knabe hat eben ein großes Herz. Erst bewahrt er unseren geliebten Herzog vor dem Tode, dann sorgt er sich um junge Wölfe. Wahrlich, er ist ein guter Mensch. Darauf sollten wir unsere Becher erheben.«

Das Gelächter der Soldaten wollte nicht enden. Verunsichert schaute Jorge auf die toten Hunde und die Jäger, die Wein aus Schläuchen in ihre Becher gossen und sich durch die Kehle laufen ließen. Einige von ihnen zeigten auf ihn, sagten etwas, was Jorge in dem Lärm nicht verstand, und prusteten wieder los, noch heftiger als zuvor. Was war so komisch gewesen, fragte sich Jorge, dass sich diese Erwachsenen wie Kinder benahmen?

»Pass auf, was ich dir sage, Junge. Aus Welpen werden Wölfe. Und Wölfe reißen Ziegen. Hast du das verstanden?«

»Aber es sind doch nur Hunde«, wiederholte Jorge seinen Einwand. »Ihr hättet sie erziehen können. Ihr sagtet doch selber, dass sie den Menschen brauchen, um zu gehorchen.«

»Wir hätten sie erziehen können«, echote der Mann und hielt sich den Bauch. »An dir ist ein Spaßmacher verloren gegangen. Du solltest zu den Gauklern gehen, mit deinen Fähigkeiten wirst du es auf den Märkten weit bringen.«

Das Gefeixe nahm kein Ende, bis sich ein Reiter näherte. »Was glaubt ihr, warum ihr hier seid, Kerle?«, brüllte der Offizier. »Wenn ihr nicht schnellstens auf euren Gäulen seid und die Viecher da eingesammelt habt, werde ich mir mit euch einen Spaß erlauben, den ihr nicht so schnell vergessen werdet.«

Die Männer gehorchten sofort. Aber immer, wenn einer von ihnen zu Jorge hinüberschaute, verzog sich sein Mund zu einem Grinsen. Der Befehlshaber rief Jorge zu: »Mach, dass du nach Hause kommst. Du hast hier nichts verloren. Und jetzt ab!«

Die Männer entfernten sich und Jorge blieb allein auf der Lichtung zurück. Für einen Moment schaute er traurig auf das Gras, das mit dem Blut der toten Hunde verschmutzt war. Dann verließ auch er die Lichtung.

Er war vielleicht zweihundert Schritte weit gegangen, als er ein leises Fiepen wahrnahm. Überrascht blieb er stehen und blickte sich um. Nichts. Er musste sich getäuscht haben. Halt! Da war es wieder. Ganz in der Nähe. Kam das Geräusch nicht aus Richtung des kleinen Hügels, der sich links seines Weges zeigte?

Langsam näherte sich Jorge der Erhebung, auf der ein Holunderbusch stand, dessen Äste fast bis auf den Boden reichten. Und tatsächlich. Das Fiepen wurde lauter, verstummte aber, als er die Zweige beiseiteschob. Der Junge bückte sich und entdeckte, verborgen im Gestrüpp, eine Öffnung, die schräg in den Boden führte. Neben diesem Eingang befanden sich kleine Erdhaufen. Hier hatte sich ohne jeden Zweifel ein Tier einen Unterschlupf gegraben. Jorge legte sich bäuchlings vor die Öffnung und versuchte, im Dunkeln der Höhle etwas auszumachen. Vergebens. Einen kurzen Moment erwog er, die Sache auf sich beruhen zu lassen. Doch dann siegte seine Neugier. Er fasste seinen ganzen Mut zusammen und steckte vorsichtig seinen rechten Arm hinein. Für einen Augenblick meinte er, etwas Weiches, Warmes berührt zu haben. Jorge machte sich noch länger. Ohne Erfolg. Die Höhle war zu tief, um bis an ihr Ende zu gelangen. Doch da! Wieder streifte etwas seine Hand. Und Jorge packte, ohne nachzudenken, zu. Seine Finger krallten sich in ein Fell. Dann zog er seine Hand mitsamt Beute langsam aus dem Spalt.

16

Hattingen, 21. Juli 1501

Hinrick van Enghusen hatte schlecht geschlafen in der vergangenen Nacht. Heute würde sich herausstellen, ob die zahllosen Gespräche, die er geführt, die Versprechungen, die er anderen Ratsmitgliedern gemacht, und die unterschwelligen Drohungen, die er ausgesprochen hatte, von Erfolg gekrönt waren. Heute stimmte der Rat ab, ob er einer der zwei Bürgermeister wurde, die den Ratsfreunden vorstanden.

Und heute würde sich vor allem die Zukunft seiner Familie entscheiden. Blieben sie zwar erfolgreiche, dennoch aber schlichte Viehhändler oder würden sie zukünftig in einem Atemzug mit den Namen derer genannt werden, die die Geschicke der Stadt lenkten?

Van Enghusen beschränkte sein Frühstück auf ein Stück trockenes Brot und einen Becher Würzwein. Er kleidete sich in sein bestes Gewand, kämmte sorgfältig sein halblanges Haar und den Bart, den er gemäß der neuesten italienischen Mode der Renaissance kurz geschnitten trug.

Zwei Stunden später machte er sich auf zur Fleischhalle.

Die meisten der Ratsmitglieder waren schon anwesend, ebenso der Droste und Reinhard von Krekenbeck, der Schultheiß. Er nickte ihnen zu und nahm seinen Platz an dem langen Tisch ein. Mit seinem Nachbarn zur Linken, dem Gildemeister der Schmiede, wechselte er einige belanglose Worte und dann warteten sie gemeinsam auf das Eintreffen der restlichen Freunde des Rates, damit die Sitzung endlich beginnen konnte. Um Punkt zehn Uhr hatten sich die Plätze gefüllt.

Bürgermeister Ditz Huyser eröffnete die Sitzung. Dann erklärte er das Prozedere der Wahl und wies darauf hin, dass die Bürgermeisterwahl nicht der einzige Tagesordnungspunkt war und der Rat noch über eine Frage zu entscheiden hätte. Erst danach rief er den Punkt auf, der van Enghusens Zukunft prägen sollte.

»Wir kommen nun zur Wahl eines weiteren Bürgermeisters, der gleichberechtigt mit mir und Eurer Unterstützung das Amt ausüben soll. Wir Ihr Herren wisst, hat Erasmus auf dem Borgh sein Amt zurückgegeben. Sein gesegnetes Alter erlaubt es ihm nicht, weiter für unsere Stadt zu arbeiten. Angekündigt hatte er diesen Schritt ja schon vor langer Zeit. Nun ist er vollzogen. Deshalb wird eine Nachwahl erforderlich. Bevor wir nun den Kandidaten Gelegenheit geben, uns zu erläutern, wie sie sich ihre Tätigkeit im Interesse unserer Stadt und ihrer Bürger vorstellen, möchte Reinhard von Krekenbeck, Erbschultheiß des Hofes Hattingen und Herr des Hauses Cliff noch eine Erklärung abgeben.«

Van Enghusen war wie erstarrt. Der Bürgermeister hatte im Plural gesprochen. Kandidaten. Nicht Kandidat. Trat noch jemand an? Wer? Aber in allen Absprachen, die er getroffen, in allen Gesprächen, die er geführt hatte, hatte niemand auch nur die geringste Andeutung gemacht, dass es noch einen anderen Bewerber für das Amt gab. Wer spielte hier welches Spiel? Und welche Erklärung wollte von Krekenbeck abgeben? Das war mehr als ungewöhnlich.

Van Enghusen beugte sich vor. Er bebte vor gespannter Aufmerksamkeit.

»Meine Herren«, begann von Krekenbeck. »Wie Ihr wisst, bin ich mit Hinrick van Enghusen, der heute zur Wahl antritt, eng befreundet. Wir beide gedenken, unsere Familien zukünftig noch stärker zu binden.«

Van Enghusens Gedanken rasten. Was bezweckte der Freund mit diesem Vorstoß? Ihr Verhältnis war in den letzten Monaten etwas abgekühlt, nachdem er dem Schultheißen die bedingungslose Gefolgschaft in Sachen Neubau der Ruhrbrücke verweigert hatte. Aber wie hätte er dessen Vorschlag auch unterstützen können? Der Neubau würde Unsummen verschlingen, Geld, das die Stadt nicht hatte und das die Bürger, nicht der Schultheiß, würden aufbringen müssen.

»Wir sind übereingekommen, dass unsere Kinder sich vermählen werden. Sein Sohn Lucas wird um die Hand meiner Tochter Agnes anhalten. Und ich gedenke, seinem Werben stattzugeben.«

Van Enghusen zitterte. Was trieb den Schultheißen zu diesem Auftritt? Sie hatten vereinbart, mit der Bekanntgabe der Verlobung bis nach der Wahl zu warten, um dem Vorwurf des Ämterkaufs zu entgehen. Und jetzt das!

»Wir werden die Verlobung offiziell erst am kommenden Sonntag nach der Messe bekannt geben. Aber Ihr solltet davon schon heute erfahren.«

Was redete er da – eine solche Absprache hatte es nie gegeben.

»Hinrick, sicher bist du gerne bereit, meine Worte zu bestätigen.«

Langsam erhob sich van Enghusen. Was blieb ihm für eine Wahl? Er musste, wollte er nicht seine Familie bloßstellen und die Wahl gefährden, gute Miene zum bösen Spiel machen. Aber warum nur hatte von Krekenbeck die getroffenen Absprachen gebrochen? Ein dummes Gefühl beschlich ihn. Aber er musste reagieren. Jetzt! »Selbstverständlich. Meine Frau und ich freuen uns darauf, die Verlobung bekannt zu geben.« Mit einem gequälten Lächeln nahm er wieder Platz.

Reinhard von Krekenbeck ergriff erneut das Wort. »Sicher wundert Ihr Euch, warum ich Euch über diese geplante Verbindung unserer Familien informiere. Aber ich möchte verhindern, dass unbegründete Gerüchte auftauchen. Gerüchte, nach denen es so etwas wie Simonie auch in unserer Stadt gäbe.«

Simonie. Ämterkauf. Um genau diese Vorwürfe nicht vor der Wahl hochkommen zu lassen, hatten sie doch Verschwiegenheit vereinbart! Van Enghusen verstand die Welt nicht mehr.

»Dann sollten wir den Kandidaten das Wort erteilen«, leitete Ditz Huyser den Wahlvorgang ein. »Als Erster spricht Hinrick van Enghusen.«

Der Kaufmann, innerlich aufgewühlt vom Auftreten Krekenbecks, sprach fahrig, unkonzentriert. Seine sorgfältig gewählten Worte, an denen er seit Tagen gefeilt hatte, waren aus seiner Erinnerung wie weggewischt. Nur langsam fand er zu seinem Konzept zurück. Als er geendet hatte, gab es nur spärlichen Applaus. In den Gesichtern der Ratsmitglieder las er Verwunderung und Erstaunen. Von ihm waren die anderen Honoratioren mitreißendere Auftritte gewöhnt.

»Kommen wir nun zum zweiten Kandidaten. Viele von Euch werden überrascht sein ob des zweiten Bewerbers.

Auch ich weiß erst seit gestern davon. Das Wort hat Hermann Spors.«

Ein Raunen ging durch den Saal. Spors galt als enger Gefolgsmann Krekenbecks. Und plötzlich wurde van Enghusen der perfide Plan des Schultheißen klar: Er wollte einen seiner Leute auf den Posten hieven, aber gleichzeitig die Verlobung seiner hässlichen Tochter nicht gefährden. Sie musste unter die Haube, kostete es, was es wolle. Und van Enghusen konnte nach seiner Bestätigung ohne Gesichtsverlust diese Verbindung nicht mehr lösen. Jetzt war von Krekenbeck frei, seinen Mann ins Rennen zu schicken. Van Enghusen schnaubte vor Wut. Er schaute zu seinem früheren Freund hinüber, der sich breit grinsend auf seinem Stuhl zurücklehnte. Diese Runde habe ich gewonnen, schien seine Haltung zu sagen.

Auch Spors Rede entpuppte sich nicht gerade als Glanzleistung. Damit konnte er die Ratsmitglieder nicht überzeugen. Jetzt musste sich erweisen, dachte van Enghusen, was seine Absprachen wert waren.

»Kommen wir zur Abstimmung. Wer für den werten Hinrick van Enghusen stimmt, hebe den Arm.« Zahlreiche Hände flogen hoch. Der Bürgermeister begann zu zählen: »Ein, zwei ... Ich zähle acht Stimmen für Herrn van Enghusen. Kommen wir zum anderen Bewerber. Wer für ...«

Auch auf Spors entfielen acht Stimmen. Niemand enthielt sich. Patt.

Ditz Huyser ergriff erneut das Wort. »Bei Stimmengleichheit wird das Votum der amtierenden Bürgermeister mitgezählt. Da wir zurzeit nur einen Amtsinhaber haben – mich –, ist also meine Stimme entscheidend. Und ich spreche mich aus für ...«, er machte eine Pause und sah in die Runde, »... Hinrick van Enghusen.«

Der Kaufmann atmete erleichtert aus und schaute erneut zu von Krekenbeck hinüber. Jetzt war es an diesem, gequält zu lächeln.

Van Enghusen nahm die Glückwünsche der Ratsmitglieder entgegen und setzte sich auf den ihm ab jetzt zustehenden Platz an der Spitze des Tisches. Die zur Gratulation ausgestreckte Hand Krekenbecks übersah er geflissentlich.

»Kommen wir nun zu dem Punkt, den ich bereits angekündigt habe. Es geht um den Wiederaufbau der Ruhrbrücke. Dazu liegt ein Antrag des ehrenwerten Reinhard von Krekenbeck vor. Schultheiß, würdet Ihr uns etwas dazu sagen?«

Nachdem dieser geendet hatte, erhielt van Enghusen das Wort. Er sprach sich in gekonnter Rede gegen die Finanzierung aus den Mitteln der Stadt aus. Die anschließende Abstimmung war eindeutig: Fünfzehn Ratsmitglieder stimmten gegen den Antrag, nur Hermann Spors dafür. Van Enghusen machte sich keine Illusionen. Wäre Spors und nicht er gewählt worden, hätte dieses Votum vermutlich anders ausgesehen.

Bei der anschließenden Feier im Weinhaus fehlte Reinhard von Krekenbeck. Das konnte van Enghusen verschmerzen. Mehr Gedanken machte er sich über die bevorstehende Heirat ihrer Kinder. Diese Ehe, ohnehin nur unter geschäftlichen Gesichtspunkten arrangiert, stand wirklich unter keinem guten Stern.

17

Hattingen, 21. Juli 1501

Der Welpe strampelte heftig mit den Beinen, als Jorge ihn aus der Höhle zerrte. Er hob den Hund hoch, um ihn sich näher anzuschauen. Sein langes Fell war pechschwarz, ebenso wie die kugelrunden Augen, die ihn voller Furcht anblickten.

»Ich tue dir doch nichts«, murmelte Jorge, nahm das verängstigte Wesen auf den Arm und drückte es an seine Brust. Er spürte deutlich das schnell schlagende Herz des Tieres. Vorsichtig legte er seine freie Hand auf den Kopf des Welpen und kraulte ihn hinter seinen Ohren. Langsam beruhigte sich die winzige Töle. Der Junge sah sich um. Nicht weit entfernt lag ein umgestürzter Baumstamm. Er ging dorthin und setzte sich, das Fellknäuel in seinen Armen weiter streichelnd. Nach einigen Minuten schien es zutraulich zu werden, denn es drehte sich seitwärts und bot seinen Bauch dar. Kurz darauf begann es, Jorges Finger abzulecken. Die Zunge war rau und kitzelte. Jorge lachte laut auf. Etwa eine halbe Stunde beschäftigte er sich mit dem Welpen. Dann war es Zeit, aufzubrechen. Aber was tat er mit dem Hündchen? Weitere Welpen waren nicht aus dem Bau herausgekommen und auch das Muttertier war nicht aufgetaucht. Es war also mehr als wahrscheinlich, dass dieses zusammen mit den Geschwistern des Kleinen Opfer der jagenden Soldaten geworden war. Wenn er den Welpen seinem Schicksal überließ, würde dieser mit Sicherheit leichte Beute anderer tierischer Jäger, möglicherweise sogar seiner streunenden Artgenossen. Das brachte er jedoch nicht übers Herz. »Ich werde mich um dich kümmern«, flüsterte er seinem Fund ins Ohr. »Das schwöre ich bei Gott.« Der Knabe war sich angesichts seiner eher großzügig ausgelegten Versprechen der Vergangenheit zwar nicht ganz sicher, was Gott von diesem neuerlichen Eid halten würde, redete sich aber ein, dass er es dieses Mal wirklich ernst meinte und Gott den Unterschied sehr wohl bemerken müsse.

Also versuchte er, den tretenden und kratzenden Welpen in seinem Beutel zu verstauen. Nur war das nicht so einfach, wie er sich das vorgestellt hatte. Eine Hand benötigte er, das sich wehrende Tier im Nackenfell zu packen. Mit der zweiten hielt er den Sack offen. Aber kaum hatte er die Hinterpfoten durch die Öffnung gezwängt und die Tasche losgelassen, fiel diese um und der Hund schlüpfte wieder heraus. Der Versuch, zunächst Kopf und Vorderpfoten zu verstauen, führte nur zu noch stärkerer Gegenwehr. Nach mehreren vergeblichen Anläufen hatte Jorge eine Idee. Er suchte, den Kleinen immer noch auf dem Arm, zwei Reisigstöcke, brach diese in gleiche Länge und schob sie so in die Beutelöffnung, dass sie diese spreizten und offen hielten. Dann deponierte er das Behältnis auf den Boden und drückte den Welpen mit viel gutem Zureden und leichter Gewalt hinein. Sein Plan ging auf. Und als er sich den Beutelgurt über die Schulter legte und beim Gehen mit seiner Hand in das Innere fuhr, um das Tier zu streicheln, hörte nach kurzer Zeit auch das wilde Gestrampel auf.

In seiner Kammer verschloss Jorge zunächst sorgfältig die Tür, bevor er den Hund aus seinem Gefängnis befreite. Der Welpe schaute sich um, lief einige Schritte, schnüffelte, drehte sich mehrmals im Kreis und strullte eine Pfütze direkt vor Jorges Strohsack. »Heh«, rief der empört. »Du kannst doch nicht in meinen Schlafraum pinkeln.«

Aber es kam noch schlimmer. Unberührt von Jorges Protest hockte sich der Hund erneut hin. Nur dieses Mal plumpste ein stinkendes Häufchen auf den Lehmboden.

»Du bleibst hier«, befahl Jorge, schlüpfte schnell durch die Tür in die Scheune und schloss sie, bevor sein Gast ihm folgen konnte. Er griff die Schaufel, mit der er sonst die Ställe reinigte, und kehrte zu seinem Kabuff zurück. Sicherheitshalber warf er einen Blick durch die Ritzen der Bretter, konnte den Welpen aber nirgends entdecken. Doch als er die Kammertür nur einen Spalt geöffnet hatte, schoss das Fellknäuel zwischen seinen Beinen in den Schober. Jorge beglückwünschte sich zu dem Entschluss, das Scheunentor sorgfältig hinter sich geschlossen zu haben. So war es nur eine Frage der Zeit, bis er den Ausreißer eingefangen hätte.

Die Jagd gestaltete sich allerdings schwieriger als angenommen. Immer wieder entwischte ihm der Welpe, blieb dann schwanzwedelnd einige Meter von ihm entfernt stehen und sah ihn auffordernd an. Kaum näherte er sich dem Tier, schlug dieses einen Haken und rannte an Jorge vorbei in die entgegengesetzte Richtung. Dieses Spiel wiederholte sich mehrere Male. Schließlich verfiel Jorge auf eine List. Er legte sich seitwärts auf den Boden, einen Arm ruhig auf dem Hüftknochen gebettet. Und tatsächlich dauerte es keine Minute, bis der Hund auf ihn zukam. Vermutlich wunderte er sich, warum dieser schöne Zeitvertreib mit dem neuen Rudelmitglied ein so abruptes Ende genommen hatte. Der Welpe umkreiste ihn neugierig, stupste mit seiner Schnauze mal hier, mal da. Jorge zwang sich zur Ruhe und beobachtete das Geschehen durch einen kleinen Spalt seiner ansonsten geschlossenen Augen. Endlich kam der Welpe in Reichweite.

Jorges Hand zuckte vor und verkrallte sich in seinem Fell. Erschrocken quietschte das Tier auf. Aber es war zu spät. Jorge hatte es wieder sicher in Gewahrsam.

Knarrend schwang das Scheunentor zur Seite. Licht fiel in das Halbdunkel. In der Öffnung stand Bruder Bernardo. Der Junge sprang auf.

»Also hier steckst du«, sprach er sein Mündel an. »Solltest du nicht Bruder Thomas im Kräutergarten helfen?« Der Mönch schloss das Tor hinter sich und trat ins Innere. »Was hast du denn da auf dem Arm?«, fragte er, als er den Welpen sah.

Jorge schluckte. »Einen kleinen Hund.«

»Das sehe ich selbst. Ich meinte eher, woher dieses Tier stammt.«

»Ich habe ihn aus dem Wald mitgebracht. Sein ganzes Rudel wurde von den Soldaten der Stadtwache bei der Jagd getötet. Darf ich ihn behalten? Bitte«, bettelte er.

»Was willst du mit ihm anstellen?«

Jorge ignorierte die Frage. »Wenn ich ihn nicht behalten darf, muss er sterben. Bitte, Vater.«

»Hunde müssen fressen. Wenn er groß ist, müssen wir die Hühner und Ziegenkitze vor ihm schützen.«

»Er wird ihnen nichts tun, bestimmt nicht.«

»Wie kannst du dir da so sicher sein?«

»Weil ich ihn erziehe. Er wird ein braver Hund werden.«

Bernardo lächelte, wurde dann aber wieder ernst, obwohl ihn Jorges Sorge rührte. »Nein. Das Essen reicht kaum für uns.«

»Ich gebe ihm etwas von meinem ab. Ihr werdet es nicht merken, dass er frisst.«

»Ein Tier braucht Pflege. Und Auslauf. Und du hast genug Pflichten, die du erfüllen musst. Es bleibt dabei. Der Hund muss weg. Gib ihn mir. Ich erledige das für dich.«

»Nein«, jammerte Jorge und Tränen kullerten über sein Gesicht. »Ich habe doch sonst keine Freunde mehr. Und außerdem habe ich es versprochen.«

»Wem hast du was versprochen?« Bernardo streckte den Arm aus, um den Hund zu greifen.

»Ich habe Gott geschworen, dass ich mich um den Kleinen kümmern werde. So wie du damals meiner Mutter auf die Bibel versprochen hast, dich meiner anzunehmen.«

Bernardo erstarrte. Langsam ließ er den Arm sinken. Er verspürte einen Stich in der Brust, als er an Ursell dachte. Ihre Sorge um das ungeborene Kind. Und ihre Verzweiflung, als sie zum Galgen schritt.

Er konnte den Jungen gut verstehen. So ähnlich hatte er damals gefühlt. Auch wenn es bei Jorge nicht um ein Menschenleben ging. »Einverstanden«, sagte er deshalb nach kurzem Nachdenken. »Du kannst den Welpen behalten. Aber du kümmerst dich um ihn.«

»Ja.«

»Du musst es mir versprechen.«

»Das tue ich«, antwortete Jorge feierlich.

»Nun gut. Wie soll er heißen?«

»Ich … Ich weiß nicht.«

»Ist es ein Rüde oder eine Hündin?«

»Das weiß ich auch nicht. Wie kann man …«

»Zeig her.«

Bernardo warf einen Blick auf das Tier. »Ein Rüde«, stellte er fest. »Also, wie hast du ihn gefunden?«

Jorge erzählte von der Jagd und der Höhle.

»In einer dunklen Höhle also.« Der Mönch überlegte nur kurz. »Schwarze Augen. Und schwarzes Fell. Ein Cerberus.«

»Was ist das?«

»Das lateinische Wort für Höllenhund. Er bewacht, so

glaubten die Griechen, den Zugang zum Hades, zur Unterwelt.«

»Er bewacht die Teufel?« Jorge schüttelte ungläubig den Kopf. »Ich soll meinen Hund so nennen?«

»Eigentlich ist es eher andersherum. Der Cerberus passt auf, dass niemand den Hades, das Reich der Toten, verlässt. Er schützt uns, wenn du so willst, vor den Toten. Aber das sind griechische Mythen. In der Bibel steht nirgendwo etwas von einem Höllenhund. Also hat es ihn auch nie gegeben. Du kannst ihn beruhigt so nennen, wenn du möchtest.«

Wenig später war Jorge wieder allein. Er spielte mit dem Hündchen, bis sich dieses auf den Boden hockte und leise wimmerte. Es dauerte etwas, bis dem Jungen dämmerte, dass Cerberus möglicherweise Hunger hatte. Er ging ins Mönchshaus, erbat von Bruder Thomas ein Stück trockenes Brot und etwas Ziegenmilch. Zurück in der Scheune, tunkte er das Brot in die Milch, bis es weich war, und hielt es Cerberus hin. Dieser schnüffelte daran, leckte, machte aber keine Anstalten, zu fressen. Stattdessen suchte er Jorges Finger, von denen die Milchreste tropften, und schleckte diese ab. Dann versuchte er, an den Fingern zu nuckeln. Das Wimmern jedoch hörte nicht auf.

Der Junge lief zu Bruder Bernardo, um ihn zu fragen, was er tun könne. Der Mönch riet ihm, er solle sich bei den Ziegen umsehen. Eine von ihnen habe gerade geworfen. Die Zicklein benötigten Muttermilch, erklärte Bernardo und könnten noch keine andere Nahrung aufnehmen. »Das ist auch bei deinem Hund so. Also schau und lerne«, gab er ihm mit auf den Weg.

Und das tat Jorge. Schließlich glaubte er zu wissen, was er tun musste. Er bastelte aus Stoffresten eine Art Tülle. Mit Ausnahme des unteren Endes verschmierte er diese mit

Talg, sodass der Stoff leidlich dicht war, und goss die Milch hinein. Nur durch die talgfreie Spitze tropfte sie heraus. Diese hielt er Cerberus direkt vor die Schnauze und der Welpe begann, daran zu saugen. Jorge hatte einen Weg gefunden, mit dieser künstlichen Zitze seinen Hund vor dem Verhungern zu bewahren.

Er musste das Tier nicht lange mit Milch füttern. Zwei Wochen, nachdem er Cerberus in der Höhle gefunden hatte, lehnte der Welpe die selbst gebastelte Zitze ab. Erneut versuchte es Jorge mit in Milch getränktem Brot und siehe da, Cerberus fraß. Von da an teilte der Knabe, so wie er versprochen hatte, sein Essen mit seinem neuen Freund. Allerdings wuchs Cerberus sehr schnell. Entsprechend entwickelte sich auch sein Nahrungsbedarf und hätte Bruder Thomas Jorge nicht von Zeit zu Zeit heimlich etwas Essen zugesteckt, hätte der Junge häufig Kohldampf schieben müssen, da er Cerberus so viel abgab.

Schon bald waren beide unzertrennlich. Jorge hatte dem Hund auf Bernardos Anweisung hin ein Halsband aus einem alten Gürtel gefertigt und daran ein Seil befestigt. Aber das diente eher zur Beruhigung der Stadtbewohner als zu ihrem Schutz. Cerberus wäre dem Knaben auch ohne diese Leine auf Schritt und Tritt gefolgt. Ja, nach einigen Monaten konnte sein Herr sogar auf mündlich erteilte Befehle verzichten, da Cerberus auf Handzeichen reagierte. Irgendwann bemerkte Jorge, dass sein Hund nicht nur auf seinen Namen, sondern auch auf abgewandelte Formen, die ähnlich klangen, hörte. Von da an rief er ihn nur noch Cerbus.

18

Angermund, 21. und 22. Oktober 1501

Die beiden mächtigsten Männer zwischen Siebengebirge und Soester Börde beabsichtigten, endlich die schon Jahrhunderte währende Fehde zwischen ihren Häusern beizulegen. Dazu wollten sie sich auf quasi neutralem Gebiet treffen, in Schloss Heltorf in Angermund, einem Städtchen am nördlichen Rand des Herzogtums Berg. Der Herr von Heltorf hatte sich geschmeichelt gefühlt, als Gesandte des Erzbischofs von Köln darum baten, die Gespräche in dem Schloss abhalten zu dürfen, und auch Johann hatte gegen diesen Ort nichts einzuwenden gehabt, lag er doch nur unweit seines eigenen Herrschaftsgebiets.

Die Initiative zu dem Treffen war von Hermann von Hessen ausgegangen. Der Erzbischof, der langen Auseinandersetzung müde, wollte die Differenzen beilegen, die die Beziehungen zum Herzogtum Kleve und Mark belasteten. Und auch Herzog Johann II., geschwächt durch die Streitigkeiten mit den Ständen seines Herzogtums, wollte keinen Zwist mehr mit dem großen Nachbarn im Süden.

Vorbereitet wurde das Gespräch durch Unterhändler beider Seiten, die abwechselnd in Kleve und Köln tagten und jedes Detail der zu treffenden Vereinbarung im Vorfeld abgestimmt hatten. Die hohen Herren würden Freundlichkeiten austauschen, gemeinsam speisen, sich zu geheimen Gesprächen unter vier Augen zurückziehen – Gespräche, bei denen es im Grunde nichts mehr zu bereden gab – und schließlich ihre Unterschriften unter den schon lange vorbereiteten Vertrag setzen. Nichts war dem Zufall überlassen, keine Kleinigkeit nicht schon verhandelt. Die Zusammenkunft der hohen Herren sollte in Harmonie und nicht in Streit enden.

Selbst die Anreise der Herrscher war bis ins Einzelne geplant. Es war verabredet, dass beide Delegationen am Donnerstagmittag in unscheinbaren Orten jeweils südlich und nördlich von Angermund warten sollten, bis die Kuriere das Eintreffen der jeweils anderen Seite bestätigten. Erst dann wollten sich die Regenten aufmachen und in etwa gleichzeitig vor den Mauern des Wasserschlosses ankommen. So sollte vermieden werden, dass sich der Zuspätkommende gegenüber dem anderen zurückgesetzt fühlte. Oder andersherum, je nach Sichtweise.

Dieser Plan ging auf. Als sich der Erzbischof dem Schloss von Süden näherte, war auch das Banner des Herzogs nicht mehr weit. Fast zeitgleich trafen sie ein. Die Unterhändler hatten ganze Arbeit geleistet.

Mit stolzgeschwellter Brust begrüßte sie der Schlossherr und geleitete seine Gäste in ihre Räumlichkeiten, damit diese sich für das gemeinsame Abendessen angemessen kleiden konnten.

Das Mahl fand im großen Saal des Haupthauses statt. Erzbischof und Herzog saßen sich auf Stühlen mit überlangen Rückenlehnen an einem etwas erhöhten Tisch gegenüber, links und rechts flankiert von Familienmitgliedern des Gastgebers. Die Berater und Schreiber beider Seiten folgten an der langen Tafel, mussten allerdings mit einer Bank vorliebnehmen.

Die Dame des Hauses führte natürlich ihr bestes Geschirr vor. Sehr zum Ärger ihres Gatten hatte sie darauf bestanden, neue Schüsseln aus Zinn, versehen mit einem Rand aus ziseliertem Silber, anzuschaffen. Auch die Löffel wurden erneuert. Waren in die Griffe der alten Esswerkzeuge lediglich einige Hornstücke eingearbeitet, verzierten die Neuerwerbungen Elfenbein und Bergkristalle. Massiver Streit unter den Eheleuten war über das richtige Trinkgeschirr ausgebrochen. Die Hausherrin hatte beharrlich gefordert, Gefäße aus dünnwandigem Glas zu kaufen, die ebenso teuer wie zerbrechlich waren. Den Hinweis ihres Gatten, da könne er seine Goldgulden ja gleich in den Wassergraben werfen, da die zarten Gläser kaum eine Reinigung ohne Schaden überstehen dürften, hatte die Hausherrin mit der Drohung gekontert, ohne diese unverzichtbaren Utensilien nicht an der Tafel teilnehmen zu können und vor Scham krank darniederzuliegen. Diesen Konflikt, das erkannte der Herr von Heltorf schnell, konnte er nur verlieren. Also wurden die Wünsche seiner Angetrauten erfüllt, auch wenn er sich dafür verschulden musste. Und um diese Schuld zukünftig begleichen zu können, würde er die Pacht seiner Bauern erhöhen.

Wenigstens war es ihm gelungen, die neumodischen Gabeln als Tischbesteck zu verbannen. Nur für das Konfekt und zum Aufspießen der Bratenstücke von den Platten durften sie verwendet werden. Um seine Gattin zu überzeugen, musste er ihr allerdings klarmachen, dass am Tisch immerhin seine Eminenz der Erzbischof Platz zu nehmen gedenke. Und die Gabel als Esswerkzeug sei in den Augen der Kirche Teufelswerk und damit undenkbar.

Das Mahl bestand aus sieben Gängen und begann mit Erdbeeren in Zucker. Dann folgten gebratene junge Hühner, gedämpftes Hammelfleisch mit Rosinen und Muskat, gesottenes Fleisch vom Schaf mit gesüßtem Kuchen, schließlich Rehrücken mit Beeren und Gänse in Sahne. Den Abschluss bildeten Käse und Kirschen. Dazu gab es süßen Wein und bei Bedarf auch Bier.

Der Erzbischof zog sich verhältnismäßig früh in seine Gemächer zurück. Er wollte für das Gespräch am nächsten Tag einen klaren Kopf behalten, obwohl alles Wesentliche ja bereits im Vorfeld geklärt worden war. Aber einen Punkt wollte er noch ansprechen. Nichts Wichtiges, gewiss, aber dennoch ein Thema, welches ihm am Herzen lag.

Johann hingegen genoss den Abend in vollen Zügen und stolperte erst in den frühen Morgenstunden ins Bett, sich auf eine junge Magd stützend. Sie würde ihm Gesellschaft leisten, denn er hatte vor, in dieser Nacht seinem Spitznamen Kindermacher gerecht zu werden.

Die Verhandlungen am nächsten Tag begannen gegen Mittag nach einem opulenten Frühstück. Anwesend waren neben den beiden Regenten nur jeweils ein Berater und ein Schreiber, auf dessen Person sich die Unterhändler lange vorher geeinigt hatten. Die Wahl war auf einen Schulmeister aus Angermund gefallen. Gegen dessen Person hatten beide Seiten keine Einwände.

Zunächst wurden die getroffenen Vereinbarungen verlesen. Es ging nicht nur um die gegenseitige Absicherung der Territorien, sondern auch um die Rechte, die die jeweilige Seite aus diesem oder jenem Hof oder einer Länderei für sich beanspruchen konnte. Eine sehr, sehr lange Liste, die den Herzog sichtlich ermüdete. Mehrmals gähnte er laut und vernehmlich und es war nur den immer wieder erfolgenden leichten Stößen seines Beraters zu verdanken, dass er nicht vollends einschlief.

Endlich war alles vorgetragen. Beide Berater nickten ihren Herren zu. Der Vertrag konnte unterzeichnet werden.

Johann II. griff zur Feder, als ihn der Erzbischof ansprach. »Wartet bitte noch einen Moment, Durchlaucht.«

»Was gibt es denn noch?« Johann wollte zurück in das Bett, welches ihm die Magd warm hielt.

»Es gibt da noch eine Kleinigkeit, die ich mit Euch zu bereden gedenke.«

Der Berater des Herzogs merkte auf. Das verstieß gegen die getroffenen Absprachen.

»Es ist wirklich nichts Wesentliches. Sicher erzielen wir auch in diesem Punkt Übereinstimmung.«

»Um was geht es denn?«

»Ihr kennt ja die Stadt Hattingen.«

»Natürlich.«

»Dort gibt es ein Gebäude, das die Bewohner nur das ›Haus der grauen Mönche‹ nennen. Euer Großvater Adolf schenkte es den Dominikanern aus Soest.«

»Und?«

»Ich bitte um Euer Einverständnis, dass ich auf den Prior des Soester Klosters einwirken kann, die Hattinger Mönche zurück in ihr Mutterhaus zu holen.«

»War es nicht die Kirche, die die dortige Niederlassung der Dominikaner eingerichtet hat, um über die Reinheit des Glaubens zu wachen?«

»Ihr habt recht. Aber ihre Arbeit dort ist erfüllt. Sie mögen sich anderen Aufgaben zuwenden.«

»Was soll mit dem Haus passieren?«

»Es gehört den Dominikanern. Sollen sie nach Belieben damit verfahren.«

Johann sah den Bischof prüfend an. »Eminenz, gestattet mir ein ehrliches Wort.«

»Bitte.«

»Ich glaube Euch nicht.«

Die Berater gefroren zu Eis. Vier schlichte Worte, ausgesprochen von Herzog Johann II., und das gesamte Vertragswerk geriet in Gefahr.

Die Miene des Erzbischofs verfinsterte sich.

»Versteht mich richtig, Eminenz. Natürlich habe ich nicht die geringsten Zweifel, dass die Dominikaner ihre Arbeit in Hattingen beendet haben. Wer könnte das besser beurteilen als Ihr. Aber ich vermute, dass Ihr noch andere Gründe für Euer Anliegen habt. Diese würde ich gerne kennen, bevor ich Euch antworte. Ihr müsst wissen, ein Mündel dieser Mönche hat zufällig den Plan eines Anschlags auf meine Person belauscht und dem Drosten gemeldet. Der Meuchelmörder, auch noch ein Offizier meiner Garde, hat sich in einem Verhör selbst verraten, konnte aber leider fliehen. Der Knabe schwört Stein und Bein, dass ein Mönch an diesem schändlichen Plan beteiligt war. Wir wissen nur nicht, wie er heißt und woher er stammt. Aber das werden wir schon noch herausfinden. In diesem Sinne haben mir die Dominikaner möglicherweise das Leben gerettet. Deshalb hege ich ein gewisses Wohlwollen ihnen gegenüber und möchte sie ohne gewichtigen Grund nicht vor den Kopf stoßen.«

»Ich hörte von dem versuchten Anschlag.«

»Ihr scheint Eure Ohren überall zu haben.«

Der Erzbischof lächelte. »Das ist einer der Vorteile meines Amtes.«

Die Berater atmeten auf. Das Schlimmste schien abgewendet.

»Ein Benediktinermönch hat mir berichtet«, fuhr der Erzbischof fort. »Ihr kennt ihn. Er spricht in letzter Zeit häufiger für sein Kloster in Deutz.«

»Ach ja, ich glaube, ich weiß, wen Ihr meint. Wie kommt Ihr darauf, dass ich ihn auch kenne?«

»Ich las eine Notiz des Abtes von Deutz über eine Unterredung mit Euch. Es ging um einen größeren Geldbetrag, den das Kloster Euch geliehen hat. An diesem Gespräch war Bartholomäus ebenfalls anwesend.«

Der Herzog dachte angestrengt nach. »Das war vor über zehn Jahren.«

»Vor über dreizehn, um genau zu sein. Den Betrag seid Ihr trotzdem noch schuldig.«

Diese Wendung des Gesprächs beunruhigte die Berater erneut.

Der Herzog zog es allerdings vor, die Bemerkung des Bischofs nicht zu kommentieren. »Ihr seid wirklich außergewöhnlich gut informiert.«

»Die Kirche vergisst nie«, erwiderte der Erzbischof.

»Mein Droste behauptet, dieser Mönch habe das Ohr des Heiligen Vaters.«

»Das sagt er selber auch. Allerdings sollte Euer Droste nicht alles für bare Münze nehmen, was andere erzählen.«

»Es stimmt also nicht?«

»Lasst es mich so formulieren: Dieser Mönch hat tatsächlich beim Heiligen Stuhl gearbeitet. Aber das ist auch schon alles. Aber Ihr wolltet von mir wissen, ob es noch einen anderen Grund für meinen Wunsch gebe. Ich nenne Euch einen. Mir ist zu Ohren gekommen, dass die Dominikaner Unterricht in lateinischer Sprache geben. Es gibt aber bereits eine Schule in Hattingen. Der dortige Pastor und die Gläubigen sind ungehalten ob dieser Eigenmächtigkeit. Außerdem fällt die Kollekte der Hattinger Kirche immer geringer aus, da viele Bürger nicht zweimal spenden können oder wollen.«

»Ihr fürchtet um Eure Einnahmen?«

»Nennt es, wie Ihr wollt.«

»Ich kann Euch nicht hindern, mit dem Soester Prior zu sprechen. Warum fragt Ihr mich also?«

»Um eine Missstimmung zwischen uns zu vermeiden.«

»Diese Auffassung teile ich von Herzen. Wenn ich den Dominikanern also meine Unterstützung entziehe, was erhalte ich als Gegenzug von Euch?« Johann waren die Streitigkeiten der verschiedenen Ordensgemeinschaften im Grunde völlig gleichgültig. Ein Mönch mehr oder weniger in Hattingen war nicht sein Problem. Ihn interessierte nur sein eigener Vorteil. Und der bestand derzeit darin, keinen neuen Konflikt mit dem Erzbistum heraufzubeschwören – unabhängig davon, wer der Kölner Diözese gerade als Bischof vorstand.

Der Erzbischof dachte einen Moment nach. Dann antwortete er: »Nehmt das Haus der Mönche. Ihr werdet sicher dafür Verwendung haben.«

»Sagtet Ihr nicht, es gehöre den Dominikanern?«

»Noch. Nur muss das nicht mehr lange so sein.«

»Eine Frage müsst Ihr mir noch beantworten. Soweit ich weiß, unterstehen die Dominikaner nur dem Heiligen Vater in Rom. Wie könnt Ihr ihnen da Anweisungen erteilen?«

»Zum einen erteile ich keine Anweisungen, sondern bitte. Zum anderen ist Rom weit, Köln aber sehr nah. Ich denke, dass dem Prior dieser Unterschied nicht entgangen sein dürfte.«

Der Herzog lachte. »In Gottes Namen. Ich werde mich wegen einiger Mönchen nicht mit Euch überwerfen. Verfahrt, wie Ihr wollt. Ich mische mich nicht in Eure Angelegenheiten ein.«

»Ein weiser Entschluss, Durchlaucht. Und ein lukrativer dazu.«

Die beiden Männer reichten sich die Hände.

ABSCHIEDE

Oktober 1501 bis März 1502

1

Hattingen, 23. Oktober 1501

Der Sommer war vorbei. Das Laub in den Wäldern färbte sich bunt. Die Bauern hatten die Ernte eingebracht und in ihren Schobern verstaut, die Felder waren umgepflügt. Die Nächte wurden schon kälter, an manchen Morgen überzog Raureif niedrig wachsende Pflanzen mit frostigem Glanz.

Schon seit Monaten hatte Jorge Marlein nicht getroffen. Er vermisste sie, traute sich nach den Vorfällen im Frühsommer aber nicht, sie vor ihrem Elternhaus abzupassen. Zu groß war seine Angst, dass sie dann noch mehr Schwierigkeiten mit ihrem Vater bekäme, als sie ohnehin schon hatte. Einmal, es war Markttag, entdeckte er in der Menschenmenge, die sich vor dem Eingang zur Fleischhalle drängte, einen feuerroten Haarschopf. Marlein! Voller Freude lief er zur Halle, schob sich mit den anderen ins Innere, nur um dann festzustellen, dass es sich bei der Rothaarigen darin nicht um seine Freundin handelte, sondern um ein Bauernmädchen, das mit seinen Eltern den Markt besuchte. Enttäuscht war er wieder nach draußen getrottet. Marlein schien wie vom Boden verschluckt.

Seine ganze Aufmerksamkeit galt deshalb Cerbus und natürlich seinen Studien. Er hatte große Fortschritte gemacht. Sein Latein war deutlich besser geworden und es gelang ihm problemlos, längere Sätze aus der Bibel ins Deutsche zu übersetzen. Und auch das Rechnen fiel ihm immer leichter. Mehrfach hatte Bernardo halb im Scherz angemerkt, dass er ihm bald nichts mehr würde beibringen können.

An diesem Samstag hatte Bernardo Jorge aufgetragen, ein Zieheisen, das sich die Mönchsgemeinschaft von einem Zimmermann geliehen hatte, zurückzubringen. »Der Mann wohnt im Heger-Bezirk. Es ist das vorletzte Haus rechts vor dem Stadttor«, erklärte er dem Jungen. »Aber lass deinen Hund hier. Der Zimmermann neigt zu Wutausbrüchen. Im letzten Winter hat ein Wolf drei Schafe seines Vetters gerissen, ausnahmslos Muttertiere. Der arme Mann musste sich verschulden, um neue zu kaufen. Es könnte sein, dass der Handwerker deinen Cerbus für einen Wolf hält und totschlägt.«

»Aber er ist kein Wolf.«

»Das weiß ich auch. Nur weiß das auch der Zimmermann?«

»Cerbus ist pechschwarz. Ein Wolf ist grau«, stellte Jorge fest.

»Auch das ist richtig. Nur kann dein Schoßhündchen, so lieb er auch ist, Fremden durchaus einen gehörigen Schrecken einjagen.«

Jorge wusste, dass Bernardo recht hatte. Cerbus war, obschon noch nicht ausgewachsen, von bereits stattlicher Größe. Obwohl er sich von Bernardo streicheln ließ und auch den anderen Mönchen mit freundlicher Distanz begegnete, zogen diese es vor, Abstand zu halten, wenn sie dem Hund in der Scheune oder dem Garten begegneten. Und auch Bernardo fragte sich manchmal im Stillen, wie Cerbus reagieren würde, sollte er gezwungen sein, Jorge zu züchtigen.

»Also, lass ihn hier, sage ich dir. Binde ihn ordentlich an und verschließe die Türen sorgfältig. Sonst reißt er sich los und folgt dir durch die ganze Stadt. Wir haben schon genug Ärger am Hals, da können wir uns nicht auch noch Auseinandersetzungen wegen eines frei laufenden Hundes erlauben.«

»Was denn für Ärger?«

»Das geht dich nichts an.« Er drückte dem Jungen das Zieheisen in die Hand. »Verlier es nicht. Und sag dem Zimmermann in unserem Namen Dank. Wir werden ihn in unsere Gebete einschließen.«

Jorge trottete zurück in die Scheune, Cerbus folgte. Dort band er den Hund, wie geheißen. »Es dauert nicht lange«, tröstete er das Tier, dessen trauriger Blick aus seinen schwarzen Augen ihn verfolgte, als er die Kammertür verriegelte.

Der Junge hatte den Weingarten hinter sich gelassen. Es war nicht mehr weit bis zum Haus des Zimmermanns. Plötzlich sprangen hinter einer Hausecke mehrere Jungs hervor, unter ihnen Lucas, Marleins Bruder. Die Gruppe umringte ihn.

»Da haben wir ja endlich unseren Bettelmönch.« Lucas baute sich vor ihm auf, mittlerweile einen knappen Kopf größer als Jorge. »Jetzt hast du Schiss, nicht wahr?« Er schaute in die Runde. »Der Bettelmönch macht sich gleich vor Angst in die Hose.«

Alle lachten.

Jorge suchte den Blick des anderen. »Nein, ich habe keine Angst vor dir. Wären wir allein, würde ich es dir beweisen.«

»Große Klappe auch noch.« Lucas bekam einen roten Kopf. »Du kannst von Glück sagen, dass ich meinem Vater schwören musste, keine Hand mehr an dich zu legen. Ich würde dir sonst alle Knochen brechen, Bettelmönch. Was hast du da eigentlich in der Hand?«

»Ein Zieheisen.«

»Gehört das dir?«

»Nein. Ich bringe es dem Zimmermann am Hegertor zurück.«

Lucas riss es ihm aus der Hand. »Wie schade, dass du es

auf dem Weg verloren hast. Das wird dem Zimmermann nicht gefallen, vermute ich.«

»Lucas, lass es sein.« Einer der anderen Jungs aus der Gruppe schaltete sich ein. »Das Zieheisen gehört meinem Onkel. Er hat es den Mönchen geliehen. Zum einen braucht er es zurück, denn Zieheisen sind teuer. Zum anderen würden wir uns versündigen, wenn wir es stehlen. Der Junge ist im Auftrag der Mönche unterwegs. Wenn sie uns deswegen verfluchen ...« Er ließ den Rest unausgesprochen.

Zustimmendes Gemurmel war zu hören.

Lucas erkannte, dass er die Unterstützung seiner Freunde verlieren würde, wenn er das Werkzeug an sich nahm. Also warf er es Jorge zu, der es gerade noch fangen konnte.

»Soll er das verdammte Ding eben zurückbringen«, fauchte Lucas. »Ist mir ohnehin egal.« Dann wandte er sich wieder Jorge zu. »Wie bereits gesagt, ich habe meinem Vater geschworen, dich in Ruhe zu lassen. Und ein van Enghusen hält sein Wort. Aber meine Freunde haben keinen Schwur geleistet.« Er trat beiseite. »Siehst du, ich werde dich nicht anfassen. Los, schnappt ihn euch«, befahl er dann.

Einige der Jungen zögerten. Drei oder vier jedoch machten Anstalten, Jorge zu packen. Der hob das Zieheisen drohend hoch. »Dann kommt nur. Der Erste, der mir zu nahe tritt, kriegt das Ding hier auf den Schädel. Und was Holz glättet, wird auch einen Scheitel ziehen können. Einen sehr tiefen, würde ich vermuten. Na, wer von euch will es versuchen?«

Die Jungen wichen zurück.

»Elende Feiglinge«, blaffte Lucas.

»Mach es doch selbst«, erwiderte der Neffe des Zimmermanns.

»Ich habe einen Eid geleistet«, rechtfertigte sich Lucas.

Der andere Junge spuckte aus. »Das kann jeder sagen. Wir

sollen die Kastanien für dich aus dem Feuer holen und du stehst daneben und machst dir die Hände nicht schmutzig. Nee, ohne mich.« Er drehte sich um und ging. Die meisten aus der Gruppe folgten ihm.

Nur seine zwei engsten Freunde blieben bei Lucas. Aber auch diese wagten allein keinen Angriff. Das Werkzeug, das Jorge immer noch drohend über dem Kopf hielt, flößte ihnen Respekt ein.

»Komm Lucas«, meinte einer von ihnen und griff seinen Freund am Arm. »Lass uns gehen. Wir werden den Bettelmönch sicher noch ein anderes Mal treffen. Ohne Zieheisen.«

»Und ohne seinen Köter«, ergänzte der Zweite.

Lucas nickte widerstrebend. Dann widmete er Jorge einen hasserfüllten Blick: »Aber das eine sag ich dir: Meine Schwester wirst du nie mehr wiedersehen. Nicht in diesem Leben.«

»Was ist mit Marlein?«, stieß Jorge hervor.

»Der Bettelmönch macht sich Sorgen um seine kleine Freundin«, spottete Lucas. »Sie ist fort. Mein Vater hat sie zu Verwandten geschickt. Dort wird sie bleiben, bis sie einen Mann gefunden hat und heiratet.« Er lachte gehässig. »Hoffentlich ist es ein alter Knacker, der sie freit. Einer mit Zahnfäule. Aus dem Mund stinkend. Und mit eitrigen Geschwüren auf der Haut. So einer würde zu ihr passen. Zu einer, die sich mit einem Bastard zusammengetan hat.« Er drehte sich um und ging mit seinen Freunden, ohne Jorge auch nur ein Haar zu krümmen.

»Wo ist sie?«, rief Jorge verzweifelt. »Wo habt ihr sie hingebracht?«

Lucas drehte sich noch einmal um. »Du glaubst doch wohl nicht, dass ich dir das auf die Nase binde, Bettelmönch?«

2

Hattingen, 15. März 1502

Die Dominikaner hatten sich vollständig im Refektorium versammelt. Bruder Albertus, der am Mittag aus dem Kloster in Soest in ihre Gemeinschaft zurückgekehrt war, saß neben Jacob an der Spitze der Tafel. Die anderen Mönche schauten gebannt zu ihren Glaubensbrüdern hinüber.

Mit leiser Stimme eröffnete Jacob die Zusammenkunft. Dann erteilte er Albertus das Wort. »Hören wir, was er uns zu sagen hat.«

Albertus hielt sich nicht mit langen Vorreden auf. »Der Prior wird sterben«, begann er. »Es ist nur noch eine Frage der Zeit.«

Gemurmel wurde laut. Jacob hob den Arm und wartete, bis sich die Unruhe gelegt hatte. »Wir alle wussten, das Bruder Vinzenz alt und krank ist. Nun ist bald der Zeitpunkt gekommen, an dem er vor unseren Herrn treten wird. Das ist kein Grund für Besorgnis. Vinzenz weilt dann in Seiner Herrlichkeit und wir wählen einen neuen Prior, so wie in der Vergangenheit auch. Seid so gut und lasst Bruder Albertus weiter berichten. Wir werden anschließend ausreichend Gelegenheit haben, unsere Meinungen auszutauschen.«

»Kurz nach Weihnachten hat Prior Vinzenz der Schlag getroffen«, setzte Albertus fort. »Seitdem ist er an das Bett gefesselt. Manchmal hat er seine Mitbrüder noch erkannt, ihnen sogar Rat erteilt. Aber jetzt scheint sein Lebenswille erloschen. Er isst nicht mehr, kann nicht mehr schlucken.

Auch das Atmen fällt ihm schwer. Wir müssen täglich mit der Nachricht von seinem Ableben rechnen.« Er bekreuzigte sich. Die anderen folgten seinem Beispiel. Dann trank Albertus einen Schluck Wein. »Die Geschicke des Klosters liegen schon seit Monaten in der Hand unseres Subpriors Gregor. Und er hat mir vertraulich etwas mitgeteilt, was uns wirklich sorgen sollte.« Er holte tief Luft. »Unser Haus hier in Hattingen soll aufgelöst werden. Das wurde vor einem halben Jahr bei einem Treffen des Erzbischofs mit dem Herzog verabredet.«

Die Mönche erstarrten. Keiner sagte auch nur ein Wort.

»Der Erzbischof von Köln hat dem Kloster drei Briefe geschrieben. Der erste wurde Anfang November des letzten Jahres verfasst. Er war in verbindlichem Ton gehalten. Darin stand, dass seine Eminenz den Mönchen von Hattingen für ihren Dienst im Namen Christi dankt. Unsere Arbeit sei sehr erfolgreich gewesen. Es würden in den hiesigen Bruderschaften und Laiengemeinschaften keine Irrlehren verfolgt. Niemand wiche vom wahren Glauben ab. Damit sei unsere Aufgabe beendet. Bruder Vinzenz hat zwar geantwortet, aber in ausweichender Weise, wie mir der Subprior dargelegt hat. Die Klostergemeinschaft werde sich mit der Anregung des Erzbischofs beschäftigen, hat er formuliert. Wenn eine Entscheidung getroffen sei, werde er sie seiner Eminenz selbstverständlich unverzüglich mitteilen.« Albertus lächelte fein. »Das dürfte dem Bischof nicht gerade gefallen haben. Denn sein zweites Schreiben vom Anfang des Jahres klang schon deutlicher. Ich habe es gelesen. Darin fordert er uns unmissverständlich auf, unser Haus zu räumen und ins Kloster zurückzukehren. Der Hattinger Besitz der Dominikaner falle zurück an den Landesherrn, da seine Schenkung von damals zweckgebunden gewesen sei und sich der Schenkungszweck nunmehr erledigt hätte. Bruder Gregor hat dieses erzbischöfliche Schreiben beantwortet und die Verzögerung bei der Entscheidung über unser Haus mit dem schlechten Gesundheitszustand unseres Priors erklärt. Der Erzbischof hat diesen Aufschub gewährt, aber nur bis Ostern. Sobald die Feiertage vorbei seien, so sein Verdikt, müssten wir seiner Aufforderung Folge leisten.«

»Das ist doch schon in zwei Wochen«, entfuhr es einem der Mönche.

»Und wenn wir uns seinem Befehl nicht beugen?«, fragte ein anderer.

»Droht uns der Bischof mit Exkommunikation.«

Tumult brach los. Einige sprangen auf.

»Das kann er nicht!«

»Wir unterstehen dem Heiligen Vater, keinem Bischof.«

»Das ist ungeheuerlich!«

Bruder Jacob stand langsam auf und hob nun sogar beide Arme. »Brüder«, rief er so laut er vermochte. »Beruhigt euch. Wir müssen uns beraten.«

Die anderen folgten seiner Aufforderung. Und auch Jacob nahm wieder Platz.

Albertus ergriff noch einmal das Wort. »Bruder Gregor meint, uns bliebe keine andere Wahl, als zu gehorchen. Täten wir es nicht, würde der Bischof zumindest die Brüder Vinzenz, Jacob, ihn selbst und …«, er sah Bernardo fest in die Augen, »… Bernardo dem Kirchenrecht übergeben.«

»Bernardo?« Jacob schüttelte entgeistert den Kopf. »Das Kloster wird durch Prior und Subprior vertreten und unsere Gemeinschaft durch mich. Was hat Bernardo damit zu tun?«

»Das habe ich auch gefragt. Daraufhin hat mir Gregor den ersten Brief des Bischofs gezeigt. Darin wird als Begründung für die Auflösung unseres Hauses neben dem, was ich euch eben genannt habe, der Lateinunterricht für Jorge erwähnt. Wir sprachen ja bereits mehrmals darüber. Der hiesige Pastor scheint sich nicht damit zufriedengegeben zu haben, den Rat der Stadt für sich einzunehmen, sondern er hat sich anscheinend noch an den Bischof gewandt. Bernardo, so heißt es in dem Schreiben, habe damit die Regeln unserer Kirche infrage gestellt. Dieses Vergehen wäre nur zu tolerieren, wenn er von Herzen bereue und die Unterweisungen einstelle.«

»Ich habe es ja von Anfang an gesagt«, rief Bruder Matthias erregt aus. »Wir hätten diesen unseligen Eid niemals akzeptieren dürfen. Jetzt seht ihr, was wir von unserer Großherzigkeit haben.« Empört hob er den Zeigefinger. »Wir haben unser Geld geopfert, damit dieser Bengel …«

»Unser Geld?«, fuhr Bernardo dazwischen. »Wohl doch mehr die Gaben der Gläubigen, die uns in die Lage versetzen sollten, Gottes Willen zu verkünden. Und ist Barmherzigkeit und Gnade nicht gerade das, was Jesus Christus von uns verlangt?«

Matthias machte eine abwehrende Handbewegung.

»Du bist nicht dieser Meinung, Bruder?« Bernardo hatte nun auch seine Stimme erhoben. »Muss ich dir das Gleichnis vom barmherzigen Samariter wirklich in Erinnerung rufen?«

»Brüder!«, rief Jacob dazwischen. »Wir sollten uns nicht auch noch streiten. Nehmt doch Vernunft an.«

Albertus sprach mit seiner hohen Stimme weiter. »Bruder Gregor hat uns bis zu einer endgültigen Entscheidung der Gemeinschaft gebeten, Jorges Unterricht nicht fortzusetzen. Wir sollten seiner Empfehlung folgen, denke ich.«

Jacob wiegte nachdenklich den Kopf. »Der Unterricht für den Jungen ist die eine Seite. Die andere ist die Zukunft unseres Hauses. Wie schätzt Gregor die Situation ein?«

»Nach den Vorfällen in Florenz haben wir Dominikaner momentan keinen guten Stand am Heiligen Stuhl«, informierte Albertus. »Papst Alexander ist außerdem mit weltlichen Dingen beschäftigt. Er streitet sich mit den Spaniern und Franzosen um Neapel. Ein kleines Mönchshaus wie das unsere dürfte ihn da nicht besonders interessieren. Er wird deswegen keinen Konflikt mit einem Erzbischof vom Zaun brechen. Gregor meint, uns bleibt keine andere Wahl, als uns dem Willen des Erzbischofs zu beugen.«

»Und was wird mit dem Jungen, wenn wir nach Soest zurückgehen?« Bernardo sah jeden seiner Mitbrüder eingehend an. »Kann er mitkommen?«

Die Mönche senkten betreten den Kopf.

»Verstehe. Aber ich werde mich damit nicht zufriedengeben, das versichere ich euch, sondern mich an Prior Vinzenz wenden.«

Jacob erhob sich erneut. »Dann liegt diese Entscheidung bei ihm. Gottes Rat wird ihn leiten. Wir aber sollten über das abstimmen, was wir beschließen können. Wer dafür ist, Jorges Unterricht vorläufig einzustellen, hebe seinen Arm.«

Am Nachmittag betrat Bruder Albertus die Scheune. Jorge, der von Bernardo bereits erfahren hatte, dass die Gemeinschaft der Empfehlung des Subpriors mehrheitlich zugestimmt hatte, hockte traurig auf seinem Lager, Cerbus zu seinen Füßen. Der Hund ließ ein leises Grollen hören, als der Mönch sich näherte. »Aus, Cerbus«, befahl Jorge und sofort verstummte der Hund.

»Kann ich mich dir nähern, ohne dass mich deine Bestie zerfleischt?«, fragte Albertus lächelnd.

»Natürlich.« Verstohlen wischte sich Jorge eine Träne aus dem Auge.

Albertus legte den Beutel, den er in der Hand trug, auf das Bett und setzte sich neben den Jungen. »Bernardo hat mir erzählt, dass er mit dir gesprochen hat. Es tut mir leid.« Er legte seinen Arm um den Knaben. »Aber eine andere Entscheidung konnten wir nicht treffen.«

»Ich weiß.«

»Vor einiger Zeit hatte ich dir etwas versprochen. Erinnerst du dich?«

Jorge schüttelte den Kopf.

»Du wolltest wissen, wo Polen liegt.« Er kramte in seiner Tasche, holte ein Stück Papier hervor und faltete es auseinander. »Es ist nur eine unvollkommene Zeichnung. Ich bin leider kein Leonardo da Vinci.«

»Wer ist das?«

»Ein italienischer Künstler. Er hat vor einigen Jahren im Auftrag des Herzogs von Mailand das letzte Abendmahl Jesu gemalt. Das Bild hängt in unserem Kloster Santa Maria delle Grazie in Mailand. Es soll wunderschön sein. Vielleicht bekomme ich eines Tages Gelegenheit, es zu sehen.« Sein Blick verklärte sich. »Das wäre ein großer Wunsch von mir.« Er hing für einen Moment seinen Gedanken nach. »Na ja, auch in Hattingen gibt es Gottes Wunder zu bestaunen, meinst du nicht auch? Da müssen wir nicht gleich in die Ferne reisen.« Er zeigte auf das Blatt vor ihm. »Hier ist Hattingen. Und da, ganz im Osten, befindet sich Polen. Dazwischen liegen Berge und Flüsse, Wüsten und Sümpfe. Diese Stadt heißt Krakau. Sie ist Sitz der polnischen Könige. Dorthin sind die Hattinger Juden geflüchtet.«

»Wie weit ist Krakau entfernt?«, wollte Jorge wissen.

»Vielleicht fünfzig Tagesmärsche, wenn du stramm ausschreitest.«

»Das ist weit.«

Albertus nickte und suchte erneut in seinem Beutel. »Ich habe noch etwas für dich.« Er reichte ihm ein Messer. »Es ist scharf. Schneide dich nicht.«

Mit großen Augen schaute Jorge auf die Waffe. »Für mich?« Noch nie hatte er so etwas Wertvolles besessen, dachte er. Stimmt nicht, korrigierte er sich sofort. Kreuz, Amulett und Marleins Haarsträhne waren ebenso wertvoll. Der Griff des Messers war aus Horn geschnitzt. Sein Blatt scharf und etwa eine halbe Elle lang. Es lag gut in der Hand, viel besser als das seines Pflegevaters, welches er zum Essen nutzte. »Danke.«

»Das ist die dazugehörige Scheide. Dann habe ich dir noch etwas mitgebracht.« Der Mönch legte einen kleinen Lederbeutel auf die Karte. »Zunder, einen Feuerstein und einen Feuerschläger. Kannst du damit umgehen?«

Jorge nickte. Bruder Thomas hatte ihn im Gebrauch der Utensilien unterwiesen. Schließlich musste er von Zeit zu Zeit das Feuer im Refektorium entfachen.

»Gut.«

»Warum schenkst du mir das?«

»Es wird die Zeit kommen, zu der du diese Dinge benötigen wirst«, antwortete Bruder Albertus leise.

»Wie meinst du das?«

Der Mönch schwieg. Dann stand er auf und schlug das Kreuz über Jorge. »Gott schütze dich, mein Sohn.«

Mit diesen Worten verließ er die Kammer und ließ einen verwirrten Jungen zurück.

Die Mönche hatten ihr Abendgebet beendet, als es vernehmlich an die Tür klopfte. Einer von ihnen stand auf, schlurfte zur Pforte und öffnete sie. Draußen goss es in Strömen und vor der Tür stand ein völlig durchnässter Bote des Klosters

Soest. »Prior Vinzenz ist heute Morgen zum Herrn gerufen worden. Der Subprior hat eine Versammlung einberufen. Ihr müsst alle kommen. Morgen früh sollt ihr aufbrechen.«

3

Soest und Hattingen, 19. bis 21. März 1502

Die Versammlung zur Wahl des neuen Priors des Dominikanerklosters zu Soest begann mit einer Überraschung. Zum Erstaunen aller erklärte Bruder Gregor, nicht für das Amt zu kandidieren. Er fühle sich der Verantwortung nicht gewachsen und wolle lieber Subprior bleiben. Außerdem zähle er fast fünfzig Lebensjahre, weswegen er es für sinnvoller erachte, ein jüngerer Bruder würde diese Aufgabe übernehmen. Er könne diesem mit Rat und Tat zur Seite stehen, bis auch seine Zeit gekommen sei.

Diese Erklärung wurde im Klosterkapitel mit Bestürzung aufgenommen, erschien den meisten der Mönche der Subprior doch quasi als der natürliche Nachfolger des Verstorbenen. Hektische Betriebsamkeit brach aus. Das Treffen wurde unterbrochen, um auszuloten, ob andere Kandidaten für das Amt zur Verfügung stünden und welche Wahlaussichten diese hätten. Gedrängt durch einige seiner Hattinger Glaubensbrüder, erklärte sich schließlich Bruder Bernardo nach langem Zögern bereit, sich zur Wahl zu stellen.

Nachdem dies bekannt gegeben worden war, meldete plötzlich auch Bruder Matthias seine Kandidatur an. Und der langjährige Gegenspieler Bernardos wurde tatsächlich schon im ersten Wahlgang mit der absoluten Anzahl der Stimmen zum Prior gewählt, obwohl die Hattinger, mit

Ausnahme von Matthias, geschlossen für Bernardo votierten.

Direkt nach seiner Wahl legte der neue Prior der Versammlung die Frage vor, ob die Dominikaner sich der Anweisung des Erzbischofs beugen und das Haus der grauen Mönche in Hattingen aufgeben sollten.

In einer flammenden Rede machte sich Bernardo für eine Beibehaltung des bisherigen Zustands stark – vergebens. Sein Eintreten für Hattingen wurde ihm von der Mehrheit der Anwesenden als kleinliche Rache für seine Wahlniederlage ausgelegt. Der Vorschlag des Priors wurde deshalb angenommen und die Schließung des Hauses sollte schnellstmöglich vollzogen werden. Spätestens in einer Woche sollten die Hattinger Mönche alle in ihr Stammhaus zurückkehren. Das Domizil in der Stadt, das über neunzig Jahre bestanden hatte, würde dem Drosten von Blankenstein als Vertreter des Herzogs übergeben.

Kurz vor ihrer Abreise bat Bernardo den neuen Prior um ein Gespräch.

»Ich habe eine Bitte, Bruder«, begann er.

»Welche?«

»Es geht um Jorge. Ich würde ihn gern mit nach Soest bringen. Er kann sich um eine Aufnahme in unseren Orden bewerben.«

Ohne nachzudenken, antwortete Matthias: »Kommt nicht infrage.«

»Warum nicht?«, fragte Bernardo bestürzt.

»Welches Aufnahmegeschenk bringt er mit?«

»Keines.«

»Dann sehe ich keine Möglichkeit. Oder kannst du die Mittel für ihn aufbringen?« Natürlich wusste Matthias, dass

Bernardo so wie alle anderen Bettelmönche jeden Besitz bei ihrem Eintritt in den Orden dem Kloster überlassen hatte. Jeder der Brüder war im Grunde mittellos. Nur die Gemeinschaft verfügte über finanzielle Ressourcen.

»Die Ordensregeln schreiben nicht vor, dass ein Eintrittsgeschenk zwingend notwendig ist.« Noch gab sich Bernardo nicht geschlagen.

»Die Ordensregeln nicht. Aber ich. Damit ist das Thema beendet. Hast du sonst noch etwas auf dem Herzen?« Als Bernardo nicht sofort antwortete, drehte sich Prior Matthias um und entfernte sich Richtung Kreuzgang.

Bernardo schluckte. Dann hatte er sich wieder gefasst. »Was soll aus dem Jungen werden?«, rief er Matthias nach.

Der wandte Bernardo auch bei seiner Antwort weiter den Rücken zu. »Das ist nicht mein Problem«, erwiderte er. »Und es wäre auch nicht deines, wenn du damals meine Einwände berücksichtigt hättest. Ihr seid spätestens in einer Woche zurück. Ohne diesen Knaben.«

Bis auf den neuen Prior Matthias reisten die Hattinger Dominikaner aus Soest ab. Zwar waren alle tief betrübt über die Schließung ihres Hauses, besonders stark litt jedoch Bernardo. Er haderte mit sich, dem Prior und sogar mit seinem Glauben. Immer wieder kreisten seine Gedanken nur um die Fragen: Wie sollte er diese harte Entscheidung seinem Mündel beibringen? Und wie konnte Gott eine solche schreiende Ungerechtigkeit zulassen?

Ihr Rückweg verlief beschwerlicher als die Hinreise. Es hatte in den letzten drei Tagen fast unaufhörlich geregnet. Die Straßen waren aufgeweicht und schlammig. Die Mönche mussten vorsichtig sein, um in dem Morast nicht auszugleiten und zu stürzen. Hinzu kam der heftige Wind, der ihnen aus Westen den Regen ins Gesicht trieb. Sie waren heilfroh, als sie endlich den Ruhrbogen erreichten. Der Weg durch die Furt war den Dominikanern verwehrt, der Regen hatte den Wasserstand des Flusses anschwellen lassen. Sie mussten die Fähre benutzen, auch wenn sie diese Ausgabe eigentlich gern vermieden hätten.

Am nördlichen Ufer der Ruhr warteten schon einige Reisende auf die Rückkehr der Fähre. Auch zwei Ochsenkarren befanden sich darunter. Die Zugtiere hatten den Fluss bereits überquert, die Ladung der Karren, Fässer und teilweise offene Kisten unterschiedlicher Größe, stand aufeinandergestapelt am Flussufer. Nur notdürftig mit Tuch abgedeckt, war sie Wind und Wetter ausgeliefert.

Aufgeregt liefen die Kaufleute, deren Eigentum immer mehr durchnässt wurde, auf und ab, stritten sich um die Reihenfolge ihrer Abfertigung und warteten darauf, übersetzen zu können. Schließlich sprach einer der Wächter, der den Fährverkehr beaufsichtigte, ein Machtwort und bestimmte die Abfolge. Unter heftigen Protesten ergab sich der im Streit Unterlegene in sein Schicksal, setzte aber wenigstens durch, dass ein Teil seiner Waren mit auf die erste Fähre gebracht wurde. Die Kisten enthielten wertvolle Stoffe, argumentierte er, die Schaden nähmen, würden sie noch länger dem Regen ausgesetzt. Sie sollten auf der anderen Seite im Schuppen zwischengelagert werden, der dort für genau diese Zwecke errichtet worden war.

Als die Fähre endlich am nördlichen Ufer anlegte und die Reisenden sie verlassen hatten, wurde der erste der Karren mit vereinten Kräften auf sie geschoben und vertäut. Danach verstauten die Fährleute die Waren. Um Platz für diejenigen zu schaffen, die zu Fuß unterwegs waren, stapelten die Knechte die Behältnisse teilweise auf den Karren. Die restlichen Kisten schoben sie unter und neben das Fuhrwerk. Das Fußvolk musste mit der verbleibenden Fläche vorliebnehmen.

Bernardo überließ seinen Platz direkt hinter dem Karren einem alten Mann, der sich schwer atmend an seinem Stock festhielt und dankbar dafür war, dass er nun an dem Fuhrwerk Halt fand.

Der Mönch trat einen Schritt beiseite, ging auf die Knie und drückte beide Hände fest auf die Planken, um auf der schwankenden Plattform nicht das Gleichgewicht zu verlieren. Dann legte die Fähre ab.

Kaum hatte das Floß den Schutz der am Ufer wachsenden Weiden verlassen, packte es der Wind mit aller Kraft. Die Fähre und vor allem die Ladung schwankten bedenklich. Windböen peitschen die Wellen auf. Gischt und Regen klatschten den Menschen ins Gesicht, die wiederum versuchten, den Karren als Schutz vor den Naturgewalten zu benutzen, und alle auf die windabgewandte Seite drängten.

»Zurück«, schrien die Fährleute. »Bleibt, wo ihr seid!«

Doch ihre Rufe blieben ungehört.

Durch die plötzliche Gewichtsverlagerung neigte sich die Fähre leicht zur Seite. Die hoch aufgetürmten Kisten gerieten ins Rutschen, zunächst langsam, fast unmerklich, dann immer schneller. Als Bernardo endlich gewahr wurde, dass die Ladung auf ihn herabzustürzen drohte, sprang er auf und wollte sich zur Seite werfen, aber es war zu spät. Eines der fallenden Fässer traf ihn an der Schulter. Gequält schrie er auf, stürzte und rutschte von der Plattform hinunter ins Wasser. Verzweifelt versuchte er, sich an dem schlingernden Floß festzuhalten, denn er konnte nicht schwimmen. Nur gehorchte ihm sein rechter Arm nicht mehr. Er strampelte mit den Füßen, tauchte unter, schluckte Wasser. Im letzten

Moment bekamen die Finger seiner linken Hand eine der Holzplanken zu fassen.

Die Fuhrleute bemühten sich derweil mit allen Mitteln, das Floß wieder zu stabilisieren. Auch Bernardos Mitbrüder hatten dessen Sturz zunächst nicht bemerkt. Erst als dieser Luft schnappend um Hilfe rief, unternahm Albertus einen Rettungsversuch. Kaum hatte er jedoch den Karren, an den er sich klammerte, losgelassen, wurde er zu Boden geschleudert. Er konnte sich gerade noch an den Speichen eines der Karrenräder festhalten. Sonst wäre er ebenfalls in die Fluten gerutscht.

Bernardo spürte, wie seine Kräfte schwanden. Aber er gab nicht auf, krallte seine Finger in das nasse Holz und zog sich unter Aufbietung aller Kraftreserven näher an das Floß heran, zurück in dessen trügerische Sicherheit. Er glaubte schon, dass er es schaffen könnte, da rollte ein weiteres Fass heran, zertrümmerte die Hand, mit der er sich festhielt. Eine Welle heißen Schmerzes durchzuckte Bernardo und ihm wurde schwarz vor Augen. Er geriet vollends unter Wasser, wurde unter das Floß gedrückt. Für einen Moment wusste er nicht mehr, wo er sich befand, wo oben, wo unten war. Verzweifelt schnappte er nach Luft, schlug wie wild um sich, suchte vergebens nach Rettung. Dann schwanden ihm die Sinne.

Bernardos Leiche wurde eine knappe Stunde später ruhrabwärts hinter der Furt gefunden, wo sich sein Körper zwischen zwei Felsbrocken, die im Wasser lagen, verkeilt hatte. Seine sterblichen Überreste brachten die Helfer ins Haus der grauen Mönche. Am nächsten Tag fand er seine letzte Ruhestätte in geweihtem Boden an der Mauer von St. Georg.

Wie zur Salzsäule erstarrt, harrte Jorge völlig durchnässt stundenlang am Grab seines Gönners aus. Erst gegen Abend konnte ihn Bruder Albertus dazu bewegen, ins Mönchshaus zurückzukehren. Und zum zweiten Mal boten ihm die Dominikaner an, bei ihnen im Dormitorium zu schlafen.

Aber Jorge verzichtete auf diese Gunst. Er wollte die Nacht lieber mit Cerbus verbringen. Denn die Zuneigung seines Hundes tröstete ihn besser, als es alle Gebete und Mönche dieser Erde je vermocht hätten.

4

Hattingen, 22. und 23. März 1502

Bruder Albertus blieb nicht viel Zeit, um mit dem Bürgermeister zu sprechen. Wenn sie nicht gegen den Beschluss der Soester Mönchsversammlung verstoßen und noch rechtzeitig vor Karfreitag im Kloster ankommen wollten, mussten sie sich spätestens am nächsten Morgen auf den Weg machen. Deshalb ließ er sich auch nicht abweisen, als die Magd ihn auf die üblichen Sprechzeiten für Bürger hinwies und ihm zunächst den Zugang zum Haus van Enghusens verweigern wollte. Nach einigem Hin und Her ließ sie ihn dann doch eintreten und holte ihren Herrn.

Hinrick van Enghusen erschien alles andere als erfreut, als er erfuhr, warum Bruder Albertus ihn aufsuchte.

»Ich soll dieser Waise das Bürgerrecht in Hattingen gewähren? Weshalb?«

»Der Junge lebt schon seit mehr als drei Jahren hier und wurde in dieser Stadt geboren.«

»Hergeholt habt Ihr Dominikaner ihn, wenn ich mich recht erinnere. Seid Ihr dann nicht auch für ihn verantwortlich? Ihr behauptet, Hattingen ist sein Geburtsort? Selbst wenn das stimmen würde, wurde dieser Junge als Sohn einer Verbrecherin geboren. Das habt Ihr vergessen zu erwähnen.«

»Mag sein, dass Jorges Mutter Unrecht getan hat. Aber was kann ihr Sohn dafür?«

Van Enghusen zog es vor, diese Frage zu ignorieren. Stattdessen erwiderte er: »Bürgerrecht erhält nur, wer in der Stadt lebt. Und arbeitet! Er ist kein Mitglied einer der Gilden. Er ist kein Knecht. Er hat überhaupt keine Arbeitsstelle. Womit will er seinen Lebensunterhalt bestreiten? Es gibt schon genug Bedürftige in unseren Mauern.«

»Jorge ist ein gottesfürchtiges Kind.«

»Das sind viele. Wenn Euch der Knabe so ans Herz gewachsen ist, warum kümmert Ihr Mönche Euch nicht um ihn? Nehmt ihn mit in Euer Kloster nach Soest und allen ist geholfen.«

Albertus schwieg betreten. Der Bürgermeister hatte den Schwachpunkt seiner Argumentation bloßgelegt.

»Ach, das kommt wohl nicht infrage? Oder täusche ich mich in Eurem Mienenspiel? Und warum wollt Ihr den Knaben nicht mitnehmen?« Van Enghusens Augen blitzten. Er wusste, dass er das Anliegen des Mönches nun ohne Gesichtsverlust zurückweisen konnte.

»In einem Kloster leben nur Ordensbrüder«, antwortete Albertus ausweichend.

»Dann macht diesen gottesfürchtigen Knaben doch zu einem der Euren.«

Der Dominikaner erkannte, dass er verloren hatte. Jorge würde nicht in Hattingen bleiben können. Das hatte er schon seit Längerem befürchtet. Und es war an ihm, ihrem Zögling diese Nachricht beizubringen.

»Hoffentlich kommt Ihr nie in eine solche Lage wie der

Junge. Aber wenn das passiert, wünsche ich Euch, dass Ihr auf barmherzigere Menschen treffen werdet, als Ihr es seid.«

»Kommt mir nicht mit Barmherzigkeit, Vater«, schnaubte der Bürgermeister verärgert. »Ihr habt den Jungen nach Hattingen gebracht und jetzt, wo er Eurer Ordensgemeinschaft zur Last fällt, sollen sich andere um ihn kümmern? Nennt Ihr das etwa Barmherzigkeit?«

Albertus verabschiedete sich beschämt. Denn im Grunde hatte der Bürgermeister recht.

Jorge schien nach Bernardos Tod wie betäubt. Er aß nicht, schlief kaum und nur die Sorge um seinen Hund verhinderte, dass er vollständig in seiner Trauer versank.

Als ihm Albertus die Nachricht überbrachte, dass er Hattingen verlassen und auch nicht mit nach Soest kommen konnte, nickte er nur. Dann nahm er wieder Cerbus in den Arm und versenkte sein Gesicht im Fell des Tieres.

Bruder Thomas hatte einen Beutel randvoll mit Nahrungsmitteln gepackt, die für knapp zwei Wochen reichen würden, getrocknete Heilkräuter dazugelegt und einen Trinkschlauch mit verdünntem Würzwein gefüllt. Albertus rollte zwei dicke Decken zu einem Bündel zusammen und verschnürte sie. Dann gingen sie, gefolgt von den anderen Dominikanern, zur Scheune. Der Regen hatte aufgehört. Manchmal blitzte sogar die Sonne durch die Wolken und es war wärmer geworden. Der Frühling näherte sich mit Macht.

Jorge erwartete sie schon vor dem Scheunentor. Er trug wie immer die Sachen seines Pflegevaters. Auffällig jedoch war das Holzkreuz seiner Mutter, das er sich um den Hals gehängt hatte. Gut sichtbar prangte es auf seiner Brust, als ob es ihm Schutz gewähren sollte.

Die Mönche übergaben ihm die Geschenke. Dann nahm jeder von ihnen den Jungen in den Arm. Alle hatten Tränen in den Augen. Als letzter der Dominikaner verabschiedete sich Albertus von Jorge. Auch er drückte ihn fest und flüsterte ihm ins Ohr: »Pass auf dich auf, mein Sohn. Ich bin mir sicher, Gott der Herr wird seine gütige Hand auf all deinen Wegen über dich halten.« Dann segnete er den Knaben. Auch die anderen schlugen das Kreuz.

Jorge jedoch brachte kein Wort hervor. Er sah jeden Einzelnen von ihnen mit seinen braunen Augen stumm an. Kein Vorwurf war in seinem Blick zu erkennen. Nur grenzenlose Traurigkeit. Dann hängte er sich die Beutel um, griff die Leine seines Hundes und marschierte zügig Richtung Osten, dem Holschentor entgegen.

Als er den Wall hinter sich gelassen und etwa zweihundert Schritte auf dem Holthauser Kirchweg zurückgelegt hatte, blieb er stehen und sah sich um. Der Turm von St. Georg glitzerte im Sonnenlicht und genau in diesem Moment schlug seine Glocke. Jorge zählte mit: neun Schläge. Jetzt brachen auch die Mönche auf. Würde er jemals einen von ihnen wiedersehen?

Tränen liefen über sein Gesicht, als er sich immer weiter von der Stadt entfernte. Ihm fielen die Worte von Aron ein, die dieser bei seinem Abschied hervorgestoßen hatte: ›Du darfst bleiben. Das ist nicht gerecht.‹ Nein, das war es nicht gewesen. Und jetzt musste er gehen. War das nun gerechter? Nichts war ihm außer Cerbus geblieben. Sie waren allein. Denn zum zweiten Mal innerhalb nur weniger Jahre hatte er sein Zuhause verloren. Aber eines schwor er sich: Irgendwann würde er wiederkommen und sein Erbe einfordern. Das war er seinen Eltern schuldig.

Glossar

Artistenfakultät
Eine Art Vorbereitungsuniversität, die grundlegendes Wissen zur Vorbereitung des Studiums in den drei klassischen Disziplinen einer Universität vermittelte (Theologie, Medizin, Jurisprudenz). Führte zum akademischen Grad eines Magisters oder → Bakkalaureus (Bachelors).

Bader
Eigentlich Betreiber einer Badestube. Bader wurden mit der Zeit immer mehr zu Gehilfen der Ärzte. Der Besuch eines Baders war für die arme Bevölkerung oft die einzige Möglichkeit, wenigstens ein Minimum an medizinischer Versorgung zu erhalten. Neben dem Bader arbeitete im Badehaus auch der Scherer oder Barbier, der für das Schneiden der Haare und Stutzen des Bartes verantwortlich war. Aus diesem Beruf entwickelte sich der → Feldscher.

Bakkalaureus
Erster akademischer Abschluss einer Artistenfakultät. Der Absolvent wurde dadurch zum Hilfslehrer an der Universität.

Beutelzieher
Taschendieb

Bistertinte
Ruß von verbranntem Holz wurde zu Pulver zermahlen und verdünnt. So entstand eine Wasserfarbe von gelb- bis tief-

brauner Tönung. Meistens wurde als Rohstoff Rotbuche benutzt, für eine dunklere Färbung Eichenholz.

Capa
Wadenlanger Mantel mit Kapuze

Dormitorium
Gemeinsamer Schlafsaal von Mönchen

Droste
Beamter, der im Auftrag eines Herrschers einen definierten Verwaltungsbezirk in rechtlicher, militärischer und polizeilicher Hinsicht leitete. Der Droste war in der Regel von Adel und ist in seinen Aufgaben mit einem Amtmann vergleichbar, führte sogar häufig diesen Titel.

Eideshelfer
Zeugen, die ebenfalls einen Eid schwören

Erbhofschultheiß/Schultheiß
Kommunalbeamter, der im Auftrag des Landesherrn bzw. seines Vertreters (Droste) Steuern eintrieb und auch die niedere Gerichtsbarkeit ausübte. Das Amt war vererbbar, allerdings dann an bestimmten Grundbesitz gebunden (Erbhof).

Feldscher
Wundarzt, der auf dem Schlachtfeld Verwundete versorgt. Im Gegensatz zum Medicus, der sein Wissen an einer Universität erlangte, wurde der Feldscher von halbprofessionellen Laien, den → Badern, ausgebildet. Die Feldschere bildeten die unterste Stufe der Militärärzte.

Flett
Wohnküche in Wohnstallhäusern (Menschen und Tiere unter einem Dach) der ländlichen Bevölkerung. Das Flett lag häufig am Ende der Diele. Dort befand sich in der Regel die einzige Feuerstelle im Haus.

Gelber Ring
Kennzeichen, welches Juden an ihrer Kleidung tragen mussten. Konnten sich anfangs reiche Juden der Oberschicht noch vom Tragen des Judenrings freikaufen, war dies ab Ende des 16. Jahrhunderts nicht mehr möglich. Die Farbe Gelb war in der mittelalterlichen Farbsymbolik negativ besetzt und stand für Geiz oder Hochmut.

Generalrentmeister
Oberster Leiter einer landesherrlichen oder kirchlichen Finanzverwaltung

Grindel
Tragender Teil des Pfluges, an dem die Pflugscharen befestigt sind

Habit
Ordenstracht

Hakenbüchse
Schwerfällig zu handhabender Vorderlader des 15. und 16. Jahrhunderts. Wurde überwiegend als Verteidigungswaffe von der Burgmauern hinunter eingesetzt.

Hilinciweg
Auch kleiner Hellweg. Uralter Handelsweg, der von der

Kölner Bucht durch das Bergische Land führt und bei Hattingen die Ruhr überquert, anfangs durch die Furt unterhalb der Isenburg, später über die Ruhrbrücke. Kreuzt bei Bochum-Linden den Westfälischen Hellweg und verläuft weiter Richtung Münster/Osnabrück.

Kemenate
Ein beheizbarer Wohn- und Arbeitsraum einer Burg. Besonders die von Frauen und Kranken bewohnten Räume wurden so bezeichnet.

Klarissen
Frauenorden, gegründet von Franziskus und Klara von Assisi

Koadjutor
Ein Bischof, der einem anderen Bischof als Berater und Helfer zur Seite gestellt wird

Kornakzise
Indirekte Verbrauchssteuer auf Getreide

Kukulle
Ursprünglich Synonym für Kapuze. Später mantelartiger Überwurf mit Kapuze, Bestandteil der Mönchstracht, dem → Habit.

Marken
Region innerhalb definierter Grenzen

Obrist
Oberst. Militärischer Dienstgrad, der entstand, nachdem

aufgrund zunehmender Mannstärke die Führung einer militärischen Einheit durch Hauptleute immer schwieriger wurde. Der Oberst (von ›oben‹) ist Vorgesetzter der Hauptleute.

Peinliches Gericht
Gericht, das Strafen gegen Leib und Leben verhängen konnte (Blutgericht) und sich zur ›Wahrheitsfindung‹ auch der Folter bedienen durfte (peinliche Befragung).

Prior/Subprior
Vorsteher/stellvertretender Vorsteher eines Klosters in den klösterlichen Gemeinschaften, die keinen Abt kennen

Refektorium
Gemeinsamer Speisesaal von Mönchen

Reichsverweser
Ein Reichsverweser nahm die Vertretung des Monarchen während einer Thronvakanz wahr, also bei längerer Abwesenheit des Königs oder in der Zeit zwischen dessen Tod und der Thronbesteigung seines Nachfolgers.

Reinigungseid
Bei unklarer Beweislage konnte mit dem Eid die Unwahrheit einer Behauptung bewiesen werden. Der Reinigungseid wurde einem Angeklagten auferlegt, um ihm Gelegenheit zu geben, sich durch die Eidesleistung von einem Schuldvorwurf ›reinzuwaschen‹ beziehungsweise seine Unschuld zu bezeugen. Gewöhnlich wurde bei dem Eid zur Beteuerung Gott angerufen und auf einen heiligen Gegenstand durch dessen körperliche Berührung geschworen, insbesondere auf ein Exemplar der Bibel, ein Schwurkreuz oder eine Reliquie.

Außerdem gab es eine vorgegebene Eidesformel. Nur wenn der Reinigungseid dem Angeklagten durch fehlerfreie mündliche Wiedergabe der Eidesformel ›gelang‹, galt er als unschuldig, anderenfalls wurde er verurteilt. Dies konnte mitunter fehlschlagen. So war schon das bloße Versprechen oder Verhaspeln bei der Wiederholung der vom Gericht auferlegten Eidesformel ein Schuldbekenntnis.

Rochett

(von althochdeutsch *roccus* = »Rock«) Ein bis zu den Knien reichendes, gefaltetes und manchmal verziertes, weißes Leinengewand, das über dem Talar bei liturgischen Anlässen getragen wird.

Schamkapsel

Bestandteil der vornehmen Männermode des 15. und 16. Jahrhunderts. Auffällig gestalteter Hosenlatz mit eindeutiger sexueller Anspielung, der oft farblich von der Hose abgehoben und ausgepolstert, sowie mit Bändern und Schleifen geschmückt war. Es gab runde Polster, aber auch solche in Bananen- oder Gurkenform.

Schaube

Weiter, vorn offener, ungegürteter Überrock, der im 15. Jahrhundert aufkam, um den darunter getragenen → Scheckenrock sichtbar zu machen. Ursprünglich ein männliches Kleidungsstück, wurde sie später mit einer schleppenartigen Verlängerung auch von wohlhabenden Frauen getragen.

Scheckenrock

Kurzer, den Körper modellierender Rock für Männer

Weistümer
Landesherrliche Verordnungen

Die meisten der Erläuterungen habe ich sinngemäß (beim ›Reinigungseid‹ auch wörtlich) der freien Enzyklopädie Wikipedia entnommen.

Nachbemerkung

Das Haus der grauen Mönche – Das Mündel ist ein Roman, kein Geschichtsbuch. Dennoch hat es einige der beschriebenen historischen Ereignisse natürlich gegeben – allerdings nicht immer zu dem im Buch angegebenen Datum, sondern entweder früher oder später und auch nicht immer an den Orten, wie im Buch behauptet. So wurden zum Beispiel die Hattinger Juden nicht 1500, sondern bereits 1498 (Erlass des Herzogs Johann II. vom 8. Dezember) aus ihrer Stadt vertrieben. Wo sie gelebt haben, liegt im Dunkeln. Der von mir beschriebene Wohnort westlich des Steinhagentors ist jedenfalls rein fiktiv.

Auch habe ich den historischen Figuren Eigenschaften angedichtet, die sie so vermutlich nicht besessen haben. Manche von ihnen waren sicherlich redlicher, als von mir unterstellt. Bestimmt aber nicht jede …

Noch einige Erläuterungen zu den historischen Figuren:

Johann Stecke war Droste von 1488 bis 1494 und Sohn von Kracht Stecke, der das Drostenamt der Burg Blankenstein 1461 von Herzog Johann I. als Pfand für ein Darlehn in Höhe von fünftausend Talern erhalten hatte. 1494 tilgte der Herzog seine Schuld und Johann Stecke ging als Burggraf nach Dortmund zurück.

Hermann von Hessen, genannt ›der Friedsame‹, war von 1480 bis 1508 als Hermann IV. Erzbischof von Köln, ab 1498 als Hermann I. zusätzlich Fürstbischof von Paderborn.

Johann II., von 1481 bis 1521 Herzog von Kleve und Graf von der Mark. Ältester Sohn des Herzogs Johann I. von Kleve

(1419–1481). 3. November 1489: Heirat mit Mathilde von Hessen (*1. Juli 1473; †19. Februar 1505), Tochter des Landgrafen Heinrich III. von Hessen. Angeblich hat Johann II. dreiundsechzig uneheliche Kinder gezeugt. Man nannte ihn deshalb den ›Kindermacher‹.

Reinhard von Krekenbeck, Erbhofschultheiß. Von 1497 bis 1513 besaß eine Familie von Krickenbeck, genannt Spor, das Haus Cliff. Ob es in dem Geschlecht um 1500 jedoch einen Reinhard gab, entzieht sich meiner Kenntnis. Deshalb gilt diese Figur als nicht historisch verbürgt.

Ditz (eigentlich Johan) Huyser, Lebensdaten nicht bekannt, als Bürgermeister von Hattingen gesichert erwähnt in den Jahren 1485, 1490 und 1495.

Hinrick van Enghusen, als Bürgermeister von Hattingen gesichert erwähnt in den Jahren 1504 und 1522.

Rutgerus Layck wurde als Schulmeister urkundlich genannt in 1492.

Manche Ereignisse sind frei erfunden. So entstammt das Treffen zwischen dem Erzbischof von Köln und Herzog Johann II. ausschließlich meiner Fantasie.

Das Haus der grauen Mönche in Hattingen hat es dagegen wirklich gegeben. Es gehörte tatsächlich den Dominikanern und wurde im Laufe der Reformation aufgegeben – die wahren Gründe liegen im Dunkeln.

Frei erfunden sind auch der Transport der Steine von Herdecke nach Hattingen mit Flößen über die Ruhr und der jahrelange Fährbetrieb über den Fluss. Zwar wurde die Ruhrbrücke bei Hochwasser häufiger stark beschädigt, aber auch immer wieder aufgebaut.

Die Orts- und Straßennamen sind nach Möglichkeit so angegeben, wie sie heute üblich sind und nicht, wie sie damals hießen.

Eine der Leserinnen des Manuskripts bemängelte, dass meine Romanfiguren doch sehr häufig Alkohol tränken. Das stimmt. Bevor Sie aber den Stab über meine Helden (und mich) brechen, sollten Sie Folgendes berücksichtigen: Wasser war – auf jeden Fall in den Städten – meist ungenießbar. Die Brunnenschächte reichten nicht sehr tief, sondern nur in die oberen Grundwasserschichten. Fast immer waren diese mit Fäkalien und anderen Abwässern verschmutzt, die wegen der fehlenden Kanalisation ungehindert ins Erdreich einsickern konnten. Tee wurde erstmals 1610 von China nach Holland importiert und erreichte um 1650 Deutschland, zunächst Ostfriesland. Kaffee folgte ab Mitte des 17. Jahrhunderts. Das erste Kaffeehaus in Deutschland eröffnete in Bremen 1673. Milch war Schwangeren und Kindern vorbehalten, Fruchtsäfte weitgehend unbekannt. Was blieb, war Alkohol in verdünnter Form. Der Alkohol verdrängte den schlechten Geschmack des Wassers. Hinzu kam, dass Verträge zum Beispiel nur rechtswirksam waren, wenn sie ›begossen‹, das heißt auf den Abschluss in eigens dafür benannten Gaststuben mindestens ein Glas getrunken wurde. Dies regelten sogenannte Trinkordnungen, die in den meisten Städten galten.

Für alle sachlichen Fehler und Ungenauigkeiten bin selbstverständlich nur ich verantwortlich.

Wie andere Autoren bin ich der Meinung, dass ein belletristisches Werk nicht unbedingt einen Quellennachweis beinhalten muss. Sollten Sie daran interessiert sein, finden Sie diese Angaben auf meiner Webseite www.jan-zweyer.de.

Alle Datumsangaben im Buch beziehen sich auf den Julianischen Kalender, zu deren Berechnung ich eine Internetseite benutzt habe. Die Quelle findet sich ebenfalls auf meiner Webseite.

Das Haus der grauen Mönche – Freund und Feind erscheint im Herbst 2015. Den dritten Teil der Geschichte, *Das Haus der grauen Mönche – Im Dienst der Hanse*, können Sie im Frühjahr 2016 lesen.

Jan Zweyer, im Frühjahr 2015

Mein Dank gilt folgenden Personen:

Thomas Weiß, Leiter des Stadtarchivs Hattingen, führte mit mir ein langes Gespräch über das mittelalterliche Hattingen und beantwortete auch später freundlicherweise einige Fragen, die sich mir noch stellten. Dr. Joachim Wittkowski half mir mit Hinweisen über die korrekte Anrede im Spätmittelalter und Weiteres, was mit seinem Fachgebiet Germanistik zusammenhängt.

Und natürlich danke ich den Erstleserinnen Margret Ammer, Annette Leber und Susanne Olszowy für ihre Anregungen. Nicht zu vergessen meine Frau Barbara, die mich ermuntert hat, weiterzuschreiben, wenn es nicht so lief, wie ich mir das vorstellte.

Und so geht es weiter ...

Jan Zweyer

Das Haus der grauen Mönche – Freund und Feind

ISBN 978-3-89425-620-3, erscheint Oktober 2015

Die grauen Mönche müssen ihr Haus an der Ruhr aufgeben und Jorge wird aus der Stadt verbannt. Er beschließt, seinem Freund Aron nach Polen zu folgen. Doch schon bald gerät er in die Hände von Räubern, denen zu seiner großen Überraschung auch Aron angehört. Kann Jorge auf die Hilfe des einstigen Freundes hoffen?

Der erfolgreiche Kaufmann Hinrick van Enghusen stellt derweil in Hattingen die Weichen für die Zukunft: Sohn Lucas wird mit Agnes van Krekenbeck vermählt. Die Verbindung soll für ein Bündnis der zwei einflussreichen Familien sorgen, aber die Gier sorgt bald schon für böses Blut …

Auch der Benediktiner Bartholomäus verfolgt unbeirrt weiter seine Pläne: Mithilfe der Inquisition entledigt er sich aller Mitwisser um das Attentat auf Herzog Johann II. Nun bleibt nur noch einer, der ihm gefährlich werden kann: Jorge.

Das Haus der grauen Mönche – Im Dienst der Hanse

ISBN 978-3-89425-621-0, erscheint Februar 2016

In Lübeck findet Jorge bei den Brüdern Konrad und Clas Wibbeking eine neue Heimat. Schnell erweist er sich als tüchtiger Mitarbeiter in dem Handelshaus der beiden. Allerdings sind die Zeiten für Kaufleute nicht einfach – der Konflikt der Hanse mit Dänemark spitzt sich zu. Bei einer Reise nach Reval werden Jorge und Clas Wibbeking Opfer einer Intrige, die die Machtverhältnisse in Nordeuropa verändern soll.

Marlein van Enghusen, die ebenfalls in Lübeck lebt, ahnt nicht, dass ihr Jugendfreund Jorge ganz in ihrer Nähe ansässig geworden ist. Als ihr Vater droht, sie zurück nach Hattingen zu holen, nimmt sie ihr Schicksal selbst in die Hand: Sie geht eine Ehe mit Albrecht Schulten, dem Geschäftspartner ihres Onkels, ein. Der hat aber nicht vor, sich an getroffene Vereinbarungen zu halten.

Als tatsächlich Krieg ausbricht, scheint es für niemanden eine Zukunft zu geben ...